軍犬

le chien militaire

夏慕聰
著

國家圖書館出版品預行編目資料

軍犬 / 夏慕聰著 .
- 初版 . 一台北市：
基本書坊 , 2013.08
480 面 ;14.5*20 公分 . -- (G+ 系列 ; B021)

ISBN 978-986-6474-46-0 (精裝)

857.7 102015341

G+系列 編號B021

軍犬（精裝珍藏版）

夏慕聰 著

責任編輯 嘻皮偉
視覺構成 孿生蜻蜓

企劃・製作 基本書坊

編輯總監 邵祺邁
首席智庫 游格雷
副總編輯 郭正偉
業務主任 蔡小龍
行銷企劃 宇文白虎

社址 10084台北市中正區南昌路二段112號6樓
電話 02-23684670
傳真 02-23684654
官網 gbookstaiwan.blogspot.com
E-mail PR@gbookstw.com
劃撥帳號：50142942 戶名：基本書坊

總經銷 紅螞蟻圖書有限公司
地址 114台北市內湖區舊宗路2段121巷19號
電話 02-27953656
傳真 02-27954100

2013年8月16日 初版一刷
定價 新台幣580元

ISBN 978-986-6474-46-0

軍犬

目次

《軍犬》導讀
人模狗樣：SM的起源、謎魅與其他 6
卡維波／台灣中央大學哲研所教授

推薦序1
來自暗黑堡壘的祝福 24
森美／暗黑堡壘站長

推薦序2
我心中的那頭軍犬 30
端爺／皮繩愉虐邦

推薦序3
外与後 33
小七／阿聰忠實的讀者，AEternitas

《軍犬》初版編輯劄記 40
邵祺邁／基本書坊總編輯

第一部 51
第二部 69
第三部 101
第四部 173
第五部 217

人模狗樣：SM的起源、謎魅與其他

／卡維波 台灣中央大學哲研所教授

一、動物角色扮演

軍犬就像警犬是協助軍隊防禦與作戰的狗犬，通常負責後勤物資的防盜，崗哨警戒，巡邏，尋找爆裂物等等；各國軍隊通常有特殊部門負責訓練軍犬。不過這本書講的軍犬則是一種人型犬。

人型犬在最淺薄的層次是人扮演狗。扮演動物在兒童遊戲與遊行表演中十分常見，那是外觀、服裝、道具或動作的模仿。但是「扮演動物」又不同於「動物角色扮演」，後者是深淺程度不一地涉及心理、態度、認同、情緒、習性、語言、互動（關係）、身體變化或改造，而不是停留在外表層次而已。

淺顯程度的動物角色扮演可見於（例如）模仿動物形象與動作的中國功夫，但是這些虎拳、猴拳等等，還同時要求角色扮演者必須揣摩動物的習性、心態、身體慣性、氣質等等。有些宗教民俗儀式或戲劇表演中的動物角色扮演更爲深刻，但是並不融入日常生活。然而，在原始部落或初民社會中，因爲動物圖騰的信仰（相信某種動物是自己的前世、祖先或親屬），會由於認同動物而使得動物角色扮演經常溢出到日常例行生活中。中國人因爲有十二生肖的習俗（動物圖騰的殘留），有些人會自認爲有某種動物本性，進而在日常生活中偶而會以動物角色來詮釋自己行爲或心理，並且依此與他人互動。有些動物權與動物戀者則以動物的保護者、朋友、親人、戀人、性伴等角色自居，和動物分享心情，或自認與動物互相理解或感同身受；像Freedom to Marry Our Pets Society（人獸婚姻自由權組織）之類的團體即是一例。另外，還有更爲深度的動物角色扮演，例如極度認同動物的某些人（有時被稱爲「倣獸者」），將自己外觀整型，企圖化身變形爲該種動物；像美國印第安虎人艾佛納，美國德州的前博士生Erik Sprague蜥蜴人，英國的Tom Leppard豹人都是知名度較高的。這些人在日常生活中的動物角色扮演（像習性與人類的互動關係等）當然是極爲深度的。

人類的動物角色扮演同時就是象徵地或想像地佔有動物的特質（或特質的代表），這有多重的目的與功用。由於「佔有動物的特質」和「以動物（或動物特性）來做譬喻的語言活動」分不開，我們可以從動物譬喻的語言功用看到動物角色扮演之衆多功用。例如，動物譬喻可以賦予自己或他人的個體意義——包括價值、行爲、心理、態度、人格、個性、外表、本質等（如螻蟻貪生、猴急、反芻），界定彼此的高低階層或互動關係（看門狗、魚幫水），滿足身體或心理需求（自由飛翔），喚起情緒或慾望（利齒、狐疑、大魚大肉、禁臠），表達生活方式（豬的生活、蝸居），執行社會功能（母雞帶小雞），等等。所以用動物譬喻來貶低人格、界定依賴或支配關係、喚起慾望或情緒等等，也都是動物角色扮演會產生的功用。

不論如何，動物角色扮演並非不尋常，而且其背後顯露出人獸之間的深刻關連；人與動物自古以來共生於自然，即使今日人類看似主宰自然與動物，其實仍然依賴著動物，而且人並沒有完全脫離動物的境地，人也還是一種動物。動物角色扮演有著向獸性呼召、回歸、認同、共生的多種意義。

二、情色的動物角色扮演

動物角色扮演可以運用到情色方面。然而，本非不尋常的動物角色扮演一旦運用到性愛，就因爲性愛在人類文化的特殊地位，而可能引發大驚小怪等等喪失理性的反應。有些人會因爲自身的性焦慮而蒙蔽了理性思惟能力，忘記了情色方面的動物角色扮演，正如同其他種類的動物角色扮演一樣，有相同的原理與功用，並無神祕怪異之處。

《軍犬》一書所描述的人型犬是在情色方面的動物角色扮演。人扮演狗的角色通常有貶低含意，也通常與狗主產生支配與依賴的關係，這樣的關係則有情色慾望的含意。有些人覺得人型犬的動物角色扮演怪異，但是這只是因爲這類性事比較少見少聞；怪異來自不熟習、來自資訊的欠缺。其實人型犬並不比（例如）撒嬌更怪異。在性愛關係中有些扮演幼兒的成人會撒嬌，也會做出其他諸種年齡扮演行爲。這種幼兒撒嬌的年齡角色扮演，通常有貶低含意，以及產生情色慾望的支配與依賴信任關係。這和人型犬角色扮演是非常相似的。事實上，有些年齡角色扮演也是ＳＭ愉虐支配的一部份。

有些人覺得人型犬傷害了他們的道德情感，因爲把人當作犬冒犯了他們。但是我們的社會也經常把犬當作人，給予近乎人類的待遇、地位、環境與打扮，可是這卻不會冒犯人類。追究下去，這種雙重標準乃是因爲人貴獸賤的文化預設。可是從人與動物應趨向平等的道德關懷來看，對人型犬有反感者的道德情感是有問題的，是應該被反省的。也正因爲這種人貴獸賤的文化預設，人獸交與動物戀同樣地冒犯了這類人的道德情感。這似乎顯出動物戀與動物角色扮演之間的可能潛在關連，關連之一就是對被禁忌的人獸界限之踰越。不過，有些人型犬與其主人之間並不作「人獸交」，他們認爲自己的慾望與動物戀無關，也談不上踰越人獸的界限。這就好像在幼兒的年齡角色扮演中，有些人會自認與戀童無關（因爲並不偏好眞的兒童）。有時一方被稱作爸爸或媽媽，但也不自認是亂倫慾望。換句話說，這些人自認爲年齡角色扮演的慾望來源就是諸如支配與依賴（崇拜與安全感等），而非被禁忌的年齡代間界限之踰越。

三、SM愉虐慾望的起源

依賴或依存（Anaclisis）關係會產生性慾望是弗洛伊德的看法；至於踰越禁忌的慾望也是常見的現象。用依存關係或踰越人獸界限來解釋人型犬的慾望固然可行，不過對於人型犬慾望來源的疑惑，其實來自更廣泛地對於ＳＭ或愉虐慾望的疑惑，亦即，爲什麼人們會因爲屈辱、羞恥、污穢、支配、痛苦、限制束縛、恐懼、無助、臣服、暴力、憤怒等等產生興奮、慾望或快感。不過這個疑惑，也只是因爲碰到「性」才會產生；因爲人們從觀看暴力或恐怖電影，乘坐雲霄飛車等等得到滿足快感或興奮，卻從不追問原由。

其實，ＳＭ或愉虐慾望的來源就是性壓抑，性壓抑就是每當我們追求性快感或感覺性興奮時，我們就會感到羞恥，我們會被屈辱，會恐懼東窗事發，會被暴力懲罰，會被禁止限制，會產生罪惡感，等等，因而讓我們感到痛苦。性壓抑就是利用這些負面的感覺與情緒來壓抑我們追求性滿足，使我們自動放棄性快感，使我們主動成爲壓抑者，對自己的性感到憤怒，以有形無形的暴力壓制自己，強制自己自然禁慾，或已然喪失性慾。所以，每當性出現時，這些壓抑（負面感情）就關連出現了。就像赤裸立即關連著害羞一樣；或者，就像排泄時會得到快感，但是卻也會立即關連到污穢一樣。由於這種立即關連的伴隨出現，使得性快感與負面壓抑情感在心理位置上十分靠近，以致於兩者就可能結合在一起。換句話說，本來性壓抑是使得人們在產生性慾與快感時，遭到負面情感的壓抑，但是現在卻因爲性總是伴隨壓抑，使得人們在碰到負面情感時，反而能夠產生性慾與快感。痛/快因爲鄰近而產生聯結，就像父母的支配宰制同時帶來依賴信任一樣。

上述這個聯結（association）的解釋模式，即，「慾望快感」與「壓抑的負面情感」因彼此靠近（伴隨出現）而導致兩者的混同，起先來自弗洛伊德的生理模式，就是快感所循的神經軌跡，如果太靠近痛苦所循的神經軌跡，會使兩者混同。最實際具體的例證就是有些男女性交時，儘管性器官的摩擦帶來痛感，卻因爲摩擦也同時帶來快感，以致於痛感也成爲快感。有此現象的女性往往偏好沒有前戲或潤滑的性交。這個聯結解釋模式也自然地解釋了那些因踰越禁忌而遭到懲罰，卻樂此不疲的傾向：因爲禁忌（法律、分類界限）所帶來的負面情感會引起慾望興奮，所以誘使人不斷犯禁。

不過不是所有人都會形成同樣ＳＭ慾望模式，個別的人生遭遇與經驗會造成ＳＭ慾望模式的衆多差異，有些人只會對某類型的負面情感有反應，有些人只有「輕度」而非「重度」的ＳＭ慾望，有些人則在經過調教後才開發出更多ＳＭ慾望。同樣地，由於這些壓抑情感或手段常是雙向的，例如自己赤裸被人看到會害羞，看到別人赤裸也會害羞；或者，被支配和支配、懲罰和被懲罰都是靠近的。因此Ｓ與Ｍ也是靠近的，因而Ｓ與Ｍ也可能會混在一起而能夠轉換（switch）角色。當然這也會是因人而異的。

四、暗黑犯罪的謎魅

以上所說不免剝除了ＳＭ愉虐和人型犬等原有的謎魅，原本看似神祕難解的性其實也是人同此心、心同此理的尋常心理機制。不過許多愉虐戀者偏好謎魅的氛圍，沉浸在暗黑的自我想像，因爲謎魅暗黑或罪惡也是慾望快感來源之一。當然，這也是源自性壓抑所伴隨的負面情感，帶著我們幼兒時期的情感特色：外在世界對於幼兒總是神祕不可測的，不知爲何（或是否）犯下罪惡，都可能被遺棄在黑暗中。總之，許多愉虐戀者自認ＳＭ爲一種謎魅的身分，將ＳＭ與身體宇宙的神祕主義和靈修運動相關連（早期的男同性戀也有此傾向）。還有一些愉虐戀者則執著於犯罪的狂想。

犯罪是違反國家法律或公共秩序，罪惡則是違反道德良心（具體的則是違犯規範或規矩），兩者雖然不同，但是在心理位置上卻十分靠近（如產生罪疚感等方面）。父母或自我對於罪惡的懲罰，對幼兒來說，和機構或法律對於犯罪的懲罰，是難以區分或甚至混同的。這造成了犯罪與罪惡的潛在心理聯結，其結果是：不但罪惡感可以產生慾望，犯罪的氣息也可以激動慾望。

以犯罪氣息滋養的ＳＭ慾望，並不因此使ＳＭ等同於犯罪，例如暴力強姦的幻想和暴力強姦的行爲是不同的。當然，有些愉虐戀者不但有犯罪與罪惡的狂想，還有衝動，淺嘗，犯禁，出格。有時這些暗黑犯罪的謎魅不但激動慾望，也強化身分認同，甚至也是一種身分認同的操演裝扮；例如有潛在焦慮自己帶著M性的S希望外在與氣質都能散發著犯罪的謎魅氣息。不過，我們仍然要謹慎地看待這種性向的操演裝扮，不能逕自認定愉虐戀等同於犯罪，畢竟違法與違法邊緣是不同的，踰越法律也有刑事與非刑事的差異。當然，這會存在著法律與道德的灰色地帶；例如主人請他人強姦事先不知情的M奴，以滿足奴的被強姦慾望；這涉及了自願同意是否必須是「事先」？或者「事後」的自願同意仍然有效（趁同居人熟睡時的先姦後醒，即屬於同一性質）？這亦涉及了強姦作爲公訴罪（而非告訴乃論）的合理性。有些灰色地帶的爭議是比較好認定的。像以拍照來勒索威脅奴隸不能斷絕關係（但是把勒索威脅也當作調教的一部份）；或者，調教包括了奴去進行違法行爲時，究竟是主人或者奴隸應該負責等等？後面這類爭議只因爲披上了ＳＭ主奴神祕外衣，才會看似灰色地帶。如果在未來主奴契約走向正式化（ＳＭ更爲公開化與去污名），很多爭議也會消失。

然而當ＳＭ變得較公開，人們較不怕ＳＭ污名後，也可能會有其他爭議產生（但是並非無法解決），例如原本的兩願愉虐行爲造成M方嚴重或不嚴重的身體傷害，這可能是因爲調教失控，或者S嫖客自認可爲所欲爲，或者溝通不良；但是如果M無法接受（即使不嚴重）傷害，或M接受（即使嚴重）傷害，都會涉及法律問題。在台灣現行法律中有普通傷害（告訴乃論）與重傷害（公訴罪）之分。而且現行法律還有很難從ＳＭ角度去辨識的「故意傷害與過失傷害之分」，「傷害未遂與傷害既遂之分」。無論這些可能爭議能否完善解決，對於ＳＭ愉虐的資訊更公開化，因而ＳＭ的去謎魅化，是必要不可免的。

這部《軍犬》涉及的主與（狗）奴的關係，其實也和法律有關。台灣現行法律有「使人為奴隸或使人居於類似奴隸之不自由地位者，處一年以上七年以下有期徒刑。前項之未遂犯罰之」的規定，許多國家也有類似規定。哲學家歷來也爭論「人能否自願爲奴」。這些ＳＭ愉虐與法律犯罪的糾葛勢必迫使愉虐戀者更加強調ＳＭ行爲在兩願的情色脈絡下的象徵／遊戲／模擬性質，有別於強制與非情色脈絡下的單純傷害與支配。易言之，「ＳＭ愉虐」與「強制性虐待」這個在一般人眼裡原本模糊的區別界線，在ＳＭ去謎魅的過程中逐漸變得清晰起來；ＳＭ愉虐有著附加的象徵／遊戲／模擬性質，是強制性虐待所無的。不過，ＳＭ的去謎魅同時使得下面這件事成爲可能，亦即：在ＳＭ愉虐的慾望狂想中可以包括了對於「ＳＭ愉虐」與「強制性虐待」這條區分界線的踰越；這個踰越慾望則來自此一區分界線的清晰化。因此，ＳＭ的酷兒路線會支持ＳＭ的去謎魅化，一方面使人們對於ＳＭ的容忍加大或甚視爲平常，一方面也因爲踰越這條區分界線而不斷推進界線的前沿。這兩方面的努力和更廣泛的性權或性少數解放運動是分不開的。

五、《軍犬》的慾望與身分轉換

《軍犬》是一本情色寫實主義的小說，故事主軸是一個（或者，應該是一個）異性戀Ｓ男軍官在尋找女奴時，意外地接受了名爲ｄｔ的男主人之調教，成爲其狗奴，而且不僅僅成爲一般的人型犬，還被調教成一隻軍犬。軍犬與主人ｄｔ分手後，仍對失去音訊的主人念念不忘，但是他開始「恢復」了Ｓ身分，也開始了調教Ｍ奴的生活，並且因爲反思自己被ｄｔ的調教經驗，不但成爲優秀的Ｓ主人，且對ｄｔ感懷加深。此時軍犬已經有了一位Ｓ女王的摯愛女友，於是他在女友和（前）主人之間猶疑游移。

這部小說字數不算少，描寫主奴人犬之間也十分細節。但是仍然留下許多空白，供讀者塡補。例如小說比較清楚地顯示Ｍ奴的慾望，因爲調教時Ｍ奴總是勃起等等，但是對於Ｓ主的慾望卻是語焉不詳的（特別是本書的Ｓ主幾乎都不與Ｍ奴性交），只有在後面偶而提及Ｓ主的勃起。換句話說，Ｓ主的慾望是神祕未知的，讓人看不清楚或不可測。在這個意義上，小說雖然對於主奴調教與怪異規矩（像主奴不能同一廁所等）提供了大量合理的、去除謎魅的解釋，小說作者還是某個程度上保留了一些ＳＭ愉虐的暗黑謎魅氛圍。

小說的主人翁軍犬的慾望也不是透明可見的。一開始他被當作狗奴時，似乎有個可供辨識的Ｍ慾望，但是他的異性戀Ｓ背景始終讓讀者心中有個疑團：軍犬對男主人ｄｔ的愛情慾望，是來自被支配的依賴情感？還是潛在的同性戀慾望？軍犬眞的是Ｍ？或者眞的是Ｓ？這些疑問並沒有在小說中解答。在小說中主人ｄｔ離開軍犬，是爲了要軍犬在不受他影響下找到自己眞正的慾望情慾與身分認同。接下來我們看到軍犬果然成爲一個很優秀的Ｓ主，然而其調教往往是重複自身被調教的歷史，亦即，在調教中他使自己化身爲ｄｔ；同時他也在外型與氣質上不斷被人誤認爲ｄｔ，這意味著他在與ｄｔ分手後（或甚至分手前），便開始與ｄｔ仿同，故而當軍犬透過仿同作用而使自己成爲ｄｔ後，就沒有失去ｄｔ。換句話說，軍犬未必眞的就是個Ｓ主，他的Ｓ主表現只是因爲不願失去ｄｔ，也就是仍然出自一個Ｍ奴的願望。軍犬雖然後來是異性戀，但是調教的也都是男同性戀。軍犬在Ｓ女王女友與男主ｄｔ之間的猶疑游移，也就是他自己的異性戀／同性戀，Ｓ主／Ｍ奴慾望身分之間的猶疑游移，小說的兩個結局反映了軍犬的猶疑游移。當然，在Ｓ與Ｍ之間進行轉換，或者在異性戀與同性戀慾望之間流動，均非不尋常。或許這部小說正是在說明爲何這些轉換流動會發生。

六、《軍犬》中的男性氣質

《軍犬》這部小說的性別是男性。男性氣概是小說中隱約的焦點問題。有一段話主人翁是這樣說的：「…多久沒有正常的性行為，曼妙的女體從什麼時候開始不再出現腦海裡？是從認主的那天開始，性已不再有主控權？狗屌不是男人的屌。」主人翁軍犬原本的異性戀Ｓ身分是純粹男性氣概的表現，眞正男人是慾望女人的，是做Ｓ主而非Ｍ奴的。但是當他開始被調教成爲軍犬時，他的男性氣概就變成一個問題了。原本象徵男性雄風的勃起陽具，不再具有男子氣概，因爲「狗屌不是男人的屌」。一個眞正的男人在受過軍犬調教後，還是個眞正男人嗎？或者，才能成爲眞正的男人嗎？在此，軍犬成爲軍人的隱喻（在軍隊中，軍犬有時就被當作軍人，軍犬有自己的部隊編號與軍籍）。小說中的軍犬調教和傳統軍訓也是相似的。所以，如果指責ＳＭ調教軍犬是泯滅人性尊嚴，那麼這個指責應該首先針對軍隊。傳統軍訓往往必須抹煞軍人的個體性，而且由於透過羞辱磨難懲罰來規訓，受訓軍人的人格尊嚴會被踐踏。絕對服從與徹底支配則幾乎等於閹割（自主權力的剝奪）。軍隊實踐儼然威脅了軍人的男性氣概，但是軍隊又弔詭地必須激發與強化男性氣概。雖然軍隊最終發展出來的男性氣概是受制於權威與集體的，可是卻常有「軍隊使男人成爲眞正的男人」的宣傳。這似乎說明「男性氣概」有可能被重新定義或調整改變的，而且（正如一般男性研究所指出的）存在著多元的男性氣概理想典型。

主人翁在開始被調教時，扮演人型幼犬，必須去除體毛（體毛是男性與成年的象徵），此時男性氣概是被剝奪的。但是也正因爲經歷過這個階段的磨難，成爲訓練有素的成犬後，彷彿具備了更爲強悍的男性氣概。故而剝奪男性氣概變成增強男性氣概的先決條件，因爲男性氣概在這種典範下是從無到有、充滿磨難的取得過程，而未必是最終表現結果。這也和軍隊的男性氣概發展軌跡相似。當然，由於男性氣質的多元典型，可能存在著男性氣概的不同獲取途徑。主人翁軍犬後來因爲具備自己爲奴時的調教經驗（被剝奪男性氣概的經驗），而有能力去剝奪奴的男性氣概，因此成爲主人，也因此具有男性氣概。這種轉換又顯示所謂「多元」男性氣質，其實可能是主奴辯證的性質。

主人翁在小說中是職業軍人，成爲軍犬看似順理成章，然而卻既與其軍人的人格尊嚴和男性氣概矛盾，也與其高高在上的軍官身分矛盾。但是主人翁甘願成爲軍犬，放棄人格尊嚴，因而也可能同時失去固有男性氣概。這可以說是爲了愉虐慾望而放棄與改造傳統男性氣概。過去女性主義者經常抱怨男性氣概的種種，但是從來沒有眞正具體可行的改造方案。然而，在此我們又再度看到傳統男性氣質是可以被慾望調整改變的例證。易言之，男性爲何傾向某種另類性別氣質？答案之一是因爲那種氣質能滿足他人慾望（亦即，使他人覺得這種另類氣質性感可欲），因而也使男性滿足自身慾望。以娘氣質爲例，如果某種娘氣質使某些男人變成性感可欲，如果某種娘男人是性愛市場上的搶手貨，那麼這種娘的另類男性氣質便可能成爲一種主流的男性氣質，吸引更多男人操演這種娘男性氣質，成爲新娘男人。換句話說，改變男性氣概問題因此成爲改變慾望模式的問題，亦即，另類的新男性氣概也能滿足人們的慾望，這也就是如何使另類的新男性氣質成爲性感可欲：一方面某些男人使自己的新男性氣質成爲性感可欲（是一種跨性別美學的操演，因爲跨越了傳統性別氣質的性感美學），另方面他人也覺得這種新男性氣質性感可欲，可以滿足其慾望，他人的這種慾望偏好進而也使得另類新男人能滿足慾望。正如軍犬的特殊男性氣概可以滿足其主人的慾望，主人對軍犬的慾望則使得軍犬慾望得到滿足，因而使軍犬更加發展與操演其特殊的男性氣概。

七、《軍犬》豐富了性文化資源

有一種建立在法國心理分析家拉康的結構主義觀點認爲，男性氣質與女性氣質是符號象徵的位置，受制於難以改變的法則定律。縱使在想像層次去置換男女，在實際肉身層次去顚倒男女，都無法改變其符號象徵位置，只是（例如）生理男性去佔據女性氣質的位置，或生理女性去佔據男性氣質的位置，這並不能改變這兩個位置本身。美國的酷兒學者Judith Butler則不以爲然，認爲性別管制不是法則定律，而是社會常規，有一種常規化（normalizing）的力量使主體成爲彼此可比較、可被評斷的個體；這個性別常規就存在於性別操演中，也就是存在於引用常規的表現中，因此偏離常規有時也可能是在鞏固常規。像好萊塢電影《窈窕淑男》（*Toosie*）或《窈窕奶爸》（*Mrs. Doubtfire*）中的男扮女就極可能不是顚覆性別常規（但須視社會脈絡背景而定）。不過要改變常規也只能透過性別操演來進行。我認爲改變性別常規的操演必須有性（慾望）的干擾因素。當然，慾望或性也有其自身的社會常規，不是任何看似不符常規的性／別操演就能成功地改變性／別常規。例如一般的娘娘腔男人目前很難在性方面吸引異性戀女人或甚至同性戀男人。

慾望或許有時是頑固難變的，但是也絕對不乏順勢調整流動的例子，畢竟慾望有塡補、將就、置換、即興、轉換、調教、開發、衝突、矛盾、試驗、嘗新、出賣、固守、防衛等等多樣可能。打開所有慾望資源的大門，就是改變主流刻板性別慾望的契機。《軍犬》這部小說的問世正有這樣的功能，因爲像《軍犬》這類性文化資源的蓬勃生產與自由流通的狀況，不但可使得個人因爲有豐富資源而能夠將自己的性／別操演成爲性感可欲，而且使得原本是個人獨特的性／別特質（也因爲公開發表等）能夠成爲公共的文化資源。

正如《軍犬》顯示的，主奴關係未必就是（狹義的）ＳＭ的關係，而（廣義的）ＳＭ關係也不一定就是愛人關係，或甚至不一定是性伴（俗稱炮友）關係。在現實中，有些人會在配偶或情人之外，尋求ＳＭ對象或者主奴關係，涉及從無到有的不同程度之性行爲，也可能涉及從無到有的不同程度之情感關係。雖然這些現象只是道出性愛人生的簡單事實：人有不同的需求，因此有時會需求不同的人；但是這種ＳＭ的人際模式清楚地顯示了一夫一妻模式的非常態與不符合大多數人所需。由於跨性別運動，世界有了新性別政治的出現。我相信ＳＭ愉虐運動將帶來新性政治的出現。像《軍犬》這樣的書則能豐富新性政治的想像。

推薦序1

來自暗黑堡壘的祝福

暗黑堡壘站長／森美

二〇〇九年九月二十九日（星期二），與四十多萬來自世界各地的ＢＤＳＭ❶同好、本地居民和觀光客歡度舊金山皮革週（San Francisco Leather Week）和福爾遜街節慶（Folsom Street Fair❷）後，沒有事情比懶洋洋地躺在咖啡店外享受加州的陽光更加休閑寫意。工作？還是返回倫敦才做吧！喝著拿鐵，打開筆電上網，電郵系統跳出了一封電郵……

來自阿聰。關於《軍犬》的事情

嘩！差點被咖啡嗆到！自暗黑堡壘論壇的系統突然當機後，一直找不到合適的人選來修復論壇軟體，也因而失去了眾多暗黑堡壘朋友的聯絡資料。阿聰學習軍犬等人（和等犬？）尋找ｄｔ的精神，幾經波折，終於和遷居到倫敦的我❸聯絡上喔！阿聰乖～哈哈。千里尋人，事必有因。《軍犬》出書了！能看到這個最初在暗黑堡壘連載的故事終於有集結成書的一天，當然是替阿聰萬分高興。高興之餘，接到阿聰發出寫序的訂單。阿聰是我認識第一名出版小說的朋友，硬著頭皮也要用中文寫一篇洋洋上千字的序❹。好吧，我的第一次就送給阿聰啦！

亞洲社會強調群體主義爲重，個體在公共空間中的表達自由往往被壓迫和禁止。在奶奶仍是青春少艾的年代，那時的年輕男女會因爲在街上擁吻而被罵放蕩，而我爸當年自製的「破洞牛仔褲」也一度被視爲流氓的衣著。是放蕩還是熱情？是流氓還是不羈？時移世易，當今的世代當然會以另一番的標準來打量。我們用來打量社會衆人百態的尺，在不同的時空、不同的背景、不同的國度下有著相對而非絕對的刻度。這把尺往往被人用作攻擊別人的武器，站在自建的道德高台，以自己的刻度爲別人作評比，爲別人貼標籤。引用一句Beyond在〈海闊天空〉的歌詞「原諒我這一生不羈放縱愛自由」，但我認爲生活在社會的人海中總需要有求存同異

1 ＢＤＳＭ：泛指在兩人或以上共同同意下，以官能和心理刺激及權力操縱為重心之情慾行為，該等行為需帶有引發性興奮的目的，但當中可能包括或完全沒有性行為。ＢＤＳＭ一詞是Bondage & Discipline（B&D）、Dominance & submission（D&s）、Sadism & Masochism（S&M）。可能是我才疏學淺，但我找不到一個恰當的ＢＤＳＭ或ＳＭ中文譯名。該詞彙所包含的內容極廣，而較常用的譯名如「愉虐」、「虐戀」——詞中之「虐」古字源自虎爪並含有侵犯（busive）的意思，非為ＢＤＳＭ所容許。

2 Folsom Street Fair：起源於１９８４，福爾遜街節慶現在是舊金山皮革週的壓軸項目。每年在9月的最後一個星期天在舊金山SOMA區（South of Market Street）的第7街到第12街及霍華德街（Howard Street）和哈里森街（Harrison Street）之間，13個街道上舉行的慈善節慶活動。近年吸引超過四十萬參加者和近三百間商家和社區組織設置攤位，每年向舊金山灣區的非牟利組織捐助三十多萬美金的善款。

3 我：七年級生，從小偏愛環遊四海等以促進經濟為藉口的高消費活動，年少時更愛上了皮革產品，近來跑到英國一所頂尖學府作哲學博士研究。因此要努力工作，退休無期。

4 用中文寫一篇洋洋上千字的序：念英文班長大，上一次正式用中文是在學校寫「我的志願」之類的文章吧！大家看到的版本是經過高人「修理」的！

（Agree to not agree）的態度，尊重和包容多樣性是一個和諧社會的基石。在安全、理智、共同願意（Safe, sane, consensual[5]）ＢＤＳＭ三大原則下，成年人間的個人行爲，又有誰有資格以自己的尺來指點別人？尺，應是留來謙卑地衡量自己的工具。

仁者樂山智者樂水；何謂變態？何謂自殘？何謂嘔心？真的是見仁見智。我自小覺得付費前往遊樂場把自己捆綁在機器上被轉到翻天覆地的人，變態！轉開電視，遊戲節目主持把藝人嘉賓羞辱一場，十分變態！過幾天看到收視調查報告，遊戲節目的收視率熱爆，電視機前愛看主持虐待嘉賓的家庭觀衆更變態！愛美女生終年冒著腳趾變形穿高跟鞋，超自殘！中年大叔近乎脫光跑去馬殺雞，被二百多磅的歐巴桑在背上赤腳狂踩時在叫爽，嘩！哇！啊！變態！自殘！嘔心！回過頭來想一想，穿上Victoria's Secret的高檔花邊內衣與穿上同樣名店價的皮革或乳膠服裝在翻雲覆雨；不一樣的性喜好激發同一種的性高潮，官能刺激又怎能以高檔的驚艷情趣或低級的變態癖好來打標籤。我就是喜歡ＢＤＳＭ、我就是喜歡皮革，這是構成我個人身分認同[6]的重要部份。

很多時候跟老外談到亞洲同好面對的困境，ＢＤＳＭ和Fetishism[7]不是北美、西歐和大洋洲才有的專利，慾望是普世共有的人性。然而很諷刺地，我在亞洲長大。

在社會中，概念有別，個人自由於公共空間往往被壓縮；在家中，危機處處，與家人共住的傳統美德將你最基本的個人私密也被老媽老爸兄弟姐妹們來個深層次的分享。而作爲《軍犬》讀者的你，恭喜，至少你有本領去接觸這本可能被一些上至國家下至老媽視爲禁書的書！當一個社群因被打壓而走到地下活動，沒有渠道去接觸正確資訊，沒有渠道去提供必須的支援，因爲無知和無助，發生意外的機會往往隨之而增加。而每當發生不幸的事情，水果日報形式的媒體炒作更是把社會的誤解加深，同好又再一次被推更深的地底。

因爲要寫序，連續三個晚上打開稿件再重新閱讀《軍犬》，翻起了多年來的回憶。十一年前我在無意之間發現了自己潛伏在內心的喜好，我終於明白爲何我的腦

5 Safe, sane, consensual：任何ＢＤＳＭ的行為必須建基於安全、理智、共同同意的三大原則。如出現任何未經確保安全性、非理智或頭腦不清醒以及任何一方非自身意願的情況下，那是超越ＢＤＳＭ的範圍，該活動應被暫停。

6 身分認同：自人類發展轉向城市化脫離農村共住的環境後，大量人口移居人口密集的城市獨立地生活。社會的組成趨向以個人為單位，而除了性別、種族等固有身分外，性生活上的區別於二十世紀中後期變化為一股重要的身分，而城市的大量人口提供了各類身分社群化的條件。

7 Fetishism：泛指對指定物品或人體部位產生非主流的情慾喜好（inclination）。這個詞我又是找不到一個貼切的中文譯名，常用的有「戀物癖」。我對當中「癖」字意指病態差異不同意，社會上又不見有「咪咪癖」、「肌肉癖」、「金髮癖」等標籤！

海對一些電影片段特別記憶猶深，以往種種模糊的疑團突然清晰，而我從此踏上一條重新認識自己的路。由當初菜鳥一名茫無頭緒地尋找答案，到現在追求自己嚮往的生活方式的皮革男（Leatherman[8]），我很幸運有這份勇氣站起來，以忠於自己的堅持去面對個人喜好和社會現況困境。踏進第十一年，不算短也不算長的日子，痛過、笑過、跌過、High翻過。爲了理想、爲了自由自我，跑遍千里，落戶英倫。細閱著《軍犬》字裡行間的情節，過往一幕幕不盡相同但同樣有血有肉的經歷忽然間變得歷歷在目。

李軍忠的成犬（或成主）和與ｄｔ分離的經歷，有興奮激情的日子，也有失落難眠的晚上，當中所面對的人和事還有是是非非，縱使是作者的構想故事[9]，但也是ＢＤＳＭ同好所會面對的經歷。小軍犬被剃毛所帶來的生活難題、大Ｄ和ｄｔ因發生感情而引起關係上的變化、金剛生活在女友和主人之間的夾縫、凰對於戀愛的絕對佔有慾……在現實中，台灣的ＢＤＳＭ同好們當然比軍忠、軍犬或故事衆主人翁遇上更多現實的難題而作出妥協，眞正的主奴契約[10]從來也不是一件隨便的事。過往獨自一人，心裡一大堆不能說的祕密，現在透過互聯網打開了接觸其他同好的窗口；原來，自己並不孤單，並不「變態」。基於文化差異和社會實況，台灣不是

BDSM的烏托邦，也沒有一個BDSM的斷背山，但同好們每人也可以身體力行去支持身邊同好和社群的發展。路，要靠人行出來。終日坐在電腦前不發言的讀者或只是留在家中看A片打手槍的人不會改變現況。網絡上多參與討論，走出來和同好相聚，促進同好間的交流，總會想出辦法來的。

很欣慰見到台灣的文學空間能容下《軍犬》這類的小眾讀物，爲BDSM社群在台灣的存在留下了印記。

8 Leatherman：泛指皮革喜好者，他們有特殊的身分形象和社群文化，而並非單單「穿皮革服裝的人」，當中以Tom of Finland中人物造型為經典形象。近代由於互聯網的資料流動令皮革穿著普及化，增加了大量「穿皮革服裝的人」，皮革社群的傳統文化受到嚴重的衝擊。

9 構想故事：《軍犬》內容是故事橋段，不是教學實例！當中並不是全部行為都在BDSM範圍內。有腦袋又看過《白雪公主》的人也知道「食物中毒不是找名英俊的王子吻一下便能醫治好」，相對而論，說《軍犬》教壞小朋友或看情慾故事便學會調教的人也可能有點腦殘。

10 主奴契約：當一堆虛張聲勢的「主」人遇上一堆電腦前亂打字的「奴」，結果就是A君前幾天收了B君為奴，一星期後A君多收了C君為網上函授奴，B君再過了幾天轉了找D君做主人，D君同時登入另一個網名化身為奴。任何人也可能是有支配（Dominant）傾向或順從（submissive）傾向的人，但不是人人也備有當上主人或奴的正確態度。每個人也是由零開始無止境的學習，十年樹木，百年樹人，一名有經驗的主人或奴，不是以網談學回來的。

推薦序2

我心中的那頭軍犬

／端爺　皮繩愉虐邦

幫《軍犬》寫序眞的是我一件人生大事，因爲這部作品幾乎可以說是我在愉虐認同上的啓蒙小說。意識到這一點已經是很後來的事情，最初對我而言，《軍犬》只是一個非常厲害的打手槍材料（當然現在也還是）。當時還是毛頭小鬼的我，只知道如果命令使喚看對方跪著被踩就會很爽，而《軍犬》就是這麼對我的味：對異性戀的、軍人的、所有陽剛符號上的征服情節，就這樣扎實地挑動我一根根神經和一次次射精。現在回想起那些深夜時刻，半脫著褲子登錄暗黑堡壘閱讀連載，手忙著顧滑鼠滾軸和兄弟，眞的怎樣也沒有想到，六年後的今天這部作品要印成實體書了！也就是在經歷了主奴尋覓調教相處的漫漫長路後，回過頭來重讀《軍犬》，才發現自己慾望的原形，不過是來自當年打手槍那一晚的童話故事。

所謂的「當年」台灣應該是這樣的一個氣氛：「愉虐」這個詞還沒有正式地發展出來、性虐待還停留在暴力和危險的印象，實踐者們只能在幾個特定的聊天室徵友板上找尋伴侶，然後連上ＢＢＳ或少數香港大陸的論壇分享各種愉虐經驗。悄悄地、隱晦地從這些有限的資源中，摸索出自己的屬性與喜好。漸漸地，許多國外ＢＤＳＭ的文章與關鍵字被翻譯到中文介面，性愉虐的本地理論和概念在爭論和筆戰中被生產出來，皮繩愉虐邦才承襲了這樣的環境氛圍，以一個愉虐實踐的社運團體定位誕生。本書的作者阿聰，不但是這個團體重要的核心夥伴，也是網站上珍貴的情慾書寫作者。他的作品滿足／幫助了社群內許多人的自我認同與幻想，出版《軍犬》無疑是在台灣性少數與情慾的全面解放運動中，一份重要的力量。

阿聰花了很多年才把《軍犬》寫完，他經常笑談很多人無法相信他在寫第一部曲時，完全沒有任何實際調教的經驗（我也很難相信）。我個人的觀察是：《軍犬》從赤裸裸地描寫狗奴調教的快感與高潮，一路寫到一個實踐者的成長經歷，主角心境的轉變同時也是作者本身的，交錯在對自由與限制、解放與束縛的情感糾結裡，追尋被放逐的忠誠。在皮繩之前與皮繩之後，阿聰的作品裡面有著更深的思考，那些帶著悲傷惆悵的、孤獨、迷失、疏離的情緒，或許是來自他對社群的認識，或許是來自連載讀者的反饋。無論如何，看見《軍犬》與社群藉由互動而彼此成長，再投射在自己實踐的生命經驗上，帶給我無比的感動。

因此《軍犬》不僅僅是一個童話故事，雖然它沒有仙女和壞巫婆，也沒有黑暗城堡的地下牢房，它依然確實地觸動了我們內心的一份憧憬與幻想。那些幻想是在皮鞭蠟燭之外的，主從、支配、征服、訓練、忠誠、迷彩與汗水的，一種對完美主人與完美狗奴的崇拜和追循。在阿聰筆下貼近當代都會的情慾細節、男同志圈內圈外那些相愛相幹相虐的人際脈絡，描寫在性與權力的轉換流動中，無關顛倒錯位，爽感決定了一切，有爽就有愛，從中令我們著迷的是身體肉慾與精神愛戀互相驅動的眞誠與執著。然後穿越《軍犬》五部曲的生命旅程，我們的慾望可以不用等待白馬王子，不用擁有索多瑪古堡的邀請，就已然在血脈賁張的情緒中得到救贖。

（恕我偷梗）我不得不說，每個人心中都有一頭軍犬，那也許是一個內心中渴望被征服的自己、一個懷念或欲求的背影、一個純粹的激情春夢。最後，爲寫這篇序，我打了二十三次手槍，謝謝大家。

推薦序3

外与後

小七／阿聰忠實的讀者，AEternitas

外——旅行的意義

我有一個朋友，她很愛去巴黎。每年總是會利用年假湊出一小小段的時間，到巴黎去。戴高樂機場，巴黎地鐵，拉丁區的咖啡店，瑪黑區的散步。

起初以爲那是一場朝聖，後來倒像是一種回歸似的，像是鮭魚一樣，體內騷動，不得不溯溪迴游到自己的出生地。

去巴黎一趟並不便宜，更不輕鬆。行李、機票、行程、預訂房間……甫下飛機，隔天又要回去上班。

「幹嘛弄得自己那麼累？」

「我在尋找自己。」她在MSN上這樣回答我。

◇

當然，面對其他人，她會有一套相當漂亮的說詞，巴黎的空氣比較好、巴黎的咖啡有一種台灣和美國嚐不到的風格、巴黎的街道會令你不禁思考著，我們的台北爲什麼不是這樣？在瑪黑區的散步好像用腳掌踏數著自己生活的格子，突然想起自己平常的生活裡究竟缺少了什麼……

「旅行可以讓人看得更多，想得更多。」她總是這樣對別人說。

我想，也許每個人都需這樣的一個「異世界」、這樣的一個「他方」，供自己的生命和靈魂逸出。像是阿姆斯壯踏上月球之後，從月球上眺望遠方出發的藍色星球一樣。

◇

《軍犬》要出書了。

這些年，一路看著這頭小狗慢慢長大，心裡的想法似乎沒有辦法只用幾千個字就說完它。一則是很開心的，因爲這個曾經讓我掉了好多眼淚的小故事，也許有一個更好的機會也去感動別人。

一則卻是很擔憂的。

陶淵明寫了《桃花源記》之後，許多人的確被陶淵明所塑造的那個獨立於世外的烏托邦所撼動，卻也有許多人怔忡地在地圖上想要找到可以進到那個遺世獨立的入口。

這也許是一種文學家的成功？他所塑造的異次元／異世界彷彿就眞的存在在某一個角落，彷彿晚餐下樓去買一碗麵的時候一不小心踩到一個廢棄的可樂瓶，就會讓你意外地跌入那個異次元。

如此奇特，如此地異於我們所生存、所認知的這個世界，卻又如此眞實。

如果阿聰的這個小小的故事讓你跟我一樣，感覺書裡的主角彷彿就跟我們一樣呼吸著城市的廢氣、體切地感受著這世界裡的一切喜樂悲傷，那麼，阿聰就成功了。

不需要機票，不需要行李箱，也不用思考要帶什麼紀念品回來、帶哪一台數位相機出去，翻開書頁，就可以踏進這個奇異的次元裡。

希望你會跟我一樣，喜歡《軍犬》這個小小的星球。

如果你踏上了這個小小的星球，回頭望向你我生活的這個世界，再看看，愛是愛，信任是信任，依賴是依賴，慾望是慾望，眼淚和心臟。

這是阿聰的小小巴黎，希望它也能滿足你體內想要逃逸的騷動。

後——切割的藝術

這幾年，每次阿聰在網路上貼出一小段新的《軍犬》，總要讓我多喝兩罐礦泉水，以彌補身體損失的水份。

現在這個故事寫完了，心頭好像完整了，卻又好像失落了。

很多人覺得這個故事是一個「情色小說」，某方面（它書寫情慾）的確是對的，但是我不得不說，如果你想要在這個故事裡找到那種讓你可以一面讀、一面自瀆的性慾騷動，也許其他的材料會比這個故事更適合你。

我並不是說，《軍犬》的性慾騷動是不夠的。

我們總是可以看到很多人、很多故事，卻了追求某些慾望，任由身體的騷動去牽引人和人的愛情和靈魂。

但是在《軍犬》裡卻不是這樣的。

故事裡，阿忠與ｄｔ，阿忠與凰，硬了又軟了的狗屌……

阿聰的筆鋒彷彿像是一把鋒利的刀，不斷切割著。

他是狗。人會愛上狗嗎？

這不是愛。

「狗會自己打手槍嗎？」

（主人說這句話的時候，腦袋裡全是主人赤裸身體跟勃起的屌幹人體的畫面。）

「愛情與ＳＭ不是什麼人都可以同時擁有的。」

你不得不承認，阿聰對於書寫刻畫情慾場面的顏色與溫度，絕對是滾沸而激烈的。阿聰一面翩翩拍動他的翅膀，靈巧地挑動著慾望的熾烈，同時卻又冷靜（／冷酷／無情？）地看著這一切，然後銳利地質問你：

「這是愛嗎？」

阿聰的筆刀精確又鋒芒地削切了這一切，把它們削去，疼痛地剝開人性裡最難以逼視的那一切。

切割開了一切之後，引領著你去看、去思索，彷彿某種眞實就要貼近眼前。

這是慾望。

這是信任。
這是依賴。
這是原始本能。
這是執著。
這是貪心。

但，如果這些都不是愛——
那麼，愛，又在哪裡呢？

一個情色小說，當你射了精之後，你就可以撕下它，把精液擦掉，跟廢棄的日曆、昨天的報紙、回收的廚餘、宿醉的嘔吐一起，丟到垃圾桶裡。

可是，如果你也握著你熱燙的硬屌讀完了這個故事，甚至你也流著眼淚、噴完了精液，請你不要撕下這本書的任何一頁去擦拭體液，不不不。這絕對是值得你噴完精液之後再讀一次的故事。

《莊子・知北遊》

東郭子問道於莊子：「所謂道，惡乎在？」

莊子曰：「無所不在。」

……

曰：「在瓦甓。」

曰：「何其愈甚邪？」

曰：「在屎溺。」

如果眞理可以在屎液和糞便之中，那麼「愛」的原型一定也可以在激情的汗水、賁張的血脈、腥濃的唾沫、滾燙的淚水和精液裡找到。

這就是阿聰所擅長的，冰冷又痛楚的，切割的藝術。

淚水和精液裡的眞理。

AEternitas
1979 - 2013

《軍犬》初版編輯劄記

邵祺邁／基本書坊總編輯

決定出版《軍犬》的時候，其實沒有想過我們後來會必須遭逢（或更精確的說，「自找」）那樣多的挑戰，還有驚喜。收到稿子那天只是如常的一個午後，我坐在桌前翻閱著很大的一疊紙，讀著讀著氣血不斷向上湧，只能聽從心底不斷冒出來的指示——「是它，就是它，非要不可了……」

◇

等書正式上市後，細心的讀者將可能發現，《軍犬》（以下《軍犬》均指二〇一〇年出版之初版）封面膠膜外的限制級標章長得不大一樣：一本打開的書，底下還有一個專屬編號。這是我們把書稿送交「中華出版倫理自律協會」評議後的結果。這個舉動其實讓很多出版界或愛書的朋友不解：台灣不是早就廢除《出版法》了嗎？怎麼還需要送審？

故事有點長，簡單說就是：這一本書的題材相當特殊，是主體性很強的BDSM創作，我們希望讓它「好好的」、平平安安的上市。固然，《出版法》已經廢除，但仍然有界線曖昧不明且無人能解的分級制度，以及早就過時卻被警察單位視爲聖典，虎視眈眈的《刑法》等惡法。凡描寫涉及「性虐待」，便可直接起訴、移送法辦。

然而ＢＤＳＭ和性虐待是不同的。前者是出於自願的性愉虐實踐，後者則是當事人被迫屈就的性暴力犯行。法律要規範或者糾舉的應該是後者，而非前者。在《軍犬》的世界裡，只有你情我願的性愉虐，而無描寫和鼓吹脅迫他人從事性行爲的情節。要爲本書分級，須先清楚區分出這兩者截然的差異。

二〇〇九年十月，基本書坊的《大伯與我之打娃娃日記》、《突然獨身》兩書與誠品信義店在分級權力上出現爭議，中華出版倫理自律協會的祕書長簡先生，在事發的當天就致電基本書坊，詳細理解了事件的始末，並表達關心之意。事件暫告一段落後，他針對出版業如何看待現行分級制度的議題，細心、深入訪問了我們。當我們得知該協會設有評議委員和制度時，在取得作者同意後，立即決定將本書書稿送往協會評議。理由在於：一方面，這個評議結果，可在未來上市時，作爲與書店通路溝通時使用的憑據。也就是說，倘若某些自詡開明、實則保守的書店人員，憑直覺主觀認定這本尺度大膽的書就該藏在倉庫、躲在最角落，或者根本就不該讓它出現在書架上，我們便可以回應：乖乖包上膠膜、貼上自律協會的貼紙，何以不能享有和其他限制級讀物相同的權利，放在架上被成年人瀏覽、翻看？

另一方面也想知道，這個由新聞局輔導成立的機構，所邀請的社會賢達人士，對於性少數與性的多元性，有多少理解，甚至包容的能力？最簡單的一點，若評議委員無法釐清性愉虐與性虐待的差別，或者性愉虐超乎他們的想像太遠，而逕將本書列爲「超限制級」，那麼所謂的「社會賢達」不過也只是一群心胸眼界都逐漸萎縮的老頑固罷了。如果這樣的評議委員佔大多數，《軍犬》便極有可能無法以「限制級」過關，而被劃爲「超限制級」（也就是屬於評議會裡的「其他」這個分類，內容可能涉及「猥褻」）。若不幸落入這樣的結果，便可以大致推定：我們其實並不身處於一個如政客或媒體所宣稱的言論如何自由如何開放的國家，而是一個從上而下乃至旁支民間機構，都在一種愚昧而無法區辨和理解各種性樣貌的前提下，對情慾（書寫）施行言論管制之實。

這句話沒有說得太重，因爲事實有可能就是如此。我們就要把《軍犬》送進去審審看，聽聽社會賢達們怎麼閱讀它、評價它，讓《軍犬》去直接衝撞他們心中可能早已僵固的道德底限，不得不亮出他們的底牌來。聽多了什麼「同性戀很好啊，我們都很尊重」的場面話，這次送上的可是更厲害的ＢＤＳＭ小說，他們還能心平氣和、面帶微笑，說出一樣的話來嗎？

四位委員初評的結果，兩位列限制級，兩位列其他（也就是可能涉及猥褻）。後者的理由是：本書圍繞在性愛的描寫，無文學性、無藝術性，抹煞了人性而彰顯了狗性。因爲投票未過半，所以必須再經一次初複評的程序。

我們針對評議意見提出了回應，例如：文學性與藝術性的界定，向來就是個艱難的辯論議題，何人能傲慢地自認有權力對作品下如此的評語——何況是握有權力的「社會賢達＋評議委員」？再者，名著《索多瑪一百二十天》的尺度之大，《軍犬》的描寫尚與它有一段差距，何以《索》能夠列於限制級，而《軍犬》不能？是因爲《索》書有外國作家加持、《軍犬》沒有？亦或有其他原因？對於評議會所持的標準，我們願聞其詳。

兩週之後，《軍犬》確定評爲限制級。編輯部士氣大振，因爲終於可以讓它以一種堂皇光明的姿態，與讀者見面。有朋友問：爲何不在初評時即控訴評議會的荒謬言論，換取讀者的注意甚至同情？我想我沒有選擇那樣做的理由是，我不擅長示弱或打悲情牌，在鏡頭前揮淚的結果，可能唯一引來的是報導失焦、網友論戰的後果（我實在是受夠那些鄉民們把任何事均導向「商業操作」的不實指控和言語暴力了），而那些，對於我們一心努力的目標——讓《軍犬》光明正大擺上書店架子，沒有半點委屈和躲藏——可說毫無幫助，只會燒出一把廉價的鼻涕血淚火。更何況，事情未到最後關頭，如果能夠藉由一再的說明、表達作品精神和立場，讓評議委員理解並且接受，也許可以期待事情並不會向我們所想像的惡處發展。事實證明，這些溝通確是有效的。

我們把評議意見書的摘要，做成貼紙、黏貼在每一本《軍犬》的封面上。內容是：「本書雖有對性器官、性文化描述之文句，情節涉及性暴力、施虐與受虐，但內容多為自願行為，並無暴力強迫，且未涉及犯罪行為之鼓吹。且同性戀的性交描述，雖與一般異性戀的社會價值觀迥異，然就身心健全之成年人而言，仍不足以引起羞恥感而侵害性的道德感情，且亦不礙於社會風化，同時仍屬言論自由表達範疇。故非屬猥褻性出版品。」直接的、大剌剌的呈現方式，朋友形容它有點像「吃月餅讀紙條」起義的概念。但其實沒有這麼悲壯的，倘若出版即是一種「教育」，我們要讓每一位拿起《軍犬》翻看的讀者知道：你現在手上的這本書，曾經經過一番折衝才得以公開面世，如果你已經成年，讀它、擁有它，並不會使你入罪被警察抓；倘若你是BDSM的愛好者，這本書的存在與上市，本身就是一種支持的力量。正視你的情慾，坦蕩的面對它、實踐它，它並不猥褻、也不礙於社會風化。

◇

《軍犬》長達十多萬字，算是鉅著了。然在長達六個月的修整與編輯文稿工作中，最讓我心力交瘁或說腦葉衝突的，卻是在「作者創意」與「慣常用語」兩者抉擇間的拔河。

作者阿聰在簽約時即已明言「內容不准動」。然仔細讀了幾頁後，握著紅筆的手忍不住狂癢起來。於是開始試著改稿，把贅字、倒裝等明顯的問題一一調整過——但問題來了，有些字乍看是錯字，但擺在那個位置似乎產生了另一種形容的可能。那麼，該留下它、還是大筆一揮把它改成我們看熟了、用慣了的常見字彙？

例如初稿文章裡曾出現過兩次的「巧巧的」。它可能是「悄悄的」的誤寫，用來形容四下無聲的狀態，卻也可能是一種帶有躡手躡腳般神祕意味的「恰巧」。如果用在劇情裡，兩種情況兼有，該選擇一般人所熟知的「悄悄」，還是作者可能有意改寫過的「巧巧」？

類似這樣的例子還有不少，愈看愈是令我驚疑：驚的是長期寫作和擔任編輯工作的我，使用文字的想像力原來如此匱乏和侷限，很少想到要去嘗試類似這種多重意涵的文字實驗，難怪寫出來的東西只是順暢好讀卻容易流於無味、平板。疑的是，我會不會一不小心刪除了雙重（或多重）形容之中的一種，只留下了單一的情緒，造成某種缺憾？

做完兩個章節，我急忙找阿聰一談。請他一一對我所做的修改處作確認，或者告訴我哪些字句是獨創的，他想要保留。《軍犬》的寫作和網路連載時間橫跨六年，這之中作者自己的成長、變化，讓這五部曲的文氣和行文特色明顯有差，好些地方連作者都得花好些時間，才能憶起創作之初的想法。我們費了一番力氣，把修改處一一做好確認，爲的是既要讓讀者們更容易進入故事內，卻又能保留創作最初的風格與文字創意。

匆匆幾個月過去，阿聰的負責與仔細是我這段時間最感佩服的。他想讓《軍犬》在一種最佳狀態裡，完全準備好了再亮相，這點我絕對心服口服，而且雙手贊成。在完成二校、編輯工作接近收尾時，他用ＭＳＮ興奮地告訴我他造好了一個字：把犬字邊和「你」的右半邊搭起來成爲「㹫」。讀音是「你」，也是人稱，用來指「犬奴」，以區別人以及狗。理由是，當他看到第五部，盯著那個用來形容狗的「你」，怎麼看怎麼不順，索性造個新的字來用。我稍稍估量了進度，以及美術設計端的難度後，就無異議讓這個《辭源》都找不到的字，加進了《軍犬》。

諸如此類的「龜毛」，在書裡還有很多很多。當你在書裡找到疑似錯字的字，先別急著「啐」一聲。那很可能是一種「明知故犯」的暗藏玄機，反覆咀嚼體會後就能恍然明白：對文字的想像力與活用，原來可以這樣。

（如果要讀未經編輯台「馴化」後的版本，請自行上網搜尋《軍犬》的原始發表檔。但僅搜尋得到一至四部、和第五部的部份檔案。）

◇

過去阿聰出版個人誌（也就是自印自賣）的經驗，爲《軍犬》的包裝乃至行銷方式，提供了許多新的靈感。簡而言之——在「能傳達作品完整概念」的前提下，原本出版業習以爲常的慣性作法，都可以嘗試打破。

封面我們選擇了較厚磅數的紙，染成滿版黑、並且不做霧光或亮光處理，讓它保留模造紙粗糙的質地。隨著讀者翻閱次數的增加，指紋、手印（以及其他體液）等伴隨著閱讀活動的軌跡，會逐一的被記錄、留下。封面上那隻用來「點題」的、下身插有一根「尾巴」的人型犬，則採用了局部上光的方法，必須調整到適當的角度才會顯現，來表現本書某種神祕、曖昧的色彩。

一般來說，封底會大剌剌印上制式的出版社Logo、ISBN條碼和價格碼等資訊，但爲了不讓這些「看似非有不可，其實相當累贅」的色塊和字樣，損及封面設計的整體感和純粹感，我們將「基本書坊」的Logo、書系（G^+）和書號（B006）、ISBN和價格條碼這些哩哩摳摳，連同限制級貼紙和評議意見摘要，全部挪到透明包裝袋外的貼紙上。當你脫去外袋閱讀時，拿在手中的就是一本「完整」的、不受「世俗規約」的《軍犬》。

預購贈品則是突然想到的點子。把主角李軍忠的名字和他職業軍人、犬奴的身分結合，用國軍的制服名條立體呈現。十年前，當同志身分還算是個祕密的年代，我們總會用一些小東西標識自己，也便於在茫茫人海中發現同好，享受那一點你知我知、心照不宣的快感。像是在右耳別上耳環，別有意涵的標語或圖樣T恤，別在包包或胸口的彩虹或粉紅色三角徽章。這張名條，也有這樣的用途。本書的忠實讀者，可以驕傲地把它別在衣服、包包上，若你是BDSM同好，如此標識自己，也形同於一種身分的彰顯和「出櫃」，便於在行進間、在公共場合裡，一眼發現與己相同的夥伴，甚至發展出一段意想不到的情誼。

作爲一個編輯，最感開心的時刻並不僅僅在於書剛出爐的那一刻，過程裡大小驚喜的遇見、貫徹以及點點滴滴的實現，我都感懷在心。《軍犬》的編輯工作告一段落，突然想到一些値得記下的話。就寫在這裡。

二〇一〇年四月十三日

第一部

當我第一次在網咖瀏覽網頁跑到ＳＭ網站時，心臟彷彿都快要跳出來了。吞了口水，小心翼翼的趁著路人不注意之間觀賞一頁又一頁的網頁。迷彩褲襠部的膨脹，令人難以忍受。其中主奴交往區，在我好奇之下，留了資料：主１７５／６８等。因爲突然來了一群下課的學生，所以趕緊送出後關閉視窗。背起洽公包，準備返回營區，路上邊騎車邊想著不知道會不會有漂亮的女奴來應徵。

休假的時候，按照著ＳＭ網站系統配對的Mail前往約定地點，可是沒有半個女奴，卻只有一個留滿鬍渣年過三十、穿著西裝的男人。

「有沒有搞錯？我要找女奴。」

他笑著拿出他列印出來的網頁。「系統給我的資料上面寫著你是要找主人。」當我訝異的搶過他手上的資料，才發現上面寫的資料竟然一堆是有問題的。從身高、年齡、找尋對象全都出了問題。「我想應該是系統出了錯。」尷尬的笑著。

「如果你願意當奴，我倒很想調教你。你應該在當兵吧？」「我是職業軍人。」於是開始不耐煩，系統搞錯了，實在也不想跟眼前的男人繼續聊下去。「你有沒有興趣當條軍犬？我一直想調教軍官。在其他人面前是雄壯威武的男人，在主人面前卻是一條軍犬。」

別開玩笑了，他到底知不知道自己在說什麼。

下次上網登入，我修正了錯誤的資料，相信很快就會有奴來應徵。一個月下來竟然沒有女奴，這是怎麼一回事；倒是上次的那個男人持續的寫信過來關心我的狀況。第一次還笨笨的打開他的信，之後知道他的帳號後連看都不看就刪掉了。無聊之餘，開始瀏覽著ＳＭ網站上關於調教的討論。

「你好。」上次的那個男人傳了訊息過來。基於禮貌的回覆招呼。

「你找到奴了嗎？」他丟了讓我覺得有點關心的話。

告訴了他。「沒有，沒有奴隸上門。」

「當然不會有奴想找你這種初心主囉。你什麼經驗都沒有，搞不好會弄死人。」

「怎麼會啊……」於是跟他狡辯。

「你要是再沒有奴隸上門，考慮一下，來當我的軍犬吧。」

「你還沒死心啊！」眞是不要臉的男人。

「光是想到你卑微赤裸的跪在我面前，我就覺得很有趣，不會死心的。」

「你作夢。」他腦裡到底裝什麼。

「想當狗的時候，記得要想到我啊。」正準備開罵的訊息文字，他便已經下線了。真是個異想天開的男人。

只要我上這個ＳＭ網站，好死不死就會遇到這個男人，我們其實搭不上話，講沒兩三句，他始終想把話題扯到找我當他的狗，幾次不理他後，他也就不愛跟我談什麼軍犬的事情。有天洽公無事上了網站發現了個訓犬的主題區，發現了找軍犬男人的ＩＤ竟然掛在區主的位置。

「愛犬，你想通。跑來訓犬區看文章。」他一丟訊息過來。

「你怎麼知道？」彷彿被看穿了行動。

「我是訓犬區的管理者，當然看得到你在瀏覽囉。乖。」

「你少在言語上佔便宜了。」

放假上健身房，才剛踏上跑步機沒多久，鏡子便照射出後面有人不斷的注視著自己。大概又是個迷戀男體、企圖搭訕的同性戀。他看見了我也沒躲藏，反而往我這走來。

「很好。這樣臀部會翹一點！」他說這句話時還不怎麼想理他，當我看出他是誰時，差點在跑步機上跌倒，他一把抓著我。「果然狗在主人面前用兩隻腳的話會容易跌倒。」給了白眼，甩甩毛巾，便準備離開。「狗兒，你要去哪裡啊！」

翻臉跟他吼著：「我有名有姓，再者我不是你的狗。」說完立刻掉頭去盥洗準備離開。他一直跟著我。「你到底要跟我到什麼時候？我要去盥洗，你可以不用跟著我了吧。」

「我也可以去盥洗室啊。狗兒害羞啊！在主人面前，狗是沒有隱私可言的唷。」

「你別再提狗啊狗的！」

「我看得到你心靈上的奴性，你在我面前就是條狗的型。」

之後這個男人再也沒有騷擾過我。他坐在盥洗室注視著我脫衣圍毛巾、走進浴室、走出浴室到穿衣，他的眼神始終在我身上，那種寸步不離，炯炯有神的眼睛彷彿看穿了身體之外的衣物，在他面前有如赤裸著身體，令人起雞皮。他沒有追上離開健身房的我，網路上也不再傳訊息過來，這樣也好，莫名其妙的男人還是少接觸的好。

自從沒有騷擾後，ＳＭ網站成了每次休假或者洽公閒暇極度渴望上來的地方。壓力越大的時候越想上來，即使沒有奴來應徵也沒關係，光是看到些小說或者別人調教的經驗，就很讓人嚮往。ＳＭ網站都逛遍了，只有訓犬區不想進去。因為那個男人看得到使用者，所以即使其他區域都看膩了，也不想進去。

年底業務量遽增，隨著營上準備專精下基地，什麼事情都變得複雜，營長三天兩頭的批幹幕僚，休假越來越不容易，健身房的錢好像白繳了似的很少使用。好不容易期盼到的假期，還沒換回便服，就被營長叫過去夾懶蛋，被痛批一頓業務上的疏失，休假時間自動延後，能夠在晚間兩么前出營區，眞該痛哭流涕。在市區吃個飯，準備搭車回家。不知道是假日前夕還是怎麼了，人潮洶湧，離我班次還有好長一段時間，趁著時間空檔，便溜進網咖。習慣性的連上ＳＭ網站，好久沒上去了。

一連上去，首頁都換了。是張大圖，網頁跑了幾秒。電腦前面出現了張穿著皮革的男人和一個全身赤裸跪在地板上的男人，跪著的男人脖子上掛著項圈被牽著。不知道是太久沒上網站了還是怎麼了，我竟然瞬間勃起，牛仔褲阻擋了陰莖勃起空間，弄得我得在座位上遮遮掩掩的調整胯下。

這是我第一次看到所謂的狗奴調教照片，沒想到是如此震驚，胯下的陰莖彷彿說明了什麼。首頁的圖是慶祝他們訓犬區聚會成功的文章，將滑鼠移動到鏈結處，掌心不斷冒汗。網站上擺了幾張他們聚會時的照片還有段像似新聞稿的文字紀錄，最下方有參與者的心得分享；那些照片中，一眼便看到了那個男人。他在心得分享中感謝著參與者及參與的寵物們。他們你來我往的文字中，自己有如缺少了什麼。那個男人寫著：**身為訓犬區主，竟然沒帶寵物出席，真是太不應該了**。這段文字瞬間讓我在腦裡將首頁的圖片換成了那個男人，而赤裸跪在地上的人……我想都不想趕緊把網頁直接關掉。

當夢見那個男人在聚會上牽著他的寵物亮相，而我竟然就那樣光著屁股，脖子上著項圈被鐵鍊拉著時，我嚇醒了。同時我也發現四角褲上濕了一塊，夢遺了，量還滿大的，右大腿內側一大塊濕黏，太久沒發洩，儲存太久。脫掉了內褲，站在洗臉台前清洗著褲子。鏡子前是赤裸的男人。

下次上網時，首頁的狗奴照片依舊讓我瞬間勃起。意外的發現了使用者清單列表，而我所註冊的ＩＤ和那個男人的ＩＤ在眾使用者名單內竟如此清楚，一般人不是應該只會注意到自己的名字嗎？顫抖的連進了訓犬區，他會看得到我正在訓犬區嗎？他會不會和以前一樣傳來騷擾的訊息。

他始終沒有傳訊息給我。訓犬區的資料我還沒看完，身體就有種快支撐不住的感覺，尤其是襠部腫脹得令人快抓狂。其實很想到廁所去打一把，只是礙於這裡是公眾場所，所以不停的壓制慾望。他彷彿對我失去興趣般，不像從前熱絡。我顫抖的點選了他的ＩＤ，想主動傳訊息給他。

「hi」簡單的訊息，因爲我不知道要跟他說些什麼。等了一兩分鐘，他始終沒有回應。直到我點選了訓犬區的照片，他才回了訊息。

「你好。」看到他的訊息，覺得好像不太一樣。

「你好……」猶豫了會。「我正在看訓犬區的照片。」

「我知道你在看訓犬區。有什麼事嗎？」

「我……」不知道是怎麼，連看著死板板的電腦螢幕都會緊張。「我想跟你交個朋友，順便請教一些關於ＳＭ的知識。」我在說謊吧，我其實想問關於狗奴調教方面的事情。也不是自己想當狗，只是想知道爲什麼看到圖片竟然會如此興奮。

「嗯。」他簡潔有力的回答。而他給了他的手機號碼。

將他的號碼跟ＩＤ記錄下後，想在網路跟他多聊些什麼，不過他似乎很忙，忙到沒什麼時間理我，時間過晚之餘我便離開了網咖。在收假前的晚上，我看著手機、電話簿裡他的號碼，心裡不斷猶豫著該不該打電話過去。之前是他主動找我，我不想理他；現在我主動找他，會不會因爲之前不好的印象造成他愛理不理，可是他都已經把手機號碼給我了，應該表示他會願意接我的電話。

於是鼓起勇氣撥了電話。手機另一頭簡潔有力的聲音。「喂。」

還沒有開口，就已經結巴。「……我……我……我……是李軍忠。」好不容易講出了一句話。電話那頭呈現寂靜狀態。「你是哪位……」他對我的聲音沒有半點印象，那我該怎麼對他說我是誰。「我是那位……職業軍人……」他應該記得起來吧。

「唷。是你啊！」忽然間，好想聽到些什麼，讓我跟他的距離沒有這麼的遙遠，遙遠得跟陌生人似的。「嗯。明天要收假了，之後進基地，也沒什麼時間放假，想說既然要了你的電話就打聲招呼。」他在那頭低聲的笑著。「沒什麼事啦。」他開朗的笑說：「基地訓練應該會很辛苦，想聊聊再打來吧。我在忙，掰。」電話掛斷，房間裡突然變得寂靜，於是我陷入了極度沉思。

回到營區後，基地測迫在眉睫，開始緊鑼密鼓的準備跟訓練，所有的休假都是被禁止的。當然軍官跟士兵是不一樣的，我們會趁著洽公之際，爲自己爭取小小的空檔。SM網站成了我必備的休閒，不過可能是太少上線了，每次上線都有看不完的新東西、每次瀏覽身體都有莫名的顫抖，甚至當晚盥洗時發現自己四角褲上濕了一圈十塊錢銅板大小。

「可能太久沒發洩了吧。」打了電話給他，他在電話裡輕鬆地說著。「你怎麼發洩啊？有女朋友嗎？」

趕緊離開有人的地方，說著：「打手槍啊，又沒有女朋友。」尷尬的笑了幾聲。「對了，一直沒有問你該怎麼稱呼你？」面對不知道怎麼稱呼的人，一開始交談總覺得哪裡怪。

「你還不知道怎麼叫我啊！你沒看訓犬區裡的文章嗎？其他人都叫我ｄｔ啊！」他的笑聲彷彿在笑著我。「唷。」我尷尬得不知道怎麼回應。

「難道你要叫我主人嗎？你是可以叫我主人，我不反對啦。」他笑得爽朗，我在電話這頭覺得言語上被佔了便宜。「你太愛佔我便宜了吧。」我笑著時，腦海裡冒著「你現在是不是還想找我當你的軍犬啊」，不過我什麼都沒說。

「你是不是交了女朋友啊？」同間寢室的學長問著。「沒有啊。你爲什麼這麼問？」好奇的拉了椅子坐下。「你最近講手機講得滿勤快的。」

「沒這回事，只是跟朋友聊聊天。」馬上解釋著。

「同一個嗎？」看著他問我。立刻說了：「當然不是同一個囉。學長要介紹女朋友啊？」

事實上的確如此，和ｄｔ電話聊天已經成了經常做的事情，也不是天天，只是和他聊天的過程中，像是一種洩壓發洩方式。主要都是我打電話找他，他好像從來沒有主動打電話給我過，仔細想想的確如此。每次都是我主動找他。經過學長的提醒，今天晚上特別克制著打電話的衝動便就寢，畢竟這段基地測的時節每天都睡得很少。脫了長褲，爬上上鋪，蓋了棉被，躺下沒多久學長呼呼入睡聲便出現了，而我卻怎麼也睡不著，好像少了什麼似的，讓人無法入睡。腦中彷彿迴盪著ｄｔ的聲線，揮之不去的徘徊左右，讓人左翻右翻都難以枕眠。於是隔天理所當然的精神不濟。重要的時刻竟然精神無法集中，又免不了營長一頓罵。沮喪得吃不下飯，整個人也變得消沉。

「還好吧？」晚餐後和學長在餐廳旁抽起菸來。「還好啦。」勉強擠笑。

「快要基地測了，很快就可以放假了。放假我們再一塊出去玩個痛快。」「嗯。」抽完了手上的菸。「我去打個電話。」先行回了寢室，想一個人安靜地跟他說一會。可電話老是撥不通，打了數十通電話後，我已經決定放棄。他看到號碼顯示應該會回電吧。回到辦公室，整理著資料，一直到十二點，ｄｔ他依然沒有來電。等我回寢室就寢時，下鋪的學長睡了：「你今天晚上好像不怎麼高興。開心點。」

「嗯。我去盥洗了。」軍官浴室裡，蓮蓬頭澆溼了頭髮，整個人在冷水柱裡溼透。好像心空了一塊。

一夜未眠後，隔天想辦法和學長洽公出了營區。其實緊要關頭了，洽公很難批准，免不了又是營長一頓批，誰叫我用和旅部作業當藉口。「學長不好意思唷，害你跟著我一起被罵。」「沒關係。我早想出來透透氣，快悶死了。」學長好心的說著，於是共乘輛機車到旅部裝模作樣後直奔網咖。「我想去上個網。」「那我去打個電動好了。」

在網咖裡，學長竟然坐在我旁邊，雖然他專心的打著線上遊戲，可是我卻不太敢進入SM網站，擔心他一轉頭便看到了網頁，尤其是狗奴調教的首頁。藉口用的鍵盤壞了，換到角落離學長有段距離的位子上線，可是dt他不在線上，我進了訓犬區想從裡面找到些關於他的消息。訓犬區裡新增著那次他們聚會的些照片。而我一張張在裡頭尋找著dt的身影。

「你爲什麼不回我電話?」在基地測結束後的假期，一步出營區便打了電話給dt，這是基地測後第一次打電話給他，那次上線尋人後彷彿賭氣般，跟他斷了聯絡。「我有事在忙。有事想找我的話，你會再打來。」

「可是你爲什麼不願意主動打來呢?」我這麼問著。

「我們是什麼關係啊？」他問著我。理所當然的回答：「朋友啊！」電話裡他聽到我的答案，往日爽朗的笑聲又回來。「你只把我當朋友嗎？有沒有一點點的……」他沒有繼續說下去。

「這禮拜有個簡餐聚會，要不要來？」他說著。

「ＳＭ網站的？」猜測。

「嗯。算是訓犬區幾個比較熟的朋友聚會。」

「好啊。」不知爲什麼對於他們ＳＭ的聚會竟然如此感興趣，會有眞實的狗奴調教在眼前嗎？ｄｔ說他會開車去，所以要我先到他家去。當天我騎著機車，循著他給的地址找到他家。ｄｔ家是棟別墅，院子還滿大的。他穿了一身黑衣，是一副ＳＭ皮革樣子，相較之下我竟然Ｔ恤跟牛仔褲套著就出門了。

「沒關係。你要穿到多好看？」前往了聚會地點，是個八個人的聚會。ｄｔ停車時，我問了「他們之中有幾個是主人，哪幾個是狗奴啊？」，ｄｔ看了我一眼：「你變了。」

我變了？「你說什麼？」帶著ｄｔ的問題，進入了這群人的聚會。聚會中當然是他們玩家們交換心得的時間。ｄｔ和他朋友的調教手法，讓人聽了身體莫名的激動。ｄｔ靠在我耳邊說著還好嗎，我點點頭。趁著洗手間時間，調整了四角褲裡的位置，胯下的勃起弄得相當不舒服。ｄｔ的聲音簡直催眠得讓人不自覺的勃起。拉上拉鍊時，腦裡突然回憶著在營區那段時間和他的電話中，我好像也是越跟他聊越興奮，那時有反應嗎？太可怕了，打了水在臉上，清醒清醒後回到座位。先前聚會中幾位比較少開口的後來聚在角落聊了起來。ｄｔ那堆因爲老插不上話，外加他的聲音太催眠，所以我主動坐過去另外一堆，聽聽他們聊些什麼。

「你是ｄｔ的狗奴嗎？」才一坐下，他們便開了口。來不及否認，那個坐在我旁邊的人，拉著我的Ｔ恤。「狗牌勒？沒有？」他們吱吱喳喳的討論起我來。「難道記號在褲襠裡？」他們越討論越興奮，ｄｔ兩眼一瞪，他們就降低了音量。

「我不是ｄｔ的狗奴。」我跟他們解釋著，可是心裡卻有股很難受的感覺。他們得知眞相吃驚的模樣。「我們都以爲你是他的狗奴耶。」眞相之後，他們七嘴八舌的問著我對狗奴調教的想法，而我腦筋卻是一片的混亂，因爲我從來沒有這一塊。我不是狗奴，可是爲什麼當否定我是ｄｔ的狗奴時，心卻像喪失了什麼。腦筋空白到之後他們在說些什麼我都聽不見了，回過神時已經在回程ｄｔ車上。

「你還好嗎？」ｄｔ問著。「你流了好多汗。」他伸了手將擺在後座的衛生紙整盒遞給了我。我吞了口水。「……狗……奴……」

他看著我。「狗奴？」他知道我在想什麼嗎？「你今天跟他們聊過有什麼感想？」他的問題讓人難以回答。我該怎麼回答呢，我心裡在動搖，我是否……

車開入了車庫，當他問著是否要進去坐一下時，我在站在他家口，不動也不說。「你怎麼了？」他問著。我說不出口。體內的靈魂彷彿分裂成兩塊，不熟悉的那塊蠢蠢欲動。「我……我想試試看……」

他疑惑的看著我。「你想試試看什麼？」他的話讓我的耳際瞬間紅透。

「……狗……奴調教……」

他板起了面孔：「再說一次。」我有點被他嚇到說不出話。他大聲的說著：「再說一次。」

「我想試試看……狗奴調教。」在我口中完整的說出了這件事情。吞口水的聲音好清楚、我的呼吸聲好清楚。

他看著我怒言：「給我大聲的複誦。」

「我想試試看狗奴調教。」我竟然一次比一次說得更清楚。

「沒吃飯啊！」他壓著我的腹部。「大聲複誦。」像是從身體內部大聲喊出的話。

「我想試試看狗奴調教。」這一聲大吼，空氣中還迴盪著我想試試看狗奴調教的聲響。說出口的話，竟然讓我清楚的感覺身體每一吋肌膚毛細孔都在縮張。

「很好。」他簡單回覆著。離開我約略五步，像似軍隊中發號命令者站在部隊面前。「脫光衣褲。」他說了命令而我卻愣在那裡。

「這裡？這是戶外……」

他的面容再不像之前相處般隨處帶著微笑。「你想要幹嘛？」他問我。「你想要幹嘛？」他的大聲讓人顫抖。

「我想試試看狗奴調教……」用著顫抖的聲音回覆他。於是腦海裡那張首頁狗奴調教圖清楚的在我面前。狗奴是要在主人面前全身赤裸的。

「脫光衣服。」他一吼，我的身體像是他按下的按鈕，立刻在他的院子裡脫了上衣、扯下牛仔褲，身上只剩一件四角褲。而我的雙手像是無法停止的將自己身上最後一件遮蔽物給扯了下來。

「跪下。」雙腿竟跟著他的命令跪了下去。男兒膝下的黃金竟讓此時此刻是如此的閃耀跟羞愧。「你是誰？」他問著。

「我是……」嘴巴隨著身體顫抖：「李……軍……」

還沒說完的名字，立刻在他眼睛中得到答案錯誤。「你是誰？」

身體的涼颼，讓兩頰發抖的說著：「我是狗奴……」我在他面前說出我是狗奴。

「我是誰？」他問我。

我的整張臉失調的說著：「你是主人。」

他生氣的疑問。「嗯？」

吞了口水：「主人！」腦裡充肆著主人兩個字，除了這兩個字再沒有別的。

「你想要幹嘛？」主人又問了一次。

而嘴巴在意識清楚之下竟然喊出：「主人，請調教狗奴。」主人跟狗奴的名稱就這樣出現。

主人走到了我面前，我疑惑的看著主人，主人搜走了我的衣褲，然後一個人走到大門口。「在這院子裡，你就是條狗。離開這裡就用爬的出去，到門口才穿衣服。」主人放下了手中的衣褲。「爬過來啊。」

主人的話像是軍令般，不得懷疑。當我的手掌往前挪一步帶著腿向前時，胯下的陰莖顫抖的腫大卡著難以行動。「還不快點，狗屌硬啦！」聽見主人的話，立刻往前快速攀爬。「既然是條軍犬，就要表現出應該有的樣子。」這條短短的大道，竟然爬了這麼久，我在主人面前爬完了這段，低賤的爬到了門口。主人搔著我的頭髮。「很好。」我的手掌跟膝蓋都被磨得紅腫。「這就是狗奴。李軍忠！」聽見主人喊我的名字，抬頭望著主人。主人拉著我的手起來，而身體卻還像是條狗般彎曲著兩條腿。「李軍忠。」當主人再喊一次時，身體像在軍隊中被長官點名時的反應。「是。」

他敲敲我的肩膀、胸膛、腹肌，當兩個人的視線都挪到了我勃起的陰莖時，我立刻用雙手遮掩。他的臉笑了，像之前般微笑。「在主人面前，狗奴的慾望，不需要任何隱藏；在主人面前沒有任何隱私。」

雙手緩緩放了開來。「是。」

他手放在我頭髮上搔弄。「Good Boy。快點穿起來吧，免得著涼或者被路人看見了。」臉立刻紅了。當我撿起衣物穿時，他往裡頭走開。「ｄｔ……唷不……主人……」

他回頭笑著：「現在不用叫我主人。回去想想，你是不是眞的想成爲一條軍犬，再告訴我。」他關上了門，我穿上牛仔褲，裸著上半身在大門口，而身體卻像是運動了一整個晚上般冒著汗。騎車回家的路上，我不停地想著主人、狗奴、軍犬、ＳＭ、今晚的經驗，我的身體熱騰，所以答案再清楚不過。

第二部

我眞的要成爲一條狗嗎？床上輾轉難眠，手掌和膝蓋的紅腫像是注射了興奮劑，它們最後都集中在雙腿之間，腫脹得難以忍受。四角褲跟帳棚沒什麼兩樣，脫掉了褲子，彈出的陰莖纏繞著慾望，手才放上去，才開始輕揉懶蛋，會陰處像是爆裂般，精液像砲彈般發射，強到噴上我的脖子，差點就變成自體顏射。空氣裡有我的喘息聲，慾望沒有因此消滅；從床上爬起，視線在浴室，踏下第一步，人整個跪了下去，雙膝觸碰冰涼的地板，那裸身在院子爬行的記憶瞬間襲擊，射完精、軟趴的陰莖再度硬起。打了電話給ｄｔ。

「對不起，這麼晚打電話給你……」

「沒關係，我還沒睡。」聽著他講話，於是我這裡沉默了。「很硬，睡不著是吧？」接觸電話筒的耳朵瞬間紅熱，熱到隔個頭顱的另個耳朵一塊燒紅。

「你怎麼知道……」羞愧的說著。

「你又不是我第一隻調教的狗，你們的心態我抓得非常準確。」

「我睡不著……我剛剛已經射過一次了，現在還是硬著的……」

「趁著還可以自由打手槍的時候多自慰吧，眞的成了主人的狗就不可以打手槍，不然就等著接受處罰。」ｄｔ冷冷的聲音外加口口聲聲的主人、狗、處罰，身體激動得帶著呻吼聲，射精。「射啦？」

低著頭，羞愧的回答。這是第一次讓人聽見我的呻吟聲。「……主人……對不起……」在心裡已經將ｄｔ視爲自己的主人。

「主人還不需要叫得這麼早。你眞的想成爲一條狗?眞的想被調教?你知道狗奴調教要做些什麼?」ｄｔ的每一個問題都問得我心虛。「時間不早了，既然睡不著，做一百下的伏地挺身再睡。」收到了命令。

「是。」兩手撐著地板，裸體的伏地挺身。硬著的屌、垂下的懶蛋撞擊地板時，隱約的與冒汗的身體產生和諧。充血的生殖器官，暫時得到釋放。

隔天上網瀏覽著訓犬區的文章，我極度渴望了解所謂的狗奴調教，看著網頁上關於狗奴調教的點點滴滴，我不只是冒汗而且脊椎整個涼了上來，褲襠腫脹得像是在內褲裡射精般，溼熱難受。ｄｔ傳了訊息過來，要我到他家一趟，我很快的答應了。當他開了大門，我準備踏進第一步時，昨晚赤裸的自己，跟狗一樣的爬向大門口的身影歷歷在目。耳朵旁還聽見昨晚ｄｔ的聲音：「在這院子裡，你就是條狗。」

身體似乎成了自然反應，穿在身上的衣褲都變得多餘。在院子裡將自己扒得精光後，在ｄｔ面前跪了下去。他笑著：「越來越有狗奴的樣子囉。」跟著ｄｔ爬進了屋內。「你想要成爲我的狗嗎？」

「是。」抬頭看著主人。

「嗯。可是我要你先搞清楚是不是只是一時的興趣。」主人打量著狗奴的身體，主人的視線停在勃起的狗屌上。「我要的是一隻完完全全的狗、一隻訓練有素的軍犬，你做不做得到？」

「是。」我回答。「可以。」

「大聲的回答。」ｄｔ聲音低沉嚴肅的說著。

挺起了腰桿，從腹部使力的喊著：「是。」

主人銳利的眼光看著赤裸的狗奴說：「是什麼？」

用盡全身的力氣大喊著：「我要成爲主人的一隻軍犬！」吶喊過後，我聽得見自己心跳得如此激動。「我要成爲主人的一隻軍犬、我要成爲主人的一隻軍犬」的聲音在自己四周環伺。

「記住你現在說的話。」主人在櫥櫃裡找著東西。「以後你沒有資格說『我』這一個主詞。」

「是。」肯定的回答。

「在主人面前，就是一條狗。完完全全的一條狗，主人要你說話，你才可以說話。」主人走到軍犬面前。

「是。」

主人手持著**鳳剪**，閃耀得讓人害怕。「……主人……」主人抓起了軍犬雙腿間的狗毛剪了幾刀後，狗毛一叢叢落到地板，那瞬間我的眼淚在眼眶裡打轉。毫無預警的被剪掉了男人雙腿間的毛髮，原本是毛茸茸的一片，現在只剩短短一兩公分的長度。

「右手抬起來。」心裡難過，但是右手即隨主人的命令抬起，剪刀剪掉了右手胳肢窩的腋毛，左手腋毛在下一刻也被剪掉。於是軍犬成了短毛犬。「等正式調教再全部剃掉。」主人說完，軍犬立刻全身打冷顫：要成爲無毛犬，男人被剃掉身上的體毛，還有沒有所謂的尊嚴？

主人在軍犬身邊繞了繞，目光依舊犀利。主人在軍犬後方蹲下，左手一推讓原本挺直腰桿的軍犬往前趴下。「開過屁股了沒有？」軍犬不懂。「我說你被幹過了沒有？開過苞了嗎？」男人的屁股只有同性戀才會被開，沒有異性戀男人會喜歡自己的肛門放進另個男人的陽具。

「回答我！」

「沒有。」

才回答完，主人便往屁股打下去。「不會喊報告嗎？既然是職業軍人，跟主人說話不會喊報告？」

「報告主人，沒有。」自己大喊沒有時，被剪掉散落在地板上的陰毛就正在眼前，而自己正在另個男人面前高高的翹起屁股。主人將我的臀肉扳開，指頭頂著肛門口繞啊、摳的。「不要！」

脫口而出的話立刻換來屁股一頓打。「沒規矩。」主人遠遠的走開，只留下自己跪在那裡、翹著屁股，而臀部還留著主人手掌痕跡。好一段時間的寂靜，主人沒有回來或者發出什麼聲音，只剩下自己跪在那、依然翹著屁股。像是被遺棄般無助，抬了頭東張西望。主人不在視線內。

「主人！」開了口喊著。「主人……」依舊沒有任何的回應，主人在生氣嗎？「對不起。對不起，主人。」在這間屋內，大聲的喊著，喊到回音不斷的聽見。終於，軍犬聽見了腳步聲。主人出現在視線內，手上還拿著根長條物。主人走到了軍犬面前。

「這是我調教狗奴時用的『打狗棒』，平常放在餐桌旁的角落，以後做錯事，自己去咬過來，討處罰。」主人用棍子將軍犬身體壓低，敲敲屁股，要屁股翹得再高點。「這次就意思意思。」主人高舉起打狗棒，狠狠的落下，屁股瞬時間一條紅色的痕跡烙上，帶染過整個屁股，軍犬**唉**叫得流下眼淚。

「沒有什麼要不要的，既然是條狗，就全聽主人的安排。等一下到廚房拿掃把，把地上的狗毛掃乾淨。」語畢，主人及打狗棒便離開。身體一動也不動，不知道是因爲太痛了還是怎麼，身體竟然不聽使喚，想用雙腳站起，可是卻無法讓膝蓋離開地面。「李軍忠！」在主人喊過兩聲自己的人名後，整個人才算回過神來。

「是。」當ｄｔ出現在自己眼前，有種回神的感覺。

「還不趕快去拿掃把掃一掃。我們等會出門買東西，順便吃晚餐。」

站起來的時候，腳有點麻，可是回復人型的感覺眞好。在ｄｔ的車上，他開始口述說著他的調教方式。當然是聽得讓我頻頻調整褲襠裡傢伙的位置，在出門穿衣時，ｄｔ將我的四角褲丟掉，要我不准穿內褲跟他出門。老實說，下體直接磨蹭牛仔褲，眞的滿難受的。

ｄｔ帶著我到了一處大賣場，我推著購物車跟著他。他採購著一般生活用品。在男性內衣褲區時，他挑了幾件白色的brief。「你穿Ｌ吧？」他看著我。

我尷尬的跟他說：「我不穿這種前面開洞的。」

他突然笑著說：「軍犬，你的主人只讓你穿這款內褲，如果不要，就不准穿。」在車上ｄｔ跟我解說人跟狗的模式，當他在跟狗奴的我說話時，前面會說著我的狗名。因爲我的狗名他還沒想好，所以暫時用軍犬代替。一旦他開口說著軍犬時，就是提醒我要以ＳＭ模式去思考。

當我們推著推車到了寵物貓狗區時，ｄｔ拿著項圈在我脖子邊比來比去。「戴戴看！」

「什麼？這邊？」顫抖的接過手，一條紅色格子的項圈。大賣場裡人來人往的走道上，我將項圈往自己脖子上擺。

「不好看。放回去，等會去寵物店找找。」在寵物區，ｄｔ只拿了狗罐頭，而我整個人面對著這些平常輕易可見的寵物用品，身體不斷的顫抖。「有這麼興奮嗎？下面一大包？」要不是ｄｔ提醒，我根本沒注意到自己的勃起，甚至快超出褲頭透氣。大賣場後，ｄｔ帶著我到了一家開在巷子裡的寵物店。進去後，他便跟老闆愉快的聊了起來，話語中還夾雜著ＳＭ方面的話題。老闆帶著我們進入了寵物店後面的房間裡。「坐下。」老闆要我坐下，然後圍上了理頭髮用的圍巾。

「這是？」疑惑的看著ｄｔ。

「剃成平頭吧。你需要回到新兵訓時的樣子。」在來不及作準備或者反駁時，頭髮已經被剃掉，成了小平頭。

老闆抓著我的脖子。「ｄｔ，要不要我順便幫你的狗剃毛？」

「不用了，我在家已經幫他剪過了，等正式調教再剃光。以後如果我懶惰，再送來你這。」聽得讓人臉紅耳赤，寵物店老闆也是玩ＳＭ的嗎？在老闆清洗下，鏡子裡的自己已經是個平頭男。在寵物店裡頭暗藏著另個玄機，簡直就是ＳＭ用品店或者說是狗奴用品專賣店。ｄｔ拿著項圈在我脖子上試著，挑了幾條。「果然還是得回到這買，外面的都太窄。軍犬當然要用稍微寬點的，才夠配。」

脖子上正套著紅色格子款。老闆站在我的後方綁著。「原來是軍犬啊，難怪漢草這麼粗壯味。」老闆忽然拉著我的褲子褲頭看著裡頭。

在他拉著褲子窺視時，有種被吃豆腐的強烈感覺。下意識的躲開。dt搭著他的肩膀。

「喂。主人在面前的狗，你也敢玩啊！」他們嬉鬧而我卻在一旁尷尬不已。

寵物店門口風鈴響著，老闆出去招呼，這個密室般的空間便暫時關閉。一關閉，dt便發號司令。「把褲子脫了。」只有我跟dt的空間，不疑有他的便將身上的牛仔褲脫去。「躺上去。」身後的平台正是獸醫師平時處理動物的手術台，dt推了面長條鏡子擺在我雙腿之間。

「要幹嘛？」我看著他。在他剛剛買的東西中，一項讓我想不通的東西——女性衛生棉條正拿在他的手上。

「別動。」dt粗寬的手掌壓著我的身體，扳開我的臀肉，將衛生棉條插進了我的身體，我哀嚎的叫著。

「我又不是女人，為什麼用這個？」才說完，dt眼神凶狠的看著我。

「你欠罵嗎？既然想當主人的軍犬，你現在躺在動物手術台上，裝著小小的義肢！」他手指撥著衛生棉條遺漏在體外的小棉線。「看，像不像小尾巴？」他爽朗的笑著，而我的臉上既是恐懼又是不安，卡在體內的衛生棉條怎麼都不舒服。弄得自己像排大便般想將之排出體外。

「掉了，你就試試看。」

鏡子裡的身體到底是男人還是什麼，雙腿間半充血的陰莖，會陰處貼著從肛門延伸而出的棉條拉線。這到底是什麼樣的身體，眼淚快忍不住。

「我是男人……」已經快哽咽了。

「在主人面前只是條狗。既然是狗，裝條尾巴是再正常不過了。正式調教時，塞的是肛門塞，比這個大上幾倍；這個都沒辦法習慣了，肛門塞你更受不了。褲子穿起來，我們去吃晚餐，順便聊聊ＳＭ想法。」

當褲子穿起時，在體內的衛生棉條卻像是身體亟欲排出的侵入物般令人難受。於是，我說了：「我是個男人，這樣什麼尊嚴都沒了？」

ｄｔ手拍著我的臉。「在主人面前，你根本不是男人。是條狗，我說了幾次，既然是狗，對主人就沒有尊嚴可言。我要剝奪你的尊嚴，把你所謂的尊嚴踩在腳底下。」

洗澡的時候，面對著自己身上的體毛，有種說不出口的悸動。原本濃密的陰毛現在剪成了一眼看穿的短毛，抹肥皀時，手接觸著短刺的體毛，觸感已經不同了；身體更敏感了，被觸摸的生殖器官上方肌肉取代了應該被撫摸的陰莖，因爲自慰權被剝奪。除了一般上廁所需要將屌掏出跟洗澡清洗動作外，沒有理由接觸。在dt說這點時，我以爲這多麼輕鬆容易，可是事實卻不是這樣。男人每日接觸陰莖的時間，比我想像中的還要來得多，調整胯下、拾屌小便、褪下包皮清洗、單純的撫摸……當這些微不足道的權益被剝奪，才會知道可以自慰是多麼自在的事。難怪那晚dt電話中會說可以自由自慰時多打手槍。肥皀泡沫打過陰莖、蓮蓬頭沖洗過陰莖、乾毛巾擦拭過陰莖，只能用所剩無幾的觸摸機會實行一般男人擁有的。穿上brief，站在鏡子前的男人是我很久沒看見的身影，留著平頭，穿著宛如新訓的內褲，腰際鬆緊帶上還用簽字筆寫著自己的名字。之前習慣穿的四角褲全收起來了，抽屜裡放的全是dt買的三角褲、全都在他命令下寫上自己的名字。而抽屜角落裡放著全營區男性軍官完全使用不到的衛生棉條，這是我暫時用的狗尾巴。dt規定每日至少塞在體內八小時，爲了讓自己睡眠時間可以輕鬆點，所以我在早餐完、換上迷彩服時塞進肛門。dt買了夠我用到下次放假的量，衛生棉條拆下的包裝紙是最令人尷尬的，又不可以直接丟進垃圾桶，這樣會被人發現，所以連倒個垃圾都得小心翼翼。

「你之前不是都穿四角褲的嗎？」洗澡完，擦著頭髮走出來時，學長說著。

尷尬的回答：「穿四角褲蛋蛋晃來晃去的不固定，很不舒服。」

學長坐在下鋪。「可是男人不是喜歡不受拘束，自由自在。勃起空間大點，不是比較舒服？」語畢，他抓著襠部、調整著位置。看在眼裡，學長的動作眞是令人羨慕。

爬上上鋪時說著：「我現在比較喜歡固定的感覺。」穿著三角褲，的確有被固定、束縛的感覺，連勃起都是件奢侈的事；鬆緊帶繞過腰際和兩條大腿成了一塊私密的禁區。被剪成短毛的陰部，的確不能再像穿著寬鬆四角褲般不經意的露毛。幾根短小的陰毛穿刺出了內褲，彷彿是個不爭的事實，提醒著自己毛已經被剪短、自己逐漸在轉變。夜晚床鋪上的身體包覆，三角褲跟身體間的磨蹭成了主人恩賜的撫摸。自慰權被剝奪後，撫摸像極了主人撫摸著軍犬。竟然射了，精神極度的羞愧。學會打手槍後，一直是靠雙手解決慾望，現在卻像小男孩初次夢遺般羞恥。摸黑下床，抽屜拿了新的內褲，到廁所鎖門後，脫褲，雙膝跪下，將沾著精液的內褲高舉過頭，翹起屁股，默唸著：主人對不起。小心翼翼的折好射過精的內褲，收在背包裡。穿著乾淨的內褲上床繼續睡覺。明天再打電話跟主人報告，除了夢遺外，拉肚子一樣要報告。因爲身體是主人的，所以要告訴他詳細的狀況。

這樣的生活直到放假前，換回便服時，還不忘將最後一根衛生棉條塞進肛門。穿著主人規定的內褲，帶著幾條精液內褲，出了營區，準備前往主人家，正式接受調教。

主人家的鐵門深鎖，有種不可預知的未來惶恐。顫抖的按下電鈴，話筒傳出主人的聲音後，急忙的吠叫；按照主人的規定，以吠叫作爲回應方式。當主人開啓了鐵門，一踏入後急忙的脫光自己身上的衣褲，只留下了主人爲軍犬選定的三角褲。「伏地挺身預備。」主人發號著命令，於是雙手撐著地板，就準備姿勢。「一下、二上。一。」雙手將身體壓下，直到襠部快接近地面。主人翻著軍犬的背包，做安全檢查。用塑膠袋包著的精液內褲，主人抽了其中一條，攤在手上。「量還滿大的嘛……二。」於是雙手撐起。平日營區內的體能訓練還足夠應付主人的要求。當主人將精液痕跡的內褲擺在軍犬狗鼻前時，軍犬突然羞愧了起來。主人捏著軍犬的耳朵、臉頰。「聞聞自己的味道。」閉上眼睛的軍犬，喜不喜歡這味道。「一。」雙臂將身體壓低。來回一二一二，撐著身體、壓低身體，直到身上的遮羞褲溼透，溼得無法遮掩、溼得貼上臀部陷入股溝。汗水滴答的溼滿地，主人才喊停。「脫光。」

「是。主人。」跪在地上，脫掉了溼答答的內褲，正準備將它折好。

「把內褲戴在頭上。」主人說著。軍犬疑惑的看著主人，隨即一巴掌賞下。「懷疑我的命令啊。」軍犬分不清是汗水還是淚水，將溼透內褲蓋上頭，狗屌的窩正貼在狗鼻上，兩顆眼睛透過兩隻大腿的縫露出。「進來吧。」主人將行李放上軍犬背上，軍犬小心翼翼的跟著主人。

客廳玄關處多了面鏡子，主人的打狗棒佇立在旁，軍犬見了狗棒顫抖的無法前進。主人卸下了軍犬身上的重物，一手握起狗棒，一手撫摸著軍犬的軀幹。「乖。很好，看到狗棒會怕。」主人在軍犬眼前晃了晃狗棒，嚇得軍犬全身顫慄。那日狗棒在屁股留下的痛楚，只要看見狗棒便有如再打在身上。鏡子裡，一個赤裸、臉上掛著溼透內褲、雙腿間半勃起陰莖和半短陰毛的男人，他到底還是不是個男人?主人拍著軍犬身體，鏡子裡的主人動作像是撫摸著愛狗毛髮般自然。「手。」軍犬伸了前肢。「另外**一肢**。」像是新兵身體檢查般，每個角落都被注意。頭上內褲被主人拉起，主人手抓著下巴，硬撐起狗嘴，彷彿檢查著狗牙，「吐舌頭。」軍犬伸長舌頭。發出嘿嘿聲音。「舌頭盡量拉長。」於是嘿嘿吠吠聲外加著口水。軍犬想伸手擦時，手立刻被狗棒打了下。主人蹲了下來，扯扯半短狗毛。「狗屌還滿大的嘛。」主人弄過狗懶蛋的手，往後庭一伸，扯著外露衛生棉條棉線。「肛門最好縮緊點，要是被我拉出來，祢就死定了。」於是軍犬努力的緊閉、死命的抵抗主人的拉扯。

打狗棒輕輕打在狗屁股上，軍犬疑惑的看著主人。「Good Boy。咬著。」主人手抓著那團汗水味的內褲。軍犬撐大嘴巴咬起。主人摸著軍犬的頭毛。「來。主人幫祢清洗身體。洗掉祢那一身男人味。」

軍犬害怕的跟著主人進了浴室。浴室裡一面大鏡子，旁邊擺著一籃盥洗用具。「趴下。」軍犬整個身體趴下。「轉身。」於是軍犬轉了身，正面朝上。打狗棒敲著四肢。「狗四肢要彎曲。」被提醒的軍犬趕緊照主人命令。主人拉了小凳子坐在軍犬後腿間。「看著鏡子，剛出生的人型犬不應該有體毛。牠沒資格擁有狗毛，該剃。」

「汪嗚~」軍犬負面情緒的聲音。嗚音是主人約定的負面情緒聲音。主人撫摸著狗屌、狗懶蛋。

「沒有好談的。」狗毛再次被剪刀修短，狗腿已經被打上刮鬍泡沫，軍犬身上毛髮處都被打上泡沫。刮鬍刀第一刀下去，刮掉大腿內側，陰毛連接腿毛處時，軍犬已經知道被主人剃毛是無法避免的，狗嘴裡的內褲沾染了一大片的口水。主人熟練的技巧，快速將原本兩條毛茸茸男人雙腿刮得乾淨；原本男人腋下的毛髮亦被刮得乾乾淨淨，軍犬身上僅剩雙腿間的狗毛。軍犬看著鏡子裡自己腋下已經無毛，眼淚已經在打轉。

「乖。」主人拾起了狗屌，刮鬍刀已經刮掉了狗屌上方的短毛。一刀一刀刮得乾淨。軍犬窸窣的抽咽。「狗是這樣哭的嗎?」主人冷淡的眼神瞪著。

「汪嗚~汪嗚~」軍犬雙腿間的棉條，毫無預警的被主人抽出，疼痛得扭著身體。

「我現在手上拿著刮鬍刀，牠最好安分點。」主人手拾著之前塞在軍犬體內的衛生棉條晃在軍犬臉上方。「上完廁所，沒洗屁股啊！翻過來。」應著主人翻身，翹著屁股。主人扳開兩片臀肉，刮著全身僅剩的肛毛，刮掉肛毛後，軍犬已經被剃光了狗毛，是隻無毛犬。「狗被剃毛是不會哭的！再哭，嘴裡的內褲就換成剛剛塞在牠體內的衛生棉條。」軍犬企圖止住哭泣，全身打了沐浴乳泡沫，全身上下被主人刷得乾淨。「差點忘了牠的屁股裡面還有當人類時產生的糞便。」灌了腸的軍犬被恩賜蹲在馬桶上。「狗其實是不會蹲馬桶的，而且牠也不該在這裡排便。」軍犬蹲在馬桶上，剛被剃毛的陰部清楚可見，現在主人站在面前，排便丟臉的模樣毫無遺露的展現於主人眼底。肛門噴出的液體混雜著黃色的水，糞便隨即噴出。軍犬顫抖著身體，排便這麼隱私的事情都在主人面前了，到底還要做到什麼程度，軍犬只能服從。

後面的洞跟身體被完完全全洗乾淨後，主人手抓著軍犬下巴，撐起狗嘴。「來，狗嘴。」主人手抓著狗，另隻手拾著牙刷侵入口腔刷洗著狗牙，嗆著了軍犬。主人拍拍軀幹安撫。「漱口。」指指臉盆的水，半人半狗的喝水漱口後，該清潔的地方都清洗完。「乾淨的狗，主人才愛。」

爬回了客廳，在鏡子裡的面貌連自己都認不出來。主人兩聲的李軍忠，讓我趕緊站起立正，膝蓋麻得快站不穩。「是。主人。」主人雙手按著我的肩膀、捏捏胸部、在乳頭處打轉、腹肌一塊塊被抓過；當主人的手再往下時，身體下意識的扭捏抗拒。鏡子裡主人的臉色大變。

「很好。實在不能對你好。」主人丟了張紙，惹火主人的我顫抖的彎下腰撿落在地上的紙。

「誰叫你動作的。」主人一說，立刻收回了手。「跪下。」砰的聲，兩膝撞擊地板。沒有轉圜空間。惹火了主人，只能聽話。「彎下腰，把紙咬住。」於是，雙手撐住上半身，伸長脖子、張開嘴。「屁股翹高。」當打狗棒敲著我身體時，便知道主人下一刻要做什麼，鏡子裡的主人狠狠揮著狗棒打著翹高屁股的軍犬，狗咬緊牙根，不敢發出不悅，讓主人打上幾棍，打紅了狗屁股，整個身體都變熱了。「起來。面對鏡子立正站好。」聽到命令，即使屁股很痲，很痛，但還是趕緊在鏡子前立正站好。腳掌微開，兩膝併攏，雙手貼緊，這平日在營區熟悉得不能再熟悉的動作，卻在此時此刻變得極爲陌生。鏡子裡的自己、鏡子裡的男人赤裸身體，下半身毛茸茸遍布的陰毛刮除得乾乾淨淨，和小男孩般，而身體卻是發育完成的，不禁微微充血。「在軍營裡宣誓過吧。嘴裡的紙是誓詞，也就是一般所謂的主奴契約。」於是赤裸的站在主人跟鏡子面前，舉手大聲朗誦。

「吾誓以至誠—我—李軍忠—從今爾後奉ｄｔ爲畢生之主、爲主人飼養之軍犬。第一條——」宣誓後，向後轉，向主人行軍禮。在主人回禮後，遞上誓詞。

「軍犬，跪下。」於是雙膝再度跪在主人面前，以往的軍禮成爲了主人跟軍犬之間的禮節，這一刻沒有任何嬉戲，如此的莊嚴。在ｄｔ宣誓完主人的誓詞後，主人拿出當日在寵物店購買的項圈，替軍犬戴上，拍拍軍犬腋下方腰際。正想舉手回禮時，主人疑問的聲音，立刻收了回去。「祢這時候該用祢的叫聲回應。」

「汪！」從腹部用力發聲。

「很好。手伸出來。」軍犬伸了手，兩肢被紗布纏繞。「這樣才可以讓祢喪失人類手掌的功能。屁股翹高，額頭貼到地面。」軍犬挪著身體，按照主人命令。當視覺只在地板上時，聽覺就變得極爲敏銳，主人離開了身邊又回到了身邊，接著狗屁股便被主人扳開。好奇的抬頭，鏡子裡的主人眼神敏銳得殺死人。「既然抬頭，就仔細看著。」此時軍犬第一次看見主人赤裸的男體。主人身體的震撼後，屁股一股涼勁上身。主人的手指頭戳進了狗屁股。「汪嗚～」

還來不及反應，狗屁股便被根東西給插了進去，遠比衛生棉條來得粗大，狗屁股快裂成兩半。難道狗屁股被主人幹了，流下眼淚之際，主人在鏡子前撫摸著軍犬。「看鏡子。看著祢翹高的屁股多了什麼。」當眼睛看著，雙臀間竟多出了根黑色的小尾巴。主人撫摸著軍犬：「乖。」主人要軍犬以坐姿在鏡子前，仔細瞧瞧自己模樣。鏡子裡頭，眞的是赤裸的主人和主人心愛的軍犬。李軍忠這個男人徹底在主人面前變成了一條狗。

主人笑著：「這麼亢奮，狗屌都硬了。」當主人手握住狗屌時，軍犬沒有任何反抗，反而像極了被主人愛撫的狗兒，得意而滿足。主人抓住狗嘴：「我對人獸交一點興趣也沒有。有天李軍忠自己會翹著屁股，求我幹他的。」語畢拍著狗嘴。軍犬嘿嘿吠吠了幾聲。於是主人拾起了打狗棒，開始將這隻初生之犢訓練成他心愛的軍犬。

主人客廳成了軍犬訓練狗姿狗儀的場所，尤其是面對著鏡子，所有的動作都必須跟眞正的犬類相同，坐下、趴下、伸懶腰、搖尾巴等等在主人嚴厲的教訓跟狗棒的鞭打下，不到半天的時間便速成。「很好。果然是軍犬的素質。」主人的誇獎，軍犬當以吠叫聲回覆。狗棒貼著狗屌時，軍犬的狗屌早在之前被打得消掉了。「我想來想去㳄的犬名，還是決定叫㳄『軍犬』。畢竟㳄眞的是隻軍犬，人名裡又有個軍字，這名字比較適合㳄。就叫㳄軍犬。」當主人說完，軍犬得到自己的名字，聽到主人叫，高興得直蹭著主人身體。「坐下。」

軍犬立刻坐下。前肢撐著上半身、抬頭、目光有神的等待主人命令。主人不預警的拿出數位相機正面拍下軍犬照，雖然身體保持挺直，仍不安的晃了晃；當然又是一頓揍。「主人要拍狗的照片，㳄緊張什麼？怕照片流出去嗎？之前不是跟㳄提過拍照的事。」還來不及拍下男人裸體，便被拍下狗模狗樣的狗照。「今天是軍犬誕生的日子，當然要拍。」

主人拾起一旁的水杯喝水時，注意著軍犬伸長舌頭嘿嘿聲望著主人。「口渴嗎？」軍犬吠叫。主人領著軍犬到餐桌邊、冰箱旁的角落，打狗棒的架子外，擱著兩個狗盆，主人手指著裝水的那盆，軍犬靠了上去，低下頭、張開狗嘴。當狗嘴貼上狗盆邊緣，主人立即嚴厲口吻：「會不會喝水？」軍犬膽怯的看著主人，輕汪聲後，狗嘴貼回盆邊。「笨狗，竟然不會喝水。一個命令一個動作，讓主人教祢怎麼喝水。嘴巴懸空。」於是軍犬照著主人命令頭懸在狗盆上方。

「伸舌頭。」

「舌頭接觸水面。」

「舔起來。」

「再舔。」

「會不會喝水？」軍犬連忙吠聲表達自己學會了。此時喝水訓練像極了新訓中心裡，教育班長在餐廳裡怒斥著班兵會不會吃飯、班長教班兵怎麼吃飯。軍犬卑微的舔了好幾口，而主人在一旁拿著杯子得意得不得了。當主人赤裸的走進廁所、站在馬桶前，拾屌小便，想起了還沒教軍犬怎麼上廁所。開了餐廳旁的玻璃窗到院子，圍牆邊，主人拿著打狗棒指著沙堆。「這邊是大便的地方，祢要是在不該上廁所的地方上，屁股就準備挨棍子。」主人看了看軍犬而後大笑：「祢現在也不是想上就可以上，屁股洞被尾巴給塡起來了。」主人的話提醒了軍犬自己屁股後面正插著尾巴，之前訓練得忘記了體內有異物，一經提醒，感覺更強烈。連帶讓狗屌微微充血。狗屌立刻被打狗棒給掀起。「想到自己屁股插著尾巴就興奮了？狝果然有狗奴命啊。」主人笑得得意，彷彿是在笑著李軍忠先前堂堂七尺之軀，如今竟乖乖的脫光、屁股插著尾巴；抑或讚賞著自己有不錯的識奴眼光。

「會不會小便？」主人問了軍犬，忽然間軍犬回答不出口。小便不就是站在馬桶前，拾屌放尿。想到這裡，軍犬的後腿內側已經被打狗棒敲起，隨著狗棒升起，後腿也跟著抬高。軍犬腦袋裡回憶起路邊公狗抬後腿小便模樣。「想起來了沒有？」軍犬看著主人。「腹部用力，將尿擠出，像射精那樣。」這成了在浴室主人面前大便外，更爲難的事。跟同儕、學長弟野外小便也不是一兩回，可是現在卻是要改變小便姿勢。「狝是不是狗？公狗還母狗？難道要主人教狝母狗如廁方式？還是狝想被閹掉？」打狗棒壓著狗屌狗懶蛋。「李軍忠是不是男人？變成了軍犬就不是公狗嗎？」

軍犬舉著後腿，狗屌微硬，放尿，噴在圍牆上。軍犬身體顫抖，已經不知道是自然反應還是因爲又向成犬邁進一步。「很好。用力。」當牆上一灘尿痕，主人也拿出了狗鏈栓在項圈上。「看來不是很熟練。院子就繞一圈，放尿練習。」

當脖子上的項圈被鏈子鎖住，被主人牽著走，又是另個感受，活動範圍只有鏈子長度的半圓，不禁吠叫。主人拉著狗鏈，軍犬脖子受到牽制，「乖。」主人拍著肢幹、安撫著。「Good，狗性越來越堅強。」軍犬在院子的牆壁上留下自己的尿液、留下味道，院子是主人賜給軍犬的勢力範圍。

放尿練習後，在院子裡展開的是更激烈的體能訓練。軍犬爬行院子一圈的速度一直被主人嫌棄。「太慢太慢了，狝是隻軍犬，這樣的速度可以見人嗎？」主人一旁揮舞著狗棒，軍犬張著嘴邊跑邊發出著呼吸聲。「四肢的訓練還需要加強。」越跑軍犬越抓得到要領，讓自己跑得更快。「很好，就是這樣。」主人拍著手，一邊說著：「軍犬很好。」軍犬得到鼓舞，內心的狗性讓軍犬跑向主人，前肢搭上主人身體，主人手握著軍犬前肢，抱著軍犬。「Good Boy，連撒嬌都會啦。果然是隻優秀的軍犬。」主人拍著軍犬肢幹。「好好好。坐下。」軍犬乖乖的坐下，看著主人。「剛剛哪裡怪了點……」主人留下了軍犬，走進了屋內而後手拿著雞腿出來。「舌頭。」軍犬伸長了舌頭。「舔。」軍犬頭靠近雞腿，伸出舌頭舔著。來回了不知道多少次只舔不咬。「舌頭，經常在外面，這樣才會像狗。」當主人手中的雞腿一遠離，軍犬眼睛盯著雞腿看著。「想不想吃？」軍犬汪汪叫著回應。「咬得到就讓狝吃。」主人持著在軍犬四肢著地情況下咬不著的高度，聽見軍犬肚子咕嚕叫時，惹得主人笑了。「看來剛剛的運動量，讓狝餓了。來，咬得到就賞給祢。」軍犬死命的跳著。「後腿用力蹭。收前腿。」邊跳仍邊訓練著。當然雞腿永遠是在軍犬跳不著的高度，外加主人的手是會移動的，這麼來回跳了數十次，軍犬又是滿身汗。雞腿代替了打狗棒成了指揮的工具，誘惑是最好的訓練。

「軍犬會不會生氣?」主人引導著軍犬練習狗生氣的聲音與體態。「很好。發出欲攻擊的聲音。」軍犬的聲音被修正，怒聲像極了眞正的凶犬。「放低身體，像是準備隨時跳躍、襲擊對方。」軍犬像極了，繞著主人打圈，一副隨時會跳出的模樣，縮緊前肢，後肢是大角度的伸展。軍犬忽然往主人身上撲去，主人輕巧的閃過。伸著手。「再來。」軍犬不斷的發出呼呼怒聲。再一躍，主人閃過軍犬時刻意的放開手中的雞腿。「在空中給我咬住。」軍犬嘴巴似乎張不大般，無法在空中咬住。雞腿掉到院子草皮上，軍犬才趕緊咬起，咬在口中卻不敢享用，眼巴巴的看著主人，希望主人賞賜。當軍犬搖起屁股、甩起尾巴，逗得主人笑聲連連，主人也就賞給軍犬。埋頭咬著雞腿，只能用嘴咬無法用掌抓取的逗趣模樣，讓主人內心相當的驕傲。短短的時間，竟然將一個平日威嚴壯碩的軍官訓練成眼前這隻赤裸著身體、刮掉了體毛、屁股插著義肢尾巴、翹著屁股埋頭咬食的軍犬，想到這，主人心裡十分的愉悅自豪。

主人做晚餐的時候是軍犬休息的時間，主人教了懶狗晒卵後，允許軍犬在地上或躺或臥的休息。但休息還是得要有一隻狗該有的樣子。項圈上的狗鏈鎖在桌腳，半徑內的範圍剛好可以喝水或者在廚房門口看著主人。軍犬躺在自己的狗盆邊，側著身體剛好看得見客廳的那面鏡子，看見鏡子裡的自己還眞相信眞的是頭狗。一舉一動、呼吸跟身體的協調，根本就像從小這樣長大。彷彿找到本性，能讓自己學習成長得這麼快都是主人的功勞。爬到廚房門口，眼巴巴的看著主人，像是找到了畢生歸屬般感動。不可以說話，狗吠叫是唯一對主人的道謝。正忙的主人轉了頭笑一笑：「軍犬餓了嗎？」主人走到軍犬邊，手撫摸著軍犬的肚子。「乖。主人等會再弄給妳吃。」

當主人端著飯菜湯到了餐桌，軍犬引頸期盼著豐盛的晚餐。主人鏟了些飯在另個空的鐵盆。軍犬看著自己狗盆裡的飯、看著主人拿出了狗罐頭淋在白飯上。「讓妳吃好料的。」主人坐在餐桌前用餐而軍犬的狗鼻子卻聞不到狗盆裡的飼料味道，注意力全都在餐桌上的飯菜。主人碗筷的聲響一直敲擊著軍犬的食慾，肚子咕嚕咕嚕響著，主人轉過頭看著軍犬：「吃啊。」軍犬突然變得尷尬，接近狗盆，將頭壓低，可是嘴巴卻碰不到邊，忽然間軍犬一動也不動的呆住。眼前是眞正的狗食，而軍犬只是隻人類裝出來的狗，人類是不會這樣子就食的。軍犬一口也沒吃。主人吃飽開始收碗筷了，軍犬依然毫無動作。

「怎麼不吃？」主人問。軍犬一副無辜的看著主人。「妳是條狗，不吃妳的狗飼料，難道還要吃人吃的？」軍犬發出著汪嗚汪嗚的聲音。「看來祢是不會餓，吃了雞腿就飽了，是嗎？祢要是半夜才給我跑來吃，自己先把旁邊的打狗棒給我叼過來討頓打。」

主人看著電視，一邊用腳踩著狗肚子揉著。軍犬不時發出咕嚕挨餓聲。「餓了嗎？」軍犬一抬頭看著主人、眼睛一瞄到狗盆，那根豎立在旁的打狗棒便讓軍犬渾身發抖。

主人盥洗後，穿條內褲牽著軍犬到戶外。「去尿尿。幫祢洗個澡，等會好睡了。」軍犬熟悉的動作溜到牆邊，抬起後腿放尿後，跑回主人身邊。院子裡有塊水泥地接著水管，主人在那清洗著軍犬、沖掉了身上的骯髒，突如其來的拔掉狗尾巴，軍犬的屁股彷彿空出了一塊空間，空虛得很。軍犬嗚嗚叫著。主人兩根手指頭帶著泡沫清洗著狗屁股，當手指頭勾進狗屁股裡，軍犬意外的感覺舒服，嗚嗚聲取而代之的是低吟聲。「舒服嗎？很享受屁股裡頭有東西唷。」主人的笑，讓軍犬尷尬得不得了，軍犬竟然因爲主人的手指頭在體內而感到愉悅。洗完了屁股，主人特地拿著狗尾巴到狗鼻前晃了晃。「自己屁股的味道，聞聞記住。」語畢，狗尾巴塞回了軍犬體內，一進入狗屌便硬了，逗得主人哈哈大笑。「祢的狗屌還眞容易硬啊。甩甩頭、甩甩身子吧，沒狗毛，很快就乾了。」

軍犬乾淨著身體睡在主人床邊，夜晚很安靜，自己都沒想過用像狗一樣的姿勢睡覺。當然這是主人入睡前的晚間調教。除了爬上二樓的姿勢沒有狗樣被主人訓了一頓外，軍犬大多是被主人讚賞的。只是躺下後，軍犬的肚子飢腸轆轆的叫了好久，晚餐的狗食因為自尊心吃不下，餓肚子餓到半夜，餓到睡都睡不著。軍犬抬頭看著主人，實在受不了飢餓感，於是爬下了樓，嘴裡叼著打狗棒回來主人臥室。可是主人似乎睡了，軍犬卻不敢吵醒主人，只能乖乖的坐姿啣著狗棒等著。主人的呼聲和肚子的飢餓聲，讓軍犬愁眉苦臉的嗚嗚叫著。

「餓了是吧？」主人躺著說。

軍犬看著主人，只希望主人能下手輕點。主人起了身子，抓起打狗棒，帶著軍犬回到餐廳那盆因為自尊心吃不下的狗食前。主人要軍犬面對著狗食。「為什麼不敢吃？你是不是狗？如果是條狗就會吃。不吃餓肚子活該。」折了狗尾巴，讓狗屁股可以大範圍的被狗棒杖責。「你吃是不吃。主人一下午的訓練竟然在小小一盆狗食前破功。你以為你不敢吃，這就不關主人的事嗎？主人把你訓練成軍犬，結果你卻不敢吃，看看你胯下晃著的是什麼東西，一條公狗、軍犬呢，太不像話了。」主人邊罵邊打著。軍犬咬緊牙根，一杖杖接受主人的教誨，狗屁股很快就紅了。像被主人打爛般，紅燙。

「吃吧。」主人停下了手。軍犬眼裡含淚著將頭埋進狗盆，大口大口吃著狗飼料拌飯。餓了，即使冷飯也相當美味可口。飢餓的軍犬在主人面前吃光了狗盆裡的食物，主人板著的面孔才露出點微笑。「以後敢不敢吃狗食？」軍犬汪聲。「大聲點，才剛吃過東西。」軍犬連連吠叫聲，竟惹得主人旁邊鄰居家的狗回應著。主人得意極了。「很好。」主人睡前，解開了軍犬裹住手掌的紗布，將軍犬抱在懷裡揉著順撫著，也將狗屁股擦了藥。「對你嚴格的訓練是主人一定要做的事。」

清晨陽光才剛照進軍犬眼底，一睜開眼睛便看見主人赤裸的身體跟勃起的陽具，軍犬著實嚇了一大跳，主人用腳踩著軍犬。「竟然比主人還晚起床。能夠看見主人的身體是狗的福利。男人早上勃起是正常的，你的狗屌不也是硬著。」膀胱壓迫，所以勃起。軍犬低頭看見自己勃起的無毛狗屌，尷尬不已。像是小孩子看見自己勃起般不知所措。主人搔搔頭便進了旁邊的浴室盥洗。躺在地上的軍犬趕緊坐起等著主人指示。一邊梳洗的主人一邊說著昨天的調教軍犬需要注意改進的地方。軍犬爬著下樓梯的動作不夠熟悉，所以擔心會滾下樓，主人來來回回帶著軍犬上上下下訓練。出了汗，軍犬伸出體外的舌頭不斷散熱、不斷發出Ha Ha聲，主人認定勉強可以接受才停止。軍犬被牽到室外的過程中，狗屌都是硬著的。「狗屌硬著是不會走路還是害羞尷尬或者是狗屌太大？」主人指著狗屌，讓軍犬紅了臉。主人伸手：「去上廁所。」一聽到主人讓軍犬放尿，軍犬便蹬著後腿到牆邊小便。軍犬灑了尿後仍在主人面前嗚嗚叫著。主人看了看，露出不可猜測的笑容。「想便便是吧？過來。」軍犬一到主人面前便弓起身體，後腿張開，等著主人將狗尾巴卸下，好讓軍犬可以大便。狗尾巴一拔掉，便意立刻排山倒海而來。「旁邊的沙堆是祢的便所。」於是軍犬夾緊屁股爬到沙堆上。正準備下時，主人開口：「軍犬會不會擺大便姿勢？」軍犬滿臉疑惑的看著主人。「四肢著地、屁股抬高。」按照著主人命令，四肢著地、狗屁股抬著，身體呈現著以前曾未有的姿勢，雙腿間、屁股縫，大便排出感撐開了肛門，一條大便掛在狗屌之後而掉落沙堆。

「不敢看自己狗屁股排便啊？頭抬高，這是祢應該有的驕傲，狗的生理反應，狗大便讓祢不敢面對嗎？」軍犬正面的瞧著遠方，狗大便是再正常不過，軍犬也會排泄。自己聞到自己的糞便味，卻相當的尷尬。「大乾淨了嗎？前肢往後掘土覆蓋。」於是軍犬的糞便蓋上了沙。「很好。一步步讓祢面對自己應有的生理體態。李軍忠、李軍忠。」主人喊了兩次軍犬的人名，軍犬知道該恢復人型立正大聲答有。

「有。」從一隻壯犬恢復成頂天立地的大男人。

主人手指著旁邊的水管。「去旁邊，把自己的狗屁股洗乾淨。」

我看著主人，正準備往前踏出，腳卻走不動。「是不會走路嗎？還是你已經習慣用爬的？」

主人板起面孔。「人是人。既然現在是人，就用走的過去。」

「是。主人。」

於是我晃著屌跑過去，開了水，蹲在地上，張開腿，沖洗著肛門。之前已經習慣塞著尾巴，便後體內空虛感立刻來了，覺得應該塞進尾巴，當手指揉著肛門時，一絲絲的快感稍稍來臨。主人昨晚用兩根手指頭竟然可以讓我勃起，正準備將手指頭深入時，主人便發現了。「屁股沒尾巴不習慣啊。連洗個屁股也不會嗎？要主人教嗎？」於是趕緊洗洗屁股，關水。一回到主人面前，主人下個訓練便來了。

「伏地挺身預備。」趕緊用手臂撐起身體。「一下二上。一。」身體下去後，主人進了屋內，煮起了咖啡、做起早餐。而我仍用手臂撐住整個身體的重量，等著主人喊二。額頭冒起大汗，整個身體發熱時，主人才喊了二。主人開了餐廳連接外面的玻璃門，吃起早餐，一邊吃一邊說著命令。在主人早餐三明治、咖啡結束前，我就一下二上訓練體能。「停——」主人這一聲拉得很長，身體下壓的手臂撐著等這口氣完。「躺著休息。」躺在水泥地上，身體還熱著流汗便有道水柱往身體射，主人用水管噴灑著。身體急速降溫，涼得愉快。「涼快嗎？」軍犬浸溢冷水中吠叫。主人端了狗盆在旁，狗餅乾浸泡在牛奶中。「甩甩身體再吃吧。」

四肢著地，甩甩頭，小平頭的狗頭甩個幾滴水滴，眼睛裡還有光澤。爬到主人腳邊，張著嘴，舌頭顫抖發出哈聲。主人摸著軍犬的頭。「乖。」狗盆放置地上後，頭便整個埋進去，沒有狗尾巴在身後有些奇怪，主人撫摸著軍犬，拍拍屁股。狗餅乾在嘴裡、狗尾巴在肛門裡。後腿一攤，壓低身體，讓身體更適應尾巴。主人坐在餐廳落地窗前，微笑看著軍犬埋頭吃著。「狗餅乾塞滿嘴巴，抬頭**攪嘴巴**。」連這麼細微的動作，都在主人訓練下，一一學會。

整個早上，主人將軍犬在軍中的精液內褲捲成了顆球，在室內丟著，讓軍犬跑過去咬回來，來來回回。如果不小心，精液內褲球滾進椅子底下，可就讓軍犬費盡好大番力氣，頭用力擠進狹小空間，有時候嗚嗚叫著擠不進去。

主人手機聲響起，將球丟得更遠讓軍犬奔去接起。「我正在訓練我的軍犬。幹嘛？……要過來？下次吧，現在還不夠像，下次一定會讓你看見訓練的結果。」在主人講電話中，軍犬咬起了沾溼口水的球回來，主人撫摸著軍犬的頭、臉，掛斷電話。「有人想過來看牠唷。不過我要他下次再過來看成果。」軍犬慌恐，身體抖著。「害怕啊？」主人摸著軍犬頭上短得不能再短的狗毛。「這樣怎麼行？訓犬區的趴體會有更多人呢。乖，牠是隻優秀的軍犬。」

主人卸下軍犬口中的球後，放起了影碟。內容是一段段的狗介紹。「還是要跟眞正的狗取經，才會更像狗。」乖乖在主人身邊蜷曲，看著影碟；主人不時撫摸著軍犬過了早上。中午，主人一在狗盆裡堆上食物，軍犬便口水直流，直蹭著主人雙腳。「不錯。」主人坐在位子上用著午餐，軍犬在一旁高興得呼嚕呼嚕自己的狗食。主人教的、影碟上狗的習性模樣一點一滴都進了軍犬的行爲模式。午後，主人在沙發上小睏，軍犬得到恩准趴在主人大腿上小憩。客廳天花板的吊扇咁咁轉著，主人的手在狗屁股上拍著。

客廳裡的某處傳來了狗吠聲，軍犬在主人大腿上驚醒，左顧右盼。「聽不出來啊？」主人提醒後，軍犬才醒悟這是牠自己吠叫的錄音。「二十四小時囉。」主人放下了軍犬，讓軍犬在主人面前成坐姿。

主人喊了兩聲軍犬的人名。「李軍忠，辛苦你了。」主人笑著。而在主人面前成狗模樣坐姿的我，身體發熱著，還感覺不到身體是我的。「還想當狗啊？」

「汪……」當自己口中吠叫聲一出，才開始有種恢復人型的感覺。從狗變成人的感覺很奇怪，努力的讓捲起的手掌開始動著，ｄｔ抓起我的手揉著。

「還汪勒！」ｄｔ拍著我的臉頰。

「……我……」在ｄｔ拍打自己身體後，手臂開始動了、腿開始動了。在ｄｔ面前雙腿站起。

「甩甩腿吧。」抬腿時，ｄｔ笑了出來。疑問的看著ｄｔ。

「我怎麼了？」暖暖身體。

「過來。」ｄｔ坐在沙發上。「趴在我腿上。」疑惑的趴上。ｄｔ扳開我的雙臀，忽然間整個臉都紅了。「狗尾巴還在你屁股裡。」語畢，狗尾巴噗聲就被拔出我身體。唉了聲，想起身，ｄｔ卻壓住我，手指頭勾了勾、揉揉空了的肛門口。「你很喜歡這樣子！」ｄｔ開懷的笑著，卻讓身爲男人的我尷尬得不得了。ｄｔ寬大的手掌拍打了數下屁股才讓我起來。

「站好。立正。」ｄｔ發號著命令，在ｄｔ面前赤裸立正。

ｄｔ炯炯有神的看著我。我想起了當初聊著的調教細節，於是舉手禮。ｄｔ回禮後的稍息，用力吶喊著：「謝謝主人調教。」

「你很努力。彎下腰來。」腰一彎，ｄｔ在我脖子上套了個項鍊。「狗牌。上面寫著ｄｔ我的名字，下面一排數字，前六個是我在ＳＭ網站的會員編號，後六碼是你的。」像極了美國大兵脖子上掛的狗牌正掛在我脖子上。我得到ｄｔ的認可，這是我的狗牌。證明自己有能力成爲一條訓練有素的軍犬。

在ｄｔ面前，穿起內褲、外褲、上衣後，我們離開這裡找了間咖啡廳坐下。聊聊這二十四小時來的感覺。「還想被我調教嗎？」ｄｔ問。衣服貼在身體好熱，在ｄｔ面前總覺得多餘。

「主人，我是您的軍犬。」

第二部

成爲主人的軍犬後收假回了營區，一切都變得不適應。這個不適應來自於我自己，我是隻披著迷彩服的軍犬，軍營裡來往的長官、學長或者小兵都可能一眼把我看穿，然後他們會把我剝光、把我跟其他營區裡的狗綁在一塊。告訴了ｄｔ這個恐慌，他只笑著說笨狗，你只有在我面前是條狗，其他人面前仍然是個男人、仍然是個軍官，這點分不清楚嗎？ｄｔ說得簡單，但我卻不這麼認爲。尤其是大家穿著運動短褲自然的露出腿毛時，我卻抱著羨慕的眼光盯著他們的腿，我不敢穿短褲，怕別人看見光溜的光腿。「回去後都沒穿過運動短褲嗎？今天按照營區作息換掉。」ｄｔ在手機中命令，我卻尷尬得想推辭。「反抗命令是隻軍犬該有的行爲嗎？」我知道命令是無法被反駁的，其實雙腳也很希望很涼快的穿著短褲、換上球鞋會舒服些；回營區後，便沒穿過短褲，一直都穿著迷彩褲跟皮鞋，一直到上床前都還得避開學長的眼光。不能打赤膊，腋下會洩漏祕密，洗澡完喜歡穿條內褲在寢室裡等身體乾後上床的習慣必須改變，畢竟這間寢室裡還有另外一個人。解開銅環釦、拉下迷彩褲拉鍊脫褲，brief褲頭奇異筆寫著自己名字的痕跡在凋落、每日掏屌小便的洞口那片開始鬆了，刮得乾乾淨淨的雙腿、膝蓋上還有兩塊瘀青。套上軍用水藍色短褲，即使褲長及膝，仍隱約看得見瘀青。痕跡是訓練的證明，剛離開ｄｔ家的晚上，洗澡時才發現自己身上處處的紅色杖痕，腦裡閃過主人揮打的影像，想到都會顫抖。現在只剩膝蓋跟手肘處還留著瘀青，其他的部份都消了。

「你在想什麼?」學長一進寢室便拍了下我的屁股。這一打驚醒了我，更有種恍惚感。「沒有。」我看著他急忙的收拾些東西。「快死掉了，我今天晚上去旅部作業，不知道會忙到幾點，累得跟狗一樣。」他邊收東西邊跟我聊著，蹲下開抽屜時，眼睛視線注意到了我的膝蓋。「你最近好像都沒換過體育服唷，今天眞難得……你的膝蓋怎麼回事啊?」

「沒事沒事。」連忙敷衍。「你的手肘也是……你放假去哪裡玩啊?不跟你說了，回來再聊。」急忙抓了東西便出去了。望著他的背影，他看見了我的膝蓋，他注意到我沒了腿毛嗎?

穿了體育服便出去跟營區裡的阿兵哥們打籃球。即使盯我的人，眼睛注視著籃球在我胯間跳動，也似乎沒注意到我雙腿上缺了腿毛。或許就像dt說的，這都是我自己的疑心病，擔心別人發現什麼。當然並不是所有人都沒發現，像是我的文書在我們累得坐在一旁用衣服擦汗時便注意到了。「訓練，你的腿毛……」

我已經不知道額頭上流的是運動後的汗還是因爲被問到沒有腿毛的冷汗。「熱啊。最近天氣很熱，刮掉了。」隨口照著dt幫我編織的理由回答。「酷唷。」我的作戰士輕鬆的回答。

「我請你喝飲料吧。」站起來的我對他說。坐著的他抬頭看我時，我以爲他的視線飄進了運動褲褲管裡。白色的內褲很明顯嘛。

夜晚因爲學長還沒有回來，洗完澡便只穿條內褲出浴室。之前學長在時，洗完澡穿著長褲出來還得謊稱沒內褲穿。學長好心的要把櫃子裡沒拆過的四角褲給我，可是那不是主人規定的。沐浴後可以盡情享受身體溼到乾的過程。十點一過關了大燈，有人敲門，紗門無預警的被打開。「訓練，不好意思，人官在嗎？」是學長的文書人事士。「人官去旅部作業，你沒跟他去啊。」營部的文書有時候過了十點還會因爲業務或者私交來軍官寢室找我或者學長。「沒有。」他回答的時候，我察覺他的視線停留在我身上，我心裡想：身上的痕跡應該都消了吧。他的視線像X光透視我整個身體，有如看穿了僅穿條內褲的我。他看到了內褲頭上用奇異筆寫著的名字。「訓練，你內褲上面幹嘛寫名字啊？這條是你受訓時的啊？」他的疑問讓我尷尬得想找個洞鑽進去。我跟他笑笑，他便離去。而我的乾掉的身體彷彿又熱了起來、心臟都快跳出來。坐在下鋪，等這場冷顫過去，穩定了精神才打了電話給ｄｔ。每天晚上都會和他通電話。

「你不是有穿條內褲嗎？緊張成這樣。」他若無其事的說著。

「可是他的眼神好像看穿了，我光溜溜的站在一個士官面前。」在電話裡滔滔不絕地說著，甚至說了性幻想或者春夢，像是主人牽著軍犬在營區裡散步等等。ｄｔ很有耐心的聽著我口沫橫飛，一個禁錮慾望的枷鎖像被ｄｔ插入了鑰匙打開而自由。

「狗屌硬著？」ｄｔ問。

「是。」當ｄｔ知道同寢室的學長不在時，便要我進浴室去。按著命令脫掉內褲，赤裸的跪下，浴室牆邊被我貼上一塊塊買來的組合鏡子。一隻赤裸的軍犬跪在前方，只用一肢手拿著手機。

「這才是一隻軍犬跟主人講電話應有的樣子。不過你在軍中，我也要保護你，避免出狀況、避免你軍犬的身分洩漏。不過聽說軍營裡撥出的手機電波都會被監聽，所以李軍忠是隻軍犬的事可能……」dt講著嚇人的話，剛安撫下來的情緒跟精神又因此冒冷汗。慾望纏繞的狗屌瞬時軟下。「軟啦！嚇你的。」聽到他這麼說，嘴裡意外的呼出汪嗚，狗態時的聲音。「不是狗的時候、主人也沒命令你，不要發出這種聲音。」

「是。」

「不嚇嚇你的慾望，今天晚上搞不好又夢遺了。」dt口說著，又讓我耳朵紅熱。回來後每隔一兩天，睡眠中便會遺精一次，主人買的內褲都快用完了。「沒內褲穿，就不要穿內褲吧。」

「我可以利用洽公時候去買。」

當我這麼說時，他在另外一頭停頓，他的停頓讓我知道自己說錯了話。「不是主人買的內褲，不是內褲。沒內褲就給我光屁股。」只能回答是，知道了。向他報告今日所作所爲時，他才知道我露出光溜的雙腿，然後是一頓罵。「從掛斷電話開始，你給我像剃毛前般，洗澡完穿條內褲睡覺，該穿運動短褲就換、該脫上衣就脫上衣、如果要脫光，沒什麼好說的就脫。」

說完，我開始慌了。「可是我沒有毛……」說完又看見鏡子裡無毛的身體，羞極了。不斷的乞求主人可以收回命令。但主人始終沒有回應。

「我不覺得這點會危及你的生命安全。你說沒有毛不是男人，那體毛稀疏的人該如何自處，等軍犬長大，主人自然會讓你留狗毛。還有話要說嗎？」ｄｔ堅定的口氣，讓我無法反駁只能同意。

遺精的內褲在沒帶給主人檢查前，嚴禁先行洗滌。自慰權被剝奪後，再也沒有享受過射精的感覺，只有春夢和之後一件沾滿精液的內褲。每每夜裡睡得舒服之際，便感覺到腹部一陣溼熱。一再重複的深夜爬下床，光身子跪下，翹屁股，高舉著精液內褲說主人對不起，實在很令人困擾；曾問ｄｔ可否讓我自排打手槍或者請主人幫忙洩精。主人只要我看著自己光溜的下體，說：「有沒有毛？還是隻幼犬，這麼快就進入發春期？毛長齊了沒有。」答案當然是不准。也只好認命。

主人賞賜的內褲只剩下架子上的這件，如果今天晚上又溼褲子，明天迷彩褲底下就得光屁股、不穿內褲。無論如何都得保下這件，等著明天傍晚的放假，趕緊到dt家，讓他檢查後洗滌。穿上內褲，不知道是因爲太緊還是太熱抑或其他的原因，褲子裡頭的狗屌形狀清晰可見。仔細檢查著是否有短毛穿出。剃光到現在兩個星期多，毛髮旺盛的身體開始長毛時，下體癢得快受不了，整日都想抓抓下體，搔搔癢、解解癢。這動作多到讓營輔導長注意到了，虧說我是不是得了陰蝨，口帶詼諧的要我趕緊剃毛。心裡回答他：正是因爲剃毛才如此。

穿上最後一件內褲後，泰然的走出浴室。學長坐在他的書桌前盯著我的身體瞧。「看什麼看。沒看過啊。」這麼回著他的眼光。「你是不是跟營輔仔講的一樣，放假出去亂嫖唷？兩條腿光溜溜的。」學長眼睛注視著我身上的內褲。「屌毛剃了沒？」他一副好奇的逼近。

「你要幹嘛？」我被他逼得坐到床上。「脫你的內褲，看看屌毛還在嗎！」學長壓住我，手扯著我的內褲，而我雙手緊抓著內褲用力反抗。不知道是拉扯間摩擦著了狗屌，我雙腳一抖，就這樣在學長跟我拉扯間，射了一褲子的精液。他表情尷尬的看見內褲上濕了一大圈、不知所措的放開手。「抱歉……你眞沒『凍頭』，這樣『魯』個幾下幾下就噴了。小妞坐上去，你大概撐不久。」他消遣著我。而最後一件內褲就這樣報銷。抓了件稍微輕薄舒服的短褲，走進廁所換掉。

走出浴室，學長跟我道歉。「不好意思。」我揮著手跟他說沒關係。不過他的好奇心並沒有因此消失。「你裡面沒穿內褲啊，屌型好明顯。」

「是啊，我沒內褲穿了。屌大當然很明顯。」他一副覺得我在驕傲模樣。「是啊，屌大可是沒凍頭，三兩下就不行了。」他抓著自己胯下彷彿很厲害般頂了幾下。「好，你厲害……」他看我不想跟他瞎扯後認真的講著：「你是不是真的得了小跳蛋?所以把身體的毛都刮掉了……」

「當然不是。我是嫌熱才刮掉，這樣涼快很多。」ｄｔ說過幼犬是沒有毛的，夏天剃不剃毛則看主人決定，我是幼犬，所以要剃，將來成犬了，夏天必剃，保持狗體清涼。

「不過我還是很想知道你有沒有屌毛。」學長做出邪惡表情，我們笑成一團。對於這個問題，他沒多問，我也沒多做回答。躺在床上，內心竟然有份罪惡感，這份罪惡感來自於非自然性的射精。時間晚了，想打電話給ｄｔ自白的動力也稍退，不希望打擾到他的睡眠。明天就會見面，到時候再說吧。

隔天早餐完穿迷彩服時，少了內褲阻擋，下體直接摩擦布料，惹得是微硬微硬。學長不經意的竄出，害我急得趕緊把拉鍊扯上。「小心夾到小鳥。」

「小鳥勒，是大鳥。」我反駁著。「那大鳥有沒有被夾到?」推了他一把，要他別鬧了。他突然抓了我下體一把。「你今天也太明顯了吧。沒穿內褲啊。」他故做睥睨。「內褲都洗啦，反正今天傍晚就出去了。」穿好了上衣準備出去五察。「不穿內褲很容易夾到屌毛的。」他這麼說著。當然是不可能夾到，因爲根本沒有屌毛，光溜的一片能夾到什麼，小心點別夾到大鳥就是了。

一整天下來，始終都是維持著稍微硬挺的狀態，沒穿內褲直接摩擦，不硬很難。胯下一大包，路過的士官兵或者學長學弟、長官的眼神都讓人覺得被看穿了什麼，就和穿著短褲被人注視雙腿般尷尬。

「訓練，你整天『起秋』唷，放假趕快去解決吧。」

赤裸的跪在主人面前，他抓著軍營裡帶來的一堆精液內褲，嘖嘖稱奇：「哇唷，沒想到你性慾這麼強啊。」他蹲下，一把抓起我的屌。「還沒一個月，細毛都長出來了。」在主人手掌裡，屌開始膨脹。「跟學長拉扯間就射了?」他質疑著我。「狗屌很硬嗎?」我點頭。「回話。」

「很硬。」一開口，主人一巴掌便下來。

「我沒教過你禮貌嗎?」主人用力抓著我的屌。下體像被扣住般難以呼吸。

「是!主人，狗屌很硬。」我竟然大聲的說出這種話。

「去把打狗棒叼來。」當主人說出打狗棒，我便知道會遭受什麼待遇。一步步四肢快跑前進到了餐廳，那根豎立在狗盆旁的狗棒等會不知道會以多大的力量重落在我的狗屁股上；啣著，跑回主人面前，後腿間的狗屌晃啊晃的，是在等待著什麼。狗棒輕靠在狗屁股上，要我把屁股翹得更高。「雙手握住狗屌，別讓兩顆蛋晃來晃去，『咻』到你就別生了。」雙手護屌、屁股翹高，狠狠的落下，一棒兩棒將狗屁股打得通紅。

兩塊屁股肉的疼痛直達腦門，抓著狗屌，口裡大喊著：「主人請饒了軍犬一條狗命吧！」第三下已經痛得流下眼淚。這比一般的處罰還重。「主人饒了軍犬狗命！」當主人手中的狗棒停留在軍犬眼前，軍犬含著淚磕著頭：「謝謝主人，軍犬知錯了。」

主人揮著狗棒要軍犬將護屌的雙手挪開。「狗屌還很硬嗎？」在主人數下之後，原以爲巨痛會讓充血的狗屌消腫，低頭一看才知道仍然脹得很。「這樣的處罰，你是接受處罰還是享受？」主人的笑容帶著另種意思。

「主人饒命。」額頭已經貼到地面。

「在調教前，把精液洩一洩。」主人手彈彈狗蛋。「洩乾淨點。」疑惑的看著主人。「你的心靈是幼犬，可是身體畢竟還是個成熟男人，有一定的性慾，不讓你發洩也是不行。打手槍吧。」主人坐在單人沙發前，看著尷尬不已的我。在另外一個男人面前打手槍？他不是別的男人，是我的主人；大小便主人都看過了，還有什麼隱私無法在主人面前展露。握起狗屌，開始上下搓揉。主人也趁著這時候教導狗交時，該發出的聲音。

「汪……汪汪汪汪——汪……汪汪汪——」以前的呼吸聲跟呻吟聲全被教導換成了狗聲。主人注視的眼光，我一手撐著地板一手上下搓揉，呼吸狗吠聲渾濁。主人忽然站在我身邊，手拿了奇異筆，抓起我的屌，在上面大筆一揮寫上「狗屌」，興奮的高潮點往上攀升。手握緊「狗屌」，身體跟著犬吠直上；在會陰跟肛門間多了主人來回的手指頭，主人中指跟食指有意無意的往肛門口搓揉，手搓狗屌的頻率竟然跟著了主人手指搓狗屁股的速度。主人手壓著我的肩膀作爲施力點，指頭穿越括約肌，帶給我更高潮的享受。「主人……主人——軍犬要射了……」

主人在軍犬體內的手指頭動作變成了在畫圈圈。「射吧。」

精液隨著口中大喊「汪嗚，謝謝主人」一塊射出。

低著腰，將還沒吐出的精液擠出，背部還冒著汗。主人的腳輕踹著。「爽完了你男人的身體，該甘願變成一條狗了吧！」

一聲「請主人調教軍犬」後，剃掉了初生的新毛，又是一隻全身光溜的幼犬，插上狗尾巴就更完整。餐廳外的水泥地儼然成爲軍犬盥洗的地方，用身體迎接夜晚的來臨。吠叫，幾條街的狗吠叫回應，主人稱許。軍犬，後腿開著、弓起身體，狗模狗樣。沒有男人的慾望、沒有男人的體毛、沒有男人的糞便，只有仰賴主人以爲天。在主人身邊打繞，希望主人跟軍犬玩；主人矇住軍犬的雙眼，訓練銳利的狗鼻跟耳朵。看不見了，四周是一片漆黑，主人的聲音是唯一的引導。所有的安全都在主人手上。耳朵聽得見主人的命令、聽得見主人的腳步聲，所有的聲音像是放大數倍般如此清晰。

「果然有軍犬命，不用一會就訓練得起來。」捲成一球的精液內褲丟到了軍犬四周，幾顆打中了軍犬，嚇得軍犬不知所措。主人開始不說話，只有腳步聲，於是聽見瓦斯爐打開的聲音、火的聲音、烹煮的聲音，聰明的軍犬立刻知道主人正站在廚房煮晚餐。這些精液內褲夠軍犬玩好一會；而香美誘人的味道不斷從廚房飄出，即使軍犬在地上滾了好幾圈，忘了東南西北，仍知道方向。「小心點，撞倒打狗棒，有祢瞧的。」聽見主人的聲音，打狗棒有如已經在軍犬四周，一不小心隨時會撞倒，軍犬一動也不動，深怕輕輕一動，便碰倒又惹一頓揍。主人在廚房裡笑得開朗。「這裡。」主人語畢，便聽見機器響聲，是數位相機拍照的聲音。「祢這拙樣，眞是太可愛了。」連拍了幾張，雖然這不是第一次拍狗照，卻還是讓軍犬渾身不自在。客廳電視機旁的軟木掛板上多了幾張軍犬狗照的即可拍，照片邊白色部份，主人寫了些字：這是我的軍犬、軍犬剃光毛的樣子云云，彷彿是跟每位訪客炫耀自己的愛犬般驕傲，而看見自己狗照的軍犬卻尷尬得無地自容。多少主人的朋友已經看過了狗照，是不是有可能走在大街上被人指指點點：軍犬、軍犬……

光屁股、翹著尾巴、前腿貼在狗盆旁，享受著豐盛的晚餐。即使只是些主人吃剩的飯菜依然很可口。幾次主人往這瞧的時機都可以抓得非常準，在狗眼裡看見主人不自覺的微笑。主人說軍犬越來越像眞狗了，主人的得意與驕傲全寫在臉上。那根插在屁股上的尾巴搖啊搖的，前肢撲向主人撒嬌，主人的雙手抓緊腰、拍著狗屁股，軍犬逗得主人開心。

每個月至少會見到主人一次，將所有的精液內褲受檢，好可以洗滌乾淨，當然主人賞賜的內褲並沒有多到二十幾條，如果不來跪見主人，就得光屁股穿著迷彩褲隆著胯下，在軍營裡活動。

趴在主人腳邊的地板，和主人一塊看著晚間電視。門鈴聲的響起，讓軍犬如坐針氈，不知發生何事、不知如何是好，慌亂的看著主人。「有人來了。」主人看著軍犬的反應，軍犬顫抖得不像話，一隻雄壯威武的軍犬卻因爲幾聲門鈴聲變得膽小如鼠。「有人來了，要躲起來嗎？」軍犬吠叫聲回答。主人先前的愉悅表情全然消失，嚴肅的面孔，抓起了今天還沒用到的打狗棒，便賞了幾下。軍犬汪嗚得不知所措。「祢知道爲什麼會被打嗎？」軍犬當然不知道。「聽見陌生人接近，祢竟然沒有大聲吠叫，反應遲鈍。第二，躲什麼躲，有陌生人接近，狗會躲起來嗎？應該是對著他狂吠，甚至撲上去咬，要驅逐他。」當主人再高揮起狗棒時，軍犬放肆的狂吠，害怕主人手上的棍子打在身上，寧願用力的吠叫。主人手持著打狗棒走出玄關往大門走去。軍犬跟在後面。主人一轉身看著軍犬。眼神告訴了軍犬，這樣行爲不對。於是軍犬撅了屁股，奔向鐵門，對著鐵門外的陌生人狂肆的吠吼，寧願用力的對陌生人吠叫，也不可以讓主人覺得自己不像條狗而被教訓。陌生人應該覺得鐵門後有隻惡犬，叫得如此凶暴。

「d t你不要太過份唷，竟然拿我當調教教材。」門外的陌生人口中竟爆出調教二字。「誰不知道門後面是隻人型犬啊；別當我不曉得，當我不知道你只養人型犬。」

主人敲著軍犬的屁股。「你覺得我的軍犬叫聲幾分？」軍犬屁股被敲了，知道該停止吠叫。一停下，隔壁鄰居的狗吠聲卻好清楚。

「九十分。」他說著，主人開了門。「才九十分啊，你是逼我要『關門放狗』囉。」門外進來的是當日在寵物店的老闆。「我給你的軍犬九十分已經是高分了，畢竟牠是人犬，跟眞狗叫聲頻率還是有差的。騙騙外行人還行，我可是寵物店老闆耶。」軍犬撅著屁股，後腿撐著，一副攻擊模樣，正等著主人一聲令下便躍上開咬。「祢這隻小狗跟祢主子一樣都是同個脾氣的啊，祢也不想想祢頂上的狗毛是誰幫祢剃的。」軍犬不敢放肆或者鬆懈，全等著主人命令。

「沒事。是自己人，是幫狝剃頭的寵物店老闆阿司。」主人圓場後，軍犬才做鬆懈。「你別這麼酸溜溜，自己不剃，找我剃的。」主人跟阿司拍著肩膀。「如果我剃得好看的話，我就會自己剃，根本不會找你。」阿司蹲在軍犬旁，他一手捏起軍犬的狗尾巴像抓小狗般，用力的往上提，軍犬知道尾巴如果被拔起，會遭到主人嚴厲的懲罰，爲了避免如此，狗屁股跟著上揚，便形成了一幅怪異又可笑的畫面。「狝主人啊，眞是糟糕啊。」

主人和阿司坐在客廳聊天，主人把軍犬抱到自己沙發上，沙發的椅子扶手像是被改造過般，龐大的軍犬，腿跪曲著，身體趴在主人大腿上，竟然不會有什麼突兀。「你們主狗倆，別把這邊當沒人好嗎？」阿司突然說話。

主人的手從撫摸軍犬身體、拍拍狗屁股的動作停了下來。「你可以帶你的狗來啊，我又不反對。」

「店裡還是需要有人顧店啊。」阿司從他的包包裡拿出了相機。「那就來拍拍要用的照片吧。」主人推了推，軍犬便從主人腿上跳了下來。「我給你們的照片還不夠用嗎？」軍犬疑惑及充滿恐懼的眼睛看著主人。「你的照片裡只有狗，你沒入鏡啊。」阿司比著手勢。「這次訓犬區的宣傳照片眞的挑我啊？」主人撫摸軍犬、安撫著軍犬不安的情緒。「又不是挑你，重點是你的狗啊。什麼時候我們的宣傳照片會以主人爲主？當然是拍狗囉，宣傳重點才會一清二楚，是訓犬區的趴體啊。」

阿司拿出了範例照片，要主人幫忙配合。「要拍這麼多張啊？」主人看著阿司。他拍著軍犬身體。「乖。來吧，站起來。」軍犬呆呆的看著阿司。「站起來啊。第一張是要拍他人型站著。」阿司拿著Sample。「你告訴小季，我的狗上鏡是沒問題，網站上面的照片他的臉一定要給我打模糊，要是暴露了他軍犬的身分造成他在軍中的困難，你們兩個鐵定會被我砍死。」

「知道啦，ｄｔ老大。叫你的狗站起來吧，不然怎麼拍啊。沒拍到，小季又會哀哀叫。小季爲什麼自己不來拍，要叫我來拍，是不是你在威脅他什麼？」

「根本是他沒膽來。」主人跟阿司你一句我一句的聊著軍犬完全不懂的事情。

主人喊了兩聲軍犬的人名，讓軍犬在客廳裡、在阿司的面前恢復人型。我尷尬的看著阿司。他眼睛銳利的盯著我的身體。「他的陰毛，你都剃得很好，爲什麼頭髮不會剃，根本是懶惰。」ｄｔ敲了阿司。「再囉唆就別拍了。」阿司聽到ｄｔ的話，便不再多說。「先拍穿條內褲的吧。」

我看著ｄｔ。「他已經沒乾淨的內褲穿了。」ｄｔ撿起了地板上捲成一團的精液內褲攤開，襠部一灘顏色的內褲丟到我手上。「穿著吧。」看著手上夢遺後乾掉的內褲，再看看ｄｔ，他的表情堅定的告訴我穿上。於是我在這兩個人面前，穿上了這條精液內褲，屁股的狗尾巴卡著內褲，難以拉上。dt摟著我的腰，手一伸到臀溝，一扯。我哀得抓緊dt肩膀。被拍下僅著內褲的立正和稍息照片後，又被命令恢復成軍犬。狗尾巴被插回屁股裡，仰角拍到掛著狗屌懶蛋跟尾巴的照片、主人坐在沙發上，軍犬蹲在腳邊的照片。「夠多張，夠用了吧？」主人不耐煩的說著。「最後一張，戴項圈綁狗鏈的就好了。」於是阿司心滿意足的收起相機，而軍犬這副狗模狗樣除了主人拍下外，又多了一人，接著不久整個訓犬區的重要趴體跟網頁都會更新照片。想到這裡，軍犬的內心相當的不安，情緒非常不穩定，即使主人在一旁不斷的用手撫摸著軍犬，企圖安穩軍犬，但是狗還是狗，主人抓住安撫軍犬的竅門，軍犬窩在主人懷中就感覺安穩放心。「別擔心，小季做的網頁不會讓祢曝光的。乖。」

「小季他們不是約了晚上來你這裡討論趴體的細節嗎？」阿司問著。主人撫摸著軍犬。「是啊，打個電話問一下吧。」阿司撥了手機問著那位叫小季的人。軍犬汪嗚的看著主人。「別擔心，都被主人以外的人看過了，還擔心第二個、第三個外人看嗎？」主人翻了軍犬的身體，讓軍犬正面朝上，主人的手撫摸著軍犬的肚子到狗屌狗懶蛋甚至到壓在腿上的狗尾巴。

「小季他們在夜市裡，我們過去吧。」阿司放下手機，尷尬的看著dt。「你幹嘛臉紅啊。我只是撫摸一條狗而已，你想到哪去了。」

「是啊，你的狗狗屌還眞大啊。」阿司酸酸的說話。「快過去啦，他們等著我們。」主人穿起衣褲，準備出門。「你的狗要不要寄放到寵物店去？」阿司問著。「我買了大鐵籠唷，關人型犬一定沒問題。」阿司樂著。

「如果那間店沒規定狗不能進去的話，我就帶狗進去。」主人說著。

「夜市哪一家店會限制人型犬進去啊，難道你要他這個樣子進去？」

「當然不會。」主人把軍犬丟到地上，要軍犬正面朝上、四肢彎著，眼睛朝上注視。主人拿出了塑膠的東西，撕裂聲跟著阿司的笑聲：「不會吧……」主人拍了軍犬旁邊的臀肉，「抬高。」軍犬抬高臀部，感覺下半身包上了個什麼東西，觸感極爲奇異。當軍犬恢復人型後，看見自己胯下正包著白色紙尿褲，表情呆滯了好久。在紙尿褲裡的狗屌微微的硬起。

「爲什麼……」我尷尬得不知所措。一個成年男人的身體竟然包裹著嬰兒用品，即使是成人紙尿褲，但還是令人尷尬得想鑽進洞裡。「ｄｔ，你眞是有創意啊。你的狗臉紅成這副模樣，好可愛。」

「小季一定跟阿清在一塊對吧。阿清的規矩，你又不是不知道。」

「哈哈，有趣。趕快過去吧。」

夜市裡，我走在他們兩個之後。寬大運動服底下，包裹著紙尿褲，屁股裡還塞著肛門塞。雖然屁股裡有東西已經習慣，但是跟著主人到外面走動，這還是第一次。每走一步就可以感覺到肛門塞在體內摩擦，兩股之間更可以感覺到紙尿褲摩擦著大腿內側。在紙尿褲裡勃起的陽具彷彿把運動褲撐得更大包，原本包著紙尿褲的胯間已經有些臃腫，現在更不用說。還好夜市裡人來人往，並不會有人注意到此怪異模樣。小販養的黃狗在一旁的瓦楞紙堆抬著腿小便，dt跟阿司停下腳步看著嘻笑，dt在看我的時候，我表情不知如何回應。看見黃狗灑尿時，我可以想像dt看著我抬腿小便時的樣子，我是如此的低賤。小販追打著黃狗斥罵著這邊不可以亂尿，而我的大小便都得在dt的允許下解放，不然便是一頓打。我是否真的比一隻小狗還不如。

dt湊到我身邊低語著：「要你穿紙尿褲，不爽？」

低頭：「不敢。」dt拍拍我的肩膀，搭起我的肩膀。

「毛都沒長齊，恢復成人型，當然是小朋友，夜市裡不可能要我幫你把尿吧。」dt爽朗的笑著更令我感到不好意思。阿司跟著dt走進了他們聚會的店裡。海鮮店裡，他們圍坐著，桌上鋪著紅色塑膠布，菜酒已經上了，他們進食應也好段時間。dt跟在座的人打了聲招呼。我則是在一旁站好不敢隨便亂坐下。

其中一個看起來凶神惡煞模樣、穿著小背心，晒得黝黑的男人開口：「他是你的狗啊！你竟然帶你的狗參加我們都是主人的酒會？」在他們言語之間，我知道了開口說話的是叫阿清的男人。他抓起酒杯乾了。「ｄｔ的狗，這裡沒有你的位子，蹲到ｄｔ腳邊去。」夜市裡人聲鼎沸中，這一桌的人笑得大聲，店裡其他人聽見了嗎？我不知如何適從。ｄｔ抓了我的手，拉了旁邊的椅子要我坐下。「阿清，你的狗勒？」ｄｔ硬要我坐下，我看著其他人的眼光卻不敢坐。

ｄｔ在我身邊低語著：要你坐就坐，到底我是你主人還是他是你主人？

聽了ｄｔ的命令正準備坐下，屁股還沒貼到椅子上，阿清便開口：「ｄｔ，你這樣子讓狗坐在我們這桌，讓主奴分不清唷。」ｄｔ舉起酒杯爽朗的說著：「你們又不把你們的狗帶出來，難道要他自己開一桌啊；再者主奴怎麼會不清，他一看就知道是奴啊，在場沒人穿運動服啊。而且他屁股裡塞著肛門塞。在座的主，不會有人屁股塞肛門塞吧？」隨著ｄｔ的笑聲，我的屁股裡的祕密，在場所有人都知道了。「我們又看不到，誰知道有沒有肛門塞在裡面啊。」阿清跟ｄｔ你一句我一句的，在他們言語之間，我等於赤裸的在人來人往的夜市裡。

「他屁股裡眞的有肛門塞啦。」阿司一旁說著。「我剛去ｄｔ家拍了要更新用的照片。我們一塊出來的。」阿清揮著手：「誰會知道你有沒有跟ｄｔ串供啊。」他左右使著眼神。「褲子沒有脫下來，根本不知道他屁股裡有沒有東西啊！」阿清的尾音拉長著。「他褲子裡包著紙尿褲，在座的主，總不會有人也穿著紙尿褲吧。」阿清舉著杯子，搖著頭。「ｄｔ，你是故意帶你的狗來氣我的啊。讓我在你狗面前沒有面子唷。」

「不敢。總是要帶他出來見見世面嘛。不早點讓他習慣，趴體我怎麼帶得出來。」

「有你的。」他的右手食指晃著。「好，褲子拉下來，看得到紙尿褲褲頭，就坐下。」我看了看ｄｔ。他要我秀給在座的人，讓他們看到運動褲底下的紙尿褲。這是一個很尷尬的場面，所有人屏息以待；我看著ｄｔ直發抖。ｄｔ點點頭，我站在一桌子人視覺中心，拉下了褲頭，他們不停的吆喝著。整間店，這桌吵極了。「ｄｔ的狗兒坐下。」阿清豪爽的說著，我彷彿也被接受了。

坐在阿清旁邊的是小季，他是負責整個ＳＭ網站系統的管理者，收下阿司的數位相機後，ｄｔ還再三吩咐著要小心使用。「知道。我辦事，大家都放心。」小季高舉酒杯：「ｄｔ有這麼棒的狗，要不要先謝謝大家，尤其是我啊。」ｄｔ笑著：「少沾光了。」

他們在豪飲之間聊起趴體的準備事項，一些人離席往洗手間小解。ｄｔ跟阿清像是在拚誰酒力好般，一杯一杯的灌。ｄｔ喝得是滿臉通紅，而我連帶的也被灌了幾杯；跟ｄｔ小聲請示去洗手間，他微醺的在我耳邊說著：「上廁所？讓你上廁所，阿清又會說東說西的，這邊的廁所沒分主人跟奴隸的，他會生氣。你不是包了紙尿褲，尿在褲子裡面沒有關係。」

喝酒沒紅臉，倒是ｄｔ的一番話紅了臉又紅了耳根子。原來紙尿褲並不只是用來爭取坐下，根本是因爲不能上廁所，ｄｔ擔心我憋不住，所以才包著的。窘死了，這麼大人了包紙尿褲已經很羞愧了，還得在大庭廣衆之下尿褲子。「大家不愛帶奴隸來就是因爲這樣，阿清不讓奴隸跟主人上同間廁所，來的奴隸都得憋尿，憋久了畢竟對身體還是不好。」一旁的阿司跟我說著。阿清跟ｄｔ划著酒拳，一邊灌我喝酒。「小狗，喝掉。」推了杯酒到我面前。再灌沒幾杯，膀胱已經快撐不住了。我的額頭冒著汗，下半身用力的夾緊。ｄｔ醉得貼上我身體，在我耳邊噓著：「回去要是發現紙尿褲是乾的，你沒有體會主人的用心，我會好好處罰你。」聽到ｄｔ的話，膀胱已經憋不住，像射精一般，龜頭如此清楚的感覺尿液流出尿道，一陣渾熱，雙腿一抖，於是我在ｄｔ身邊尿了褲子，紙尿褲全吸收了我的尿液。我尿褲子彷彿全寫在臉上，ｄｔ知道、阿司知道，就連坐得稍微遠的阿清也知道。「尿褲子。你瞧你的。」阿清得意的笑著又推了杯酒來。溼漉漉的貼著身體著實讓人難過。紙尿褲裡的身體悶熱，身體裡的肛門塞蠢蠢欲動，整場好難過。

撐到散會，ｄｔ跟阿清尬酒喝得醉醺醺，走路都不穩。阿司送ｄｔ跟我回家。下車的時候，阿司要我扶著ｄｔ上樓。把他放在床上。「讓他好好睡吧。」安頓好了ｄｔ，他已經呼呼大睡。送阿司下樓離開時，雙腿間紙尿褲帶著尿液摩擦的聲音清晰得讓人羞愧。「別看我，我可不敢幫你脫紙尿褲；有膽子把ｄｔ吵起來。」阿司立刻知道我看著他的眼神。「不用送了，晚安。」

他走了後，下半身的褲子更加沉重。在客廳脫掉了運動服，僅剩紙尿褲，尿濕的褲子外頭還有一圈黃黃的痕跡，屁股又悶又熱。爬上二樓，坐姿在主人床前，希望主人會清醒些，幫軍犬脫掉羞恥的紙尿褲。房間裡只有主人沉沉的呼吸聲，原想吠叫叫醒主人的軍犬才開了口又放棄。嗚嗚的低頭，看著胯間的紙尿褲又嗚嗚的叫著。主人的翻身讓懷起一陣希望的軍犬失望。

主人一直到半夜，渾渾噩噩的爬起床，酒醺的看著跪著的軍犬，捏捏軍犬兩頰，脫掉束縛軍犬下半身的紙尿褲後，搖晃到廁所小解才躺回床上，而軍犬如釋重負的趴在地板上。主人微醺的張著手對著軍犬說：「軍犬。」軍犬跳上了床，窩在主人懷裡。

洗澡的時候，聽見門外學長在跟誰聊天。抹乾淨水氣遮掩的鏡子，右肩底下光滑的腋下，指頭滑過的觸感竟如此明顯敏感。剃掉體毛的肌膚每一吋都是如此敏感。指頭在剃掉陰毛、陰莖上方的區域游移，血液很快便充肆下體，當手往下移想握住屌時，意識到自己不可以隨便碰，尤其是牽扯到性意識更是不行。跟學長那次拉扯間的射精，主人小小處罰軍犬，沒將狗屁股打得皮開肉綻，已經該慶幸了；如果自己打手槍，不知道會受到什麼天大的處份。腦裡浮現當日跪在主人面前，狗吟打手槍，主人手指捅著狗屁股的畫面，自己的手指頭已經接觸刮掉肛毛的屁股。肛門口的部份少了纏繞的肛毛阻擋，觸感依然敏感，像是個電流開關，一接觸，全身便流過一次。忍不住的扒開自己的屁股，指頭模仿著主人進入。鏡子裡的自己呈現詭異體態，避開屌，討好自己空虛的屁股。手指像極了主人的動作，一模一樣的模仿；鏡子裡的自己身體激情扭動，即使洗澡水冰涼，身體依舊發熱，直到噴出精液，鏡子裡自己臉上貼上一條條精液痕跡，我的臉一改先前享受模樣，惶恐跟不安。表情呆滯，像是做了壞事，要被審判槍斃般，我不知道該怎麼告訴ｄｔ，會遭受主人什麼處罰。羞愧的刷洗乾淨浴室，趕緊穿上慾望遮蔽褲，希望藉著主人爲軍犬購買的內褲，束縛慾望。

擦著頭髮，若無其事的走出浴室，學長還在講話，是跟他的文書——人事士討論著休假問題。「我很久沒休了。不行，下禮拜我一定要休。」學長強調再強調。「人官，我眞的有事啦。可不可以跟你換。拜託你。」營上通常是同一業務必須有一人留守。怎麼輪休，就得看同業務怎麼安排，軍官休假會有代理軍官，不過爲了避免代理人不懂，通常會把該文書留下。他們從我進去洗澡後便開始講到現在，而我當然不理他們，拿了手機到外面準備打電話給ｄｔ。經過人事士阿賢身邊，他的眼睛一度注視著我的身體，而我感覺跟上次一樣像脫光了站在他面前般被透視。

顫抖的把浴室裡的經過告訴了ｄｔ，他竟然沒有半點生氣的情緒。「嗯，還記得跟主人要處罰。」ｄｔ彷彿若無其事的，像早就知道我會這麼做。「你是不是隻軍犬？」主人的問題，毫無疑問的肯定。

「是。」對著手機大聲肯定的回答。

「既然是隻軍犬，就在自己的軍營裡撒把尿，擴展自己的勢力範圍。軍犬只有主人家院子的範圍太小了。」電話這頭的自己不知道是因爲只穿條內褲站在風裡顫抖還是主人的處罰過於嚴苛。主人的話，立刻聽懂：撒把尿不是站在營區裡小便，而是要像一隻生活在軍營裡的軍犬般。我做得到嗎？射精的代價竟然是這麼大，要在這座軍營裡跟主人家一樣撒尿，留下自己的味道……

若有所思的回了寢室，學長跟阿賢的問題似乎得到解決。「營長終於決定明天放我，假已經不知道積了幾天了。志願役的做到死好像是應該的，還是當小兵比較好。」腦裡都是主人的命令，背部不自覺的冒汗。「你還好吧？」擦了額頭的汗。「還好啦。」學長坐到床上。「你最近放假在幹嘛？總覺得你怪怪的，每次回來都不一樣。先是頂著大光頭回來，然後又是刮掉腿毛的，你是不是發生了什麼事？」他要的答案再清楚不過，我可以告訴他關於ＳＭ、關於我現在另外一個身分，在ｄｔ這個男人面前，我只是條軍犬，用四肢著地，赤裸生活的一條狗嗎？這樣的答案會嚇到多少人，這實在太危險了。

打馬虎眼的過去，爬上上鋪，學長的眼光盯著我的雙腿，我差點跌下。躺在床上，腦裡只有主人的命令。那一天陽光和煦，主人牽著軍犬漫步在營區裡，帶著部隊的軍官見著了趴在地上爬著、屁股插著尾巴的軍犬，偷笑的表情掩飾不過，趕緊和主人敬禮，主人只是微笑的答禮，整個部隊的士官兵的表情帶著窺視、輕蔑。一路上看到了營長跟其他長官，他們竊竊私語著：原來李軍忠是條狗啊，竟然人模人樣的在軍營裡走來走去，破壞了多少軍紀。連平時要好的學長也參與著討論：原來我跟一條狗住了這麼久，眞是太惡劣了。主人命令軍犬坐姿，目光朝前看著。他們看見了軍犬胯下勃起的狗屌，說著：「把牠閹掉，反正營區裡也沒母狗。」主人拿了把刀，拾起狗屌：「閹掉的狗才會更忠心。」軍犬從吠叫聲變成大喊著：「我不要！」當眼前一片血肉，才從夢裡嚇醒。下半身的溼涼，內褲前頭還有些精液痕跡，沒有換掉便穿上了運動褲跟內衣，悄悄地往寢室外走去。

夜晚的營區有點涼，像是吹進骨頭縫裡般，從脊椎尾涼上腦門，挑了離營辦不遠的半廢棄的倉庫後面停下腳步。在這裡要執行主人的處罰，ｄｔ的話我沒有辦法反駁，一旦在這裡抬腿小便，我是否眞的成了生活在營區裡的軍犬。被豢養的軍犬，脖子上栓著鐵鏈，隨著小兵們牽拉。光溜的身體，狗屌竟然硬得不像話。雙膝跪在地板上，涼意從腳後跟直竄肛門。手捧著內褲，高舉於頭上，額頭貼到地板。「主人對不起！」這一聲在風裡像是傳遍了整個營區。接連的犬吠聲帶著其他營區裡的狗吠叫，牠們的回應讓我心裡不知該如何自處、牠們的回應讓我覺得自己更像隻軍犬。站夜哨的士兵們是否會察覺先前的犬吠其實是他們平日眼中的長官發出的聲響呢？口咬著內褲，向著牆壁抬起後腿，嗚一聲，眼裡含淚的放尿。霹靂啪啦的在夜裡作響。放完尿，看著尿跡，叩了頭，趕緊穿起衣褲。口裡的內褲因爲已經髒了，便只塞在口袋裡。趕緊離開，免得被發現了什麼。

經過營辦事處，意外的撞見剛下哨的阿賢。一時還不知該如何回應。他只對我笑笑：「訓練，這麼晚還沒睡啊。」尷尬的回應，便溜走了。

洽公的空檔，上了ＳＭ網站，訓犬區已經更新了首頁，一進去便看見了軍犬的屁股，自己匍伏在主人腳邊，恰好擋住了主人跟軍犬的臉。看到自己的狗照在網頁上，除了是滿身冷汗外，胯下勃起的那包成了最大的諷刺。後頭經過的阿兵哥讓我趕緊關掉了視窗，他們離開後，我膽怯的繼續瀏覽著網頁，訓犬區已經公開了舉辦的趴體時間跟報名方式，討論一大串的讓我不知道該怎麼看起。裡面其中一個標題「ｄｔ的新寵物亮相」，讓我愣在電腦前好久，這是指我嗎？開標題的是阿清，他寫了那日在夜市遇見我的情況，接著是不少人的回應。他們似乎都期待著

dt的新寵物，而我心裡卻不斷的想著我可以在其他人面前赤裸、屁股插著狗尾巴、狗模狗樣嗎？

「當然可以。」dt在電話另一頭這麼說著。

「可是……」

「別擔心，沒有安全性的顧忌，趴體是在私人場所裡，SM其他區的朋友會幫忙支援顧哨的。就安心的等著趴體吧，主人會帶你享受愉快的假期。」他說得輕鬆，而我心裡卻是不斷的冒著疑問跟膽怯。「抓抓胯下，狗屌還在不在！」

「在。」隨著他的命令，在大街上手往下抓。

「既然在，就放心的跟隨主人。」即使dt這麼說著，忐忑的心依舊不安。我沒有說不、不想去的權力，因爲主人想帶狗去遛遛。刻意的不去想這件事，希望自己好過些；我的確快忘了這件事情，直到了放假前夕，我才意識到了明天要放假，明晚得到主人家報到作行前教育。

赤裸的跪在主人面前，主人再三叮嚀些注意事項，主要是鼓勵軍犬好好表現。睡前的叮嚀，軍犬下巴靠在被毯上，看著主人呼睡，才稍稍閉上眼睛。閉上再睜開，天光微亮，軍犬自己甩甩脖子，動動四肢，熱著身體，跳上主人的床，伸長著舌頭舔著主人臉頰，要叫醒主人。「這是誰教你的？」主人的疑問，軍犬只汪了兩聲，搖著屁股。主人勾起軍犬，將軍犬抱著。「不用主人教就會的，這些都是潛藏在猕意識底下的狗性啊。很好。」主人的手拍拍狗屁股作爲鼓勵。「期待趴體嗎？」狗吠聲。「吃個早餐，洗個澡，待會就出發吧。」

主人佇立在餐廳靠院子的牆上，手握著咖啡杯。軍犬四肢貼於沙面，用最自然的方式在一天之初排便；主人放下了咖啡杯，手招了軍犬來清洗身體。恢復人型的我翹高屁股，等主人塞進肛門塞。我斗膽的問著dt：「爲什麼要塞肛門塞？」dt一手抓住臀肉，一手塞進。「啊……」

「還沒結束調教，所以即使恢復人型，也要讓你意識到現在仍是處於調教期間。穿上衣服後，你會忘了自己的身分，塞住你的屁股，免得你太爽有失一條狗的表現。行禮吧。」主人手一揮，我立刻舉手敬禮。穿上運動服，隨著主人驅車前往訓犬區趴體舉辦地。

每當車子行於崎嶇路面跳動，體內的肛門塞便會以意外的角度摩擦，沒穿內褲的我坐在駕駛座一旁，胯下那一包撐起運動褲襠部；dt一邊開著車不時說笑著：「很爽嗎？」我羞紅了臉，低頭說不出話。肛門塞仍在體內不經意的撞動。「讓你屁股爽一下是可以，別射精弄髒了褲子，不然回程我就讓軍犬坐在車內。」咬緊牙根，刻意的不去想屁股裡的東西，轉移注意力，可是狗屌仍不斷的滲著前列腺液。

車子從都市開往了郊區，來往車輛越來越少，最後只剩ｄｔ開著的車、一條長長蜿蜒的公路，空氣中蔓延絲絲鹹鹹海水味道，一直到公路的盡頭，彎進了條私人產業道路。兩棟濱海的旅館高聳於此，中央的峭壁像是分水嶺般幾乎擋住了另一棟大樓。道路中央幫忙引道的人將來賓車輛引導到道路左手邊的停車場。「他們這些人是ＳＭ網站義務性支援的朋友，你可別對著他們亂吠叫。」ｄｔ在將車停穩後，拔出車鑰匙。

「不會……」才下了車，便感覺屁股裡的肛門塞稍稍的跑出肛門外。吸幾口氣，肛門做起收縮運動，想把塞子收回。

「不會？狗應該是天性就會對陌生人吠叫。」ｄｔ突然把我推靠在車上，唰一聲拉下我的運動褲，讓狗屁股在鹹味的空氣裡呼吸，右手掰開兩塊臀肉、猛力一推將肛門塞推回後，才放開。我尷尬的趕緊穿回褲子，襠前隆起的小山在ｄｔ眼裡是極爲滿意，「開始喜歡暴露？」而一旁引導的幾位朋友盡看眼底，我羞愧的不敢直視他們目光。剛剛光屁股的情景他們應該都看在眼裡了吧。他們三兩竊竊私語著剛剛那位主人應該就是訓犬區的ｄｔ，被扒了褲子露出翹臀的就是軍犬囉。應該是沒錯，你瞧他的體型。

「肛門塞都快噴出屁股了是吧。」ｄｔ打開後車箱提著行李。「拿著。」

提著ｄｔ行李走過一段路繞著圍牆到一處入口，旁邊有個類似警衛室的管理站。那裡是報到處，ｄｔ說了自己的會員編號後，隨著服務人員，將我帶了進去。「你是登記在我底下的。」看見了其他報到的來賓。兩兩成行或者三人以上的向ｄｔ跟我的方向，往另個入口處望去，一隻隻赤裸的人犬隨著招呼者爬行。「那些是無主犬或者新犬。」ｄｔ為我解釋著。緊接著的是衣著整齊行走的人。「這些是沒有狗的主人或者新手。」ｄｔ領著我走到了出口。在走廊出口處有著一格一格的置物櫃。「脫光。」

聽到了主人命令，沒有二話的脫光身上衣褲。眼睛注意到了旁邊幫忙行李的服務員，他們似乎已經見怪不怪了。脫掉的衣褲鞋子，他們負責折好放入置物櫃後鎖上。

軍犬前肢踏出出口處、接觸到外面的水泥地時，太陽光大得睜不開眼睛，彷彿進入另個世界必經的過程，那裡充滿了交談聲、狗吠聲及水聲。主人拿著水管清洗著軍犬身體，拔掉了肛門塞換上狗尾巴。「甩頭。」小平頭的軍犬怎麼甩水還是滴到身上。主人取了條放在一旁供人犬清洗後使用的毛巾，先圍在軍犬腰上，上下擦了一回。眼睛睜開的瞬間有如身在另個世界，這裡到處可見人牽著人型犬走動，他們的表情沒有訝異、驚慌，反而像是很久不見的朋友擁抱聊天，他們的狗遇到陌生人會吠叫、會被安撫；狗跟狗之間互相追逐嬉戲，此起彼落的犬吠，這就是訓犬區的趴體。

小季牽著一頭眞正的狗出現在人群中，他遠遠的看見了。「ｄｔ，你來啦。」

「是啊。」主人笑著。

小季看見了趴在地上的軍犬，伸了手摸著軍犬的頭。「終於看見祢的狗樣子，果然有軍犬的架勢。」小季牽的狼狗不停的騷動。「別動。坐好。」在小季要狼狗坐好時，軍犬亦被主人命令坐好。

小季摸著狼狗的頭說著：「這隻狗是所有人型犬的老師，既然以狗爲師就不可以對牠不尊敬，即使恢復人型依然如此。知道嗎？」軍犬吠叫聲回答。正面面對軍犬的狼狗一副左看右看的表情。「ｄｔ，牠怎麼還沒上狗鏈？」主人從行李中取出了項圈跟狗鏈後，行李便由服務員拿至房間。「這是什麼？」小季嘖嘖稱奇。主人取下掛在軍犬脖子上的狗牌項鍊，將狗牌固定在項圈上。項圈綁在軍犬脖子上時，狗牌旁新繡上去的徽章讓小季讚不絕口。「這一隻是步槍科中尉軍犬唷。酷，一目了然。」軍犬低頭想看項圈上的傑作，當然不管怎麼低頭就是看不著。項圈固定狗牌的兩旁繡上了軍犬在營區裡的兵科跟階級，原本掛在迷彩服上的領章換掛到狗牌項圈。軍犬嗚嗚的叫著。

「牠不喜歡？」小季猜著。

「沒有鏡子看吧。牠應該相當興奮，在軍營裡是軍官，在我面前卻是條還未受階的狗。今天帶出來，就該掛上階級。」主人摸著軍犬的小平頭。主人牽著軍犬走向和山壁同高的旅館，門口的服務生像是平日般的和客人點頭問好並引領。大廳的那面鏡子牆已有不少人在那裡與人討論交談著犬奴的體態，幾隻狗在那裡或坐或蹲或臥的練習。軍犬看見了自己項圈上多出的領章，身體顫抖著，鏡子裡後腿間的狗屌瞬間勃起。對著鏡子吠叫，聲音迴盪在整座大廳，其他人不免往這看來。認識dt的便與主人打聲招呼或者過來噓寒問暖一番。

一樓電梯門打開，阿清牽著他的狗從裡面走出。他跟主人招著手。而軍犬對他吠著。他伸出手像是逗小狗般啾啾在軍犬下巴。主人拍著阿清的狗：「狼犬，好久不見。」只見狼犬嗚呼呼的順著主人手撫摸享受。狼犬頭頂上的毛弄成了貝克漢公雞頭，染了粉紅色一排，狗毛剃得只剩胯下一條線，狗屌安靜地被個牢籠束縛。「軍犬是看到母狗太興奮嗎？」阿清逗完了下巴，蹲下逗弄著軍犬狗屌。

「狼犬被你訓練成母狗？」主人說著。

「是啊。看到牠勃起的狗屌就覺得厭煩，訓練成母狗也可以造福些公狗啊！」

「當初你不是以狼犬屌大可以幹遍群狗而驕傲得不得了。」

阿清搭著主人的肩膀：「調教總是要改變一下，狼犬有次被我逮到小便竟然沒抬腿。想變性，我也沒辦法。」一旁的狼犬有如做了天大的罪孽不敢抬頭。

「難怪這次看到牠變成了這副德性。」

阿清握拳敲著主人：「你要是上次趴體有來，就已經看到牠變成母狗了。」

「上次趴體的時候，身邊沒狗就沒什麼好來。聚餐我有參加就好。」

「這次多虧祢囉，軍犬。不然dt又死要面子不肯出席。」他摸著軍犬的頭，「回頭再聊吧，我帶牠去走走，跟朋友打招呼。」

「你有看到阿司嗎？」主人問著。

「阿司，還會在哪，當然是在新犬報到體檢區。這位獸醫不在那要去哪。」阿清牽著狼犬走向沙灘時，主人搖搖頭說著：「明明就是喜歡幹狗，幹嘛推說小便沒抬腿，狼犬好歹也是他訓練很久的狗。」主人牽著軍犬往戶外移動。「喜歡幹狗的，或多或少都喜歡人獸交。至少在精神上是人獸交。」軍犬當然不懂主人在說什麼，只有抬頭挺胸、趾高氣昂的晃著懶蛋向前走。

阿司跟幾個幫忙的工作人員正為趴在地上的犬做基本的檢查。無論是新報到、第一次參加趴體或者已經參加過數次，只要是無主犬，在入口處便會分道前往，定點定時的有服務人員舉牌，帶領這些在入口處脫光跪好的狗們，將牠們帶往阿司獸醫臨時的檢查站。其實檢查項目也沒什麼，指甲、狗毛長度、體型等等做紀錄，然後輸入電腦跟趴體上無狗或者想養第二隻狗的主做配對；當然這些動作在網路上ＳＭ網站已經可以做。不過當配對配好後，檢查站後方排排坐的狗主們會被叫號出來認領趴體上領導的人犬，因爲配對是使用電腦分配喜好程度，所以大部份參加者在這關就已經可以挑到彼此喜好相同的狗；只有極少數的狗主會中途放棄人犬或者人犬離棄狗主。人犬必須在趴體的集合時間到達、參加分配，絕對沒有無主犬在趴體場內到處亂逛的情況；無狗主是被允許遲到的，不過遲到的主通常就得孤零零的跟自己認識的朋友聊天，或者逗逗朋友的犬。

「阿福，好久不見。」主人與阿司打過招呼後，跟阿司身邊的助理笑笑。阿福穿著寬鬆的工作褲，正協助著阿司登記台上的人犬資料。在檢查站入口，人犬必須在桌子高度的平台上行走，一直到分配完才可以到地面。在這一高度上，阿司只要站著就可以觸摸每一隻人犬，後方的狗主們也可以一覽無遺的看見每隻人犬的體態跟外貌。

阿福轉了身，鞠了九十度的彎腰。「ｄｔ先生，對不起。正在幫主人做登記動作，無法向您行禮。」

主人笑著揮手：「沒關係，你們忙吧。」

主人牽著軍犬坐在一旁的椅子上，拍拍軍犬因為呼吸而咕嚕起伏的肚子。「阿福是阿司養很多年的『老』狗囉。他在寵物店當店員，是阿司的愛犬。狗鼻子很靈敏。」除了小季飼養的眞犬狼狗外，其他人養的多年的狗或者優秀的狗，主人都介紹一遍，讓軍犬知道。「袮知道『以狗為師』這句話嗎？袮們畢竟是人犬，再怎麼模仿狗也不可能會比天生如此的狗更像狗，所以要以狗為師，不恥下問。」主人的聲音無堅不摧的進入軍犬腦袋，那一波波振幅震盪著軍犬。腦裡一支排列整齊劃一的人犬部隊正隨著狼狗奔跑，隨著狼狗的吠叫聲，做雄壯威武的狗吠答數聲。

趴體每隔一小時便會有區域廣播音樂，提醒所有的主人該注意是否讓身邊的人犬做短暫的休息；一些剛參加趴體的初生犬，體力、忍耐度不是很夠的，可能撐不到一小時便手腳發軟，這時候主人是否細心注意到或者巡視的指導員有無察覺便相當的重要。第一次音樂響起，軍犬對著掛在柱子上的擴音器死命的吠叫，惹得旁邊人的側目，看在主人眼裡竟是相當的高興。主人牽著軍犬，解釋著用途。「袮的體力沒這麼弱。累了，我會注意到……不過，袮越來越像隻眞狗，這樣是好還是不好呢……」主人停下腳步，軍犬一臉疑惑歪著頭的看著主人。等不及主人反應，廣播招呼著每位來賓到飯店裡的大廳內。主人蹲下撫摸著軍犬腹部。「該過去開幕式了。」

飯店大廳的右側一張張圓桌鋪上了粉紅色桌巾，佈置得如典禮般盛大。已經不少人帶著狗進入。牠們或趴或臥坐的在主人腳邊，寵狗一點的，便把牠抱在懷裡。擴音器裡傳出巨大的撕裂聲，主控麥克風的正努力調整音量。主人牽著軍犬走進了會場。忙了好一會的阿司獸醫牽著赤裸的人犬阿福帶著幾位服務員已經將新生犬、無主犬分配好，領著他們進佇會場。麥克風被拍打、呼氣後，小季上了台。簡單的自我介紹後，狼狗被招上台，小季把對軍犬說的話又說了一次：「㳿們這些人型犬們要沒有尊嚴的以狗爲師，向牠學習，牠是所有人型犬的導師。」牠煞有其事的向台下的人犬們吠叫。聽進心裡的人犬們吠叫回應，整個大廳此起彼落的犬吠聲，坐在身旁的主人們個個面面相視；這陣犬吠聲，像是拉開了趴體的序幕。

「這次趴體，我們訓犬區區主dt終於出席了，歡迎他上台說幾句話。」語畢，主人將軍犬的狗鏈握把托給了一旁的阿司，匆忙的上台。調整麥克風時，擴音器裡嘶嘶聲作響。「大家好久不見，我是訓犬區的區主dt。」才剛說了兩句，會場的人便熱烈拍手致意。主人舉著雙手要大家靜靜。「我有好一段時間沒有參加趴體了，廢話不多說，希望每位來賓玩得盡興。」

主人向一旁的小季點個頭，正準備走下台時，台下的阿清搶過了麥克風：「ｄｔ，不在台上秀一下你的愛犬啊？」主人對著他笑著搖頭：「大家應該都看過了吧。」阿清仍抓緊麥克風：「不一定唷。快點把你的軍犬給叫上台，讓大家瞧瞧。」台下一聲聲整齊的喊著軍犬軍犬軍犬，此時主人的愛犬彷彿成了主角。

主人在台上拍著手：「軍犬上來。」雙手一攤，阿司一鬆手，台下坐姿的軍犬便蹬著後腿躍上了台，前肢搭在主人身上，僅曲著後腿勉強的站立，雙臀間的小尾巴若有似無的搖啊搖。主人撫摸著軍犬身體。「這是我現在養的人犬……好好好，軍犬坐下。」聽見主人命令的軍犬便四肢著地，屁股稍微騰空的搖著尾巴。小季一旁說著：「相信軍犬一定受到ｄｔ嚴厲的訓練，私底下可以找我們區主好好切磋一下囉。」小季手一擺，主人點點頭便牽著軍犬下台，經過阿清座位時，主人還不忘指使軍犬咬一口阿清。他縮著腳，一邊指著ｄｔ：「你。」阿清踹了身邊的狼犬。「㺅眞沒用。主人被咬了也不反擊！」

趴體裡除了固定時間響起的休息提醒音樂外，時間安排都是很自由的，不過除了些希望個別調教的主奴外，大多會參與衆人的活動。阿司每次都會爲新主奴們講解狗體的檢查跟注意事項。一隻人犬正攤在地上，一群人圍觀著。阿司在狗毛處抹了大把的泡沫，亮著刮刀，爲大家示範剃除狗毛的動作。「OK，如果跟你同組的人犬願意在這次趴體上剃毛的，請來前面領取工具。」阿司對著圍觀的人說著。畢竟這是一個趴體，所有分配的主奴只是暫時的配對，完全沒有受過訓練的主人跟奴隸，即使有接觸過SM也不一定能夠完全的注意到安全。即使是趴體上暫時的主人，大部份的人犬仍願意接受暫時主的剃毛；畢竟一隻隻受過訓練的人型犬以光溜的軀體行走，會讓一些初生犬心嚮往之。通常因爲一個趴體的相處下來，暫時的配置結束後，在趴體後仍會繼續一小段時間，甚至一直跟隨暫時主。這是趴體的好處，也是一些無狗的主人或無主的狗願意一直參加的原因。

阿司不時得扯著喉嚨拍著手：「爲你的狗剃毛時要特別小心，畢竟有些部位是非常纖細敏感的。不要隨便亂剃，來趴體就是來學習的。」

主人牽著軍犬坐在一旁和朋友們聊聊天。軍犬只是乖乖的依偎在主人腳邊。一直到狗眼裡看見熟悉的人影在另一端出現。同個營區、學長的文書，人事士竟然意外的出現在趴體上。他穿著一身夏威夷花紋的襯衫海灘褲，拖著拖板鞋悠閒的走著，他意外的看見了自己營區裡的軍官，現在赤裸的趴在一個不認識的男人腳邊，他看見了赤裸、脖子戴著項圈、屁股插著尾巴的軍官，便知道是怎麼一回事，嘴角稍微的挑逗；他往這裡走來。軍犬看見他越走越近，越來越不安穩，主人手裡握著狗鏈，原本在趴體陌生人面前坦露無遺並沒有什麼不安，現在所有的動作都不自然，不狗樣了。慌了。

軍犬一躍，前肢搭上主人肩膀，用背面去面對阿賢。即使是背面，雙腿間屁股裡仍是插著狗尾巴，主人拍撫著軍犬，感覺著牠的不安。「嗨你好，我叫阿賢。」他走到主人面前伸出手。「我是ｄｔ。」主人和他握起了手。「這是我的軍犬。」主人拍著軍犬的屁股。「我知道。」他尷尬的笑著並站側了身體，想一窺軍犬的正面。那塊被剃了毛的陰部、晃著的狗屌，他解開了在軍官寢裡看到的男體體毛消失的謎底。「坐啊。」主人挪了位子給他，並推了軍犬下去，要軍犬在地板上趴好。

「原來訓犬區主長這麼性格啊。」他這麼誇著。主人笑得洪亮，趴在地上的軍犬頭是抬都不敢抬，怕和阿賢兩眼相交的那刻。「你一個人嗎?沒帶狗來啊!」主人好心的問著。他搖搖頭：「沒時間養狗，等我退伍了，應該會。」主人察覺了軍犬的異處。「你還沒退伍啊。」主人邊講邊扯著狗鏈，軍犬順著主人手勁抬起頭，正視著阿賢。他看清楚軍犬的模樣，項圈上的軍科跟階級引來他的注意，他正準備拾起項圈，軍犬發狂似的張嘴狂吠。主人用力拉扯狗鏈，嚴厲的怒罵軍犬。主人揮起大手，準備好好的賞軍犬屁股一頓揍，卻讓阿賢給擋下。「別生氣。狗總是會對陌生人吠叫的啊。」因爲阿賢，主人才放下手。「牠明明知道我在跟你聊天。」

「別生氣。畜牲就是畜牲，分不清楚狀況的。第一次牠當我是陌生人，第二次應該就不會這樣。是吧？」阿賢正準備對dt的狗喊名字，卻不知道叫什麼名字。「……軍犬？」主人點點頭：「牠叫軍犬。」主人的腳稍微踢著軍犬屁股，口型說著：軍犬，不可以這麼沒禮貌。主人拉著狗鏈彷彿要軍犬對阿賢友善的吠個幾聲。可是軍犬就是不按照主人的命令。

主人尷尬的對著阿賢笑著：「牠在鬧彆扭。」拉著牠耳朵：「祢欠挨棍子啊。」軍犬嗚嗚叫的猛往主人雙腿間磨蹭。「沒關係啦。」阿賢對著主人笑著：「我可以摸摸牠的頭嗎？」主人當然會願意軍犬讓他撫摸。不過軍犬一直不合作，頭左閃右閃的。這些舉動看在主人眼裡是極為不尋常的。

還來不及處理軍犬的問題，周邊那群圍觀的人吆喝著，像是發生了什麼事。主人牽著軍犬一探，阿清牽著他的狼犬站在人群中。

「各位，我現在要調教我的母狗如何跟公狗交配。」阿清手一揮，順著他的手方向看見小季牽著人型犬的導師狼狗。「沒錯。要學就要學得像。這時候當然是狗老師最適合。」一旁的狼犬身體抖得跟什麼似的。「大家看狼犬多麼興奮。」這時的狼犬是興奮還是緊張，看在不同人眼裡各有不同的解讀。

小季一旁弄著狼狗讓眞實的公犬亢奮得舉起狗屌，而阿清套弄著狼犬的肛門。「母狗，興奮嗎？」阿清潤滑肛門也不忘偶爾挑逗著狼犬被封住的狗屌。「我應該先把祢閹掉，好讓祢更像隻母狗的。」

主人看了會，便帶頭牽著軍犬離開。一些無法接受的主也相繼牽著奴離開。阿司一旁還不忘提醒這些私下帶開的人要注意安全。主人牽著軍犬走向沙灘，而阿賢一路跟在他們後方。他看著軍犬雙腿間搖啊晃的狗懶蛋，表情有些不知所措，畢竟平日相處的軍官，這時成了眼前的軍犬。主人注意到，走向後面的阿賢。「你沒留下來啊？」面對於ｄｔ的問題，阿賢尷尬得不知道該怎麼回答，是因爲無法接受狼狗幹狼犬還是因爲軍犬抑或是因爲自己被ｄｔ吸引？「嗯……」他聳聳肩。此時主人跟阿賢聊著，也同時注意著軍犬的反應。軍犬有如躲在主人後方，不肯面對阿賢。主人注意到了。「等會一塊用餐吧。下午我跟軍犬得做個小表演。」他沒有拒絕ｄｔ的邀請。他們兩個走得越來越近，軍犬始終在地上甩著狗屌前進。

早上開幕式的地方悄悄裝換成了餐廳，兩旁長長的中式、歐式自助餐，主人跟阿賢裝了些食物、挑了個兩人座，軍犬屈伏於桌下，主人偶爾丟了肉下來，軍犬趕緊靠過去咬起。主人對面的阿賢不時低頭看著軍犬，甚至學著丟食物下來，不過軍犬始終沒有靠到他腳邊，反倒是伸長舌頭舔起主人腳來。「軍犬。」主人嚴厲的語調要軍犬停止，一邊又跟著阿賢說話：「不好意思，牠可能不太習慣吃別人給的食物。」

主人跟阿賢像似兩個互相吸引的個體在趴體上如膠似漆的相處，只差主人沒有將軍犬的狗鏈交到阿賢手中。軍犬跟在主人身邊就是一條狗，即使主人身邊站的在軍營裡只不過是一枚義務役士官，只要主人在，無論主人身邊有誰，軍犬就是條狗，所有平日的訓練都不可以輕忽。

下午一場軍犬的表演，只是將在主人院子裡搶雞腿的玩意擺到趴體上。軍犬生氣的弓起身體，一副凶猛得要跳出撕裂敵人的聲音跟體態，贏得在場所有人的讚嘆。「很好。來。」主人右手招呼。軍犬猛躍，主人閃躲，畢竟軍犬是用四條腿在移動，沒有像主人般迅速。「來。我手上有⿰牜尔愛吃的雞腿。」主人的手在軍犬面前搖晃著。軍犬咕嚕的飢餓聲伴隨著咬牙聲，一旁的觀衆彷彿看見了凶猛的大型犬。阿清搖旗吶喊著：「軍犬加油，咬上去、咬上去。對著dt的手臂狠狠的咬上去。」

那一躍、一追的動作跟眞犬沒啥兩樣，觀衆們不時搓揉著眼睛以爲看見了眞犬在與dt表演。一隻隻被牽著的人型犬無不吠聲讚嘆，崇拜著軍犬的表現，甚至從內心發誓也要和牠一樣。

在空中，主人手一放。「咬到就算⿰牜尔的，沒咬到⿰牜尔看著辦吧。」軍犬也算是受過主人多次的訓練，掉落的雞腿很快就在軍犬一跳躍一甩頭間，緊緊咬在狗嘴裡，四肢著地，晃著狗尾巴，搖著狗屌，跑向主人面前，坐等著主人命令，聽見主人說可以吃。主人愉悅的摸著軍犬的小平頭，極度的讚賞軍犬沒讓他在衆人面前丟臉。「吃吧。」

汪聲，雞腿掉落在雙腿間，弓起身體，咬食著戰利品。旁邊觀衆則是鼓掌叫好。阿清走到dt身邊：「哇，我眞的快以爲他眞是條狗了。讓我家的狼犬跟你家軍犬交配生小軍犬吧。」主人用力的拍著阿清肩膀：「生你個頭啦。你還以爲狼犬眞的是母狗啊。」主人勾著阿清肩膀：「去裡面喝個一杯，慶祝吧。」阿清推開：「我家狼犬在表演時，你跑到哪去啦。」阿清看著一旁的阿賢。「原來是去釣底迪。眞是太不夠意思，不夠捧場。」主人牽起阿賢的手。「好啦。走去喝一杯，頂多我多喝個一杯算向你賠罪。你又不是不知道我不喜歡人獸交。」於是主人一手勾著阿清肩膀一手牽著阿賢往大廳走去。

「軍犬。吃完了再進來。」

軍犬吠叫。

接近傍晚，太陽西下，海灘染成了一片紅色。靠近沙灘的椰樹下，一爐爐的烤肉架圍著四五人；絕大多數的人犬已經恢復，這是對於第一次參與活動或者第一次四肢爬行者的一個保護措施，雖然每一小時有短暫的休息時間，但避免他們一次體力耗損太多，分配的主人不知照顧，又不懂得自己照顧，才有這樣的安排。在傍晚五點時，統一鳴笛，且由阿司領著工作人員做小小的身體檢查，膝蓋手掌有磨破皮的趕緊消毒（雖然活動期間不斷告訴主人們，如果初犬有身體不適情況必須通報）。心理方面的調適，有專一人員服務，這是爲了避免一些精神狀態無法恢復成正常人的狀況。在這些動作都完成後，夜間的烤肉活動才正式展開。

五點鳴笛後，仍保持人犬姿態的，都是有主人的人犬。軍犬是其中一隻。軍犬始終跟在主人身邊，而阿賢始終沒離開主人身旁。主人脫得只剩一件白色Brief抱著阿賢在海水裡嬉戲。

「不要啦。褲子會濕。」阿賢在ｄｔ懷中大喊著。「那就脫掉。」主人在海水潮漲間拉扯著阿賢身上最後一件花色四角褲。阿賢像倒栽蔥般摔落，四角褲被ｄｔ抓在手中。「還我！」他大喊著，又不敢正大光明的站起來搶。

「軍犬，咬上岸。」主人把褲子丟在軍犬前，那條阿賢的內褲飄在眼前。軍犬猶豫了很久。如果那條是主人身上的，咬起來是沒有任何的問題。只是這件是阿賢的。一般人平常絕對沒有去咬他人內褲的習慣，可是現在主人命令軍犬咬上岸。軍犬還是張口咬了。主人一腳踢了軍犬屁股。「快去快回。」一整個下午下來，阿賢始終跟在主人身邊，主人恩慈的放尿時間，軍犬抬腿小便的糗樣早被阿賢窺得**一覽無疑**，只差沒有在他面前四肢著地大便了。軍犬很明顯的感覺到主人與他之間有著不尋常的情愫。

在軍犬咬著四角褲上岸放在海灘椅上後，折回主人身邊前，一抬頭，看見兩個人人影相連，背著太陽的方向是一片的黑影，可是再怎麼笨的人都知道他們兩個正在親吻。軍犬也知道，只是兩個大男人在自己面前接吻的情景還是第一次看見。阿賢的下體還有稍稍充血的跡象。

兩三分鐘的安靜，阿賢使壞的扯下主人身上的Brief。軍犬看見主人遭到偷襲，原本要衝上前去咬口；但是主人卻雙手掐緊阿賢的臀，手指頭像是攻陷了阿賢的肛門口，讓阿賢急著掙脫，跌倒在海水裡。白色內褲溼透讓主人的陰莖若影若現，軍犬雖然不是沒看過，但是脫除了內褲的陰莖卻是微微硬起。那一塊濕了漂浮的陰毛襯托著主人硬直的男根。軍犬稍稍的吞了口水。「這件！」主人脫掉後丟給了軍犬。這一次毫無猶豫的咬起，然後衝到岸上。

一邊和阿賢嬉戲的主人不時還跟軍犬潑起水來。「狗爬式，狗爬式。」四肢無法著地的軍犬浮起時仍不忘主人對游泳姿勢的提醒。

夜晚房間浴室裡，軍犬頭低低的正讓主人給牠洗澡。狗尾巴在抹香皂時拔出了體內，屁股裡空了一塊。主人的手來回在軍犬身上，對疲憊一天的軍犬而言是種享受。主人也爲軍犬在趴體上沒讓他丟臉感到高興。當主人抹著泡沫的手指進入狗體內搓揉時，軍犬發出陣陣的低吠聲。拿著蓮蓬頭將軍犬身上的泡沫沖掉之餘，主人看見阿賢站在門口。忽然蓮蓬頭朝著他灑水。

「你幹嘛？」他躲著。

「看你一副很想被洗澡的樣子。」主人沖完了軍犬，拾了浴巾擦乾後，拍著狗屁股。「出去休息。」主人拉著阿賢進了浴室，關了門。裡頭是他們嬉戲的聲音。不斷的聽著阿賢又是尖叫又是大笑的聲音，軍犬腦海裡全是下午兩個嬉戲的赤裸男體。這應該就是所謂的同性戀吧。知道主人是同性戀是什麼時候的事？是在健身房還是訓犬區裡的文字？不論如何主人和阿賢的一舉一動再再顯示著主人的性傾向。難怪主人在第一次調教，軍犬尚未成型、站得筆直時，上下其手，甚至到了後來將手指頭插入軍犬屁股裡。想到這，軍犬意外的發現狗屌稍稍勃起。剛剛在浴室裡，主人伸進軍犬體內，軍犬依然很享受。軍犬對著窗戶外頭嗚嗚哀叫，只因爲他是主人，軍犬享受著主人對自己的撫摸。應該是這樣。

下一秒鐘，浴室裡傳出阿賢陣陣大叫。「啊。不要啦。很糗。」「我自己來。」「不要，你不要幫我洗屁股，我自己洗。」

浴室的門沒多久後打開，兩個赤裸的男人相擁而出。他們激烈地擁吻，呼吸都變得急促。

主人壓他上了床，在床上掰開他的雙腿。

「不要。牠在看。」

「牠只是條狗，你羞什麼。」主人抬起了阿賢的雙腿。他的肛門似乎早在浴室裡被潤滑過了，主人戴了套子，便幹了進去。這一幕讓一旁的軍犬眼睛**瞪得發大**，第一次看見男人的屁股可以插入這麼大一根外物，而且聽著他的聲音，他似乎樂於被插入。主人勃起的陽具進出阿賢，他身體有如被填滿般，緊抓著主人。他被主人從後面抱著進入，開著雙腿**大赤赤**的在軍犬面前，阿賢的肛門裡一根硬屌，他雙腿間亦掛著一根。滿足得不得了。此時的狗屌也似乎硬著，軍犬才發現自己的狗尾巴不在體內，主人沒有插回，忽然間狗屁股裡似乎空了一大塊的空間，虛得很。

天剛亮的時候，軍犬還瑟縮在一條薄毯裡，主人已經赤裸的站在牠面前，軍犬被主人踹了踹狗屁股，睜眼乍見主人便趕緊起身，坐姿等候主人命令。主人勾起了軍犬項圈，待主人著了輕便服裝後，牽著軍犬下樓。旅館走道、電梯，有些早起的人們對著主人微笑。雖然陸陸續續有起床的人，但還維持犬樣的已經是屈指可數，他們不免開口誇獎著主人調教有方，主人總得意的捧著軍犬腹胸，笑容和神情在初陽下是如此耀眼。主人牽著軍犬一路往沙灘而去，在草叢間主人允許軍犬排便。「袮放便的時間！」當軍犬四肢著地、屁股微微抬高之際，主人說話：「我想我應該猜到了你跟阿賢之間的關係。讓袮保留排便的最後尊嚴，沒讓他看見。」狗大便掛在狗屌後方隨著四肢搖晃，狗屌晃、糞便墜落土堆。顫抖的軍犬抬頭看著主人。軍犬脖子上的項圈狗鏈被主人拉著搖晃。「主人的男朋友是可以幫忙遛狗，幫主人照顧狗的。」主人沒繼續說下去，但是一條條排出體外的狗大便堆疊，後腿就快要接觸。主人指著潮起潮落的海。「李軍忠，下去把屁股洗乾淨！」狗腿翻土掩埋。主人第二聲的名字連帶輕輕踢著狗屁股。軍犬後腿肌肉筋脈鼓起，隨著狗汪聲成了大聲吶喊，赤裸的我衝向海裡。

主人牽著軍犬走了一段路，站崗的服務員說請不要超越此範圍，再過去就不是趴體管轄的範圍。主人笑著說聲辛苦後，慢慢走回旅館。進了房間，主人將軍犬沖洗了一次後，將狗尾巴塞回軍犬體內，這種熟悉感讓軍犬不停的繞在主人腿邊。主人勾著軍犬肢幹。「乖。」主人頭一晃，軍犬便知道在牆邊乖乖臥坐。

主人悄悄爬上床。睡得香甜的阿賢突然被ｄｔ用身體的重量一壓。「你在做什麼?」阿賢口齒不清的說著，ｄｔ爬進被窩，咬著他的耳朵。「不要啦……」阿賢大叫的口氣裡帶著愉悅。被單在他們翻滾間掉落在地毯上，光線明亮的房間，兩具糾纏的男體更具震撼力，有天光之下，阿賢雙腿間勃起的陰莖看得出是微微右彎，ｄｔ筆直的陽具在阿賢雙腿間磨蹭。

地板上的軍犬屁股裡的尾巴感覺突然變得靈敏，當主人幹進阿賢體內，狗屁股意外的頓了下，尾巴塞進體內的部份進出摩擦著，狗屌順勢勃起。狗屁股竟然隨著主人狂幹阿賢的進出頻率搖晃著，狗尾巴填滿了狗體，主人的身體成了軍犬仰望而崇拜的男體。

早餐和閉幕式一並舉行。軍犬的主人身爲區主，不免如開幕式般需要上台說說話。主人上台前並沒有將狗鏈像交給阿司獸醫般交給阿賢，而是牽著軍犬上台。堅持到最後的人犬除了得到掌聲外，在網站上也將受到褒揚記點。當然可以堅持到最後的人犬，訓練成果、功勞都得歸功於他們認眞且嚴厲的主人。小季說完介紹僅剩的三隻人犬後，他們的主人：ｄｔ、阿清及阿司更是受到熱烈得幾乎將屋頂掀翻的掌聲。用餐期間不時的有朋友過來請教。軍犬乖乖的低著頭喝著賞賜的鮮乳，翹高的屁股、雙腿間搖晃著的狗屌、狗尾巴亦是其他人觀賞討論的話題。

一直到走入入口的衣櫃處，軍犬才接受命令恢復人型。我站起來時，阿賢站在ｄｔ的身後，我尷尬得不知如何自處。屌還稍稍的勃起。ｄｔ吹著口哨：「翻過去，翹高屁股！」

我面有難色的望著ｄｔ，眼神說著：「主人不要。」

「怎麼?恢復人型就開始沒家教啦……」額頭冒著汗，眼神避開了阿賢。

我不該讓主人在這時候丟臉，於是轉了身、翹高屁股。ｄｔ手掌用力的在我屁股上留下紅色印記。「沒規矩的狗，這是什麼?」ｄｔ捏著塑膠的肛門塞。我在昨日來時，屁股裡塞的傢伙。「給我大聲請求!」

頭低下，眼睛只敢看地板。「請主人把軍犬的屁股塞住!」

ｄｔ看了阿賢。「你有聽到什麼嗎?」阿賢尷尬的看著ｄｔ，什麼也沒說。於是ｄｔ又用力的揍了我的屁股。「沒吃飯啊，再這麼小聲，回去你就知道!」ｄｔ跟阿賢身後已經圍了一些人群。他們像是看戲般熱烈的討論起來。阿清帶著恢復成人型的狼犬走進。「怎麼啦?」阿清拍著ｄｔ肩膀。「要塞進去狗屁股啊!跟他說這麼多幹嘛，直接捅進去。」ｄｔ拉開阿清伸往肛門塞的手。「我要他自發性的願意。」

「你可不可以不要再丟你主人的臉!」阿賢突然迸出了這句話。

像是臨檢般攤開雙腿的我聽到「主人的臉」，便管不住自己是否在阿賢面前留下什麼，大喊著:「主人，請把軍犬的屁股洞塞住!拜託主人，軍犬的屁股眞的需要被塞住!」ｄｔ滿意的用力塞入我的屁股，從後庭的疼痛竟讓我勃起。

穿衣服的時候，ｄｔ身後的人群才慢慢散去。不穿內褲、只穿上外褲，我才注意到阿清身邊的狼犬穿著露出蕾絲的低腰丁字褲，他身上的背心也是女性用品。「眼睛都快凸出來了。想打炮想瘋了！」阿清叫著。dt則像是沒聽見般，帶領著我上車。阿賢因爲是騎機車來的，所以並沒有搭dt的車。一直到車子開進市區，我才有趴體結束的感覺；屁股裡的肛門塞卻不斷的騷動，這次的調教並沒有結束。我赤裸的跪在dt面前，整整被訓了兩三個小時，針對這次趴體軍犬表現的缺失，主人一一毫不留情的指出，希望軍犬可以更努力。跪著的軍犬，狗眼睛視線正對著主人胯下那包，軍犬忽然對它產生了著迷。

主人頂著勃起的陰莖走向軍犬。牠伸長舌頭、不停的吠吠嘿嘿叫。軍犬張開狗嘴，舔起了主人的屌。主人抓著狗脖子：「喜不喜歡？」軍犬吠叫，主人扭著赤裸的屁股不斷的往狗嘴裡捅，越捅越大力，好幾次軍犬都快被催吐，主人的屌越來越尖銳，每一次的進出，狗嘴都像是被利刀劃過，直到主人大腿肌肉一用力，屌整個刺穿軍犬。

半夜我大叫著：「主人！」然後驚醒在這小小間的軍官寢室裡。下鋪的學長睡語的說著：「做惡夢啊？」我沒有說什麼，爬下了床鋪，喝了口水，鎮定自己。當回頭踩上梯子上鋪時，才察覺自己內褲褲頭處已一片溼。我知道剛剛的夢依然讓我灑了一褲子。開了抽屜，拿條乾淨的內褲，進了廁所，光屁股跪著，喊著主人對不起時，廁所的門意外被學長開啓。

「對不起。」他從睡眼迷濛中驚醒，關上了門。而我的心臟像是跳出身體般，每滴血都在沸騰蒸熬。趕緊將乾淨的內褲穿上，狗屌勃起的同時主人的聲音像迴盪在耳邊。你越來越喜歡赤裸身體，有人看見你越興奮，很好，狗性越來越堅強。踏出廁所，跟打赤膊的學長擦肩而過，吞口水的聲音是如此清楚。

學長小便沒有關門，尿滴啪啦的撞擊馬桶，聲音讓狗屌始終無法消洩。他在裡面說著：「你剛剛跟什麼主人對不起啊？」

「學長，你聽錯了。」

他之後再問什麼，我都沒有回答，假裝睡著直到再次深睡。主人恩賜的內褲包緊自己的下體，暖暖得像是主人的撫摸。dt的男體成了我近日發呆的白日夢，一些跟我親近的學長學弟或者阿兵哥經常發現我的異狀。

而參加趴體完最爲尷尬的就是與阿賢在軍營裡的相見，他眼中彷彿還看見當日我赤裸時的狗體；當他向我行舉手禮，一聲「訓練官好」，似乎帶著諷刺。我們刻意的不談趴體或者SM，原本私底下我們還聊得來的，一場趴體後，便不再談論任何的事情。我的文書偶然提及這件事，我笑笑打了馬虎眼過去。

阿賢退伍前，唯一找我談的，是向我打聽ｄｔ的事。能跟他說的，眞的少之又少。主人是經常撫弄著軍犬，邊說著心事或者什麼的，但在我恢復人型後，那些話也便消失在狗耳朵裡。阿賢對於ｄｔ的好奇、疑問，再再說明著他對於ｄｔ有股異於常人的情感。當他轉身離開，看見他迷彩服下的臀部，那晚那早ｄｔ勃起的陰莖插入他肛門的畫面強力的撞擊腦海，我竟然一絲絲的羨慕。

「我到底是怎麼了？」

我一直沒有跟ｄｔ提及這件事情。調教滿了一年，主人在軍犬身上留下成長的痕跡後，准許軍犬蓄起狗毛。初長毛的身體刺得讓人難以忍受，不時的抓著下體；這樣的動作已經引起不少人的注意，爲了避免大家的異樣眼光，廁所、洗澡時間成了死命解癢的時間。手不小心貼到狗屌時，總不免想起主人勃起的屌。

「這是怎麼回事？」

即使一歲了，在主人眼中是成犬了，可是依然沒有自慰權，夢遺濕了整條內褲的事情不斷上演，調教前帶內褲給主人檢查也是必然的事。有時甚至還不到調教時間內褲便用完了，於是得臨時的到ｄｔ家，請主人檢查。對講機內大聲的報上自己的名字：「軍犬請主人檢查！」還沒說完，背後的路人悄悄的探望。

「檢查什麼？」ｄｔ透過對講機說著。

ｄｔ的聲音讓我知道如果我再含糊不清，可能得打道回府，接著可能是一兩個星期的不穿內褲生活。「軍犬請主人檢查遺精的內褲！」在與路人目光相交之前，趕緊進了鐵門。ｄｔ身上只圍條浴巾便出來。一見到主人，便要立刻脫光衣褲。

「免脫了。拿出來吧！」主人這次是第一次不要軍犬赤裸在他面前。主人蹲下翻著我雙手拱上的內褲，浴巾裡的男性生殖器官呼之欲出。主人往我頭上敲下：「發什麼呆？」

跪著的我，仰頭看著主人：「……」正想將近日的困惑告訴主人，聽見屋內有人的聲音。抬頭一看，竟然是阿賢，退伍後的阿賢頭髮稍長了點，他也訝異著在這時候看見了我、看見趁著洽公之際來找ｄｔ的我、看見穿著軍官迷彩服跪下的我。當看見他赤裸著身體走出時，再看見主人露出浴巾的陰莖，便已經明白。一句話也沒說，甚至沒等主人允許，我抓著檢查過的內褲，便往門外拔腿。

「軍犬？李軍忠？」耳朵裡聽見主人的大喊和ｄｔ疑惑的聲音。

無法解釋那刻完全不理會ｄｔ在背後呼喊的情緒，像是外星球墜落地球撞擊發出的火花，短暫，殺傷力卻如此巨大。我的心莫名難過、手機響了很久卻不想接，回到營區後，大半的時間是關機狀態。當然一些長官同事業務間需要手機聯絡時，他們會急得跳腳，甚至打軍線來找我，然後手機才勉強開機。在營區裡大多時間，我是自閉的，因爲不知道該說什麼，我很訝異自己的這種情緒反應。

洗澡時看見身體上的毛髮竄出，陰部一點一點的黑色小毛髮，忽然有痛哭的衝動，十根手指頭在身體上肆意游動。水打在赤裸身體，手指頭摩擦過短毛，沒想到有如觸電般讓人難過又痛苦的爽快。手指頭打繞在肛門口，卻記憶起主人粗寬的手指頭，清洗著軍犬的神情，眼睛積滿蓮蓬頭灑下的水。而勃起的屌，被雙手拍打著。

「狗屌，㸚在想什麼？興奮什麼？」抹了抹浴室裡貼的鏡子，赤裸的下體一點一滴的露出屬於男人該有的成熟毛髮，我以爲看見了從前滿身毛的自己，雙腋下初長刺痛提醒著自己，突然間跪了下去，翹起屁股。「汪～嗚～」這時候卻渴望起了主人。霧氣遮掩住了鏡子裡男人身體的大半，只剩下了勃起的陽具。我想起了主人勃起的陽具，插在阿賢肛門內的交合。躺在地上的我將手指頭緩緩進入了肛門。刺痛帶著刺傷。屁股再刺，前面的屌更硬。我搓揉起屌來。手指頭可以進進出出時，我手上下搓揉得更快速。直到噴出了精液。鏡子裡頭的陽具射精，像是射進了我心裡，想不起主人在阿賢體內抵達高潮時的表情，感受不了主人體液注入時的溫度，這是我沒感受過的。我也不會。主人的屌是我的陽具崇拜。

不理會主人的喊叫跟私自的射精，兩個嚴重違反主人的行爲讓我不安了兩三個禮拜，這期間惡夢連連，生活也過得不安穩。在軍官餐桌上用餐，頭越來越靠近餐盤，用完餐的學長惡作劇的抓著我的脖子。「快要貼到餐盤啦！」驚醒後的我，卻想起主人抓著軍犬脖子撫弄或是責罵。而頭低靠餐盤有份想念的感覺，如果是跪著、翹屁股那就更好了。

用完餐的盥洗時間，光著上半身便走進浴室了，迷彩褲連脫都沒脫，因爲幾天前已經沒內褲可穿，乾淨的早已用完，帶著精液的堆在衣櫃裡，每條都已呈現斑黃色、每件都告訴著我已經多久沒有正常的性行爲。我也不想把這些放在衣櫃裡，只是沒主人檢查過的不准洗，又不能隨意堆放，衣櫃角落成了最好的去處。

拉下拉鍊，毛茸茸一叢黑毛畢露。成熟的男體，忽然之間很想要有性生活。多久沒有正常的性行爲，曼妙的女體從什麼時候開始不再出現腦海裡？是從認主的那天開始，性已不再有主控權？狗屌不是男人的屌。

沒穿內褲的外褲，屌型明顯得快爆了。學長老愛偷捏、虧損我：「你是多久沒發洩啦？」躺在他下鋪的我運動褲褲縫洩露春光。「沒穿內褲，難怪想說你最近雞巴變大了，靠。」而我身上的體毛已經開始慢慢的長了。一根根黑色的毛髮有如冒出體內的慾望般源源不絕。幾乎快忘了的毛茸身體。也許這些狗毛，正是讓軍犬開始不乖的預兆，難怪大多的主人寧願剃光奴隸的陰毛，也不願意讓奴隸留著。曾一度在浴室裡高舉手臂想刮毛，或者蹲下刮乾淨下體，當毛髮濕了，抹了刮鬍泡沫，卻想起主人並沒有下這個命令，讓軍犬自行剃毛。我又放下了刮鬍刀，畢竟一條狗是不會自己剃毛的，所以任憑體毛肆竄，終會恢復成熟男體該有的濃密。

手機響了，電話號碼是ｄｔ的。手顫抖的想著是否接起。多久沒立刻接起主人的電話，已經多少次是等著手機鈴聲停止？越來越不恐懼著這一錯再錯後的懲罰，這可能不是在軍營裡再被罰當軍犬抬腿小便可以解決的。某個晚上，躺在床上不睡的我還曾想過乾脆直接跟ｄｔ解除主奴關係算了。ＳＭ網站上，有制式的規定，解除ＳＭ主奴關係，只要填填表格送出去。可是對於ｄｔ，我卻某些程度的放不下。離開了ｄｔ，之後的生活是什麼樣子？他養了我的軍犬靈魂，我不知道他不再豢養軍犬會是什麼樣的未來。

夜晚查哨，風打在迷彩服上，遠處傳來聲聲狗吠，耳朵有如聽見那夜海浪一次又一次的打在沙灘上，主人獨自牽著軍犬，夜晚的散步。遠遠的看見人影，牽著軍犬的黑影，赤裸的軍犬經過我身邊，dt對我笑著。我站著，那dt牽著的軍犬是我。疑惑的看著他，手中的狗鏈鬆開了手，赤裸的軍犬拔腿狂奔，而我已經看不見黑影，走到了哨口。

聽見了主人的留言。「去廁所脫光跪下。」

「㢱在耍什麼狗脾氣？無聲無息的，想當野狗也可以！」赤裸的我，鏡子裡的身體毛髮已經清晰可見，我的對面是個成熟男人跪著。「㢱心裡是不是有什麼事情瞞著主人，沒告訴我？」眼睛開始濕潤。「再怎麼說我也是養了㢱一年的主人，㢱有心事是瞞不過我的。」肩膀開始抽動，鏡子裡的身體不是軍犬的身體，即使主人已經同意一歲的軍犬可以留起狗毛，可是身體卻記憶著主人坐在浴室裡一刀刀的刮掉它們。有毛的陰部讓我混亂了。「聽完留言，打電話給我。不然㢱等著在網站上收到我的棄養宣告。」

手機撥通，才聽見dt一聲喂，靈魂像是飛出了身體。「汪！」不自覺的回應。於是我還是主人面前的那隻軍犬。

「李軍忠？」

「汪！汪！」電話的另一頭沉默了許久。而心裡忐忑的我直道：「主人請原諒軍犬……」

沉默的身體跟聲音迴盪在軍官寢室裡的浴室，赤裸狗體的自己，鏡子裡滿滿慚愧。

「還曉得我是㶅主人！」主人說的話讓我無地自容。「㶅很不像話！㶅有事情瞞著我，對吧！」主人一字一句的點到心裡。「㶅還記得我跟㶅說過什麼？」

「軍……犬……在主人面前……沒有任何祕密……」我顫抖的說著。

「現在是什麼姿勢？」主人短促嚴厲的口吻。

「報告主人，軍犬光著身體、跪著。」

「狗屌是硬的還是軟的？」

「軟的。」

「既然面對主人是赤裸的軍犬，爲什麼沒有坦誠內心？」在主人說這句話時，腦袋裡全是主人赤裸身體跟勃起的屌幹人體的畫面。鏡子裡的狗屌緩緩的勃起。「既然開始有祕密，表示㶅不願意再赤裸在主人面前，那也不需要跪著。起來吧！我不需要你跪在我面前了。」忽然間主人的話像是遺棄了、宣告主人與軍犬的關係結束了。

「主人原諒軍犬。請主人原諒。」手機放在額頭前，額頭靠在地板上，屁股翹得天高，不斷的說著請主人原諒，希望平息主人的憤怒。

「要不要說？」

「主人……我……」才開口，便被主人疑問的口氣打斷。
「我？軍犬什麼時候可以自稱『我』？」
「請主人原諒……」連自己都覺得意外，在主人／dt面前已經很久沒有使用過「我」。
「你開始在主人面前，有『人』的意識了。㸲沒有把屬於人的尊嚴完完全全放棄掉。是吧？你的祕密是不是這個？」
「不是。不是，主人不是。軍犬在主人面前只是條狗，不是人。不是人。」
主人冷冷的笑著：「是嗎？最近有沒有打手槍？」
顫抖的回答：「有……」
「很好。狗會自己打手槍？」
「不是的……」
「你說狗會自己打手槍嗎？主人應該從來就沒有讓軍犬擁有自慰權吧。是因爲滿周歲了，留起了狗毛，讓㸲恢復了男人的意識嗎？」
「對不起，主人對不起……」聲音開始嗚咽。「主人不要遺棄軍犬……」
「下次放假，過來我這，我們聊一聊……」語畢，主人便掛掉電話，什麼也沒留下。遺棄感增加，長長的狗毛並沒有保暖功能，夜晚冷得讓人哭泣。

那通電話後，ｄｔ不再打電話來，而我打給ｄｔ的電話始終轉進了語音信箱。收到主人日期和時間的簡訊，讓我在放假前夕高興得不能言語。赤裸的身體，毛髮又長了些，已經不再刺痛，陰部也長了撮可以抓起的陰毛，跪在鏡子前，不知道這樣的身體見了主人，會有什麼反應。不過這也是主人允許的，不該以此處罰軍犬。只是想起了那段時間的冷淡，可能會比平常的處罰更爲嚴重，可能不是打狗棒把狗屁股打紅，就可以解決的。主人的臉色可能很難看，會給予軍犬有史以來最最嚴厲的懲罰。想到這，狗屌竟然硬了，豎立在跪著的雙腿間，長了毛的陰莖勃起，既陌生又熟悉。

當我按下電鈴，大門重重的開了，我顫抖著再踏進主人家，一見到主人從屋內走出，我急著要脫光身上的衣褲，卻被主人阻止了。

「不用脫了，進來吧。」

聽見ｄｔ這麼說，我倒慌了。「今天不是調教日。」

忽然間雙腿一跪，額頭靠在地上大喊著：「軍犬在主人面前不應該穿衣褲的。請讓軍犬脫光在主人面前吧。」

「起來。我們需要談談。讓軍犬出現就沒辦法溝通了。」ｄｔ的每一句都像是命令句般進入我耳朵。

「主人……」我抬頭看著ｄｔ。

「還當我是主人，就照著我的吩咐。進來吧。」用雙腿跟隨著主人走進屋內，像走了不知道多少公里的路，汗流浹背，忐忑不安；那夜大聲要求主人讓我試、讓我變成一條狗的情景；這一年多來在院子裡的訓練、放尿、嬉戲，此時此刻全都呈現在眼前，走在前面的ｄｔ即使穿著衣物，我卻看見他赤身裸體與軍犬嬉戲的模樣。ｄｔ坐在單人的沙發上，指著對面的三人沙發。「坐吧。」

額頭上不斷的冒著汗，臉上萬分的尷尬。這不像是平常的主人，在我面前的是ｄｔ，還沒成爲主人前的男人。我不敢坐。「主人不要再折騰軍犬了。軍犬在主人面前怎麼會坐沙發……」

「你現在又不是以狗的身分坐在我面前。是以一個叫做李軍忠的男人。」ｄｔ口中講著我的人名，彷彿更肯定我是個人的身分。「坐。」

我挪動顫抖的雙腿，先是用手撐著沙發，屁股才緩緩的靠近，然後坐下。「調教到底出了什麼問題？」雙手合十，手心不斷的冒著汗，焦躁得無法言語，只想汪吠。「你說啊，軍忠……」dt口中突然蹦出了笑聲，他摸摸自己的下巴。「唉啊！除了叫你軍犬，我竟然已經幾乎想不起你的人名了。」

「主人還是叫軍犬吧。」我唯一可以開口的話。

dt一聲疑問。「軍犬會說話嗎？狗會說話？」

「不會。」我呑了口口水看著dt。

「那就對啦。既然要叫你的人，就該叫你的人名，而不是狗名。我們還是用還沒認主之前的稱呼叫彼此吧。你就叫我dt……不介意的話，我想叫你小軍……」dt像是叫了一個可愛的稱呼，自己笑得開懷。

尷尬的嘴唇微微上揚。「小軍是滿可愛的……」

「我也這麼覺得。」dt的笑，實在太令人著迷，我不知道發呆了多久。

「好了，直接進入我想說的。你有事情隱瞞著我。說啊！趁這機會說出來。不要把我當成主人，像是朋友般說出來，到底在調教軍犬的過程中，出了什麼問題？」dt沉默了會。「你可以用『我』這個主詞，稱呼你自己，這樣應該更方便你說話吧。」

「主人……不……你幹嘛對軍犬……不，對『我』這麼仁慈……」

「傻瓜。有問題當然需要解決。如果你的理由無法說服我，我一定會把軍犬的屁股給打得開花見血，阿司那裡，我已經先交代過了，等會也許會有傷狗進住。」聽見ｄｔ的話，彷彿接下來便是場無法想像的鞭打，而腦子裡閃過主人曾經因爲軍犬無法達到他的要求，狠狠的修理軍犬的畫面，高高揮舉狗棒，打得軍犬狗屁股皮綳肉綻，打到狗棒應聲斷裂。事後卻將軍犬放在膝上抹藥。「說吧，你到底怎麼了，藏了多少祕密不敢對我說的。」ｄｔ停頓沉默了會。「不要跟我說沒有，一定有。我知道。」我沉默了很久很久，不知道該怎麼說出口——關於這個祕密。ｄｔ忽然站了起來。「來。脫衣服。」他說完，便解著自己身上的衣服。我愣著看他。「脫啊。我想坦誠相見，你應該會更有勇氣說出口。不用藏著任何祕密或者階級尊嚴之類的，用最單純最原始的面貌相見。」ｄｔ在我面前大赤赤的解開褲子，脫掉了外褲，只剩條白色Brief。「我都已經脫到剩條內褲了，你還坐在那邊發呆幹嘛？剛剛在門口不是有人一直想脫光的嗎？」

當ｄｔ光著身體站在我面前，身上的內褲突然脫不下手，擔心自己的下體會因爲ｄｔ的裸體而有所反應。ｄｔ脫光後，張開雙腿坐在沙發上。「怎麼？快脫啊！」我脫光在ｄｔ面前，很清楚的知道雙腿間，某個器官已經稍稍的充了血。我只敢夾緊雙腿，不敢像對面ｄｔ一樣張著雙腿。他看我如此彆扭便開口：「又不是無毛雞，怕我看啊？再說又不是沒看過無毛雞。放自然點。」不知道爲什麼如坐針氈，千萬根刺刺在我的臀肉上，坐立不安。看著dt雙腿間安靜躺在陰毛叢裡的男性生殖器官，忽而那勃起挺直的畫面爆裂在我眼前，有股衝動跪下膜拜的心情。想著想著、看著看著，我注意到了dt正瞧著我。當我看見dt的視線朝下、嘴角莫名的微笑，才發現雙腿間初生陰毛的下體異動。

連忙的夾緊雙腿，手遮住勃起的陰莖。「對不起……」連續的說了幾聲。

只見dt和善的問著：「爲什麼要說對不起？我又不是沒見過勃起的狗屌。手放開。」聽見了dt的命令句，雙手瞬間放開擋住的下體。「腿張開！」dt口中的任何一句話都具有引導我身體的力量。「放自然，勃起就勃起。難道連在主人面前不須遮掩任何祕密的條約都忘了。」聽見dt有些生氣的口吻，我立刻站起鞠躬。

「坐下。」依順著命令坐下，雙腿間硬著的陰莖彈跳晃動，羞紅了臉。我在dt面前的不自然，全映在他眼裡。直視dt時，眼睛難免飄到他雙腿間。那根幹過阿賢屁股的男根一直安穩地躺著，而我卻三不五時的瞄著。

「你的眼睛看哪裡啊？」dt問起，我著實的冒起冷汗，整個背部忽然溼透。眼睛看著dt卻什麼也說不出口。「你的眼睛在這嗎？過來！」最後一聲「過來」有如主人下達的命令，走到dt身邊，雙腿自動跪下。dt抓了我的頭往他下體靠。「你想要？」眼睛望著dt與他的陽具，什麼男人的尊嚴也不顧，在主人面前本來也無所謂的尊嚴問題，張了嘴、伸了舌。只是ｄｔ推開了我。「果然……」他冷冷的說。

「站起來。」聽著命令緩緩站起。「退到後面去。」顫抖的一步步後退。他深深的嘆了口氣：「是我改變了你……」我彷彿看見了ｄｔ眼中有光，那樣的冷冽中帶著溫暖。「如果你沒有遇見我，或許今天你也不會變成這個樣子。」ｄｔ的口氣帶著感傷，撼動得我不安起來。膝蓋跪了下去，和平常般叩首。

「能夠遇見主人，是軍犬今生有幸。」

「起來。我沒有要你成為軍犬。軍犬不會說話，不要人犬不分！」ｄｔ走向我，伸了手，拉我起來。他握緊的手拉我進了他的懷裡。我可以感覺到他每一吋的肌膚在呼吸跳動。原來男人的體溫是這般溫暖。「怎麼恢復成人型，就忘了主人的體溫嗎？」羞紅了臉。主人也曾赤裸的擁抱過軍犬，只是那是犬的感受。ｄｔ的手在我背後游走，好幾次讓我幾乎放肆低吟。

「去把屁股洗乾淨！」ｄｔ拍了我的屁股，示意著要我進浴室裡。他晃著兩根手指頭：「要我幫你挖、幫你洗嗎？」笑聲對比著我的尷尬無語。獨自走進浴室裡，那些幫軍犬盥洗的用具還堆在角落的櫃子上，而昔日那些主人清洗著軍犬、軍犬攤在地板上接受剃毛的形影有如電影殘像般出現。拉下蓮蓬頭、開啟水龍頭，張開雙腿，所謂的清洗屁股、灌腸的動作要自己來時，身心是孤單的。用男人的身體去接受水流、接受清洗身體後庭。忽然想不起當初那些主人爲軍犬灌腸時自己的情緒，像是被馬桶水流沖過般消失得無影無蹤，連味道都被抹乾淨。蹲在馬桶上，排便；身體彷彿在壓迫，把那些通過身體內一圈的糞便一一排出，留下乾淨的身體。爲什麼要把身體洗得乾淨？

ｄｔ叉著腰、看著窗外，直到我緩緩步出浴室，他才轉過身。「屁股洗乾淨？」我羞愧的點點頭。沒有人會這樣問著我，至少是我有生之年沒被問過的。下體有些騷動。「上樓去。」ｄｔ每一句話都簡單得冷淡，讓人猜不出他的意思。但聽見他的話「上樓」，讓我紅透了耳根。ｄｔ走在我後面，彷彿我的雙臀間全被看穿，他拍著我的屁股。「不會兩條腿上去啊？這麼慢。」於是我跑上了樓。一見到主人的床，我已經被ｄｔ整個人壓了上來。他壓住了我，雙臀間感覺到他的勃起，而被咬著的耳朵像點燃我的身體熱度，貼在床單上的屌早已勃起。

ｄｔ粗厚的手掌清脆的拍打在我臀上。「想被幹，對吧！」我稍稍轉頭羞紅了臉，他完全猜中了那個在心裡產生的新渴望。「我早說過總有一天你會翹起屁股，求我幹你的。還記得嗎？」再次打在屁股上，我想起了第一次剃光毛時，主人曾說的話。

「是的。」像隻鴕鳥般頭埋在枕頭中，屁股是翹得天高的。

他掰開了我的雙臀。手指頭游移在會陰跟肛門附近。「毛都長齊了嗎？長大了嗎？」當手指頭無預警的插入，有如十萬伏特的電流奔馳在體內，我哀求，卻不斷搖晃著臀，肛門縮緊，將ｄｔ的手指頭狠狠的吸引。「喜歡嗎？」

帶著呻吟聲的「喜歡」。ｄｔ的手指頭抽離。

手指頭的抽離像是狗尾巴被抽出般，身體空虛。

「求我幹你！」

臉紅了、脖子紅了、身體都紅了。「……幹……我……幹我。」以男人的身分大聲的說「幹我」，張開的雙腿等待滿足。我的身體被翻動，ｄｔ抬起我的雙腿架在他肩膀上，我面對著他。

「主人幹我！」他搖搖頭。「叫我ｄｔ。」

「ｄｔ幹我。」他壓低著身體，讓我呈弓型，他的手指頭帶著不名液體冰涼的鑽入。當我還在習慣冰涼時，ｄｔ弄著什麼，我聞到一股橡膠味。ｄｔ抓起了我的雙腿，然後便進入了我的身體。扭著身體、接受疼痛與撕裂。原來這就是男人進入男人時，肛門承受的痛楚。活生生充血的陽具插進身體，像劃開一道裂痕，從肛門口直鑽腦門，那時阿賢爽快的表情都是假的，並不會這麼爽、這麼的愉快。ｄｔ每抽動一次，身體每一吋都像五馬分屍般巨痛，我的大叫不是爽快，而是眞的痛苦。

「好痛。」當我的雙手貼在他胸前，準備推開時，他停下了動作。

「痛嗎？」兩個人的眼神交會，什麼都不必說，他都會懂得。進入是痛苦的，離開亦是如此；這樣的肉體糾纏帶不來一絲高潮愉悅。那夜那早阿賢的爽快是從何而來，流出眼淚的我已經無法想像。ｄｔ的身體離開我後，整個房間只剩下呼吸聲。我們赤裸的躺在床上，頭靠著頭。

「你沒有遇見我就好。」ｄｔ深深的說著。看著他望著天花板望得出神。「如果你沒遇見我，或許你已經是個不錯，有幾次調教經驗的主人了。而不是成爲我腳邊的軍犬。有機會成爲主人的話，你一定要努力，相信你可以的。」眼皮很重，我沉沉的睡去。身體太過於疲累，就睡了。

當我睜開雙眼，身邊的ｄｔ已經不在。空盪的房子，留下的是ｄｔ的紙條還有爲我準備的早餐。牛奶跟三明治放在桌上，他要我坐在椅子上吃完再離開。坐在主人平常的位子，放在角落的狗盆不知道收到哪去了，心情起伏的吃完了早餐。

這是第一次在這個位子上用餐，也是最後的一次。當我關上ｄｔ家鐵門，重重如鐵銹般的聲音像是哀悼著結束。我再也沒見到ｄｔ，他像是消失在人世間般，毫無音訊的離開我的生命。

這個世界的一年，等於那個世界的幾年……

這些年過去，你／祢心裡是否還記得那個人？

第四部

風冷冽得像是吹進骨頭縫裡，纏繞著不肯散去，這是一座冷得結冰的島嶼，軍隊駐紮的地方。眼前是一群血氣方剛的年輕男人，他們全副武裝、背著槍，嚴格的被訓練著，頭頂上的鋼盔框限他們的思考，或許在他們腦中正不斷的怒罵著眼前的長官。我的肩上三條槓，是我現在的軍階，前方的排長正確實執行著我——上尉連長——的命令。收操聲在排長口中雄厚的帶著呼吸顫抖喊出，那些在地上爬著的阿兵哥站起，趕緊排成整齊的隊伍，等著連長指示。他們等到了一天裡最高興的時間，排長指示抬飯班下去後，終於可以喘口氣休息。坐在寢室裡的他們有時候會怒罵著連長，當我走進，便趕緊閉嘴。我知道在他們眼中，我是嚴格冷面的連長，我始終堅持「嚴格的訓練是必要的」，他們必須成為一個有擔當、有膽識的男人，在體能訓練下，他們體態結實、身體健康。經過煙霧瀰漫的浴室門口，總會聽見他們在裡頭赤裸嬉鬧，我總是帶著微笑、點點頭離開。這座寂寞島嶼上，男人與男人間發生的情感，弟兄之間擦槍走火的慾望時有所聞，甚至在庫房裡撞見兩位弟兄正赤裸交媾，他們被我意外闖入而驚嚇得無法繼續，事後又擔心遭到嚴厲處分而失魂落魄。但他們大概對於我睜一隻眼閉隻眼的處理，感到意外吧；寒冷的冬天棉被裡多個體溫就暖和好多，我並不特別把它當一回事。因為縱容同性情誼，讓我在營上被傳著是同性戀，卻又因為皮夾裡的女朋友照片扳了回來。是的，我曾經很崇拜一個男人的身體，像隻癩蛤蟆渴望他的陽物，當陽具在我體內時，我卻像嘔吐般全盤否定。這幾年來，我偶爾會想起他。尤其在阿兵哥玩弄著徘徊軍營附近的野狗，戲稱牠們軍犬時，總讓我想起了他。

眼眶裡的淚在接觸空氣的瞬間凝結，落成了美麗的結晶。故作鎮定走進寢室，關起了房門，脫掉大衣，一身迷彩服跪在床前，眼前彷彿出現了他。伸著手，撫摸著我下巴，像是逗弄他心愛的寵物般。他的手總會指導著他的犬該如何翹好臀，後肢動作該如何；表現得不錯，他會抬起犬的前肢放在他腿上逗弄。他的犬會因爲主人的逗弄而吠叫，猛搖著尾巴不斷貼近。

身後一聲「請示進入連長室」打斷了想像。走進來的是參一，他遞上了營部批准的假單。「連長，這張是你的。」道了聲謝，便要他出去。坐在椅子上，整個人攤著。腫大的迷彩襠部因爲桌子遮掩的關係得以在底下殘喘。就像有些關係是曝不了光的，一旦見了光就會產生化學變化。改變也好，不改變也罷，但改變卻可以帶來新的關係，或許一直期待著某天的再見面，所以他說過的話，一直都在我心裡。

脫掉了迷彩褲準備換上運動褲，低頭只見赤裸的下半身已爬滿茂密的體毛，恣意的擴展地盤。直接套上運動褲，讓布料緊貼下體；這些年來，我已經習慣了不穿內褲，也不是刻意的不穿，只是那些發黃的內褲還堆在衣櫃的某個角落，這些內褲沾染了不忠的精液、錯誤並沒有被原諒。擔心著異味肆溢，早已用真空袋子包起——它能暫時的藏住味道、遮掩變質的關係。與褲子間毫無阻隔的距離是唯一的誠實，我和他之間卻只剩下回憶與相遇的網站。他離開以後，帳號登入時間一直停留在那天。網站裡的訓犬區留有太多他的文字或照片，太過渴望找尋他的蛛絲馬跡，找遍訓犬區後，其他區域裡偶爾看見他的訊息都會讓我高興得不能自已，只要多看些他的文字彷彿就多靠近他些。聚會時和他的朋友阿司、小季、阿清談起他，總不捨得結束，總希望他們多說些他的過去。爲什麼讓人著迷如此？他們一直重複說著，直到不想再談，我只恨沒有錄下音來，反覆聆聽。

站在小便斗前，雙腿打直，掏出屌，撒尿。冷得屌都縮了起來，一旁的阿兵哥褲子裡露出的白色衛生褲，裡面的陰莖瑟縮在包皮裡像足了癩皮狗層層塌下的皮膚。他甩甩屌、收進褲襠離開。我掏出屌，感覺即使沒穿內褲，仍有一份阻礙感，只因爲那片濃密的陰毛嗎？有時候會討厭自己的陰部，因爲一片的黑毛。沒人的時候，總會搓個幾下好讓血液流動，屌稍稍勃起，褲襠也比較飽滿。偶爾看見小便斗上，落下的幾根陰毛，總會莫名懷念起從前光溜一覽無疑的下體。直到另個男人的阿摩尼亞味道飄來，自己才驚覺露屌好段時間，甩甩屌收回，拉上拉鍊就得暫時收起慾望。

換上牛仔褲，取代迷彩褲的摩擦，要飛回相遇的島。飛機起飛與降落像是週期循環般，記得才剛坐上回去的班機，此刻已經在回來的路上。人與人的相遇與分離就像這樣嗎？機場裡滿滿的廣播聲、人來人往吵雜聲，我取了托運的行李便加速離開。出境處一對對擁抱的親友訴說離別和重聚，迎面來的是我的女朋友還有一位朋友。「阿忠，你回來啦。」她興奮的抱住我，整個人騰空的攀在我身上。我們是在調離原單位前認識的，還處於熱戀期時，就開始了長距離戀愛。手中的背包一放，雙手緊抱住她，原地旋轉了幾圈，我的笑臉傳達多日的想念，淡淡體香和溫度讓我魂牽夢縈。她身後的他撿起了地上的背包。

從停車場開出來，我和她在後座打得火熱，而駕駛座的他像是習以爲常般專心開。每一個吻和撫摸都如同火柴擦過空氣般響亮。她的大腿勾在我身上，只差沒把我褲子脫下坐上。親吻和動作再大，他仍只專注著開車，彷彿對接下來會發生的事見怪不怪。車內空間狹小，幾乎無法負荷我龐大的身體，我只想趕緊離開這侷促的空間。車子一路開進了百貨公司地下停車場。踏出車子的我整理著皺亂的衣服，從車內出來的她像是沒發生過什麼，整齊的衣裳和整理好的頭髮，我一臉訝異的看著她。「你看你！」她執著面紙擦去我臉上沾著的口紅印。「還不是你塗口紅的關係，擦乾淨了嗎？」我有些不耐煩的說。她揉了面紙，他張開手等著接。我不好意思的看著他，自己的垃圾應該自己收起來而不是交由另個人處理。後照鏡裡我的脖子上還有枚清楚的唇印，「這邊沒擦著。」我指著它，正準備用手背擦去，她一手抓住我。「別擦了，沒差這邊吧。」

我們牽著手準備到樓上的餐廳。按了上樓電梯，我看見他一個人站在車邊望著我跟她，於是我開了口：「一塊來吧！」

他看著她。等著她開口。

「阿忠要你來，就來吧。」

電梯裡的鏡子把我們三人的正面背面照得一清二楚，任一舉動無所遁逃。她怡然的照著鏡子擠擠眉補妝，他雙手貼著褲縫，沒有命令不敢做什麼動作，鏡子裡他的脖子後方狂冒著汗。電梯到了十二樓，他連忙按住開門鈕，等著我們先出去。餐廳服務生帶位，他走在我們的後面；等服務生把我們帶到定位時，他又趕緊挪動我們被安排的椅子讓她坐下。當他要挪動隔壁的椅子時，我阻止了他。「你坐你的，我自己來就可以。」坐下以後，隨手翻著菜單，他還是站在旁邊，等著什麼似的。

「坐啊～愣什麼。」她悠閒的翻閱菜單，瞄了眼。

「謝謝□……」他慌忙住嘴。她頭一抬一瞪，嚇得他弄翻了水杯。水隨著他的緊張快速蔓延，走道邊發現狀況的服務生連忙上前處理。

三個人坐在餐廳時，他還是如坐針氈，無法安穩。「阿郎，穩著點。」她在跟服務生點菜時突然說。他應聲，只是握在手中的水杯顯示著掩藏不了的緊張。

「我去一下洗手間。」阿郎急忙站起來往洗手間走去。我在下一秒鐘決定跟過去看看他是否無恙。他慌慌張張地進了洗手間，只看見他雙手扶著白色大理石的洗手台，額頭冒著汗珠。低著頭，不發一語。

「你還好嗎?」我拍著他的肩膀。

「不好意思打擾到你。」他連忙的跟我道歉。

「是我不好，硬拉著你來。」

他轉過身，靠在洗手台邊的牆壁上。「別這麼說，我還要謝謝你讓我有這個機會。」他用手當杓沖了沖臉，試圖冷靜下來。我走到小便斗前舒緩自己的尿意，拉下拉鍊，掏出陰莖小便；身後的他走進了馬桶間，金屬門鎖聲之後隔間裡馬桶蓋放下嘎噠聲撞擊聲後才是拉鍊聲。洗手間裡空氣很靜，什麼聲音都清楚可聞。他坐下後傳來的放尿聲無形中放大再放大。

整頓飯下來，他吃得很少。一次又一次的擦汗。

「就跟你說過不要找他一塊坐著吃，你瞧他……」她亮著手中的酒杯說著。

他頻頻的低頭道歉。

「別一直道歉，吃你的東西。」她不耐的說。桌底下她踢了我一腳，又在我耳邊嘀咕著：「你根本是在害他。他吃樣不好讓他挨我罵。」

車停妥，他趕緊下車，替她開了車門，一路像個飯店服務生般，引領我們上公寓。我們坐在玄關處脫鞋子，準備走進客廳時，他才關了門。當空間被封閉，他急忙的脫光了衣褲，跪在她面前，彎下腰親吻她的腳尖。他胯下閃亮的透明貞操器晃動，額頭冒著汗，是痛苦和享受。他折疊好自己的衣服後，撿起地板上、高跟鞋旁邊的項圈，自己給自己戴上，然後他就成了狗。在這個封閉空間裡就只剩下兩個人和一條狗了。

「小狼狗，我的拖鞋！」她把鑰匙放在玄關鞋櫃上的老位置。牠吠吠然回應，在我面前咬起了那雙女用拖鞋，並看了我一眼。我立刻明白牠的意思。「㣈咬她的拖鞋就好，我自己來。」看著她的寵物口中咬著她的拖鞋、向她奔去，這景象雖然看了不下百次，卻老是不習慣。

牠咬著拖鞋在她沙發前坐好，等著主人的誇獎，她伸出了手摸牠的頭。「乖！」踢了腳，便知道意思，牠呼呼地跑到狗盆前，低著頭，喝水吃飼料，這就是寵物靈巧的地方。她的公寓的某一個角落，鋪了塊布便成爲了牠的小天地，放著狗盆還有水和食物。我總是望著這個角落想著那個曾經有他的角落。從我踏進他家大門，他關上鐵門以後，我總是急忙的脫光自己身上的衣褲。散落一地的衣服，總是他一一撿起；在那條水泥地上，跟在他的身邊，他說著這次調教的重點項目；在踏進屋內前的水龍頭處，他爲我把人的氣味全部洗掉以後，我才可以進入屋內。他不喜歡狗帶著人的氣味，特殊的香皀味道是軍犬的味道。除了身體外，虛無縹緲摸不著實體的氣味也被他徹底攻佔。

「凰……」沒聽到回應，才發現她已經在沙發上睡著了，我坐在沙發上，讓她靠著我。看著她睡著、看著剛剛還是人的他現在變成了狗。此時此刻他在哪裡？我常不經意的想起他，尤其是看見凰和她的狗時，特別容易比較起她跟他之間調教手法的差異。她的狗吃得狼呑虎嚥，想必餓著了，在餐廳的時候沒吃好，倒是這樣牠吃得愉悅，連屁股都跟著搖晃；我笑了出來。

「多吃點。」主人總是在調教以後，帶著我上餐館，讓我塡飽肚子，而我只記得塡飽自己的無底洞，卻想不起他那張日漸模糊的臉。

公寓十三樓，視野很廣，前有海後有山的，如果要下雨，空氣都可以聞得到雨的味道。我抱起她讓她可以安穩地睡在床上。我頻頻的望著外頭漸大的雨勢。

「有主人的狗是不能自己跑來參加的。」

他離開的幾年後，俱樂部再次辦了大型聚會。懷著可能會在那裡見到他的心情前往，卻在入口處被狠狠地拒絕。「小季，我想見他，見他一眼也好。我求求你……」

他不理會我的哀求，堅決的對我說：「他沒答應要你自己來！不然你可以用旁邊的電腦登入俱樂部網站宣告你們主奴關係結束，這樣你就可以以無主犬的身分參加！」網站上每個人的檔案裡面會顯示著S或M，主人的檔案裡面同時會鏈結著所擁有奴的資料，奴隸的檔案一開頭就清楚寫著誰是他的主人或者無主。一旦在網站上按下主奴關係結束的鍵，等於昭告了全世界，我們已經沒有任何關係了。他語帶威脅的口吻讓我死了這條心。「你回去吧，我們不會讓你進去的。」他把我攆到一旁後，繼續辦理著其他參加趴體朋友的入場手續。我一直呆坐在一旁，一直到入場時間結束，他們撤了桌椅，準備關上大門。在小季準備離開時，我們兩眼相望。

我大喊著：「他有來嗎？你有看到他嗎？」

他只對我搖搖頭，便一聲不響的走進趴體裡。在外面坐了有多久，我都忘了。一直到晴朗天空被烏雲遮住，開始下了小雨。溼了頭髮的我沒有離開，雨越來越大，失魂落魄的我卻哪兒也不想去。

「你眞像是被主人遺棄的狗……」她彎著腰爲我撐著雨傘。那把紅色的雨傘是我對那天的印象。一個拿著紅色雨傘的女人離開趴體時，在門口與我相遇。「我家在附近，來我家吧。」她溫柔的口吻，讓我淋著雨就跟在她後面，離開了不知道他有沒有去的趴體。她買的公寓在附近，電梯裡她笑著說幹嘛笨笨的在外面淋雨？此處不留爺，自有留爺處啊。走進她的家，我一眼就看見了放置狗盆的地方。「我的狗今天竟然値班，我一個人在趴體裡面無聊死了。」她放了雨傘、拿了乾淨的毛巾給了我，要我進浴室沖個熱水澡。

裸身圍著浴巾走出浴室，正準備撿起自己的衣服穿上。「衣服都溼了，等乾了再穿吧。」看著一個女性望著男性身體，我忽然尷尬了起來。

「男人的身體，我看到不要看了。我不害羞，你害羞個什麼勁。」她撥了撥我頂上未乾的頭髮，在床邊拿了條乾淨的毛巾往我頭蓋上。「擦乾，免得著涼了。」我們坐在她的床上，看著窗外。她的房子裡面的格局是打通的，雖然坪數小但卻感覺很大。她持著吹風機，推開我擦拭的手、拉掉毛巾。「還是吹一下吧。」

「我來就好了。」正要從她手中接過時，她用力的拍在我掌心。「沒禮貌，我很少幫男人吹頭髮的。難得我有這興致……」不知道爲什麼我就乖乖的坐在她身邊，任她的手指頭穿梭在我髮際。她的手還有暖風撩繞得人快睡去。當感覺她的手靈巧舒服得像是他慣有的撫狗動作時，忍不住的就要以狗的聲音舒服回應，只是男人的手和女人的手清楚可辨，我知道不是他。於是躺著睜開了眼睛。「你醒啦……」她的手停在我左手臂下方。

她翻起身拿了床頭的菸盒往陽台上去。關了紗門，便點起了菸。在部隊裡抽菸是種搏取感情的方式，男人間的菸很慣見，有時候也會來上個一根，反而對於女人抽菸好奇的很。看著她一口一口吐著菸圈，我發現她性感極了。外面的雨停了，出了彩虹，夜就跟著來了。她像是夜裡的女王，伸了手，菸在她食指中指間，迷了我的眼。走到她的身邊，準備接手時，她的手伸向我的嘴，我吸著菸、唇在她手掌。

「你是S吧？可是為什麼卻有著M一般的反應？」菸在我們的嘴邊輪迴。「你像是被訓練得井井有序，對方應該是個很厲害的S吧。他不要你了嗎？趴體竟然不帶你進去。」她說中了心裡很深的一塊傷口。

「他不要我了……」眼淚奪眶而出。「他不要我了……沒有任何理由的丟了我。」在幾句之後，身體因哭泣而抽搐。她抱緊了我，讓我在她的懷裡哭泣。她親吻了我的額頭、親吻了眼淚。「你的眼淚是鹹的。」聽到她蹦出的話，我突然笑了，雙手勾在她的肩膀上，頭低著：「眼淚難道會是甜的？」她吻了我。「奴隸為主人流的每一滴眼淚都很珍貴。」她吻了我的額頭、她吻了我的臉頰、她吻了我的嘴唇，她給了好多個吻，她扯下了我身上唯一的浴巾，就讓我完完全全的赤裸。菸滅了，門開了，床皺了，於是衣服脫了，赤裸了，溫暖了。

夜很夜了，現在床邊趴著她的赤裸公犬。她撫摸著我的身體，等著我進入。她笑說如果第一次見面是在趴體上，看見赤裸卑微的軍犬模樣鐵定不會對我產生興趣。但是我們還是愛上了對方。她雙腿夾緊我，挺起臀部，陰莖進入她的身體。她雙手抓著我的背膀呻吟。

這不是第一次在人犬面前做愛。第一次跟她倒在床上相互撫摸脫衣時，我在她耳邊咬著：「他在看……」她翻上跨坐我的身體，低下頭的長髮遮蓋了她的臉，她雙手在我褲腰際。「牠只是條狗——」語畢，我的長褲也被脫去。牠只是條狗，牠只是條狗，她的聲音後面遠遠的彷彿在另個房間裡有個深沉的男性聲音，曾經有個男人也說過同樣的話。

「他畢竟是個人……」她的指尖跟手指在我襠部轉繞摸挑就讓我迅速的勃起。

「你知道狗奴與人犬的差別嗎？我是打從心裡的認爲牠是一條狗。」她邊說邊將我的陰莖放進她的身體，像是使用假陽具般得心應手。第一次在人犬面前做愛，她坐在我身體上，完完全全的掌控了速度與快感。因爲她的關係，漸漸的在人犬面前做愛不再是什麼羞恥的事情，我開始覺得他就是一條狗了。主人和阿賢在軍犬面前做愛是否也是如此呢？

她的每寸呼吸，床邊的人犬都貪戀。她在我下方，看著我，抬起她的腳，換了另個姿勢繼續活塞運動。我在她後面，擁抱她、撫摸著她的酥胸。我看見了床下犬奴抖動的身體，雙腿間被束縛的狗屌閃爍著液體；看見牠的眼睛，透過牠的視線，我以爲我看見了那時他赤裸男性的臀部上下的在阿賢身上，他弄得阿賢爽得跟我身下的女人一般呻吟。我看見他筆直的陰莖進出著阿賢的身體。

她的手勾著我的頭髮，那是高潮來臨前的通知。當身體沸騰、汗氣瀰漫，我會想起他也曾對我和對阿賢那樣般，和我如此接近。

她總會在事後貼在我胸膛上，用她尖尖的指尖刮劃男性乳頭，告訴我她來了幾次的高潮。「你的包皮割得滿漂亮的。」她赤裸的趴在我身上，抓著我軟洩陰莖像是檢視著藝術品般左右巡視。她細嫩的手上下搓揉，弄得它再度硬起。「不要再弄了~我會想再來……」她故意開始用力抓著，我蜷縮著身體企圖閃躲。

「好啊！再硬起來滿足我啊。」於是結實渾厚的男性臀部再度翻上。

接受調教滿一年，主人說我一歲足了，該去做個紀念，要我休了一次特休，前後假日一共九天。出了營區便上了他的車，直奔一個我不知道的目的地。

他把我載到醫院時我還莫名其妙的問他來這做什麼。像是早有打算般，他幫我辦理了掛號，然後帶著我進去診療室。一連串的問號，讓人高馬大的我不禁溼透了內衣。他拍著我的屁股，大笑著：「你長大啦。割了包皮以後，就可以蓄狗毛囉。」

「可以不要割嗎？」

「爲什麼不割？」他堅定的表情讓我知道沒有任何討價還價的餘地，難怪他要我休一個長假。以前常笑那些放假割包皮的弟兄走路怪怪的，沒想到現在我被趕鴨子上架。「割了才會像主人的一樣好看。」他說完，我從耳根子紅了整張臉。

當我一件件脫光，光溜著身僅著手術服躺在手術台上，準備幫我做手術前剃毛的年輕護士拿著刀子掀開手術服卻發現我身上沒有半根體毛，噗嗤一聲，一副快笑出來的模樣。他雙手按在我肩膀上：「牠不過是隻幼犬。你看，包皮都還在的小狗，怎麼會有狗毛呢！」語畢還在護士面前抓了抓我的陰莖。阿司開了手術室的門，氣呼呼的走了進來。「你太不夠意思了，竟然不相信我的技術。」阿司抱怨著。他勾著阿司肩膀說：「割包皮雖然只是小手術，但還是馬虎不得，如果割完後，狗屌不漂亮，我會內疚的。」他自在的笑讓戴著口罩的醫生眼神流露著尷尬。「別緊張，放輕鬆，割漂亮點。」他對著醫生說。

不知道是手術室裡的冷氣過冷還是我過於緊張，我的身體抖得非常厲害；聽到金屬聲音像是盤子、刀碰撞的聲音時，我抓著他的手要他低下頭聽我說：「我不要割……我害怕……」他撫摸著我身體，像是摸著一隻狗，他粗礪的手摸過的地方像是溫暖過一般安定而穩重。

他彎著腰，用著滿嘴鬍渣的唇親吻我的額頭。「不要害怕，主人會陪著你！」

針插進龜頭時，那敏感的痛，刺穿腦門，那一針一針繞著龜頭打了一圈的疼痛比起調教時的鞭打痛上不知道幾百倍，當痛得流眼淚時，我看見了他的表情，一副心疼我的疼痛，那關愛的眼神讓一切都値得了。打完了麻醉藥，醫生揉了揉龜頭，好讓麻醉藥生效。刀子下去的時候，下半身傳來的痛苦讓眼淚直流，醫生割縫之間，手掌心傳來他的體溫，我的手握緊他的手，疼痛的時候，用力抓著，他的手被我抓得很緊，當我的手麻痹時，他的手也和我一樣吧。

「醫生在縫了，快好了。」他的手掌被我捏紅，在意識模糊中彷彿這樣說著。手術後，醫生要他明天帶我回來拆繃帶。他付費領藥後，堅持要我住在他家。坐在他的車上，我像是失了幾魂幾魄般，什麼話也不說。

爲了避免傷口感染，在屋內我被允許不必用狗的姿勢爬行，但需要全身赤裸。在主人家第一次坐在沙發上看著電視甚至是他租的ＤＶＤ影碟，而他只是偶爾坐在我身邊問候著疼不疼。看見他認眞專注的在筆記電腦前面打字，有時候看著他面對著電腦傻笑，我不禁想著在這個角度跟在他腳邊的角度看到的，果然還是不一樣。

幾天過去，疼痛感也越來越少。我只記得其中一個晚上，疼痛感外加滲血，讓睡在一旁的他爬了起來。赤裸的他拿著繃帶跟紗布回來。看著他在我雙腿之間蹲下處理，看著看著我的眼睛都溼了。「忠，我想喝水。」睡夢中，懷裡的她突然對我說。我吻了她的額頭，爬了起來，赤裸的我拿著兩杯水回來。遞給了她，坐在床邊把水喝完。「我愛你。」她在我耳邊呢喃。「我也愛你。」抱著她我這麼說著。

裸著上半身，穿著紅色短褲在附近的濱海公路上慢跑。彎進社區前先買了三個人的早餐再回家，一進公寓便看到小狼狗伸長脖子望著房間內睡夢中的凰，牠不時在門外繞來繞去，繞了圈又看看她。當牠看見了滿身大汗的我，便拔腿衝了過來，往我身上磨蹭、前腳搭上我。我摸著牠的頭、要牠別這麼興奮，我知道牠會如此的原因。於是我彎下腰、解了牠脖子上的項圈。「阿郎，辛苦你啦~」我模仿著軍犬主人的他在調教結束時說話的語氣。赤裸的他看著我，轉轉脖子、動動手：「還好你回來了。再遲點，我上班就會遲到了。」凰和他的約定，項圈在脖子上，就必須是條狗；一旦戴上狗項圈就得以狗的模樣直到她或者其他人拿下項圈為止。他這點倒是非常的遵守。

看著他在玄關處一件一件的把內褲、外褲、上衣穿上。如果不是看過赤裸的他，很難想像一個外表和一般人無異的男人，胯下竟戴著束縛男性生殖器官的貞操器。那是他尊敬的女王送他的禮物。

「你看這是什麼?」她興奮的拿著快遞紙箱裡的東西秀給我瞧。一個透明的物體捧在她的手心。她坐到我身邊，貼著我：「阿忠，你看!」「這到底是什麼啊?」我從她手中拿到眼前左看右看然後等著她告訴我答案。「你眞的猜不出來啃?」我搖頭。「猜不出來，罰你。把褲子脫掉。」我看著她：「幹嘛，我又沒跟你賭，幹嘛脫褲子。」「脫不脫?」當她擺出那副不可以拒絕的樣子，我就沒輒。只好站起來把身上唯一的一件日本扶桑花褲脫掉，才把褲子拉到膝蓋，就把褲子穿回去，還向後跳了幾步遠離她。我斜著頭，竊笑著：「嘿嘿，我知道這是什麼了……」玩笑著擺出護鳥姿態，搖搖頭：「免談!」她蹭到我旁邊，扯扯褲角。「忠~」她拉著我的手，撒嬌模樣。「你錢太多，買這東西。」

我拉著她坐下，讓她坐在我大腿上。「這是給阿郎的獎品。」我哼哼著說：「哪有獎品是讓自己痛苦的，套上貞操器，連勃起都不行噎，還要坐著小便呢。」「你又不是他主人，你怎麼會知道他不渴望把這最後一點的尊嚴交給他尊敬的女王呢。要不是看他做到了我的要求，我才不會送他這麼貴的禮物呢。」「你要求了他什麼?」「不告訴你，這是我跟他之間的祕密。」當她講起這是我跟他之間的祕密，話題就得打住，這是我們之間的協定。

「讓我練習一下啦，套上阿郎的陰莖時，我一定要很老練、不苟言笑的鎖住。」拗不過她，只好乖乖的脫掉褲子，讓她撿起我的當作練習。「你的會不會太大了點，這麼難弄進去……」我癢得頻頻扭著身體。「別弄了，會被你弄硬啦……」

「阿忠那我先離開了。」他跟我道別時，我才趕緊把他的那份早餐遞給他。「謝謝。」看著他笑收下，心裡有些高興。跟自己女朋友的奴相處是一種很奇妙的關係。記得第一次見到他的那天正是我跟凰回去的隔天天亮。

毛茸的腿和美麗的腿交疊，擁抱著赤裸的女體，悄悄的挪開自己的身體，下了床。看著滿地的保險套、衛生紙，凌亂程度讓我想著昨夜有如此激情嗎?裝著精液的保險套告訴我射精了幾次，紅著臉撿起丟進袋子。

在主人離開以後，性慾就隨之閹割；他在的時候，自慰被禁止，他不在的這些年，每當想自慰時，總被一次又一次分離情況的罪惡感擊潰，不了了之。剩下的不過是偶爾尷尬的夢遺，也不過是洗洗床單，一個人這些年都過去了；她還深睡著，她給的溫暖讓我感覺到一點點的幸福，就偷偷吻在她眉間，把垃圾收置在廚房一個堆積處，去沖了個澡。

水聲夾雜著她的聲音，從語調上聽來像是在跟人對談，講電話吧，我心裡這麼想著。我赤裸的走到玄關處，看見了一名穿著警衛制服的男人正站在她的面前。

「主人……」男人對她這麼稱呼，難道是她的奴？

「不是調教的時間你來幹嘛？昨天想帶你去的趴體，你值班就算了。今天來幹嘛？」我聽到了她的斥責聲。

「請主人原諒……班一時調不開。」

「調教的時間是不是你選的？趴體的時間早在兩三個月以前就公佈了，我沒說過要你一定要留下來嗎？」

「請主人原諒……」他低著頭說著。

「先前你跟我說那天臨時有班不能來，好，我讓你不用來。倒是你現在跑來幹嘛？」

「求主人調教小狼狗……」

「……」她雙手叉腰：「我討厭不懂規矩的狗，你嚴重違反了我的規定。」她一手捧著他的下巴，呼了兩巴掌。

「謝謝主人。」當他看見主人屋內另有名男子，吃了一驚。

他正想問我是誰時，她開了口：「要主人調教的狗是這樣子嗎？」他嚇得忙脫起衣褲，也顧不及我的存在，在她跟我面前脫個精光，然後就跪在她面前。

「忠，你先到陽台避一下！」她說完後，似乎在屋內尋找著什麼；我看見牠的眼睛像是在瞪著我，彷彿我搶了牠的女王般怨妒。當我把紗門關上後，立刻聽到了鞭打拍擊聲。打在肉體身上的聲音越來越大，一個比她還高大的男人開始發出哀嚎求饒聲。

我從前面陽台溜到床邊的陽台，拿了菸抽了起來。想起了那次調教日，正在營區大門準備離開，卻臨時被營長召回，等到了他家時都已經快十二點了。他倒是沒對我說什麼，我以爲會被狠狠地教訓一頓，可是卻什麼事情也沒發生。聽著牠的哀嚎聲，漸漸的我的眼淚像是奪眶而出般，一發不可收拾。雙手扶著陽台欄杆哭著。

如果我真的做錯了什麼，主人爲什麼不狠狠地打我一頓，像那時候一樣，就算把軍犬的身體打得通紅，全身瘀青，那也是罪有應得。什麼都不說的離開，這樣的懲罰，時時刻刻懲罰著我的心，讓我無法求饒贖罪，這樣的懲罰是不是太重了。如果這樣的懲罰是主人給我的，那這些年是不是夠了，難道要我用一輩子的時間帶著這樣的過錯、接受這樣的懲罰嗎？

牠的處罰時間過了多久，哭泣的時間就有多久，一直到凰要我出去買便當，我才趕緊從陽台地板上站起。刻意不看客廳的進入屋內，背著他們等穿起衣服後，再從陽台走到前陽台，這樣我完全可以避開他們兩個。我想牠應該被打得很慘吧。

「阿忠，買兩個就好了。」

我正踏出公寓門外。「牠呢？不用嗎？」

「不用！」她簡直是用吼的說出那兩個字。

我們坐在客廳吃飯時，我刻意坐在背對著牠的沙發上。牠的身體被打得一條條的痕跡，屁股根本就是紅腫。牠在她面前剝光衣服的身體，現在是毛都被剃光了。在我們用餐的時間，牠就跪在角落，我可以聽見牠偶爾抽咽聲，心裡頭總是怪怪的。那個便當扒得頂不好受。「我吃飽了……好累，去睡會。」她說。我看著側睡的她再看看把身體縮成一個球般的牠，我拿著她吃剩下的餐盒走到牠面前。凰的餐盒還留著大半的飯菜，雖然我現在覺得把她吃剩下的給人吃感覺很怪，但我還是把餐盒放在牠面前。此刻赤裸、被扣上狗鏈的牠望了望我，沒有任何動作，牠的眼睛對我仍充滿著敵意。

「你只是想害牠罷了……」她什麼時候站在我身後的。「沒規矩的人型犬才會吃非主人賜予的食物！」她拍了拍我的肩膀，意思要我走開。離開以後，她把便當裡的剩菜剩飯全倒進了牠面前的狗盆裡，走進了廚房丟空盒。我看著牠把腰桿挺直，雙腿張開，臀微高，兩腿間稍黑的生殖器官晃動，牠卻沒有一絲彎腰吃飯的動作，當我好奇的看著牠時，她從廚房裡面走出來說了聲：「吃吧！」牠才彎下腰，把頭埋進狗盆狼吞虎嚥起來。她的方式完完全全和軍犬主人的他不同。一個赤裸的男人像狗般進食，以往只在照片裡面看到，當活生生在眼前時，我才看見了他眼中軍犬的模樣。

夜晚，我跟凰準備就寢關燈時，我拍著她的肩膀說著：「你不去看一下牠嗎？」

「需要嗎！」她翻了身就睡了。

「你眞是個心狠手辣的主人啊。」我這麼說。

「哼，牠本來就不應該在不對的時候跑來……該來的時候不來，不該來的時候偏偏跑來，擺明就是皮癢欠打……你該不會……想看我調奴吧？」她翻了身，裸的身體往我身上靠。

「沒這事，我才不要看你調奴呢！」我沒說什麼，把燈關了，就各自睡了。夜晚是一點點微小聲音都聽得見的時候，我不斷聽見牠的呼吸跟哀痛聲，我想牠身上應該有不少傷口在隱隱作疼吧。偷偷地摸起床，找了藥箱，走到牠面前。無法入睡的牠抬頭看著我，夜晚的眼睛，黑得猜不著意思。牠似乎沒有理會我的意思，我把客廳的燈打開，牠撇著頭，毫不理會我的好意。我拿出了藥膏，像阿司獸醫般，捏起牠的脖子，要牠乖乖讓我幫牠擦藥。敢動，就往腦勺拍去。那瞬間我一度以為牠真的是條狗。

在凰與阿郎、女王與人犬之間，總讓我想起另外一個三角關係，在主人與我、主人與軍犬之間的阿賢。我是不是破壞了他與阿賢的愛情？如果是，我該慶幸阿郎沒有壞了我與凰。「你會不會想太多了些。你我跟阿郎還有他、阿賢、軍犬，這兩個三角是不能這樣比較的。」即使凰這麼說，如果有機會遇見阿賢，我會向他道歉。

「再睡，你會變小豬的。」我捏著她的臉頰，她手撥開我。「起床啦，都過中午了，我要去買午餐嗎？」桌上的早餐還原封不動的在那兒。她手勾著我的腰。「快起來～」我從床上拉起她，一路推著她，把她帶到浴室。拿了牙刷，擠了牙膏，遞了給她。「張開嘴。」舉著她的手，放進她嘴裡，然後親了她臉頰。「乖。我先出去。」一對情侶發展到什麼程度，從對方屋內的物品就可以窺知一二，成雙的牙刷、漱口杯，對方的內衣褲、一般衣物，甚至是慣用物品，都是顯露無疑的證據。

爲她煮杯咖啡，我在沙發上慵懶的攤開報紙。她穿著內衣褲一屁股坐在我身上，開了電視。

「生氣啦？」她瞪著我。「別氣嘛。」換我用手勾著她的腰。「學狗叫！」「汪汪汪汪～」輕輕咬在她的手臂。她搔著我的頭髮，用疑惑的臉說：「怎麼會這麼像，他好會教喔，好妒嫉。」

伸長著舌頭舔起她的臉頰。「啊！狗狗～」她整個人往我身上貼，我們的身體很近，親吻與擁抱還有那點點牙膏清新味道。SM在主人與奴隸之間是調教，在情人之間卻成了情趣。靈巧的舌頭爬過她的眉、她的左臉，親吻與撫摸，她舒服的貼在我身上。

「我想調教你！」親吻間，從她嘴裡說出的話，讓親吻都變得食之無味、意興闌珊。她推了我一把。「你最好還是沒把那個叫什麼來的忘記，那兩個英文字母的S，叫什麼的……」她離開了沙發，站著面對電視，胡亂轉著頻道。

「你生氣了？」我無奈的說。伸長手，要她回到我身邊。

「是啊，你這個人怎麼講也講不聽。都這麼多年過去了……死腦筋。你的鬍子該刮了，剛剛接吻刺得我好痛。」她拉著我的手，把我拉起，我順勢離開沙發，被她牽著走進浴室。坐在馬桶蓋上，仰著頭，她站在我面前，指沾著刮鬍泡沫抹滿我整個下巴，刮鬍刀開始一道道在我的下巴脖子處來回。寂靜無聲，細微得可以聽見刀片切斷鬍根的細小摩擦聲音，還有洗臉台上積水一滴滴向下落入水管的聲響。她捧著我的下顎，細心的將每一根鬍子刮得乾淨，我靜靜不動的把命交給她，她只要一個不留神，手上的刮鬍刀便可以將我的皮膚弄破流血。當我把命交給了她，就表示我相信她，相信她會比我更小心，看見她認眞專注的表情，那應該是她在調教時會有的神情。我們因爲ＢＤＳＭ而相識，卻不願意成爲彼此愉虐的一部份。讓她拿著刮鬍刀在我臉上比劃，這是僅做得到的退讓。

熱毛巾擦去了殘留的泡沫，然後感覺她的手掌抹著鬍後液，她在額頭上留下她的吻。「你跟他們約幾點？」「五點！」只有要機會返台休假，我總會約阿司、小季他們聚聚聊聊，順道打聽關於他的消息。「那還有點時間，站起來。」一站起，她便把我身上唯一的四角褲拉下。「長長了，我幫你修體毛吧。」聽到她的話，我連忙拉起褲子從浴室裡逃出，跑給她追。「不要，我不要給你修。」沙發、櫃子、椅子是我躲避的屏障，繞著餐桌企圖躲她。「你拿著剪刀很危險啦！」「那你還跑！」「剪刀放下。」我跟她這麼說時，她撲上了我。擔心她手上的危險，抱著她的身體緩緩的躺在地板上。「跑不掉了吧。」她得意的說著。我斜著眼神：「是啊，我跑不掉了。我的女王——」

「要不要修？」她的剪刀亮在我面前。我抬高雙手。「你修吧。我投降了。」她先是修剪了腋毛再拉下我的四角褲。「男人不修毛，體毛長很噁心。浴室的毛都是你掉的。」「你少誣賴我，哪有這麼長。」「有！有！有。」她拾著我的陰莖修剪時，我想起了一雙粗糙男人的手，他曾經爲我剃過數不出次數的體毛。不應該在她爲我愉悅時想起他的。「你硬了！」她說著。「你這樣弄，沒有反應才怪。」她爬上我的胸膛：「你忘了我手上拿著什麼！剪掉、剪掉！」我抓著她的手親吻。「你捨得嗎？」從她手中拿過剪刀，然後翻上她的身體。

屋內是我們情趣的場所，我們應當專心，我們眼中只有彼此，我們縱情娛樂。

沖涼後，正準備出門。「你忘了什麼？」她亮著我放在這兒的紙尿褲。這是每次我跟阿司他們見面一定會穿的物品。「脫光吧~」她淫淫的笑著。「幹嘛笑成這副德性！」她甩著紙尿褲在我身邊跳來跳去、繞來繞去。「快點脫光！快點~」「看你這麼興奮，然後我在這邊脫衣褲，好怪。我自己去廁所穿。」我伸手。「不。要。又不是沒看過你的裸體。」她拒絕了我。

嘆了口氣，只好乖乖的任她在我身邊雀躍之際脫光衣褲。「好多毛唷，穿紙尿褲好不搭，剃光啦！」她貼在我身上，手指頭滑溜溜的在我手臂上來回。「穿紙尿褲的寶寶應該是沒有毛，光溜溜的身體才對。」「不要！」我拒絕。她竊笑著：「你沒看過報紙說有外國男人會爲了女朋友剃光體毛，然後光溜溜的鑽進被窩討好她嗎？」她用手頂著我的腹部。「我們又不是外國人！」我說。

「可是我是你的女王，你應該要討好女王。」「我對你還不夠討好唷？」我是好氣又好笑。「不好。爲了處罰你，我決定親手幫你穿上。」我聽到她說的話，發愣的看著她嘟嘴說：「我知道你身上的毛，只有他可以剃光啦。嫉妒。」她攤開紙尿褲：「所以，我也要幫你穿紙尿褲，躺上去吧。」「不要啦。我自己穿就好，不需要你幫我。」她搖著頭，看來不順著她，應該會一直僵持不下。我放棄堅持、順她意坐在紙尿褲中央，她流利地抬起了我雙腿，眞不曉得她那只有我一半粗的手臂，怎有力抬起男人的雙腿。眼睛才飄向天花板，雙腿間就有股讓人害臊的聲音與動作。「嘰咕嘰咕~」她伸出手指頭逗弄我的下體。我扭著身體：「你太過份了吧。」她拍著我的屁股，像是逗嬰兒般玩弄：「寶寶乖~」「放掉啦~很丟臉噎。」其實我只要一用力就可以掙脫，可是一定會踢著了她，讓她受疼，於是只好等到她玩膩了。她手拍著陰囊直道好可愛好可愛，才願意把襠部蓋在我小腹。貼上兩邊的貼邊，雙腳才著地，結束尷尬的抬腿。「等我們生下我們的寶貝都不知道還要多久，在還沒有小孩以前，只好玩弄你囉。你沒聽過一句話說男人不管到了幾歲，都還是個小男孩。」鏡子裡的我羞紅了臉：「你亂說的吧！沒聽過。」我撿起長褲，正伸進腿，就被她制止。「阿忠，我還要你做一件事情。」她說了以後，我只覺得荒謬，這個想法實在太那個了。

「變態，你腦子裡到底在想什麼。」女王的腦袋到底裝的是什麼啊！

「快點。反正做愛的時候，你沒舔過我的乳頭嗎？」她爽快地脫掉了她的內衣。

「你……」

「快點啊。如果聚會遲到，那是你的事情。反正做愛的時候，你也舔了咬了。現在只不過是要你在穿著紙尿褲的時候舔我的乳頭而已，很簡單的，你一定辦得到。」僵持了很久，一直到意識再不出門就要遲到，只好勉爲其難的在鏡子前躺在她懷裡吸吮她的乳頭。她手撫摸著我的頭髮：「乖。」「好了，你滿足了嗎？」我一臉無奈。她興奮得在床上地板上跳來跳去。「好爽好爽，超爽的~」滿足了她，我開始穿上運動服，套上運動褲。

「這是你的調教嗎？我是不會承認這是調教的。」做著鬼臉。她也回我鬼臉。

「他不在，其實你不應該穿著紙尿褲去他朋友的聚會。」下一秒她從興奮冷卻變成另個模樣，坐在床沿拉著我的褲管。再怎麼喊她、推她都沒有反應，像是關閉了對外界的溝通般，進不去她的心，也推不開那扇門。

「如果他在，他一定會要我穿上的。」我企圖安撫著她。但似乎無效。

「你什麼時候才會把他放下？」聽著她的話，我忽然愣了。「如果這是他控制的手段，我只能說他成功了！」

「他會阻礙你ＢＤＳＭ生涯的。」

「他不會回來了！」

「你什麼時候才會明白他已經不會再回來了。」她的每一句話都像把刀子劃在我心上，她提醒了我始終不願承認的事實。臉色發白的看著她。

我彎下腰、吻在她的臉：「如果連我都認爲他不會回來，那他眞的不會再回來了！我不想跟你吵架，就這樣。」我默默地走到門口穿鞋子，不想再多談。我不敢回頭看見她的表情。

「如果……他……我們……分……」她說的話，聽不清楚，翻頭看著她，只見她笑著說：「趕快去吧，別遲到了。」我小心翼翼的關上了公寓鐵門，彷彿聽見了那天他離開時關上的鐵門聲。砰的一聲，我心裡知道，也看見了不久的未來或結局。

晚間下了場小雨，路邊的海產店幸好有遮雨棚，喜歡在路邊圍桌的人們不需更換座位。海產店從以前到現在都是阿清他們一票人喜歡的場所，那裡容許他們的豪邁與爽快。老地方、老位子，到的時候，他們已經在了，阿清的臉上已經出現紅暈，身上帶著酒與菸味。「你……你你你怎麼這麼晚才來！」阿清對我大呼小叫，一走近便拍打著我的肩膀，把那剩半瓶的啤酒瓶敲在桌上。「這半瓶是你的，先喝，才可以坐下。」阿清老愛先灌我個半瓶，就像老愛灌他那個好朋友一樣。他總是讓著阿清，然後再反擊。我像是學了他好多招似的，面對阿清、小季、阿司他們就像他跟他們相處一樣。

「多喝點！」阿清喝醉，抱住我還打著酒嗝。我知道他喝多了，輕輕的把他手上的酒杯放到一邊去。「最近調狗調得怎樣了？你怎麼一句話也沒提？」阿清整個人搖晃得厲害，要是不抓穩，很快他就躺到馬路上去了。「過份，分享一下吧。酒呢？酒去哪了？」他搖搖晃晃的伸長手拿回酒杯。「你……喝太少了，所以才不願意說，多喝點。」

「阿清，你別把阿忠當成了他，阿忠沒這麼會喝。」小季勸著。「我哪有。」阿清推了小季一把，用力的敲著桌子：「就算是，那又怎樣？哪有人動不動就消失……幹嘛？把大家當猴子耍啊！」阿清似乎醉了，整個人往小季身上趴去。

阿司自言自語的說著：「他這次應該是很生氣——」已經喝掛的阿清突然用手指著阿司：「他耍任性吧！生氣，我呸！這一點點小事生什麼氣啊！難道他不喜歡自己辛苦訓練出來的狗？就這樣把牠丟下，是怎樣！寵物貓啊狗的都會難過了，何況是條人型犬？」阿清胡言亂語之間趴在杯盤狼藉的桌面，而後似笑非笑的看著我。「你回來啦……幹嘛這麼久都不連絡我們，你去哪裡爽快了……桌上……半瓶酒是你的，乾啦……」

在阿清一陣胡鬧後，阿司架起了他，打了電話叫了他的奴阿福開車來接。我知道這只是他太想念這個好朋友。車來了，阿司跟小季幫忙架著阿清上車，阿司在他們兩個都坐穩後，一個人留在車外回頭跟我說話。每次善後的他們都會這樣說：「阿忠不好意思唷，老讓你看到阿清這般窘態。也許下次見面我們不該來喝酒的。」我只是搖著頭說沒有關係。「每次你都被阿清纏著，一直都沒時間好好跟你聊聊……」阿司嘆氣：「雖然阿清老是和你主人吵吵鬧鬧、鬥鬥嘴、爭誰強，但少了他，阿清也夠消沉的。」

「你越來越像他了。你的微笑神情、對話應答、一舉一動簡直就跟他從同一個模子裡刻出來的，不要說阿清，連我有時候都有這種錯覺。」

我對他笑著說：「你只是跟阿清一樣很想念他罷了。」

他拍著我的肩膀，抱住我：「好好照顧自己。他的離開不是你的問題，別放在心上。下次回台灣再約囉。」

看著他們的車遠離，心想是我害了他們失去了一個朋友，其實他們並沒有這麼想跟我約，只是因爲我是他們朋友的狗，見到我會讓他們覺得見到老朋友。也許我的罪孽是很深重的。

捷運車窗外一片的黑色景物反照著車內依稀的人影，面容有些哀傷的我想起了那天晚上主人帶我出席聚會後，他們一群人起鬨上陽明山洗溫泉。在置物櫃前，他們紛紛脫光了衣褲，他脫了衣物後看著我。而我害羞的不敢把褲子脫掉。

「脫掉啊。不脫光怎麼泡湯。」當他說話時，他們那群人都往我這看來。羞紅著臉，脫掉了運動外褲，身上包著一條紙尿褲，連一般人經過都忍不住停下腳步窺視，他們臉上都在疑惑著一個高大壯碩的男人竟然裹著小孩子的紙尿褲。「尿褲自己脫掉。剛剛有沒有噓噓？」他說噓噓的時候，我成了小男孩。「褲子有沒有溼，有的話就丟到垃圾桶去。」在餐會上不斷被灌酒的我早在紙尿褲裡尿過數回，溼沉沉的尿褲沒想到是在這種情況下脫去。

路過的小男生拉著爸爸的手說：「那個叔叔好奇怪，爲什麼沒有毛？」前額微禿的中年男子趕緊拉著小孩離開。我卻像極了那個小男生，抓緊主人的手。他故意蹲在我的面前，伸出手指像逗小男孩雞雞般玩弄我的生殖器。「小鳥飛走囉。」把大人捉弄男孩的把戲，拷貝在我的身上，我卻不知該如何回應他。抓緊著他的手臂，像個男孩躲在爸爸背後般。「別逗他了。」小季這麼說著。

體毛旺盛的他牽著全身光溜的我走到盥洗區。之前經過的小男孩，正被他爸爸澆著水。「叔叔自己不會洗嗎？」他笑著回答男孩：「因爲他也是小孩子啊。」

大家站在置物櫃前準備穿起衣服時，他從袋子裡抓出了乾淨的紙尿褲。「躺在桌上，該穿上尿褲囉。」一個大男人軀體的我在衆人面前尷尬的躺在長條桌上，他抓起我的雙腿抬高，將紙尿褲墊在桌上。

有人笑出聲來。剛剛的男孩抓著爸爸的手問：「他爲什麼要穿尿褲？」男孩的爸爸尷尬得想趕緊拉開男孩。

「你爲什麼要穿尿褲？」我對著車窗倒影的自己說。因爲我自己也不知道。我不知道，我不知道，我不知道，我不知道……

假期結束返回孤島前，到大賣場添購些日用品，一個熟悉的聲音叫住了我。「訓練，好久不見。」他先認出我來，我看著他倒是想了一會。「阿賢？」我的確快認不出來。

如果此時此刻主人就出現在我面前，我還認得出他的身影、他的聲音嗎？時間越久，他在我腦海裡的影像越是模糊，再過一些年，模糊的身影大概就要成爲一片空白了吧。我努力的想在記憶裡加深他的輪廓，但總徒勞無功。

「這麼久不見，身材還是一樣的好。」

「肚子都快凸出來了，哪裡好。」男人年紀過了三十，身材就越難維持。以前固定調教的生活外加運動，可以保持結實健壯的身體；他離開後，只剩下單純的運動，維持身體健康就好。

「還是很性感的。」他極力稱讚。

「哪裡性感了。」我頻搖頭否認。

「當我在趴體上看到赤裸軍犬的你，健美的背部、渾圓的屁股外加狗尾巴，我眞覺得你性感極了。我應該早點在軍營裡面跟你相認的。」

「眞的嗎？那樣會很性感嗎？」我傻笑回想著趴體上尷尬的場面。

「是啊。唷，現在想到我就硬了。」他作勢調整弄著下襠的動作，惹得我大聲笑得撇過頭。

「其實我那晚進入軍官寢室時，就覺得你很ＳＭ，全身上下都散發著這種味道。」

「這是什麼味道？哪天晚上？」

「我記得有天晚上進去軍官寢室找人官，那時候只有你在。你穿條用奇異筆寫著名字的內褲。從你大腿上看得出來被剃過毛的痕跡。眞的很性感。」他又說走出軍官寢室之後忍不住跑去廁所打手槍，弄得我又尷尬又好笑。「說不出來，也許我有SM-dar！」他解釋著這是一種圈內人認出彼此的默契；我想我沒有這種能力。看著他侃侃而談，腦裡想的盡是他與他之間的親密動作，對於他們因我而造成傷害的愛情，我眞心誠意的說出請他原諒的話，只見到他哈哈大笑。「愛情？我跟他之間根本沒有愛情！」他失落的說。

「怎麼會？」內心充滿著懷疑與困惑，怎麼可能沒有愛情？他們牽手、親吻、做愛：「那你們在海邊、在旅館，還有在他家……」

「你知道嗎？男同性戀的親吻、牽手、做愛可能都不是眞的。沒有眞心，什麼都是假的。」他說的話，把我弄糊了，我一點也不懂，爲什麼這些在他口中都不是愛情的表現？一點也不知道當初他爲什麼會對阿賢做出這些親暱的行爲。「他擔心我會威脅你，所以特別在你面前幹我，把我最羞恥的一面展露在你面前。那場趴體上你以一條人型犬的模樣在我面前，而我被他掰開雙腿，屁股被他幹，前面還勃起，想到我就覺得好丟臉。你有印象他故意把我翻到正面讓你瞧見這一幕吧？」還好我們已經結完帳，走出了賣場。

「他把你牽上車後，趁著你低頭，狠狠地把我領口抓起，語帶威脅的說如果我讓你曝光，我自己是同性戀的事情也會同時曝光。你知道的，軍隊是什麼樣的環境，同性戀跟ＳＭ身分在軍隊裡面都是不能曝光的。所以我在部隊裡面盡量避開與你見面……」接不上話，就聽著他說。

「都是他給予的性與溫柔，讓我誤會了……」

「你記得我退伍前跑去問你關於他的事情吧？快退伍的那段時間茶不思飯不想的，每天只想見到他。我去找他，即便他把我當成性玩具、發洩的工具，我都心甘情願。只要能夠抱著他，擁抱他溫暖的身體，聽見他因爲我的身體而高潮喘息的聲音，這一切都是值得的。你之所以會看到我赤裸的在他家院子裡，那是因爲我犯賤，我愛上了他。聽到他說：『我一點都不喜歡你。我喜歡的是我家那條名叫軍犬的狗，如果要我喜歡人，那也會是恢復成人型的李軍忠。』我的心都死了。再多的性也不叫『做愛』，沒有愛的性關係，不過就是性運動！」

「他是一個根本不愛我的人。他根本就是個不需要愛情的人，他認知的BDSM價值超越所謂的愛情。也就是在他心裡壓根覺得你比我來得重要太多。他的奴隸、他的社交圈構築了他的世界。他很厲害，他利用我愛他、想見到他的這個弱點，控制著我在部隊裡面不讓你曝光，一直到我退伍，他才顯露出眞面目。」聽他的話，我不禁顫抖。

「那天在你掉頭離開後，他裸著身體呆望著外頭的街道好久，任憑我怎麼喊他，他都沒有任何回應。好不容易把他拉回屋內，他像是發了狂的野獸，把我推倒後，抓了我的雙腿，像是強暴般發洩著。他那張臉恐怖極了。於是我明白了他跟你之間那份戀……任誰也取代不了。」聽見那個戀字，眼睛就紅了。他再度看著我：「不是戀愛的戀，而是一種主人對奴的戀。我想在你也同樣存在著。」於是眼淚在臉頰上滑落。

「你可以告訴他我還是很想他嗎？」他像是抓到了唯一可以見到他的繩索，只可惜我已是斷了繩索的那頭，不停往下墜落。

我擦乾了眼淚：「我幫不了你……我已經很久沒見到他了。」他訝異的看著我。「是眞的，他不知道去了哪……」

當我提及很多過去的事情時，他像是恍然大悟般對我說：「我記得你來找他那次之前，我跟他一場性運動後，他裸著身體接了一通很奇怪的電話，他背著我，對手機那頭大罵『你們怎麼可以開這種玩笑，這場惡作劇，改變了我跟阿忠的一生，你們以爲一句對不起就可以解決嗎？』很明顯感覺到他很生氣，那種生氣是沒人勸得了的。然後你就來了。」

他看著我。「後來的事情你知道的……你眞的不知道他跟阿清他們發生了什麼事情嗎？」

我搖頭。「問問他那群朋友。他們到底做了什麼，會讓他生氣得不願意原諒他們。他的離開也許跟這件事情有關，不然我實在想不出來有什麼理由，可以讓他拋下心愛軍犬的你離開……」

「他離開是因爲我愛上了他吧！」我說，他邊聽邊搖頭，否定我的話。

「我覺得你只是崇拜主人、崇拜他的身體，而不是『愛』上了他，我想他不是那種不肯奴隸愛上主人的人。他不可能因爲你愛上他而離開你；更何況你們最後的那場性愛，你難道不覺得他很溫柔？即使他進入了你的身體，他還是關心著你的反應。你是痛是爽，他都在意著。他並不是把你的身體當成一種洩慾的工具。你們那場性關係才叫做性愛、做愛吧。你一定要去找阿清他們問個清楚。毫無疑問的，關鍵就在他們身上。」

聽著他說話，我的雙腳軟得撐不住身體，爲什麼會是這樣？一直以爲他愛上了阿賢，我還自責著壞了他的愛情，原來他是爲了保護我才和阿賢來往？到底阿清他們做了什麼惡作劇？什麼叫做「改變他跟我的一生」？是讓他拋棄我、讓我們分離嗎？心裡升起一股不好的預感。

收假以前，我約了他們幾個出來見面。儘管他們在電話中像是發現了什麼異狀般百般推托，但在我強烈的要求，甚至威脅之後再也不參加他們的聚會之下，他們才勉強答應跟我見面。以李軍忠個人而非以他軍犬的身分見面，他們幾個坐在我面前卻什麼話也不說，看在我眼底他們和那些犯了錯的兵沒什麼兩樣。

「發生了什麼事情？」只見他們左顧右盼，竊竊私語卻沒有人要說明。「到底怎麼回事？你們誰要來說？」我拍著桌子。

阿清立刻生氣的跟著拍桌：「這是你做為他的狗該有的態度？」

「你們做了什麼事情，這是你們做為他的朋友應該做的？」我的回話讓阿清閉了嘴坐下，推著小季。「你們說不說？」

「你說啦……」阿清又推了小季一把，小季撇過頭不願意回答。阿清從他的嘴裡蹦出了這句話：「你徵奴的資料，被我們改成了尋主的檔案寄給了他。」當他們這麼說時，我想起了我和他第一次的見面，難怪他會把我當成找主人的奴，難怪他手上列印的資料錯誤百出。

阿司深深的嘆了一口氣：「在之前，他很久很久沒有參加我們的聚會，不管是趴體或者是小型的聚會，他都用他現在沒狗、不好意思參加活動當理由。於是我們下了最後通牒，要他在下一個奴隸檔案做了斷，如果收不成，他必須出來見面；收成了，我們也樂見其成。爲了避免他跟奴溝通的時間過久，我們決定修改一個S的檔案給他，讓他直接出局，那個檔案就是你寄出的徵奴檔案。你們第一次見面，你讓他吃了閉門羹後，他也就應約出席了我們的聚會……」

不等他說完，胸膛裡的一把火冒了出來。「你們既然已經欺騙了他，爲什麼不騙到底，爲什麼又要告訴他眞相！」我憤怒的吼著。

「阿忠，你先別氣……」阿司坐到我身旁，用手勾著我的肩膀，拍著。「我們原以爲可以這樣天衣無縫的遮掩過去，但是有次喝酒的時候，他對我們說：『我覺得軍犬最近怪怪的，像是發春；我認爲他只是對我產生陽具崇拜……如果他想做我的男朋友，我也會考慮。』不過我們都覺得那時的你只是對主人的陽物崇拜，要做一個男同性戀，我想你還沒作好準備。我想他也是這麼認爲。想要愛一個男人，並不是只有陽物崇拜就夠了。認同自己之前的掙扎是夠難受的。你知道的，他擅長開發，如果他眞的想引導你嘗試同性行爲，我想他做得到，他也可以幫你完成認同。只是阿清那時候說溜了嘴：『靠，有了狗，現在又要有男朋友了，你是不是應該感謝一下我們？要不是我們改了他的徵奴檔案，你就不會遇見他。你是不是要謝謝我們？』

「我只記得他聽到了事情的眞相，簡直就快要把我們給殺了般，頭也不回的離開那個酒攤。

之前他也像現在一樣消失了好一段時間不出來，只是這次他消失得更徹底，我們全都連絡不到他，整個人就像是憑空消失在這個世界……」

小季接著說：「他說如果不是我們當初這麼作，你們就不會見面，他也不會興起想把你調教成軍犬的念頭，他以為你只是害怕，即使他真的認為系統出錯了，他仍起了色心、很努力的引導你成為軍犬。他覺得他毀了你SM的起步。他很自責，如果知道你一開始選擇是當個S，他應該站在協助你、教導你的立場……」

「你們這樣到底是幫他還是害他？他消失的這幾年，你們內心不會有一絲的愧疚嗎？」我吼著。怎麼會這樣，怎麼可以發生這種事情……

「他沒有消失，我們知道他一定在某個地方以他驕傲的皮繩愉虐者身分活著，努力著。因為我們相信他還是會回到我們身邊。你也是這麼想的，是吧！」小季說。即使他們試圖讓我接受，可是這一切荒唐得讓人心碎。

阿司把我抱得很緊，要我冷靜。「我知道你很生氣，可是你要知道到此刻為止，他並沒有在我們的網站上寄出棄養聲明，也就是說他依然還是你的主人，你依然還是他的軍犬。只是他給了你機會選擇：要繼續當他的軍犬或者成為S。」生氣的我忽然明白了些什麼，眼淚不斷的流。「這還需要考慮嗎？我選擇繼續當他的軍犬……」阿司繼續說：「請你原諒他的自私，他比你更早做了選擇。他選擇讓你……」阿司搖搖頭：「他和你一樣有著相同的痛苦，哪個主人失去了自己心愛的寵物不會難過的？我們在等著他回來，我相信你和我們一樣也想見到他吧……」

「他最後留給你的功課：如果重新選擇，你要往S還是M走呢？他知道如果他在，會影響你的決定，你不會願意捨棄軍犬的身分，去嘗試回到自己的本性；所以他把自己移開，要給你自由的選擇！」阿司拾起面紙擦著我的眼淚。「如果你選擇往S走，即使不能超越他，至少也要與他並駕齊驅；如果你選擇往M走，就把他給找回來。」

我仰著頭，淚流滿面。即使如此，淚水還是不停的滑落，溼透了衣裳。我終於明白那天他對我說這些話的用意。有聲音在我腦海深處竄起，由遠而近的飄進、撞擊。

「你沒有遇見我就好。」那時候我不知道這句話的意義。

「你沒有遇見我就好。」現在我全明白了。

「你沒有遇見我就好。」那是他的聲音。我的思緒被他的聲音抓回了那棟房子。

「如果你沒遇見我，或許你已經是個不錯、有幾次調教經驗的主人了。而不是成爲我腳邊的軍犬。有機會成爲主人的話，你一定要努力，相信你可以的。」爲什麼要說出這種話？我那時眞的不懂。

「如果你沒遇見我，或許你已經是個不錯、有幾次調教經驗的主人了。而不是成爲我腳邊的軍犬。有機會成爲主人的話，你一定要努力，相信你可以的。」爲什麼要說出這種話？原來他早早就知道了……

「如果你沒遇見我，或許你已經是個不錯、有幾次調教經驗的主人了。而不是成爲我腳邊的軍犬。有機會成爲主人的話……」爲什麼要說出這種話？我彷彿回到了那張床上，和他赤身裸體並肩著。我的身體還有他進入過的體溫。那時那刻進入身體的疼痛怎麼比得上此時此刻的心痛。原來他做了如此大的決定，我聽到了我疼痛睡去時，他在身邊的嘆息；我的身體還有他撫摸過的痕跡。

眼淚潰堤，已經無法停止，我仰著臉，掙脫了阿司的擁抱，往外跑，頭也不回的往外頭衝。記憶中他離開的那天早晨越來越清晰，睡眠中的我聽到了他爬起床的聲音，樓下廚房的吵雜聲、烤土司煎蛋的味道，然後他吻著睡著的我，在我耳邊說話。此時模糊的都已清楚。「我走了，要好好照顧自己。不用擔心我，要加油成爲一個好的S。」我聽見了他離開時關上鐵門的聲音，那扇重重的鐵門鎖上的聲音，也像是鎖住了一隻名叫軍犬的人型犬往後的生命。

深夜山下的便利商店走出了一對情侶。「你有聽到聲音嗎？」女子對身旁的男子說。「有嗎？」男子懷疑的張望四周。他們牽著手走過對街，開了車門，男子坐上了駕駛座，女子駐足在車門邊沒有進入。山上傳來一陣陣犬的淒鳴聲。

「我聽了牠的聲音，好想哭。」

「我聽到了。」

「是狗的鳴叫聲吧……」

「牠一定很傷心不然怎麼叫得如此悲烈。」

「我想是吧。」

第五部

那年冬天過去，春天未來，考慮要不要辦退伍之前，小季的愛犬、俱樂部人型犬的導師狼狗，因爲年紀大老死。我們在阿司的獸醫診所看見他們，主人與狗的訣別。狼狗嚥下最後一口氣前，躺在手術台上望著一旁七尺男人的小季，那雙眼睛像是告訴主人：別哭、別哭，這場分離其實早就註定，只能陪你到這裡，以後你得一個人堅強，還有別的狗會陪你。小季一雙眼睛哭紅了，拉著阿司要他救牠。

「小季，牠老了，牠該走了。」

「我不要啦。阿司你不是獸醫嗎？快幫我救牠。」小季搖著阿司的手臂。阿司企圖拉他離開診療室。小季只是低語著：「不要。不要離開我。」我緊緊抱著在我身邊的凰。那樣的氣氛，讓人很難不動容。

我們坐在二樓客廳，一直到天黑了，凰累了，枕在我大腿上。我**巧巧**地將她挪開，好讓我可以到外頭抽根菸，讓尼古丁稍微麻痹我。菸才抽了一口，「小季睡了？」阿司從屋內走到外頭陪我抽菸：「哭累了，總是會睡著的。你開始抽菸了？」他問。

「是啊。菸癮不大。」

「失去寵物的主人，傷心是會的，不然怎麼會有一堆的人爲了死去的寵物哭得死去活來。」

失去人型犬的主人會哭嗎？ｄｔ他有爲我哭過嗎？「ｄｔ做這個決定的前幾天，他約我在酒吧裡見面，他那時候什麼也沒說，只是見了我，抱著我痛哭。我也不知道怎麼回事。看見小季哭得如此傷心，我終於明白那晚ｄｔ的哭泣是多麼傷心欲絕。」阿司這麼說著。

「他哭了……」我淡淡的說，而那些化爲灰的菸在我手指間跌落，手指還有些微燙。

「主人跟奴隸是兩個必須同時並存的關係，主人沒有奴隸就不是主人了，奴隸也是；ｄｔ跟軍犬也一樣。他們不可以缺少另一半。在他放棄了軍犬的同時，也遺棄了身爲主人的身分。」

「這是什麼意思？」

我的問題他沒有回答。他拍拍我的肩膀說：「聽說你開始調教奴隸了！」我點點頭。

「是啊。跟小季學了些繩縛的皮毛，就開始了。」我笑了。

「不過看到那些被你調教的Ｍ的文章，似乎不錯。」

「你怎麼會知道哪個Ｍ被我調教？」我訝異的看著他。

「文章裡面描述著你的身材，留著鬍子……他還以爲是ｄｔ。一看就知道，調教他的人是你。」當他提及ｄｔ兩個字母時，我的身體不禁抖了下，那顫抖來自於想念。他雙手放在我的雙臂。「看看你……」他的驚訝令我好奇。「那時候阿清喝醉酒後誤把你當成ｄｔ……天啊！你眞的像極了……你們像是一個模子刻出來的，只是你比他壯了些。你像ｄｔ留了個分身在圈子裡……」他抱緊我。我的手緩緩的貼上他的背，遠方的影子遮蔽了整座天空，身邊的每一個人開始離開。一個接著一個。

春天來臨，我決定了退伍這件事情。除了覺得軍旅該告一段落外，同時也爲自己下一段生涯做出決定。小季爲了狼狗的離去，哭了好幾天，阿清跟阿司勸了好久，甚至陪他出國散心。幾趟泰國旅行，小季愛上了那裡，甚至決定久居那兒。他想開間飯店，於是朋友們投資了他。我辦了退伍，領了筆錢，成爲小季最大的股東。小季出國前教會了我一些關於電腦方面的知識，把網站管理交給了我；在他來回泰國台灣之間，我順利的取得了ＭＩＳ的證照，也算是順利的銜接退伍後的謀生專長。或許因爲小季本身就有商業頭腦，才可以把俱樂部網站經營得有聲有色，泰國那間飯店也在小季的經營下，成爲頂級的度假飯店，他說著有機會趴體可以搬來泰國飯店舉辦，甚至誇口說大概不用十年，就可以買下一座無人島，把那兒建成ＢＤＳＭ的大基地。

脫離了軍人身分，踏進這個社會，雖有些不適應，但一切還好。軍旅的這些年讓我養成早上固定六點起床，然後穿著背心短褲，在凰住處附近公路上慢跑的習慣。清晨太陽乍醒，路上偶有慢跑者牽著家犬出外運動，牽著黃金獵犬的男人經過我身旁時，我順著他的方向回頭，望著他直到他和獵犬的身影消失。ｄｔ丟棄了主人的身分，而我也捨棄了軍人身分。我們都捨棄了些過去，向未來前進一些。

ｄｔ朋友裡小季算是對於人型犬調教比較沒那麼執著的人，對狗奴玩法沒太大興趣，所以一直都沒有收狗奴。他對繩縛比較有興趣，還在自己家裝了吊環，方便吊人。小季的公寓在凰住處附近一棟飯店式管理的大樓裡。他不時在這裡舉辦繩縛研討，直到他離開台灣。公寓託給我們幾個朋友看管，他回台，我們就來辦小趴，偶爾我們也會在這邊做繩縛討論或者私人調教。進入大樓電梯前，需先經過一個華麗得有如宮殿般的大廳。向櫃台裡頭穿西裝的領班經理點點頭，押了證件後，才能進電梯。小季的公寓沒有隔間，整間全部打通。也沒有什麼傢俱，寬敞得很。踏進屋內，左手邊靠牆擺張沙發，前方是一個正方形的空地，繩縛研討就在這裏舉行，上方還打了五處吊環。空地再過去點擺了張床，床後面擺了個ＤＪ混音的機器，最後面是廚房。

在等著被我調教的奴隸來到以前，我換上了之前與凰去日本旅行時買的男性浴衣，再把一些道具放在隨手可取得的地方。在床的對面，角落放置好鏡子，調整好角度，好讓我看得見而站在空地前的奴看不著。我站在床前，背對著門口。

「你已經到啦！」公寓的門隨著他的聲音關上。我依然背對他，沒有轉身或回應。這傢伙是在小季的繩縛研討會上遇到的。一段時間後，他找上我調教他，對他主動找我是有些訝異。他本身有固定跑健身房運動的習慣，想找個壯碩的主人來調教他。雖然自己沒像他對健身那麼執著，但服役期間的體能訓練、退役後的運動，讓自己的體格不至於太差。還沒調教過鬍鬚毛髮茂盛的壯碩男子，稍稍引起了我的興趣。凰對於我要調教女奴總是有些微詞且諸多限制，男奴倒無所謂。便答應下調教。

他走進屋內。「怎麼不說話？」他問著，正把隨身的包包放在沙發上。在包包還沒碰到沙發以前，我開了口。

「東西放地上。你的東西，不該跟我的平起平坐。」我冷淡又嚴厲的說。待他應聲後，又說：「把你身上不屬於奴隸的東西都脫掉。」過程中，我完全背對他。偶爾瞄著鏡中他的表情跟身體反應。「跪下。額頭貼到地板。」「把你帶來的道具捧在手上。」他跪著，如同朝臣獻物般的恭敬。他比古代那些穿著官服的朝廷命官更來得惶恐。因爲他身上僅有一條布遮蔽。他穿著日本男人的丁字褲，他口中稱爲「六尺褌」的內褲。他跪著，雙手捧著繩子與另一條白褌。我轉身迅速到他身邊，取了褌，「眼睛閉著。」把褌繞上他的頭，矇住眼睛。把他手捧的幾捆麻繩放在旁邊地上後，我踢踢他。「站起來。」取了繩子，要他的雙手背在身後，開始捆綁。

繩緊貼如他身體的一部份，我雙手捏住他的乳頭左右旋捏，他一抖動身體，我的腳就踢上去。「有這麼爽嗎？」將自己包包裡的傢伙取出，按照腦裡排練的步驟依序放好。接著上乳夾。端詳他的身體，到處敲敲打打，摸摸探探，哪些地方反應大，哪邊是他的敏感帶。白色褌襠浮現他的慾望與渴望。那枚溼透如錢幣大小的面積，從一塊錢、五塊錢、十塊錢到五十塊。在他的胸膛前繞上一圈一圈，手指深入繩與身之間測量鬆緊後，調整。將上了繩子的他與天花板吊環垂下的鐵釦做鏈結，他便必須墊起腳尖，才能維持平衡。拿起了預備的劍道用竹劍，狠狠抽他的身體。他的雙腿企圖抵擋。矇住雙眼的他，又怎麼知道竹劍會從哪個角度抽來。看著他一邊墊腳維持平衡，一邊又想遮擋襲擊的竹劍，覺得有趣極了。舉起竹劍頂頂他勃起的褌襠。

把繩子長度放長讓他腳掌站穩地板。命令他盤腿坐下，取了旁邊的繩子綁起他的雙腳，綁住脖子與大腿。抬起他的腿盤，讓他往後躺下，露出整個屁股。先用竹劍打了幾下，臀肉立即出現紅色痕跡。拿起鞭子，對準渾厚臀肉再抽。一兩下，屁股開始發紅。跟凰借的鞭子怎麼抽都不順手，沒幾下，我就換回竹劍。打在奴隸臀肉上，凹陷、通紅，我彷彿可以透過軍犬的視線看見穿著Brief、裸半身、揮動著棍棒、教訓軍犬的ｄｔ模樣。用手指甲輕輕劃過他皮表，惹得他頻頻扭曲身體，因爲身上的繩子還掛在吊環上，他只能左右掙扎，試圖逃動。「動什麼動？」我喝斥他。

心裡盤算著時間，讓他可以喘息，接著再開始得讓他措手不及。這樣的時間差，頂不好抓的，心裡告訴自己有機會要多練習。解開剛剛綁在腿與身體間的繩結，拉他站起。他晃了一下，我怒喝：「站好。」收起他與吊環間的繩子，開始拉扯他身上的褌。以前知道這種內褲是一條布綁起來的，但要解開，並不容易，必須做到能夠一拉即解。仔細觀察他綁褌的左右方向，解開其中一端，再從他腿上拉下。但，故意不鬆開繫緊胯下與襠部的那截。將這圈套在他頭上，要他含住穿來的那條褌。「咬緊。」白褌從他的口到後腦勺，繞了整顆頭一圈。蹲下，綁起腳踝，而後拉起撐住他的大腿，繩子一拉，他的一條腿已經騰空。他被繩吊起大腿而下體勃起展露無疑。我一手將左臀肉往左推，另隻手拍打右臀肉。用力的拍打，然後換邊。雙腿間的洞收張。戴上橡膠手套，刻意讓他聽見戴上的聲響。他聽著聲音，躲動著身體，「能躲到哪呢？」我微笑著。手套慢慢從他脊椎滑落，到尾椎，而後一兩指、三四指的繞著他的腰。拍著他勃起的陰莖，不時用手托著他的陰囊。掐兩顆，掉一顆，像是玩具般的玩弄著，他感覺愉悅時，我一手掰開臀，手指頭不經意的挖進他體內，他哀嚎中帶著呻吟。他的身體渴望我給予撫慰。在他耳朵旁邊吹氣，把電動按摩棒放進他身體裡，讓他隨著按摩棒扭動頻率蠕動著自己身體。

這樣的奴隸，其實和這屋裏簡約現代的風格並不搭。應該要租一間和室。他應該被吊在和室裡。但對於只想約一次的奴隸，不需要花費太多，能達到彼此愉悅就夠了。只有固定的奴隸才可以讓主人不斷的砸錢，爲了更好的道具、更好的場景。我並不想要固定的奴隸，因爲我還不想爲此付出太多的心力與金錢。原本想練習把他整個人吊在空中，但小季不在旁邊，身邊也沒有第三者，對於不熟悉的繩縛方式，還是別輕易嘗試。看奴隸一腳吊起，神情愉悅，我想有沒有完全騰空應該無所謂。

電動按摩棒發出滋滋的聲響。我在他的身後，不時的拍打臀肉，要他夾緊，但他似乎無能爲力。按摩棒往外吐出時，便不再塞入。「夾不住了？」講這話的時候有些嘲諷。沒想到擁有壯碩肌肉的男子，需要用按摩棒獲取快感。我用力搓揉著他的前面，不是爲了他的高潮，而是要用力將他搓軟。我想多少會痛吧。把肛塞塞進了奴隸的體內後，將被捆綁的他置於地板上，開始解開他身上的繩子。在恢復他自由以前，我巧妙而迅速地將腳銬代替了繩子。拉起他，讓手銬在他身前銬上。把他推倒在床，我開始收繩子。走到他旁邊，一巴掌打在他屁股上——以懲罰剛剛趁我不注意，逕自翻成側身。

到陽台抽了根菸，放鬆ＳＭ進行中的壓力再回頭看看在床上的奴隸。他被丟置在床上，眼睛被矇住的他，完全不知道我下一步會怎麼對他，怎麼「虐待」他。捻了菸，走進房間內，坐在他身邊，他可以感覺到身邊有人坐下，我伸出手，從他頸部脊椎一路往下延伸，用指腹或指尖觸探。他很靈敏的抖動了一下。我扶起他，鬆解困住他視線的褌布。

「我現在要出去。等我離開以後，你可以把貼在你眼睛上的褌完全解下。」

「我放了個尿桶在床旁邊。你如果尿急，就尿在桶子裡。不准去用廁所。還有，尿準一點，滴出來，我回來你就知道。」留了一枚封在信封裡的鑰匙在床頭櫃旁邊的電話上。這是我在調教前通信時說的。預防萬一，臨時發生意外，而我不在房子內，他可以緊急撕開信封，拿鑰匙解開手銬腳銬。但如果回來，發現信封有任何破損，而房子安然無事，他的屁股就完了，我要打得他幾天無法安穩地坐在椅子上。

奴隸喜歡被禁錮、被綁架的感覺，一個人留在封閉的空間裡。所以我趁著他感受時間，出外喝杯咖啡。沒有告訴他什麼時間回來，心裡盤算著至少要等晚餐過後，讓他挨餓，無助，應該更像禁錮、綁架吧。

離開調教情境，卻忘了換回衣服。公寓大樓附近還好就有咖啡店，不然穿著浴衣、木屐到處走還滿奇異的。分心想著調教的事情，咖啡店櫃台小姐問我要大杯還中杯。回神回答，拿了發票，挑了個座位坐下，等著櫃台叫號。休息的時間，跳脫調教環境，靜下心，想想剛剛自己哪些做得不夠周密。想著又出了神，直到櫃台叫到我的號碼。端著托盤，回到座位，心思閃過ｄｔ，他是否也曾思索著對軍犬的調教，哪邊需要加強訓練，哪邊步調太快過慢，哪邊自己不夠專注，哪些技巧還需要練習？他一定和我此刻一樣，而且比我還認真。在他面前，我想軍犬的每一口呼吸都在他掌控中吧。我想要和他一樣厲害。看著窗戶玻璃因為天色變暗變成鏡子，裡頭樣貌影像稀淡的自己，我這麼說。

打了通電話給凰，說了目前調教進行的狀況。我們會告訴對方約奴調教的時間，彼此不相打擾。即便阿郎在凰的住處已都是以犬的模樣行走，但有時她還是會需要一對一的調教機會；我就離開她的住處，直到說好的時間過後，我才會回去。我沒有固定調教的場所，通常都是用小季的公寓或外面旅館。我和凰約了等會調教結束後見面吃飯。

一個人思索關於ＳＭ的事情，胡思亂想。阿司曾說或許我仍然在ｄｔ的掌握之中。當時我笑說哪有這麼神，他都離開這麼多年了。而他說ｄｔ這個心機鬼，要我在不受他影響的情況下，選擇Ｓ或Ｍ。我不就正朝著這個方向行進嗎？我仍然在做一個名叫ｄｔ的主人留給我的功課，這樣我算不算仍處於調教中？我傻笑，飲了口熱咖啡。

咖啡見底，是該回去放了奴隸的時候。走在白天與黑夜交接的街道上，天空有道漸層消失的紅色卷積雲，路燈一盞盞的點亮。我踏進大樓的大廳，按下向上箭頭，等候電梯。「李先生，方便說個話嗎？」掛著經理名牌的西裝男子叫住了我。我疑惑的看著他。我想他知道我姓什麼，是因爲進來時換了身分證的關係。平常都是用訪客的名義進來，然後進入小季的公寓，一直都沒有問題的。並不緊張，只是覺得有些奇怪。我們在走道一角無人之處，他低聲開口。

「嗯……有些突兀，但我想問，你是玩ＳＭ的嗎？」

他這麼問，是我被他的SM-dar掃到了嗎？我想他應該也是。「嗯。我是。」

「我是奴隸，請主人調教我。」他用嘴型不出聲的告訴我。

「啊？」愣了不過一秒，微微的笑了。拉著他領帶離開那，我們走進樓梯間。一轉進，我便用力一把將他推靠在鐵門上，砰的一聲，板起面孔問：「爲什麼想找我？你又知道我是皮繩愉虐者？」

他呼吸開始急促。「我的SM-dar告訴我，你十足的像個主人。」

「嗯。」木屐腳尖點點發出聲響，讓他顫抖不已。「你喜歡玩什麼類型的？」如果玩的項目合的話，我是不介意。

「我喜歡玩軍隊，軍官跟士兵，軍主軍奴。」

ＳＭ圈子接觸久了，我知道有群人喜歡玩軍的，雖然覺得怎麼會有人對枯燥乏味的軍旅有興趣，但我心裡知道，我應該可以勝任這個角色。大笑：「這麼菜，重講一次，你希望我怎樣對你。」

他輕聲的對我說：「是，請長官好好調教我。」

「我想你是該好好的被訓練，講話前不會喊報告，也不會立正站好，是嗎？隨隨便便，果然是菜兵，新訓中心，班長沒教就是了。」我面色一沉，他急忙的立正。看著穿著西裝的男人立正、手貼褲縫，就覺得有趣。看見他勃起的褲襠，用手緊緊掐住。「小兵，我是訓練官。」我把他從菜兵再貶一級。「把你的請求正確、大聲的說出來！」

「請訓練官好好訓練小兵！」

「很好。」我拍拍他的肩膀。「給我名片，我們再連絡。」電梯裡端詳後，把它收進口袋。上樓結束奴隸的禁錮時間。

電梯門打開，走進公寓，我拍了他的屁股，要他醒醒。禁錮中，他竟然睡著了。掰開他的臀片，準備將塞在他身體裡的肛塞取出。他閃躲：「我想塞著回家。」

「這樣算是自虐嗎？」

「不算吧，是主人塞進去的。」

撕開信封，取了鑰匙，解開他的手腳銬。看到了尿桶乾淨如初。「這段時間你都沒小便？」我說。

「我不敢上。我怕滴出來。我不想等你回來時叫我舔掉。」他的小腹部位凸了些，膀胱裡累積了不少尿液吧。我還故意的伸手壓。快憋不住的他紅著臉問：「我可以去上廁所嗎？」

「去啊。」話一說完，他光著屁股立刻衝進廁所。尿打在馬桶裡的聲音響徹雲霄。我開始收拾調教的道具。

「主人！不知道有沒有人說過你很像以前訓犬區的區主？」

我摸了摸他的頭。「有。很像嗎？還有，調教結束，我就不是你的主人了。不要再叫我主人。離開前，把這裡收拾乾淨。」我這麼說，意思是要他自己弄。

「可以一塊離開嗎？等我收拾一下。」沒什麼理由拒絕他，距離凰開車來還有些時間，便這樣決定。我坐在沙發上，看著眼前光溜溜的男子收拾屋內，還拖了客廳地板。

「你對褲有興趣嗎？」他在把白布進包包裏時問。我搖頭。「我原本想說你有興趣的話，就教你怎麼穿，順便偷吃你豆腐。哈哈。」我隨著他笑著。「你對男人沒興趣喔？」

搖頭。「沒有。」

「剛剛一腳吊起來的時候，我還以爲你會幹我。」

「你想在進行ＳＭ調教時有性行爲？」

「如果找男同性戀主人，剛剛應該會被幹吧。」他說這句話的時候，我心裡不斷的抗議，並不是所有男同性戀主人都會在ＳＭ行爲中與奴隸發生性關係，至少我知道ｄｔ不會。

「送你。」他將一條未拆封的褌交給了我。「下次調教的時候，我希望是穿褌的主人調教我。」我笑了。心裡嘀咕著我不一定會想約第二次啊。他口銜布，在我面前穿起褌，我看著熟練的他巧妙的把一條布變成丁字褲穿在身上。

「哇！好神奇。」我好奇的走到他身邊，摸著褌。「這算不算一種繩褲？」我拉了拉卡在臀肉中間的那條。「喜歡束縛感的，都會喜歡穿？」

「來啦，我教你怎麼穿。」半推半就下，脫了浴衣跟裡頭的短褲，嘗試第一次的褌經驗。光著身體在他面前時，他的褌襠立刻膨脹。他神色害羞了一下。隨著他的指導，咬住一截，抓起整副外生殖器，繞過胯下、腰，不斷的旋轉。他的手和我的手在我的胯下交錯，他的手有意無意的爬過我的褲襠，我知道那是種挑逗。轉眼間，布已經圍繞在我身上。他在我身旁說著穿法，與手帶手的指揮方式，像是另一種繩縛，而主動與被動的角色互換，感覺還滿特別的。「如果有天你想幹男人，嚐鮮嚐鮮，記得找我。我還滿想被你的大屌幹。」他偷摸著我胯下剛綁成形的褌襠說。最後他請我在他身上綁龜甲縛，然後套上衣服。

提著裝滿道具的包包，步出電梯。櫃台的經理一見我，便連忙出來鞠躬哈腰，恭敬的送我到門口。跟在我後面、衣服下穿著龜甲縛的他先行告辭，我站在門口，等著凰來。還是穿著浴衣，因爲凰想看的關係，即便她早已看過。同樣的衣服一旦沾染過ＳＭ的味道，它就註定與ＳＭ洗不掉關係，穿著浴衣的我，似乎仍然沒有走出調教的空間。在這位經理旁邊，我還是覺得自己是個主人。

「剛剛跟在你後面的是你今天調教的奴隸嗎？」他問。

我挺直腰桿，瞪他：「小兵，別以爲你穿著西裝，我就不知道你是個多欠操的小兵。」

「對不起，我多話了。」他陪我站到凰的車出現。

「你先進去吧，我再跟你連絡。」

「謝謝訓練官。」看著他穿著西裝、皮鞋，立正敬禮，我的嘴角由不得上揚，也下意識的舉手回禮。

上了凰的車，開車的是阿郎，愛麗絲坐在前座。她是凰最近收的女奴，聽說是Switch（可主可奴），來跟凰見習如何當個女王。我與凰聊起這次的調教。「好玩嗎？有什麼心得？」

「把按摩棒放進奴隸的身體，有點像是把提款卡放進卡片入口，然後咻的被吸進去。只可惜放進奴隸身體沒有鈔票跑出來。」

「不過，有高潮跑出來，不是嗎？」她對我笑著。

「他被我綁起來，腳開開的時候，我感覺得到他透露出希望我幹他的意思。」

「你有幹他？」她看著我。

「沒有。我對男人一點興趣也沒有。」在講這句話的時候，我是矛盾的。如果我對男人一點興趣也沒有，那我對ｄｔ到底是什麼？我想起那個迷戀ｄｔ陽具的自己。迷戀另個男人的陽具是否代表我對另個男人的興趣。爲什麼我曾如此渴望ｄｔ的陽具進入我的身體？這樣才顯得出我被ｄｔ擁有嗎？

「是喔，我還以爲有香豔刺激的男幹男細節可聽。」

「我跟其他人發生關係，你不會吃醋喔？」我認眞問。

她若有所思：「我好像不會吃醋耶。男的沒關係，女的就不用想。」

「你的邏輯還眞奇怪。男的可以，女的不行。而且我才不要跟男人發生關係勒。」

「因爲我知道你不想跟男人啊。男的你不想，女的不可以。」

「女王英明。」前座的愛麗絲爆出一句。

「你好奸詐喔。這是佔有慾嗎？」

「你現在知道太晚了。」她斜露出半個香肩，性感得教我抓狂。

「女王，這算是貞潔調教嗎？」愛麗絲問著。

「是啊。沒有貞操帶的調教更爲高竿。連我都佩服我自己。」

「你們兩個不要一搭一唱的好嗎，你們這樣讓眞的戴著貞操器的阿郎情何以堪？」我拍拍駕駛座阿郎的肩膀。

開著車的阿郎在紅燈處停下說話：「阿郎樂於被女王控制啊。」

聽到他的回答，我忍不住搖頭：「我似乎誤上賊車……」

「誰是賊？」她瞇眼看著我。我只好趕緊瞎扯回剛結束的調教，免得陷入無止盡循環的口辯。提起調教時我穿著浴衣，奴隸穿著日本丁字褲的事情，凰對於我描述的褌非常有興趣，就像她在網路上發現新的ＳＭ道具般興奮愉悅。「好想要一個穿著丁字褲的猛男喔。」

「他送了我一條，但我不會綁。」語畢，凰的表情從興奮到失望：「好可惜喔。我以爲我可以有個丁字褲猛男。」我拉開浴衣一角，露出了橫跨腰邊的捲邊：「我不會綁，但我現在穿著。」「哇。」凰伸出手，拉了拉，指頭在褌與肉體間勾扯，搖晃著肩膀，雙手上下舞蹈。「丁字褲猛男，丁字褲猛男」的邊唸邊唱。前座的阿郎偷笑著。「開車的，你在偷笑什麼？」

在我們嘻笑間，凰的車經過了我曾經熟悉的大門。我停下了與他們的對話，頭與眼睛隨著車轉變角度，透過車窗看著那扇鐵門、那道巷口，心裡浮現在那裡面的日子，那段ｄｔ與軍犬的調教。

全身赤裸，身上只有條銀黑色相間貞操帶的奴隸大衛恭敬的、五體投地的跪貼在地板上，迎接我們回到凰的住處。他用著不怎麼標準的華語說：「奴隸大衛恭迎女王，女王萬歲萬歲萬萬歲。」凰走到距離他額頭靠著的地板三公分處，他知道他該用嘴親吻。「謝謝女王。」

「平身。愛麗絲，這次兩下就好。有進步。」凰交代了獎勵方式。奴隸大衛剛開始唸這句可是唸得七零八落，處罰的次數累垮了愛麗絲，連只當狗的阿郎都被叫去幫忙打。從數不清的次數、把屁股打到紅通瘀血，很快進步到只有兩下，奴隸大衛應該算是非常進取。愛麗絲手扶著牆壁、勾起腳，取了腳上踏著的拖板鞋，手按在奴隸大衛的背，在光溜屁股上打了兩下。她拍打的架式，像極了凰。之前我無意間跟凰提起愛麗絲架式像她。她說愛麗絲是聰明的，她懂得選擇一個最接近她想變成的女王模樣的人，跟在身邊學習，這是個偷吃步的方式，在凰身邊她會學習到凰的許多調教手法，這比她自己摸索或從調教一個個陌生男奴開始來得快上許多。

奴隸大衛是個來台灣學習中文的美國白人，他在自己的部落格寫了許多文章，其中包含希望在台灣能找到女王。凰在他部落格留了幾次言，就這樣跟他搭上線。第一次見面時，凰便在公衆場所，要他跪下幫她按摩腳踝。奴隸大衛在人來人往的大賣場周邊露天咖啡座，恭敬的雙腳跪在她面前，替女王服務。凰滿意之下便帶了他回家，檢查身體、收入門下。他的腰間與胯下穿戴著不同於阿郎戴的cb2000貞操器，那是他之前在美國的女王要求他上網訂製的貞操帶，除了陰囊睪丸以外都被包覆，肛門口那段甚至可以補上肛塞等控制排泄的器具。凰說那是她第一次看到網路上的實品，當時的凰也像在車上手舞足蹈叫著丁字褲猛男般，爲這款設計精細的男性貞操帶感到興奮。凰接下了鑰匙便是奴隸大衛的女王。那時奴隸大衛的中文還說得很爛，三不五時口中會蹦出中英文夾雜的語句，而被摑了好多下耳光。奴隸大衛的部落格開始變成中文的書寫練習簿，凰規定每次見她回去後，都得要寫一篇晉見女王的心得，以增進中文能力。

來台灣以前，奴隸大衛的工作是在餐廳當大廚。他被凰叫來，在我們回來以前，爲我們準備晚餐，等我們回來即可享用。愛麗絲換上了女僕裝後來到廚房幫忙，並招呼伺候我跟凰入座。阿郎進門便脫光變成了小狼狗，搖著尾巴乖乖的窩在自己的狗窩。

「看你們穿著都好ＳＭ，我也應該去換一下女王裝。」凰說著。

「不用這麼麻煩吧。」

「喔不一樣喔，你看光著身體做菜的貞操奴隸是廚師，穿著女僕裝的愛麗絲是服務生。連你都穿著有ＳＭ味道的浴衣，而我穿著牛仔褲？雖然穿著牛仔褲的女王還是女王，但我覺得應該穿上正式的服裝，好搭配一切美好的人事物。對吧，小狼狗。」原本窩在角落的牠，衝出狗窩，伸長身體，用力的吠叫回答女王的問題。

她盤起頭髮，穿著黑色露肩皮衣，下半身圍著層層黑色絲綢，美腿在裙襬中若隱若現的走出房門。屋內的人與犬都停下動作，專注的看著她，如同女王駕到便要停下任何動作迎接般，連呼吸都無比小心。奴隸大衛與小狼狗的表情一半興奮崇拜，一半是隨著胯下苦痛而痛苦。她走到我身邊，貼著我。「你裡面有穿嗎？」我咬她的耳朵問，她輕聲說：「你覺得呢？」

「我可以把手伸進去摸嗎？」手才撥開最外層的黑紗，便遭到拍打。「沒禮貌。」我托著她的腰：「好小氣喔。」她的腳盤繞我的大腿。「觸碰女王的玉體是要付出代價的。」如跳舞般滑步離開，她站到椅子旁，我連忙裝紳士拉開椅子。兩個人在桌子的兩端坐定後，奴隸大衛跟愛麗絲開始招呼著我們用餐。

隨著前菜、濃湯、主餐一一享用後，凰招了小狼狗：「來，帶奴隸大衛去浴室盥洗。」牠爬到凰腳邊，凰丟下鑰匙，牠咬起，爬到奴隸大衛附近，原本站著的奴隸大衛雙膝跪下，壓低自己的身體，好讓咬著鑰匙的小狼狗，能用嘴把鑰匙插入他臀部上方的鎖頭內，並轉動開鎖。第一次看到這樣的動作，還以為凰要奴隸大衛扮狗，和小狼狗合演兩狗相幹交配的情節。小狼狗帶著奴隸大衛爬到了陽台後，小狼狗才被允許站起來，暫時以阿郎、人的身分，卸了鎖頭與貞操帶，沖洗著奴隸大衛長時間戴著貞操帶的下體。對於阿郎來說這算是一項羞辱，因為要他去服侍另個男人，幫他沖洗下體，還要刮除對方體毛。這是凰故意的安排，她覺得阿郎在外面是警衛，男人的尊嚴姿態擺得高，來女王這卻是最低等的、非人的狗奴。幫女王處理另個奴隸的身體，便算不了什麼。在女王的宮殿裡，阿郎是狗，奴隸大衛是奴，狗的狗鏈有時是牽在奴隸大衛手上，他們的位階關係時高時低。女王的奴隸須由女王的另個奴隸清洗下體，盥洗後的奴隸大衛，定住身體姿勢後，便成了餐桌邊的人型燭台，一根米白色香草氣味的蠟燭插在肛門口。他賣力的維持著同樣的姿勢，享受著蠟燭在肉體上的溫度，額頭冒汗，咬緊牙根，享受與磨練。

餐後酒飲盡後，蠟燭熄滅，燭台大衛的功能到此結束。愛麗絲解開它的束縛，讓它從燭台大衛回復成奴隸大衛。阿郎清洗奴隸大衛身上的蠟脂後，恭敬的帶著他跪在凰的面前。「恭請女王親手……」他停頓了會，凰立即「咦？」的一聲，他嚇得抖著身體，吞了口水繼續說：「恭請女王親手賜予奴隸大衛貞操帶束縛。」愛麗絲將清洗乾淨的貞操帶放在奴隸大衛高舉的雙手掌上。「讓奴隸大衛爲保持貞節努力。」他雙手奉給女王。凰來到奴隸大衛的身邊，迅速且俐落的拾起其陰莖套進貞操帶中，陰莖在女王的手掌中勃起，在貞操帶中受到了痛楚。

「這麼敏感？才輕輕碰就勃起了？」凰冷淡的說著。奴隸大衛在臀部上方的鎖頭銬上後，他連忙將額頭貼在女王腳邊的地板上。

「奴隸大衛要先行告退了。希望女王與阿忠先生，有個美好的夜晚。」之前他跟凰報備過晚上有課要上，於是凰准了他親吻女王腳趾頭，先行離去。

餐後，我的浴衣被凰剝去，光著身體、僅穿著褌坐在客廳沙發上。凰窩在我懷裡看電視，用她的身體摩擦我的身體。擦了指甲油的指甲，以指腹有意無意的從我嘴唇開始滑溜過每一吋身體，讓我不能專心安穩。「去泡茶好不好。」凰的好不好，其實就是要我去做。起身的時候，凰拍了我屁股，我邊走邊調整布襠裡的生殖器。「你的動作好古怪喔。」「這種丁字褲勃起的時候很難過耶。」我煮起開水，等著水滾。

小狼狗由女僕愛麗絲牽著，帶到陽台準備洗澡。我趁著水開空檔，繞過沙發，看著屋外他們倆的舉動。小狼狗頭低著，任愛麗絲在牠身上塗抹肥皂，當牠亂動，愛麗絲的手掌便毫不留情的往屁股打下去，甚至拉扯整具cb2000，胯下的透明陽具殼子裏，漲滿了牠的極限，牠應該痛與快樂著吧。擦身體的菜瓜布粗的那面是處罰，軟的那面是及格。今天依舊是用粗的那面，凰沒交代是軟面就表示用粗的。凰常告誡小狼狗，當狗奴要及格，本來就沒這麼容易。

「你爲什麼一直叫愛麗絲幫個男人洗澡？」我隨口問。

「如果她眞的把牠當狗，那她不過是幫她的主人洗一條狗罷了。她必須學習如何徹底的把男奴物化、畜化。像我就從來沒有把阿郎當成男人過，因爲我知道牠即使穿得再怎麼符合這個社會認可的男性形象，我就是知道牠衣服底下剃了毛，戴著我賜予牠的cb2000，牠終究是條學著人類兩隻腳站著的小狼狗罷了。」

「哇。還眞是精闢的見解呢。」

愛麗絲清洗小狼狗陰部的時候，問凰是否要拆下貞操器刷洗。「有異味嗎？我記得牠上禮拜才拆下來洩慾過。那時候有叫牠自己清理。」我看見小狼狗躺著，四肢朝上，眼神殷殷期盼女王能夠同意拆解貞操器。「不用拆。」牠眼角下吊，失落得很。

愛麗絲摸摸牠的胸腹。「女王不答應囉。」說完，恰巧望向落地窗邊僅著條褌的我，她的眼神像是在複習凰教她的：視男體爲物、爲畜。我被看得有些尷尬。藉著水開，我離開了那。

任憑水壺拚命亂叫，我只是雙手撐在料理台，背對著凰。「阿忠，水開了！你怎麼了？」關了瓦斯爐。她偎向我身邊，環抱我的腰。「不高興啊？」

「你知道嘛這間屋子裡的男人，地位眞是卑微，低等。衣服的多寡就代表在這間屋內的地位。奴隸都是一絲不掛，甚至連愛麗絲身上的衣服都比我多。剛剛愛麗絲看我的眼神，就跟看物品般沒什麼差別。」凰在我抱怨的時候，從後面貼著我，用著她的指甲刮撫我的胸膛，直到襠部。

「你想太多了。阿忠你又不是什麼奴隸。」她臉貼著我的臉，眼睛直視眼睛，手一把抓起褲襠，咬起我的耳朵。「你是女王的男妾。」

「爲什麼是男妾？」她手指溜過我的下巴，貼著我回答：「因爲妻不如妾。」

我的雙手來到她的雙臂，嘴角斜斜的說：「妾不如偷？」

「阿忠，現在的你是最最最性感的。光是看到你的身體，就可以讓我慾火焚身。」她的指甲在我的裸臂上跳舞、旋轉。

「進房間做？」我說。

她拉開褌，掏出了我硬梆梆的陰莖：「你看丁字褲好方便，連褲子都不用脫。」

「穿其他的褲子也可以不用脫啊。」她握著往後退，我被迫往前走，她的臉上開始出現了各種頑皮表情，我追、她跑，嬉戲一樣奔進了房間。

一場激烈的性愛後，我倒頭大睡。夢見我來到那扇巨大鐵門前，身體與門後的慾望共鳴著，厚重的門，竟很容易地就被推開了。門後一個僅穿著白色Brief的男人，滿是鬍渣的臉龐對我微笑，開口叫了我的名字──「軍犬」。驚醒，來不及互動、來不及赤裸、來不及戴上項圈。凰安穩的睡在我懷裡，我望著天花板，一閉上眼，仍只見到那座鐵門。

無眠直到清晨，凰還睡著，我起床慢跑。打著赤膊，穿著短褲，賣力流汗。額頭上的碩大汗珠，順著臉龐滑落進我的眼眶，慢跑鞋絆著石子，我跌倒了。兩隻手臂撐起身體，兩膝和大腿貼著地面，汗水很鹹，嚐一口便想起赤裸犬體汗水淋漓的在院子裡。當風吹進短褲褲管裡頭，悶熱的股間忽然涼爽了起來。吹一次便想起在院子奔跑後，風吹上狗屁股，狗尾巴還跟著搖擺。坐在人行道旁的紅磚上，望著路過車輛，想起昨天阿郎開車經過看見的熟悉景物，我決定要回去，回到那個魂牽夢縈的地方。跑回凰的公寓，沖洗了身體，吻她時交代買的早餐放在桌上，便開了車去從前放假最常去的地方。

站在鐵門前凝望了好久，我知道即使按電鈴也不會聽見他的聲音。在門後那個他創造的世界裡，我並不存在。離開鐵門幾公尺處，看周遭並無旁人，我決定做一件事情。「ｄｔ原諒我。狗急是會跳牆的。」如跑五百障礙的跨越牆般，先助跑而後踩、蹬、雙手扣住牆的上沿，讓身體像鐘擺般晃動，先勾住一隻腳，再帶動全身上引。站在圍牆上俯瞰ｄｔ家的院子，視野不同，看見的景物也不同，像是看見不同的院子，陌生裡帶著熟悉。以前圍牆在視線中永遠都是高不可攀，四隻腳的軍犬跳不出去，也不想跳出去。攀過牆，我跳踩在草皮上，觀看著四周。並沒有如想像般雜草叢生，青草還有被修剪過的痕跡。捏了把土，嗅了泥土的味道。

在這院子裡，你就是條狗。ｄｔ曾經說過的話彷彿在耳邊。在這院子裡，我是軍犬。風吹過臉龐的時候，我知道眼前景物依舊，只是人事已非，ｄｔ不在這院子裡，我也不再是軍犬。沒有ｄｔ，我成不了軍犬；沒有主人的狗，不再是狗；他訂立的規定沒有了他，也就不再是規定了。我經過了沙坑，軍犬的廁所。鞋子踢踢沙，看著旁邊緊閉的落地窗，彷彿看見只穿著條內褲的ｄｔ，在清晨看著愛犬大小便。我貼著落地窗玻璃望進屋內，裡頭的擺設如同我離開的那天，像是可以看見那日自己坐在餐桌面無表情吃著ｄｔ爲我做的早餐，知道將要發生的事情。我心一橫，當作裡頭有人在，用力敲打玻璃。「開門。開門！」像是聽見他離開時關上厚重鐵門，砰的聲響盤旋不去。我知道我快無法承受這一切，我知道我必須趕緊離開這裡。

回到凰的公寓，桌上的早餐還在，望進臥室，她還睡得很沉，沒起來吃。靜靜的走到床邊，才剛躺下，她的身體便靠了過來。她的手撫摸著我的上半身，把Ｔ恤從我身上挪開。她在我耳邊呢喃：「剛睡醒的我不想碰粗糙的牛仔褲布料，會刮傷我細緻的皮膚。」我褪去了褲子，讓赤裸的凰貼緊赤裸的我。「你去了哪裡？」她睡眼惺忪的問。「去ｄｔ家，我偷偷爬牆進去。」像是聽到有趣話題，她睜大眼睛。「果然是紅杏出牆。身爲女王的男人竟然偷去別的主人家。」她翻到我的上面，雙腳夾緊我身體，姿勢如騎馬般。「女王命令你現在就勃起。我要弄斷你。」我知道她生氣，便試著用親吻贖罪，吸吮她美麗的乳房。嘴唇與舌頭是唯一能按摩女王玉體、紓解怒氣的寶貝。她要彰顯女王權威，要有所有的掌控權。我幾乎要被在上面激烈的她搖斷。

高潮過後，她枕在我手臂上喘息：「充滿ＳＭ的連續假期，眞是令人心曠神怡。」躺在身邊的我慶幸著陰莖度過了危機。「你還安排了ＳＭ活動？」我問。「是啊。」她從床上爬起，裸身走到浴室。「一塊洗嗎？」我翻身問。「不要。如果你想當服侍女王入浴的男奴的話，就准你進來。」「還在生氣啊？」我揉著連射兩次軟趴趴的陰莖。雖然不想當男奴，但這時候還不進去安慰一下，待會恐怕要連射第三回、第四回。我坐在浴缸旁邊，爲她澆水。「別生氣咩。」

她托著我的陰囊，把玩起低垂的陰莖。「別玩了。我硬不起來了。」

「小雞雞很好玩啊。」

「再玩，等一下就變成大雞雞了。」

「你不是說你硬不起來了？騙人，身爲男妾還不認份。」我沖了身體，跳進浴缸。「是。女王。」她躺在我胸膛上，我雙手在她身上遊走按摩，她舒服地發出呢喃呻吟，後來幾乎睡著了。挪開她的身體，我爬出浴缸，拿了件置物架上的浴巾擦拭；酥迷的她在浴缸裡越躺越往下滑，直到鼻子進水嗆著。她猛咳幾聲，狂喊著我的名字，我連忙抓住她的手。「小心啊。」

「你什麼時候離開浴缸的……」

「你睡著了，沒感覺我離開。」

「不要離開我……不要無聲無息的離開我。不要用ｄｔ對你的方式對我。」在浴缸中，她張開雙臂擁抱如汪洋浮木的我。秀髮上的水滴墜落，一滴、一滴，聲音是誰的心虛。我將她抱緊在懷裡，讓渾身溼透的她沾溼乾了的我，因爲我，她才會在心裡產生陰影吧，企圖安撫她心裡那塊不安的角落，身體的溫暖、心臟的跳動，鼻息間的呼吸，我能給的安撫卻是如此的微弱。

我拿浴巾包覆起她，抱著她到床上，專心奮力地擦乾她的身體。

「你不要在床上又睡著了。」「很舒服咩。多睡一下，又有什麼關係。」才一離開，便被她抓住了手。「你要去哪裡？」親啄她的嘴：「好啦。你再睡一會。我去弄午餐。我餓了。等會叫你。」她嗯了幾聲。飯菜弄好，在廚房喊她起床，她慵懶地說：「我想在床上吃。」我擠了眉，斜著頭、裝著飯菜問：「女王都這麼任性嗎？」

「你在說什麼？」她趴在床上探出頭。「沒有。我是說你聽力眞好。」語畢，我忍不住大笑，端著飯菜上了床。「好性感的男傭喔。」我對她做了個鬼臉。遞盤子給她，她卻沒有接過去的意思。「餵我。」

「你好懶喔。」

「我是女王耶。」

「你係懶尸嬤（客語：你是懶女吧）。」捏捏她的鼻尖，她便偷襲我的下體。「啊……啊！放手啦。飯菜會倒在床上啦。」我努力維持雙手的平衡。

「說！爲我服務是你的榮幸。」

「是！是！是！爲你服務是我的榮幸。可以放手了吧。」和她並肩坐在床沿，看著落地窗外的景色，我一口，她一口，一盤子的飯菜，很快就光了。再去裝飯菜時，她又出了餿主意作勢扯掉我的褲子。「不要啦。裝個飯菜還要脫褲子去。很無聊耶。」「快點啦～性感的男傭。」我敲了她的頭，把盤子遞給她，在床邊，脫了短褲遞給她。「這樣你滿意了嗎？」

「滿意，滿意。你難道不知道『食色性也』這句話的意思。」

「這句話不是用在這邊吧。」光屁股去，光屁股回。這是我一頓名符其實的裸體午餐。吃飽後，她窩在沙發上不斷切換電視頻道，我則連上ＳＭ網站處理站務問題。拿出小季那棟飯店式公寓管理經理的名片，用手機傳了通簡訊給他，訊息裡頭寫了我是誰，跟他要私人Mail。他很快的便回傳簡訊。我倚在凰公寓陽台上，看著簡訊微笑，然後坐到電腦桌前，寫信交代自己的規則、詢問一些調教喜歡的項目跟玩的底線與特殊禁忌。

「阿忠，你知道嘛，從坐著的裸男背後看過去，屁股跟椅子相連那段很性感。」我敲著電腦鍵盤的手停頓。「你要不要看Ａ片？不要老對著我的身體做文章。」「眞小氣。」她溜到我身邊。「你今天沒有要出門嗎？」凰問。我邊敲邊說：「會啊，我今天跟阿司他們有約。剛跟那位找我調教他的軍奴要了Mail，正在寫信給他。」

「我今晚也有聚會。女王殿想要自己弄個網站或者部落格，所以大家約來家裡討論、聊天兼玩耍。」「你說的女王殿，我們網站上的另個大分類？」女王殿跟訓犬區都是ｄｔ、小季他們ＳＭ網站上的大分類，區域裡有更細的分類討論區。

「是啊。就我跟其他的女王想弄。」

「幹嘛這麼麻煩？再開個討論區給你們就好啦。」

「你管這麼多。而且你現在是系統管理員，我們很多小祕密都會被你看到。」

「我才不會去看你們的小祕密勒。網站這麼大，我也看不到這麼細的。」

「我希望上這個網站的男奴都要有視訊，而且得在連進網站前就脫光恭敬的跪在視訊裡。沒有這樣做的就進不去。瀏覽中途離開位置，就會自動斷線。」

「這功能太神奇了吧。」

「哈哈哈，我也很佩服我自己啊。反正是個跟姊妹們聚會吃喝玩樂的藉口，你不用太當真。你今晚不要回來喔。晚上這間屋子是女權至上，男人只有當奴隸的份。」

「參加的都是女王？」

「是啊，不是女王就是男奴。對了，你要不要來幫忙？」

「不要。我才不要自找麻煩。」扣除工作跟陪女友就沒什麼時間管理ＳＭ網站，連調教時間都難擠了，還幫忙做網站，哪裡生出時間。

「你好無情喔。以前小季都會幫忙。」

「真的嗎？我怎麼都沒聽他說過。」小季雖然還是會從泰國連上網站，但飯店的事情已經夠他忙的，ＳＭ網站現在都是我在處理會員問題。

「啊你太菜了。」

「哇喔，你用『菜』來形容我。」她在我大腿上坐下，讀起了我寫給軍奴的信件。「軍奴是這樣玩的？」「我也不知道囉。反正就把他當成以前部隊裡的小兵操練。通個幾次信，大概能抓住他喜歡的項目。」

「我突然想起之前去懇親的事情。」她摸著我的頭髮。

「很辣的連長夫人？」語畢，凰笑倒在我的懷裡。

退伍前兩年，服役的單位舉辦懇親。凰在工作閒暇時，抽空來看我。懇親是讓服役弟兄的親友有機會進入營區探視他們的生活環境，看到她的身影出現在弟兄的親友間，讓我有些訝異。她親暱的叫著「阿忠」，親近我的身旁，手牽起穿著迷彩服的手。附近的弟兄看見一名女子牽起他們平常嚴肅、不苟言笑的連長，紛紛流露出驚訝表情。平日在弟兄面前板著臉、在凰面前卻平和柔順的我，看到她是高興又有點責怪：怎麼可不通知一聲就到，懇親不是給志願役的親友探視的。我貼在她耳邊問她怎麼會跑來。她說今天約的奴臨時說不來，沒事就決定過來，門口押了證件就進來了，我搖頭說衛兵竟然沒盤查清楚是誰的家屬就放行。凰故意穿得很辣，酥胸微露，黑色皮裙披件薄紗披肩，當那些阿兵哥跑來對我說「連長你馬子很正」時，凰回他們：「什麼馬子，我是女王。」我幾乎像是被她給強迫出櫃。他們恍然大悟的以爲平常嚴格的體能訓練，是因爲連長喜歡ＳＭ。凰的魅力是比我還大，平日見我如鼠見貓的弟兄，全都圍繞在我跟凰身邊。我只是帶著勉強微笑的臉，看著這些流著口水的豬哥們，對凰提出許多問題，他們甚至玩起了女連長帶部隊遊戲，看得我是頻頻搖頭。被女性連長操練會比較開心嗎？他們開心得玩到連營輔導長都跑來問我凰是誰，讓我非常不好意思的回答。營輔導長開玩笑的跟凰說，以後可以常來找我，這樣可以振奮連隊士氣。

「眞懷念那段去營區找你的日子。」她貼著我說。我看看她，搖搖頭：「你是把他們當成你的奴隸軍隊來看吧。」只見凰眉開眼笑：「生活中的樂趣要自己尋找啊。他們看到我也很開心啊。」凰搶了我手上的滑鼠，點開電腦裡的相簿。一張張她跟我、跟弟兄的合照在螢幕上秀了出來。看著以前服役時的衆弟兄，腦裡突然想著或許凰也有她的姊妹群。隨口問：「你今天的聚會有幾個女王啊？」

「七個左右。」

「這麼多啊。女王不是很少嗎？」

「你以爲女王殿這個大分類是沒人啊。這次還算少的呢。」

「不好意思。」我尷尬的用笑聲掩飾。

「男奴呢？不會比女王還少吧？」

「我算一下。」凰伸出手指頭數數，口裡唸著女王來賓的名字，想著所屬奴隸。「差不多有十個吧。」我訝異的看著她。「這樣算來，幾乎是人手一奴耶。」

「是啊，男M太多了啊。你想想我就有兩個固定的男奴，更別提那些不固定的。」

「我好像沒有問過你到底有多少個不固定的？」

話一說完，凰便大笑著走遠。「這是把柄嗎？」我問。她立刻轉過身：「我沒有把柄。」

「好好好，你本來就沒有把柄。」

她挑眉：「阿忠，你在講雙關語嗎？」女王的住處還眞是到處充滿玄機，她手上不知道從哪變出了馬鞭，作勢要揮。長條馬鞭的前端抵著我的下巴。我高舉雙手：「我投降。」道歉似乎不夠，還好一通電話剛巧打來，轉移她的注意力。聽她說話語氣，不是阿郎就是奴隸大衛。

「阿郎嗎？」在她結束電話，我開了口。

「嗯，他因爲今天不能來，打來賠罪的。」阿郎昨晚已經告訴凰，晚上的班調不過來，無法在聚會上伺候女王，讓女王增添容光。

「奴隸大衛會到吧？」

「會啊，他不到，那我今天面子就丟大了。女王沒奴還是女王嗎？」她靠在我肩膀上笑著。

「你不是還有愛麗絲？她也沒空來啊？」

「她晚上是實習女王啊。這是姊妹的聚會，只有男人是奴隸，沒有女奴存在的必要。奴隸大衛今晚依然是大廚，他先去採買晚餐的食材，然後準備女王的盛宴。男奴要獲得出席聚會的資格是需要付出體力的。」

「眞是一番大道理啊。」我的恭維讓她開心的揮著馬鞭離開，心裡不禁竊笑：眞是容易滿足的女王。開了個新檔案，寫起自己準備要如何調教軍奴，邊寫邊回憶著過往的軍旅生活，那些難熬的體能訓練、不合理的命令與磨練，沒想到卻能在軍營外，成爲軍主奴喜愛的調教項目。

「你的第一個奴上線了。你要來跟他聊天嗎？」視窗的下方閃爍著訊息。

「不要。等他自己想跟我說話再說。我才不要主動找他，他明明想被虐，卻只是在線上出現，想看看我會不會理他。等會他的帳號就會登進登出，企圖引起我的注意。」凰的話一說完，便看見他下線然後上線，重複了好幾次。

「眞的耶。」

「我當然不會稱他的心。想被虐就自己來找我，跪在我面前，對我說『女王虐我』。我又不缺奴，想找我虐的奴多的是，不缺他一個。」

凰大四的時候，開始在保險公司當業務，她的經理對她們那群新鮮人還滿照顧的。她在他身上學習到很多，但一次女王殿的聚會改變了他們之間的關係。那時的凰還是個新手女王，第一次參加女王殿聚會，一群男奴赤裸的跪在飯店房間門口，額頭貼在地板上，恭迎各個女王的駕到。男奴不能直視女王面容，但凰卻一眼認出跪在面前的男奴正是自己的經理。即便聚會中男奴們始終呈跪姿、低著頭，但她的經理還是認出了她。聚會後的上班，經理與她便產生了距離。和她同時進來的同事紛紛說她得罪了經理，經理才會開始冷淡她。但凰始終知道不是這麼一回事。一次出外訪談客戶，只剩下她跟他。她一手拍在他的西裝褲屁股上。凰說這對她而言是很重要的一拍。那一拍，經理嚇著的嘴微張著說：「女王。」

下班時間，整間公司無人，只有凰跟經理在他的辦公室。凰要他把西裝褲連同內褲褪去，彎腰、雙手撐在玻璃上。高樓的辦公室裡，她揮著他西裝褲皮帶當作皮鞭，狠狠地抽在他屁股上，直到臀肉紅通。她要他跪下道歉。之後他們變成很要好的一對主奴，事業上合作無間，皮繩愉虐上彼此享受。

「爬得越高的男人，尤其是男奴，在墜落的時候越高潮。他奉父母之命回南部結婚後，一年跟我約玩個一、兩次，每次都很刺激。他現在是高高在上的董事還總經理的，卻喜歡跪在我腳下。但因爲他已經習慣高高在上，對於拋棄尊嚴這件曾經習以爲常的事，卻是欲拒還迎，明明內心極度渴望被剝奪面子，卻一再的猶豫。最後是內在慾望戰勝了，跪在我面前，眞的讓他很爽。所以，一個不敢在女王面前說出自己慾望的奴隸，不值得調教。」

「你沒教他，如果想被虐，要大膽說出來嗎？」

「有經驗的奴還需要我教嗎？我還是新手女王的時候，他已經開始當奴隸了。」

「會不會是因爲他是你第一個調教的奴隸，那時候你經驗比較少，所以比較失敗？」

「鬼扯。哪有這種事情。就算是斷斷續續調教的奴隸，也是要跟著女王一塊成長啊，我都從新手變成經驗豐富的女王了，哪有當奴隸的還越當越倒退的。」凰揮動著馬鞭。「下次他要是找我調教，一定非先把他屁股打爛不可。要他好幾天都無法坐在椅子上，這樣的痛才會讓他記得想被虐要自己主動找女王。」

「我想他跟以前沒什麼兩樣。因爲你都是主動出擊的，所以造成他跟你的關係，一直都是他被動，你必須主動。」

「哪有這樣的。難道ｄｔ當初怎麼對你的，你也就這樣不斷的原地踏步，甚至重蹈覆轍？」

凰一說完睜大雙眼，摀住自己的嘴，像是說中了彼此心底的陰影；dt就像是我們之間隱性的第三者，提起他，只會造成彼此的不愉快。離開了電腦，推開了椅子，往房間裡走去。馬鞭從她手中滑落，她從後方抱住我，雙手從我的胸膛撫到腰間，圍成一個小圈圈。「你生氣啦？」

「沒有。」我搖搖頭。「時間差不多，我該準備一下，出門去。」

穿了套休閒服準備出門。赤裸的凰坐在沙發上，交叉翹著腳看著我。「眞的沒事了？」她拉我的手，我牽著她的手搖擺。「沒事。我們其實都知道什麼話題是碰不得的。」她點點頭，拉拉我的黑色運動褲頭。「等等，你忘了什麼？」我疑惑的望著凰溜進房間，拎件紙尿褲出來：「你現在去參加他們聚會不穿尿褲了嗎？」她兩根指頭提著，在我面前搖晃，露出女王般既可惡又甜美的笑容。

我搖頭，好氣又好笑：「不了。他不在了，我爲什麼要穿著來假裝他在。我不想再自欺欺人。」

「啊……是喔。那我就沒機會幫你穿了。」

「這麼想幫我穿啊？改天我們一塊穿著，開車出去兜風。你覺得怎樣？」

「你從哪看來的玩意。想太多，你穿就可以了，我才不要穿呢。」她嘟嘴說話的表情，讓我捧腹大笑。

「你笑什麼？」

「沒有。」

她捏著我腰間的肉。「還說沒笑。那你那些沒用完的尿褲還要嗎？」

「我想以後用不著了吧。你要就拿去吧！」

「好耶！正好可以當今晚男奴們的制服，我要去多燒些開水，打賞男奴就喝一杯。尿尿就尿在尿褲裡。哇！我現在可以理解阿清那套『主奴不應該用同套廁所』的原因了。想到就覺得好興奮。」

「好啦。我該出門了，免得遲到了。祝你們女王殿聚會愉快囉。我要去參加訓犬區的聚會。」其實只是跟阿司、阿清他們，但面對女王殿，訓犬區輸人不輸陣。穿好球鞋、開了門，又被她叫住，她欲言又止，像想說什麼，卻說不出口。望著她，等著她開口。

「我希望ｄｔ不要回來了。」

看著她如此堅定的說，我充滿好多複雜的情緒。「爲什麼？」

「你知道，撿到別人家的狗，最後都是要還人的。有些讓原主人直接帶回去；好心一點的原主人，就讓寵物決定牠要跟誰走。你、我、ｄｔ現在就像這樣的關係……ｄｔ再出現，我一點也不敢想像會是什麼情況。他會不顧一切的把你要回去，還是讓你自己做決定？」

「我不能你們兩個都要嗎？」
「愛情與ＳＭ不是什麼人都可以同時擁有的。」
「我不能嗎？」
「你眞貪心。」
她雙手捧著我的臉頰：「你是你，已經不是ｄｔ的狗，你一定要有這種認知。在成爲主人的路上，我覺得你缺乏強而有力的決心與力量。我會是你的力量，而決心要靠你自己了。」在和她擁抱時，我知道我已經不再期待。因爲現在的我已經不再像從前、抱著一定會再見到ｄｔ的念頭，在我心底或許已經開始相信：ｄｔ不會再回來了。

步出捷運站，走上右手邊的斜坡道，地勢緩緩高升，溫泉旅館的霓虹招牌高掛，大門近在咫尺，阿司、阿清他們三人不知道正爲什麼話題暢快聊著。高興的向他們揮手，他們注意到了，興奮的叫著我。流氓模樣的年輕人三七步的站在路旁圍牆邊。他一頭金髮，用著挑釁般的眼神，穿著台客的襯衫、短褲，口叼著菸，與我相望。我停下腳步，正視回去。他縮了頭，閃到一邊吞吐。走向阿司他們，阿清招著手，叫聲「阿金」，我回頭瞧是誰，剛剛的年輕人應了聲，我才知道原來他跟我們是同夥的。

「叫阿忠先生。」阿清命令著。

「阿忠先生。」才說幾個字，已顯出濃厚的草根性。

阿清似乎不怎麼滿意他的態度與站姿，敲了他腦袋，唸他：「你要我跟你說幾次？沒有外人在的時候，把你那副屌兒啷噹的樣子收起來，自己是什麼身分，不要一直我提醒。」阿金的眼睛裡看得見他的反抗。「別看他一副凶狠模樣，等會還不是條狗罷了。」聽到阿清這麼說，我才恍然大悟，原來他是阿清的狗奴。阿司在櫃台登記資料，拿了鑰匙後，我們便按著旅館標示進了房間。

一進房，最後面的阿福都還沒關門，阿清便斥責起阿金：「你還不脫衣服，還要我提醒啊？明明就不愛穿衣服，還發什麼呆，裝什麼矜持。」阿金也不過剛進來，便急忙的脫了短褲，露出了四角麻將花紋內褲。兩條腿毛茸茸的，更別提脫下內褲後，恥毛跋扈叢生，佈滿了整個陰部。衣褲散落滿地，他雙膝一跪、四腳著地就變成了狗，一條沒有尾巴的狗。

阿司彎著腰，猶如撫摸狗般和藹，他伸手向阿清要狗尾巴。「你沒幫牠準備？」阿司拍拍阿金的屁股，一副獸醫口吻模樣問著。

「別提了，這傢伙，屁股碰不得。」阿清說著，像發洩情緒般用力打在狗屁股上。五根手指痕跡紅遍狗屁股。他掰開臀肉，接著掌擊肛門口、會陰處，像是發洩不能侵入的沮喪。

「真不像阿清啊，居然有爲狗讓步的一天。」專業獸醫阿司開始檢查起阿金的狗體。

「牠那張臉，就讓人想狠狠的教訓牠，要牠舔我的腳趾頭，被我踩在腳下。」語畢，一屁股坐在床上，將腳伸過去，要化成狗的阿金伸長舌頭舔，吸吮腳拇趾，用舌頭在趾縫間摩搓。

他把手掌壓在牠的金色頭髮上，搔弄著。「牠的狗名叫金剛。」

「妳好啊。金剛。」我蹲下，伸出手，牠像狗狗般將握緊的拳頭放在我手掌上。阿清搔亂我的頭髮，說著：「你呢？不趕快脫衣服，來個軍犬與金剛兩犬對吠。」「沒有dt，就沒有軍犬。」我這麼說。「齁。阿忠，你現在很皮哦。要是dt在，你他媽的也不過是條狗。」阿清接著小聲碎唸：「dt爲什麼還不回來……」

「不要提到我媽媽。有本事，你把dt找來啊。進房間，只要主人在，我一定脫得比誰都快。把dt找來吧。」

「我現在不想看到阿忠光屁股的狗樣。」阿司突然冒出了這句。「他現在跟dt太像了，我才不想看到dt變成人型犬的模樣。」

「像dt的人型犬嗎？」阿清抓抓胯下：「㑩，這句話竟然讓我勃起了。」他弄了弄褲檔裡陰莖位置。「你也是一個想要把另個S調教成奴的S啊。」阿司不屑的說：「我們的朋友，

dt，一個活生生血淋淋的例子就擺在眼前，你還想成爲這樣的主人？」他嚴肅得令阿清立刻轉移話題。「那你家阿福呢？」阿清用眼神指了指一旁穿著整齊的阿福。阿司勾住阿福肩膀：「他要服侍我們，可能當不了狗。不好意思囉。」阿福微笑對主人說沒關係，他很高興有機會服務大家。

「不當狗，就當奴囉？那還不趕快脫衣服。」阿清一說完，我便往他頭上敲了一記。

「打狗先看一下主人嘛。」「你欠揍喔。」他拍了我下屁股又拉開我的褲頭，露出不可思議的表情：「⿰身句。現在連尿布都沒穿了。」

「別忘了dt可是要他想清楚要往哪邊發展。」阿司指揮著已經脫光的阿福，把買來的東西放一邊。「不要再拿dt來壓我了！不能欺負阿忠，眞無趣。」阿清忿忿然。阿福先去房外的露天溫泉池放水，爬回室內，開了電視，跪在地上，恭敬的開了啤酒遞給我們。看著阿清坐在床邊，撫摸著坐在地上的金剛，我忍不住問：「你的狼犬呢？」阿清之前的狗。

「早跑了。不忠心的狗。」

「你們不是好久了？」我疑惑著。

「可憐的阿清，被狗甩了。」阿司搖頭嘆息。

「你注意用詞。誰甩誰啊。」阿清說完，我們哄堂大笑。他甩金剛一巴掌。「狗是這樣笑嗎？

是嗎？」阿司替金剛說好話，又揉著牠發紅的臉頰：「牠才剛開始當狗，不要這麼嚴格啦。」

一旁阿福正爲我們準備著酒與小菜，雙腿間一條狗尾巴搖晃，像眞的是他身體的一部份。我們三人動筷的同時，阿福恰如狗份的坐在阿司腳邊搖晃尾巴。又爬去落地窗外的溫泉池，用手試探水溫。「主人，水差不多了。請主人跟阿清先生、阿忠先生準備泡湯。」

「先去泡。一會再想怎麼處罰吧。」阿司拉著阿清起身。我跟阿司脫得精光了，阿清才剛脫了上半身。他解開外褲，剩條內褲時說：「我先說不准笑喔。我現在沒有半點體毛。」阿司吹著口哨：「阿清，你當狗啦？被主人剃光體毛。」

「剃都剃了，還在意？可見你還沒拋棄你的羞恥心。」我接話，立刻被他敲了腦袋，阿清緩緩脫掉內褲：「原本是要剃男朋友的。結果我們互相剃了。原本不想來的。」看見阿清光溜的下體，我忍住不笑，伸出五根手頭想玩弄，被他打了手背。

「爲了愛而剃，沒想到阿清你也會有這麼一天啊。」阿司沖完水，洗淨身體，緩緩浸入水中。

「你少糗我了。」阿清在自己乾淨光溜的身體上抹起沐浴乳。

「你會因爲有毛而覺得是主人，無毛而覺得是奴隸嗎？」水池中的我轉過頭問。

「是不會。但被剃的時候感覺很奇妙，以前拿著剃刀的人是我，有種角色被搶的感覺。不過還好，他是跪在我雙腿前幫我剃的。毛越少，我越覺得老二好大。」我在心裡嘀咕著：哪有大多少，還是比我小啊。「交男朋友的感覺很奇怪。想控制他，想在他之上。可是他卻擁有與你平起平坐的權利，甚至折磨你心靈的能力。」

溫泉底下暖呼的身體，讓人忍不住站離水面，好讓夜風吹在胸膛上，讓冷與熱交際。服侍在旁的阿福不時的爲我們遞上冰涼暢快的啤酒，雖然知道泡湯會增快血液循環，這時候再喝酒，似乎有些不恰當，但我們還是貪圖這點口腹之慾。

在我們享受舒暢時，阿司提了件讓我訝異不已的事情。「你今天早上溜進ｄｔ家，對吧。」

「你去了ｄｔ家？」阿清看著我們。

「你怎麼知道？」像是做壞事被抓到般的驚慌。

「我收到ｄｔ家的鑰匙……ｄｔ寄給了我，要我幫他處理一些房子的事情。我昨天跟阿福兩個人在那邊打掃房子，一時沒注意到時間，弄得太晚，便在那兒過夜。我早上起床下樓還以爲有小偷，沒想到看見你翻牆進來。」

「翻牆耶。根本就是狗急跳牆吧。」阿清一旁嘖嘖唸著。

我無心理會他說了什麼。「ｄｔ爲什麼要把鑰匙寄給你？」

「我不曉得，也許ｄｔ有想把房子賣了的意思。」阿司緩緩的吐出這句話。「他要把房子賣了？」阿清看著阿司。

「為什麼？」我一臉訝異、哭喪著。他將鑰匙寄回來是抱著什麼心態、什麼心情。他的房子、院子有我們的回憶，他已不想要再保存了嗎？把鑰匙寄回來給阿司，是不是一併也把回憶寄回給我們！

「最好是沒這意思。房子賣了，他不會回來的意思就更明顯了。」阿司嘆息著說：「寄件人是在美國，但包裹應該是轉手了好幾次。很明顯的不想讓我們知道他在哪。」

「美國啊……」阿清若有所思的說了幾個寄件者人名，只見阿司搖頭。「所以你沒繼續追查下去？」

「沒有。目前還沒有動作，但要查，絕對可以查得到，只是需要些時間。」

「你會追查下去吧？」我顫抖的嘴唇問著。他點頭：「不用你說，我也會這麼做。」

「你們不覺得他寄回鑰匙，根本就是給我們線索、要我們去找他嗎？」阿清冒出了這句話，我恍然大悟的看著阿清：「知道我們會找他，所以才用轉寄這麼多次的方式……」阿司雙手交叉在胸前緩緩的說：「這麼多年，一個人，孤單也夠嚐了。但……我相信把鑰匙寄回來，不是為了讓我們去找他，而是……他認為你需要那個地方、那棟房子……」

阿司突然沉默的看著我，眼神中帶著肯定：「他認爲在你的ＢＤＳＭ道路上，你需要那棟房子、那座院子，所以他把鑰匙寄了回來。」

「見鬼了。ｄｔ都離開這麼多年了，他怎麼會知道阿忠他需不需要他的房子。」

「ｄｔ會知道的。別忘了ｄｔ可是在聰明之上再加一等聰明的人。心理戰一直是他擅長的。達文西都可以從一個小女孩的經脈骨骼畫出她成年的模樣了，要算出阿忠需要多久走出失去主人的痛苦，多久開始摸索新的ＢＤＳＭ之路，憑ｄｔ對阿忠的熟悉了解，絕對不會是難事。」

我們沉默了好一陣子，中途阿司試圖轉話題，但場面異常冷清。

「這樣聰明的人，通常都活得很孤單吧！」他開口唱起一首呼喚朋友歸來的歌。就像是我們呼喚他的聲音，藉著晚風，能傳多遠就傳多遠，天上的月亮若聽到我們的歌聲，會告訴他吧。

阿清無毛的陰莖漂在溫泉池中。印象中阿清的狗都是剃得一根不剩，甚至連頭髮都剃的，怎麼可能阿清自己剃了，狗卻沒剃？我忍不住問他爲什麼沒剃了金剛的毛。「那隻狗是有女朋友的。瞞著女朋友來別的男人面前當狗，怕在女人面前脫褲子被發現沒毛！連毛都不能剃，當什麼狗？這樣我還算什麼主人，越提越生氣，眞是他媽的不爽。」

「他是異性戀啊？」

「異性戀的公狗比較難教。」

「哪有？你技不如ｄｔ就承認吧。」

「哼。我會技不如他？」他忿忿不平的說著。「我好歹也有贏過他的時候。」

「你不是一直都輸給ｄｔ。」一旁阿司突然說出這句話，讓阿清整個人不爽的拿起酒亂灌。

我伸出手握著瓶尾，企圖從他嘴裡移開。「你不要喝醉囉，我可不想你喝醉又把我當ｄｔ，又親又抱，只差沒脫褲子幹砲。這次我會揍你。」說到揍字，還故意握起拳頭。

「阿忠你眞不友善！ｄｔ不會對我這樣。」

「那你去找他啊！」

「阿忠！你越來越沒大沒小了！」

「哈！」阿司笑著：「毛沒長齊的說話就是沒份量啦！」水花四濺，光屁股的阿清飛撲向阿司。「阿忠，快抓住阿清！」我幫忙抓住了阿清。

「阿清！」我邊喊著，邊伸手：「停下來，不然我就打你屁股。」話說完，第一掌先響亮打在阿清屁股上。他停下動作，轉向我。「你是欠揍嗎？敢打我屁股。」「是你自己把屁股晾在我面前啊，讓人不想打都難。」

「阿忠！你越沒大沒小的跟我說話，我就越覺得你像ｄｔ。」

「謝謝你的恭維。」

「可惡。沒規矩的狗，竟然懶懶散散的躺著睡覺。」阿清注意到屋裏的金剛，氣呼呼的從池子裡跳起，溼漉漉的步伐衝進室內，一腳踹下去。金剛被踹得翻了圈又被踹幾下後，倒是很享受的舔起阿清的腳。「犯賤。」金剛匍匐在他的腳底板下，盡情的伸長舌頭舔吮。沒有體毛的阿清，舉著腳踩在金剛的臉上，體毛茂盛的金剛，胯下的狗屌充血。只是單單這樣的動作，就可以讓牠如此興奮，前列腺液狂滴。

阿司雙手趴在池邊對著屋內的阿清大笑：「剃了毛的主人站在雜毛叢生的狗面前，感覺很不一樣吧！」

「我下個目標是要訓練牠舔主人老二的技巧。不會舔屌的人型犬，不能算隻狗。」

阿清搓硬下體，立在金剛面前，牠便停下了嘴巴動作。阿清一巴掌賞過去。「敬屌不吃，幹。」被打了的金剛，埋頭猛舔起阿清的腳趾頭。「舔屌跟舔腳有差嗎？」

阿清拉起金剛的狗臉，將牠往自己的胯下塞，不時擺動屁股，用著勃起的屌兒拍打金剛的左右臉頰。我和阿司泡在溫泉池內，雙手趴在池邊，看這場有趣的戲上演，握著冰涼的啤酒瓶笑著。阿司說：「這就是阿清與ｄｔ不一樣的地方，在阿清的路線裡，人型犬調教含『性』，而dt的不含。」「是啊。dt可以跟我這麼粢粑❶，我也很訝異。」阿清邊說邊甩著硬屌、擊打金剛的臉。

「金剛眞可憐，阿清處罰牠，完全是憑脾氣喜好，想踹就踹、想打就打。」

「他從以前就這樣啊！因爲要看他的脾氣陰晴，奴隸跟狗的皮都繃得比較緊，深怕一不小心又被處罰了。在所謂的『控制』與『被控制』的分法上，阿清是個徹底的控制狂，他比較像D／s❷系的主人，而dt做事處世，按部就班，有規則可循。他的狗只要按著他的規則活動、照他的要求努力，就可免於處罰，dt是B／d❸系的主人，規則化、B／d系的那些有形的繩縛都化成一條條的規矩，綑住狗，也束縛住他自己……」阿司停頓了會，問：「你要往調教人型犬方向前進嗎？」

我心裡像是早有答案般，連考慮也沒考慮便搖搖頭。「沒有人可以代替dt的。你知道我畢竟不是他，關於那些調教人型犬的能力，我是沒有的。」

「學啊！主人也不是天生就是主人的，他們也是學出來的。我可以教你。」

❶粢粑　客家傳統代表米食。在婚喪喜慶時，用以招待親友。借以形容參與生命中大小事情的好友。

❷D／s系　BDSM中的Dominance & submission（支配與服從），自認為此系的支配者簡稱為Dom，受支配者稱為sub。

❸B／d系　BDSM中的Bondage & Discipline（綁縛與調教），此系目前並未發展出如D／s、S／M關係上的縮寫簡稱，比較少人會自稱是B／d系。

「ｄｔ也不是天才，一生下來就會調狗。」

「那ｄｔ又是誰教他的？他是如何變成這樣的主人？」在學習成爲主人的這條路上，是誰帶領著ｄｔ？是誰教育了他？我望著阿司，等著他的答案。

「ｄｔ是一個叫做大Ｄ的人教他的，大Ｄ是前訓犬區的區主。」阿司還沒説完，阿清便插嘴：「大Ｄ是我的偶像，我超崇拜他的。」「他很強嗎？他現在在哪？」即便知道了教育ｄｔ的人叫大Ｄ，那教育大Ｄ的又是誰呢？阿司似乎不打算回答我的問題：「我們都是踩著前人的肩膀往上攀爬。像你就是可以踩著ｄｔ的肩膀向上。身爲主人的人必須不斷的學習，你知道這個圈子裡有多少的主人，在他還不過是個Ｓ、沒成爲一個主人以前，要跟多少的Ｍ玩過、被Ｍ拋棄，大家的起步都是很辛苦的。」阿清軟了屌，坐在床上，用腳玩弄著金剛。牠在他腿邊翻來滾去，不時還伸長舌頭，吠吠然。

「我剛接觸ＳＭ圈子的時候，ｄｔ已經是個擁有相當多經驗的狗主了。那眞是一個ＳＭ光輝的年代。」阿司從池裡站起，一旁的阿福立刻攤開了飯店的白色浴巾，恭敬跪著擦拭主人溼漉漉的身體。阿福的手跟毛巾在主人雙腿鼠蹊間來回擦抹，讓主人有了反應，阿福的嘴立刻張開，緊緊的含住主人的下體。「你們，你們。分開。」阿清的手一直比著，要他們撇開現在的姿態。「別太過份喔。你眞沒用。」他罵金剛，還把腳拇趾塞進了牠的嘴裡。阿司自己拿著浴巾擦身體，阿福則遞了條新的給離開池子的我。阿司摸著阿福的頭：「換你跟金剛泡吧。」吸吮著腳趾頭的金剛動作稍停，便遭到阿清輕蔑的鼻息斥責。「好啦。去啦。」他踹了牠的屁股。

戶外的池子留給牠們兩隻後，我們三個在屋內光著身體等它乾。我彎腰擦腿時，阿清趁機偷襲我的屁股。「你也滿欠揍的啊！」我用力搥了阿清的手背。「你欠幹就好了。」阿清色瞇瞇的笑著。「我對男人沒興趣。」我搖頭。

「我對於曾經跟大D交往的dt竟然沒學到幹狗這件事情，有些意外。」阿清說。

「想幹就幹，沒什麼大不了的。」阿司接著說：「這點就是大D與dt不一樣的地方，大D的人型犬調教含『性』，dt的不含。」阿司說話的時候，我的腦袋裡還不停在想「大D教育了dt」跟「dt與大D交往」兩件事情。大D之於dt，到底是什麼人，佔著dt生命中什麼樣的角色？

「你出道的時候，大D引退了沒有啊？」阿清問。

阿司穿上了條褲子，遞了開好的啤酒給我們。「還沒。我出道的時候，大D還沒退，我也有參與到訓犬區的光榮歲月。」

「你們在說什麼？」他們說的是我一無所知的過去。

「訓犬區主要是由大Ｄ跟ｄｔ規劃的。初期，可以看到很多大Ｄ跟ｄｔ調教人型犬後的心得。篇篇精彩，根本就是教材。訓犬區的趴體一開始只是大Ｄ與ｄｔ約幾個好友來家裡坐坐。去他們家，一進門就得遵照主人或狗的身分，讓主跟奴更有身分、言行上的區分，Ｍ以犬的形態在聚會上，如果有主人的，這更是展現主人平日教育成果的好時機。Ｓ則是以帶自己的奴出席爲傲，只要到了假日，他們家可是人狗滿爲患。人越來越多，那個院子負荷不了這麼多人，便移到飯店房間或者活動中心。後來活動越辦越多，規模越來越大，一些規矩也是那時候陸陸續續定了下來的，像是幼犬、成犬，新主、準主之類的概念。」

「你有爬過訓犬區的文章嗎？」阿清問我。

「之前翻過，我有看到ｄｔ寫的文章。非常精彩，看得我心生嚮往。」突然想起了從前，我不好意思的搔起頭來，正是那些文章讓我產生做一隻人型犬的興奮、愉悅和衝動，讓我想做一隻屬於ｄｔ的狗。

「如果你現在再看，一定有不同的感受，來自Ｓ看另個Ｓ調教狗奴的快感。」阿司說。

「ｄｔ的文章，現在在訓犬區應該還找得到吧？」阿清問。

「還找得到，但是有關大Ｄ的部份，全都刪了，當然也包含著２ｄ１ｄ。」阿司轉向我笑著：「你錯過了2d1d的連載。」阿司說話中，阿清搶著說：「dt跟大D交往的時候，養了一隻狗。因爲都是d，狗不能跟人混在一塊，所以才叫2d1d。不過我都稱3d（閩南語：豬）『三隻小豬』的故事。」阿清像是佔了大便宜般的大笑。「他們三個輪流寫調教與生活的故事，簡直是經典中的經典。不過隨著大D離開這個圈子，文章也都砍了。」

「大D是我的偶像。」阿清說。「大D很嚴格，比dt還嚴格，厲害很多。」他抓著剛從池子裡起來的金剛，踹了牠屁股，要牠四隻腳走路，他則坐在床邊，粗魯的拿起大浴巾擦著狗頭毛。

阿司看了阿清：「你不能這樣比較吧。大D跟dt兩個人對於狗的要求是不太一樣的。你怎麼能比較D/s系與B/d系的主人哪個厲害？」擦了會，沒耐心的阿清拿起梳妝台旁的吹風機，往金剛下體吹，一直吹到狗屌兒熱燙，金剛受不了，掙扎著嗚嗚叫，有如求饒般，他才關掉熱風、吹起冷風，手掌捉住金剛整副下體，揉起狗屌狗睪丸。

「我好想念大D喔。如果大D在，dt就不會這樣……」

「爲什麼？大D是dt的……」即使我隱約從阿清口中知道大D之於dt的關係，但我只是想確認他們的交往是不是那種交往。也許我根本不想知道有人曾經與dt交往過。

「大D是dt的男朋友。他們當時可以說是SM圈子裡最令人羨慕的一對。有多少情侶能夠尊重、接納彼此的興趣呢？」擦乾身體的阿福，頭貼在阿司腿邊、阿清拿著吹風機吹撫金剛的身體，在我眼裏他們也是很幸福的ＳＭ伴侶。而這時候，我想起了誰？誰能與我成為別人眼中幸福的伴侶，是凰還是ｄｔ？

「大Ｄ的引退，讓ｄｔ消沉，外加他們分手，ｄｔ整個人陰鬱了好一些日子。」阿司淡淡的說。

「有嗎？我怎麼沒感覺。」

「你遲鈍啊！」阿司轉頭罵了阿清：「他們分手時，連人型犬都算在財產名單內，還需要協議歸誰。原本是ｄｔ的狗，卻因為跟大Ｄ比較親，ｄｔ便讓大Ｄ把牠給帶走。」

我忍不住的好奇問：「他們為什麼分手？」

「我其實也很想知道。大Ｄ跟ｄｔ都沒有對他們的分手說些什麼；大Ｄ只說主人與奴隸該守的份際要守住，超過了份際，一切都會改變。我想跟他們三人有關，但那已經不重要了。」

阿清搖著頭：「ｄｔ離開ＳＭ圈子，若加上這次，已經兩次了。」

「兩次？」

「是啊。大Ｄ離開後，ｄｔ的確消沉了段時間，但至少還與我們保持連絡。後來遇到了個年輕人，ｄｔ很喜歡他，也很努力的教育，但那位年輕人似乎太認真了，寧願當狗也不想當人，精神狀態有問題的樣子。等ｄｔ察覺，他已經到了需要看精神科醫師的狀況。精神科醫師甚至跟ｄｔ說，他最好不要再出現在那位年輕人面前，以免他想起了什麼。ｄｔ因此消失了好段時間，直到我們一個好朋友移民前，才勉強出現。」阿司的這段話，讓我想起了ｄｔ在調教軍犬的時候，非常強調著人與狗兩個模式的轉換，像是個電源開關，噠一聲切換時，一定要到位，沒有模稜兩可的中間。

「或許ｄｔ根本就不適合這個圈子。」阿清撇嘴。

「ｄｔ跟大Ｄ太像了。連想引退這種念頭都很像。」

我聽著他們說起過去的事情。出神之際，阿司再度提了讓人醒來的問題。「你眞的不打算調教人型犬嗎？」

「那應該是你最拿手、最容易進入狀況的調教項目。」

「已經沒有什麼人接受過ｄｔ的調教，只有你親眼見過、親身經歷過。」

我搖搖頭。「我怕那樣會讓我太過想念，我怕會受不了。」我彷彿聽見、看見夜晚的那個院子，落地玻璃窗屋子，有個僅穿條Brief的男人，他的身邊一隻人型狗兒匍匐圍繞，他的手逗弄著軍犬。他高高舉起手裏的物品，牠墊起後腳，前肢欲勾，汪汪吠叫。

「你再考慮看看吧。不必急著回答我們。」阿司沒說完，阿清便急了起來。「什麼不必急著告訴我們，你需要多少時間呢？一個月？半年？一年夠嗎？我想要趕快知道你到底是想成爲一個主人還是繼續當條狗？如果想當狗，考慮一下當我的狗吧！」

對阿清笑了笑。「不，其實根本不用這麼久。」我的心裡嘆了口氣，因爲我早知道答案了。

阿司有如見著我眼底的堅定，緩緩說：「其實你的心裡有答案了。」

「我現在就可以告訴你了。」我很篤定地說。

「你確定？」阿清整張臉、每根肌肉都興奮不已。

「小季下個月回台灣，等他回來，我們再一塊聽你的答案。」阿司說完，一旁的阿清立刻沮喪了臉。「現在就說啦！」阿司伸長腳踢了阿清要他閉嘴。「這樣吧，我們就約在ｄｔ家，靜聽你的答案，這應該是個不錯的起點，或者終點。」

「很多人都在等你的答案，這會影響很多人的未來。」阿司說話時候，阿清不斷的用食指指著自己，口型說著「我我我」。「凰在等，我在等，阿清在等，甚至ｄｔ也在等。不過ｄｔ這個奸詐老狐狸，或許他在離開的那刻就已經猜到你的決定了。」

阿司說到這，我突然笑了出來。ｄｔ是懂我的，不曉得爲什麼他總能猜到我心裡的每個念頭。偌大的世界裡，可以說ｄｔ是最懂我的，而我卻不敢說我懂得ｄｔ。他有太多我不知道的過去與我不知曉的未來，這或許就是我們之間的差別吧。

經過幾封電子信件往來，聊了幾通電話，我跟那位經理約好了時間。電話接通，我特別要求他必須要以講軍線的方式對話，我命令他在電話簿中將我的名稱輸入爲軍線，看見我的來電顯示，得先報出階級姓名。在我的設定中，他是新兵、剛入伍，得大聲報出「新兵戰士ｘｘｘ」。他說每每看到手機來電顯示爲軍線時，腎上腺素便開始分泌，既緊張又興奮。躲在無人的樓梯間，大聲喊出「長官好」、「新兵戰士」等等的辭彙時，他的西裝褲襠老是被壓迫得沒有空間。我在線的另頭總是爲他的窘態，不自覺的笑了，他說笑聲聽在他電話旁的耳朵裡，讓他更是緊張，抓手機的掌心冒的汗，足以溼透一張衛生紙。

上網挑了間Motel，瀏覽了所有房間擺設，我希望能夠塑造軍營的感覺，但這眞的有點難度，甚至想過有沒有廢棄的營區可以溜進去的；ｄｔ的院子曾一度被想起，但這念頭很快消逝。院子沙坑旁邊的單槓，清晨那個穿條內褲，做著引體向上的男人，從軍犬的眼睛看出去，他的身體遮蔽了初昇的陽光，那麼的耀眼，天空只剩原來的一半，另一半是男人的身體。男人是軍犬的一片天，牠仰頭就等於看見了掌控自己生命的神。那座院子是屬於他與軍犬的，沒有人可以竊取、挪用。最後我挑了間非常像的主題旅館，我知道畢竟是間Motel，很難完全的像軍營。

先開了車，進去Motel準備。等著時間、等著他從Motel大門口停車亭打內線給我，悠哉的步行出去接他。故意要他背著黃埔大背包，去找停車亭內的服務人員打電話，像是新兵剛到新的營區，得先通過大門哨所。他穿著便服，站在外頭，因爲背著的黃埔大背包太醒目，而緊張得不斷的探頭探腦，希望我趕快來接他。

接到內線僞裝的軍線後，我將帶來的軍服穿上。套上迷彩褲，還好腰圍沒增加多少，打著赤膊照著鏡子，依然是前凸後翹。打開了包新的迷彩內衣，以前服役時的內衣，退伍後不知道被我收到哪兒，只好買新的。一顆顆釦子扣上，捲起手臂的衣袖，著夏季服裝。腳伸進黑頭軍靴，不習慣打綁腿，就把迷彩褲管塞進軍靴裡。整理了服裝儀容，在門口的鏡子，檢查自己堅毅嚴肅的眼神。大步前進，走在Motel的蜿蜒車道，猶如走在營區內。

「人官有事，所以我來幫他帶你。」隨口胡謅了句，卻唬得他一愣一愣的，像煞有其事，他嘴巴抖得宛如眞的新兵到部。「跟我走。」轉身時候，還故意帶到停車亭跟裡頭的服務人員點點頭打聲招呼。邊走邊說些話，他緊張得只會嗯嗯嗯點頭，一句話也說不出口。「別緊張，剛到新環境會不習慣是正常的。過一些時間，你就會再習慣不過。」

彎了幾個彎，便看到了房間大門。這是一棟擁有獨立庭園的Motel。「進了房間，就是小兵！」插入鑰匙，我轉頭告訴他。他還在不知所措之際，我便挺直腰桿，眼神銳利直視，低沉聲音說著：「把帶來的黃埔大背包十秒內全部掏出，檢查到部的行李裡面是否有違禁品！」

他急忙把大背包裏的東西一股腦兒的傾出。我蹲下隨意的翻檢：「還滿乖的嘛，沒帶什麼違禁品。有沒有藏在身上啊？把口袋裡的東西掏出來。」他伸手翻出口袋，只有一些零錢、鈔票。「收好。」「靠牆！」我掰開他的四肢。「張開點。」像警察搜身般，摸遍他的身體。他的下體早已勃起。我貼在他耳朵說著：「你胯下藏了什麼？」手掌將他胯下整個抓在手中，揉了幾圈，確定裡頭只是肉團。我抓起他的T恤，用力一扯把它撕裂。他被嚇到了，他沒想到我眞的撕裂他的衣服；在見面前的通信裡我告訴他，我會把他的衣服給撕破，不過很顯然他不相信，也不當一回事。趁著他還恐懼，在他面前拎起旁邊桌几上的矽膠手套戴上。「把褲子跟內褲脫掉，手抓住腳踝，彎下腰，腿張開，屁股翹高。」看他沒有動作，我忍不住提高音量：「懷疑啊！要是我在你的肛門裡搜到違禁品，你就完了。」他羞紅了臉，褪下內外褲，彎腰，抓住腳踝。用力拍打他的臀肉，然後掰開兩片臀。「動什麼動啊。」我的一根手指頭探入。

他唉了聲。手指頭進去後，他痛得大喊：「報告長官，小兵絕對沒有夾帶違禁品入營。」拔出手指頭，放在他面前，要他看著手指。「看來還滿乾淨的。」先前通信溝通彼此規則的時候，我特別要他灌好腸再過來。所謂的違禁品是他的糞便。他的體內不應該藏有這些，被我手指探得到。

「把軍服穿上。回到營區要趕快換上軍服。」他連忙拉起內褲，脫掉外褲，撿起散亂在地上折好的軍服。「新訓中心的時候，可以穿這種花紋平口褲嗎？」腳套進褲管裡的他看著我，不知所措。「看來不夠操，不怕燒襠！」他顫抖的拉上褲子。「你放心，新訓中心沒操夠的，我都會幫你補回來！」他唯唯諾諾的回答。「還不趕快把褲子穿起來！不會穿嗎？要我幫你穿嗎？小兵！還是小嬰兒？」他把拉鍊拉上後攤開迷彩服，伸手準備套進。「新訓中心班長沒教過迷彩褲褲襠那三顆鈕釦要扣上嗎？」我的不耐完全寫在臉上。

小兵穿起迷彩上衣，折起袖子變成夏季短袖服裝。他從紙盒中取出了軍靴。一看就知道是在軍用品店購買，而非國軍公發的。他一屁股坐在地上，把腳伸進皮鞋裡。「不用換黑襪嗎？」我問著。

他笑著對我說：「穿在皮鞋裡，看不到，沒關係吧。」

「幾梯啊！裝老。」說起了軍中老兵講新兵菜的黑話。「既然剛到部，來驗收一下新訓中心教的，先來出一下基本教練。」他那不知道該怎麼辦的表情又出現了。看著一個三四十歲的男人，做著當兵年紀的毛頭小子表情，就讓我覺得該好好的玩玩他。「把袖子放下來。」在他散亂一地的物品中，我發現了些有趣的東西。我走過去，用皮鞋鞋尖點點地板。「私藏物料喔。」我走到他的鋼盔旁，認真看著它，那應該不是鋼盔，材質上不如之前在部隊裡所見的。「是新訓的班長要我們帶來部隊的。」他這麼說時，我會心一笑，看來他開始進入角色了。「裝備既然有帶來，著甲種服裝！」他撿起了其實是膠盔的鋼盔。軍用品店，果然是樣樣俱到，只要錢，什麼都買得到。我從他手中搶來膠盔，對他搖搖頭，「這眞是輕啊！不過別以爲裝備打折，我的操練會打折！不會的，只會加倍。」他別上S腰帶，掛上水壺。他別的S腰帶根本就跟一般便服扣的塑膠皮帶沒什麼兩樣，我甚至懷疑國軍現在全面換成這種材質的，改天得打個電話給還在軍中服役的學長學弟問問狀況。我繞到他身後，隨手托了托水壺。「空水壺，沒裝水啊！還眞是什麼都打了折扣！」

隨著我的口令，立正。他邊做、我邊在他前後左右繞著、背著立正要領。沒想到這麼久沒背誦，腦袋裡還依稀記得，即使幾個字句不對，依然唬得過他。走到他身邊拉拉他貼著褲縫的手掌，竟然輕易的被撥開。「手是不會貼緊褲縫嗎？再讓我撥開你的手，你就知道厲害！」看著他額頭上碩大的汗滴落下，我不禁對我表現出來的氣勢感到驕傲。心裡估好時間而後喊稍息。接著是向左轉、向右轉、向後轉。

做沒多久，他已經滿身是汗，連膠盔、S腰帶都歪了，慘不忍睹，讓我直搖頭。「你還滿不耐操的嘛？原地休息吧！坐下，休息十分鐘。」

他看著我，張開滿臉汗水的嘴：「謝謝。」

嘖嘖了下，腳點點地板發出聲響：「我是沒有階級，是嗎？不知道我的階級職位，至少也要喊長官吧！」

「對不起。謝謝長官。」

他舉起手要敬舉手禮，我搖頭。「不該敬禮的時候敬禮，看來新訓禮儀沒學好。」嘆了口氣。「帶水壺，竟然沒裝水。明明知道要來操體能，竟然還沒準備水，想渴死，缺水嗎？」講完走進屋內，取了瓶免費的礦泉水，丟到他盤著的大腿上。

「謝謝長官。」

「等等，我記得第一次看到你的時候，有跟你說過我是訓練官吧。」坐在旁邊的椅子上，看著盤腿而坐的他說。

「是的。訓練官。」

我拿起水壺喝水，在滲出一兩滴、我用袖子擦嘴時，發現了他看得出神的眼睛。自己倒像是個成人影片中被窺視的演員，這場調教不知道是他要演，還是要我演。

看了手錶，秒針過了十二，我結束了他休息的時間。他聽見我說「站起來」，眉頭便皺緊了。「怎麼？有意見嗎？」看見他穿在身上的軍服凌亂。「整理服裝儀容開始。」他聽到我的口令，像個笨蛋的站著。「反正新訓中心班長偷懶，什麼都沒教就是了。」我搔著頭，心裡納悶：那些平常玩軍主奴調教的，到底在玩什麼。「蹲下，整理鞋帶。」他蹲了其中一隻腳。當他自行換腳時，我咳了幾聲。「整理好，不會看著我啊！手放在右腿上，眼睛正視發號命令者。」他照著我的口令，繼續做。「好，換腳。」他的手放在左腿上，「好，起立。」

「整理上衣。」實在是不想看到這個呆頭鵝，不知所措的在我面前發呆。「是不會向後轉，再解皮帶，把衣服塞好是不是？這麼想在我面前脫褲子啊！」他向後轉，解開皮帶，把跑出來的內衣塞進褲子裡。「你有的我也有，我不想看你的。是想比大小嗎！」

才整理服裝儀容好，我接著決定弄亂它，要他趴在地上，四肢平貼，他的表情像知道了我要他做什麼。「雙腳側邊平貼於地。你怎麼會知道戰場上子彈不會剛好打到你的腳跟。」「會匍匐前進吧？」話說完，他開始挪動他的身體。「前進的時候，要利用地面物，像是小草之類的，增加爬行速度。」看著手腕上的錶，搖頭。「從那邊爬過來，要這麼久的時間啊！看來得加強訓練。」他來回爬了兩三趟，已經累得像烏龜般趴在地上。我走到攤著四肢躺在草地上的他附近。「爬不動啊！匍匐前進還可以勃起，滿厲害的嘛。」從張開的雙腿間發現他的勃起，我蹲下一手抓起他勃起的襠部，捏著發燙的陰莖。「很爽嗎？」他呻吟了幾聲回應。

「才操這麼一下就不行了？軍服穿在你身上，簡直是侮辱！你要不要乾脆脫掉軍服算了？」我拉了張木椅坐下。「做什麼都不行！世界上哪有這麼多可以打折扣的事情。」

「起來！」

「起來！」

「叫你起來！」最後一句起，我簡直是用吼的，看得出他的眼眶中有淚光在打轉。他的肩膀開始抽動。「把身上的軍服脫掉！」我連講了數次。他像受了委屈般，把髒亂的迷彩軍服脫去。即便他的表情和肩膀都透露著他的沮喪難過，但他的胯下卻狠狠地搭起高高帳棚，越侮辱越高漲。剩條內褲，依然不放過：「把內褲也脫了。讓我看看你有沒有懶葩！看你是不是女扮男裝入伍，醫官沒檢查到你！」

「真的要脫嗎？」他說這句的時候，我想情緒應該到臨界點了。

「脫！想穿內褲，想穿迷彩服，就把你該有的體能戰技，給我達到及格標準！」我將旁邊的木棍丟給光溜的他。「還記得刺槍術嗎？表現給我看！」

他愣了，我翻白眼。「又是不會？我帶你做一次。只有一次！」脫下迷彩上衣的我帶著他操練過一遍刺槍術，之後我站在他前方，喊著口令，他自己做。帶殺聲的瞬間，我耳朵旁似乎聽見冬天孤獨的島上冷冽風聲中弟兄們的吶殺聲。

裸體操練刺槍術，上槍甩、下槍也甩，甩著甩著，他竟堅挺無比。「上膛了啊！表現得像個男人給我看！不是勃起給我看！刺槍術不是用老二刺！」他身體每處毛細孔都在釋放熱氣，不斷地流汗。轉身甩動，勃起堅挺，殺聲吶喊，角度攀升，他下半身突然觸電般的射精。看見白色液體拋物線飛出，我倒是沒有多做什麼驚訝的反應，悠悠然地在室內化妝台的面紙盒抽了張，要他擦乾淨龜頭上的殘餘，問他是否要去廁所洗一下。

他在廁所裡，我看著天空想著他會不會因爲射精，腦袋因而清楚了些。我坐在靠近院子的室內一角，等著他步出浴室。頭蓋著白色浴巾步出浴室的他，一句話也沒說的，站在床前擦乾頭髮。我正想著如何開口，好順理成章的結束。

他光著身體站在我面前，夾著懶蛋，對我行舉手禮，那畫面實在有點愚蠢好笑。

「沒穿衣服，敬什麼舉手禮！你以爲我是變態軍官嗎？」

他的手連忙放下，雙手貼在大腿外側，全身肌肉都繃得緊實。「對不起，訓練官。小兵願意接受處分……」

「交互蹲跳五十下。」他到了外頭，抱起頭猛做起來。跳上跳下的時候，他的下體仍在甩動，我捏著下巴，想著他會不會再來一次自動射精。

再做了一回刺槍術，休息，接著做伏地挺身，看著他光屁股上下，動作夠醜夠難看的。我忍不住，和他一塊雙手抵著地板，一起做。

「給我大聲的喊出來。一！」他吃力的喊著，而我享受著內衣溼透，汗水淋漓，滴溼地面土壤的感覺。當身體運動得發燙流汗，喘息間聽見心臟每一次的跳動，就彷彿想起那個院子裡男人的訓練，汗水滑入眼眶，像看見軍犬跑遍整院，熟悉卻又陌生。

「……」他很快就跟不上我的口令，動作越來越緩慢，直到整個人趴在地板上。

「嘖，體力很差喔！這樣怎麼跟女朋友上床啊！」

他用力的喘著。「我是同性戀……而且我是那個……」

「不出力，抬腿的。好，我知道了。」腳一蹬，起身，雙手掌拍掉灰塵。「起來休息一下。等會繼續。」

手錶走了五分鐘，我站在他面前準備開口，他呆坐在地上仰望著我，祈求般的口吻緩緩說：「可以不要再操體能了嗎？可以做點別的事情嗎？訓練官！」看著他像癱了般，我只好幫他找些事做。小兵在軍營裡頭是不可以看起來閒閒沒事等吃飯等放假的；操不了身體，就操磨心理吧。越了一大步到床邊，把包覆在彈簧床上的薄被扯開，要他按照軍隊的規定折成八角十二條線的豆腐棉被。他一臉沮喪模樣。

「這不可能折成豆腐的。」

一根手指頭，「一，把被子折好。」兩根手指頭，「二，繼續做體能。」一臉毫無退路絕望的他嘆著氣。「如果薄被眞的被我折成豆腐，你怎麼辦？」我說。他無可奈何的，雙膝跪在床上，開始折起棉被。我站在靠他一步的位置，如同個監視者，雙手在胸前交叉，擺出一副嚴厲的模樣。捏角捏線的時候，他耐不住性子的將折好的被子攤亂。

「我做不到，這不可能折成豆腐的。我放棄了，你操死我吧！」

「放棄啦。」我嘆了口氣。「換體育服吧。」他滿臉的好奇與懷疑。「走吧。我們出去跑三千。我記得有叫你帶體育服來！」他訝異的看著。我回道：「我不是開玩笑的，就是跑三千。還是三千不夠，五千？」

他光屁股蹲在黃埔背包前，翻東翻西，像是找不著、在拖時間。「連蹲都不會，你以爲你現在在蹲大便嗎？大出來了沒！找不到體育服啊！沒帶的話，那就穿內褲出去跑吧。」

「你在開玩笑吧！」他一臉慘白的回頭看著我，以爲我只是說說。

我雙手交叉在胸前：「別以為我不敢叫你穿內褲出去。」他的老二聽見我的話，翹得天高。我從鼻孔「哼」了一聲：「看來你喜歡言語羞辱。」他的老二翹得貼到了腹部，龜頭還牽著透明液體。在行李中找到運動服的他如釋重負的鬆了口氣。我在我帶來的背包中取出白色運動褲，把迷彩褲脫掉時，他眼睛睜大地看著沒穿內褲的我。「想吸，是嗎？」我正面迎向他。而他別過頭，有意無意的偷看。

即使穿上了兩件褲子，他的勃起依然高撐。走到他面前，一把抓了下去。「如果這兒充血，就應該有人讓它放血。」講完這句，他似乎更硬了。他以為我要幫他打手槍嗎？於是我用力的捏，像是要捏爆一顆雞蛋。他的表情從爽快轉為痛楚。

「訓練官……痛。很痛。」

「會痛，就對得起它一點。」我一把抓住他整副生殖器。「要怪就怪你出生就是男人，又生在一個徵兵制的國家，身體健康、又得當兵。既然要當兵卻又不認命，做什麼事情都不認眞，半桶水！」我像是刺中了紅心，他一臉嚴肅的聽我接下來的口令。

在房門口立正站好，他褲縫的左右手貼得緊死，像我隨時會過去撥開一般。等我把房門鎖上，我們一路小跑步經過大門，出了「營區」，往附近的大操場前進。先前勘查旅館時，已連同周遭的地理一併考慮。附近鄰近數個軍營，有座大操場，平日可操兵，假日供民衆休閒育樂。

在操場一角，我帶著他做起暖身體操。喊著一二三四答數聲的部隊正帶往操場跑步，我看見他們，而嘴角不自覺的笑了。

「不要輸給他們了。」對著在我面前的小兵說。開始跑步，要他跟在我身邊。兩個男人並肩而行。「答數。」如同帶隊官發號司令。他小貓般的答數，我竊笑：欠操的小兵。「你是沒吃飯啊？答數這麼小聲，是欠操啊。——精神答數！」

「精神答數？」

「懷疑啊！」

「雄壯、威武……」他停頓了幾秒，尷尬的看著我：「我忘了……」

「嚴肅。剛直。安靜。堅強。確實。速決。沉著。忍耐。機警。勇敢。」我幫他完成，算是帶他喊一遍，接著讓他自己喊。前方的部隊注意到後面有人和他們一樣，引起了些騷動，他們的帶隊官很快的便將部隊整頓好。在他們眼中也許看起來很像白癡，我只是一個人帶著一個人的部隊。但不管是幾個人，只要是部隊，只要是軍人，我就有辦法帶起來。「如果你對我有什麼怨言，或者恨我，就打從身體裡吼出來，發洩吧！大聲點！」汗流浹背，溼透了上衣，就把衣服脫了，打著赤膊。挺起胸膛，專心慢跑。他察覺我的脫衣動作，眼睛睜得碩大看著我後，又不停的瞄向我，不好意思正大光明的看。

「想跟我一樣打赤膊的話，就把上衣脫了。」

「我不習慣。」

「你不是不習慣。而是你沒有拋棄羞恥心的決心。」我們在答數聲中又多跑了一圈。汗水流滿全身，溼透了運動褲，眼睛一片大操場的綠，我突然想起了dt的院子。也許眞該有個自己的地方、由我作主的地方。閃神之際，一個帶著隻哈士奇、耳朵塞著iPod，和我一樣打著赤膊、汗流滿身的男子吸引住了視線。在他經過我身邊的瞬間，我以爲看見了熟悉的人，雙腿停在原地，回首多時，直到確認不是他，滿是汗水的臉惆悵。

「訓練官，你還好嗎？」獨自跑了幾公尺的小兵發現了我的落後，走回我身邊。

「體能訓練就到這邊，我們回去吧。」

「是喔。」汗滿面的他不知道是高興還是什麼。

「感覺你很失望。那就再跑個幾圈吧！」

「這樣就好了。」

聽到他的話，我用力一掌打在他屁股上。他的運動褲襠部瞬間被撐起。我在太陽西落，紅色雲朵的夕陽下，傻傻的笑。

回到房間，叫他先去沖澡，才發現凰傳了提早來接我的簡訊，眼見時間快來不及，運動褲一脫，尾隨他走向浴室。在他還沒關上門前，用手推擋住。

「我趕時間，不能等你洗完。」浴室沒浴缸，我逕自在蓮蓬頭下開始沖溼頭髮身體，抹起沐浴乳來。「不好意思。你等我洗完再洗。」他應了聲，轉身之際，我叫住了他。「一起洗吧。」他滿臉喜悅。「什麼事這麼開心？」「沒有。」蓮蓬頭底下，不經意擦觸過他的身體，他的老二立刻勃起。「你的生理反應還真是迅速。」搓洗龜頭老二時，他的眼睛瞪得挺大。「以前當兵的時候，你沒看過其他人洗老二跟屁股的樣子嗎？」

「沒有。我以前都不太敢看。」

「是喔。幹嘛？怕老二翹起來啊！」我用擦過身體的毛巾甩打他屁股。

「不對，我忘了你老二已經翹起來了，有沒有翹得更高。我看看！」他用身體擋住。

「你是零號的話，屁股有沒有在當兵的時候交出去啊！」話說完的瞬間知道自己很欠揍，但已經說完了。

「……你可以出去了嗎……我想上大號。」他這麼說。

「懶人屎尿多。屁股等會洗乾淨點。」

坐在床上把腳趾頭縫隙擦乾，穿上襪子，皮鞋。心想應該多帶雙運動鞋來的，這樣離開便可以換上，不用再穿上悶熱的軍用皮鞋。綁完鞋帶。廁所傳來沖馬桶聲響，便見到他圍著浴巾步出。我撿起床上的T恤套上。

「你要走啦？」他的語氣有些意外。

「是啊！還覺得操不夠嗎？要不要伏地挺身再來個二十下？」我話一說完，他便解下浴巾，雙手撐著地板，做了起來。是因爲快結束，才覺得時間寶貴，開始認眞嗎？我搖了搖頭。「你有沒有在擦皮鞋啊？」我拎起他那雙骯髒的鞋蹲在他面前。「會不會擦啊？」

雙手撐著上半身的他，視線停駐在我蹲下的兩大腿之間，聽見他呑了口水，吃力的說著：

「會。」

「既然會，爲什麼不擦？」

「……」

「那就是不當一回事？你以爲來找訓練官，可以隨隨便便、敷衍了事？」放下他的皮鞋，站了起來。「連我軍官的皮鞋都比你還亮。瞧，還會發亮，看到沒有。」我故意把皮鞋頭在他面前晃。「亮到都可以當鏡子了。你比我忙嗎？可以忙到沒時間擦皮鞋？」他頭靠近我的皮鞋，張開嘴，伸出舌頭，翹著屁股，開始舔了起來。「我叫你舔了嗎？」我蹲下，一手掐住他的兩頰。「你嘴巴乾不乾淨啊？回答我。」

「不乾淨！」

「不乾淨，還不去刷牙。」單手掐著他的頸子，像是從地板上將他拔起，手掌從他屁股下方四十五度角拍上。「去啊。還懷疑啊！」盯著他進浴室，看著他拆了條飯店的拋棄式牙刷，擠好牙膏，張開嘴。開始刷的時候，我拿起那條牙膏。「把這條刷完，等會我檢查，要是有剩的，我就全把它塗在你小雞雞上。」他刷得認真，我趁時間打包好物品，再去看他，說話嚇嚇他。「我看你是不想放假了？」走到他腰邊，又一掌打在屁股上。他唉了聲。

刷著牙的他含滷蛋聲音的說：「我可以問你一個問題嗎？」

「可以啊。」我提起攜帶的背包。

「你是……你是ｄｔ嗎？」

我清楚的聽見他的問題還有他的名字。聽見自己清晰的呑口水聲，回答：「我不是。」

「你眞的不是ｄｔ？」他連忙漱口，擦淨嘴角的牙膏泡沫：「有一年的趴體，我們還見過面的。那是我第一次參加趴體，對ＳＭ還不是很了解的時候。你暫時充當我的主人，還幫我剃了毛，大家圍坐在一塊聊天時，你撫摸我，結果我就射了。其他的主人要你處罰我，你說我是幼犬不用處罰。雖然後來我覺得狗奴很無聊，也沒繼續往人型犬方向發展，但我還是對你很有印象。你有記起來嗎？」我應了聲。「想起來了嗎？」我當然不會有印象。搖搖頭。「你不想跟我來一砲嗎？我記得你也是男同性戀吧！你超猛的，我還記得趴體上，你跟旁邊的人鬥嘴到後來你把對方壓在地上，在大家面前幹了那個狗主人。」

「我眞的不是ｄｔ。你應該知道ｄｔ是狗主，不是軍主吧。」我用這句話封住他的口，不想再透過他的嘴知道更多關於ｄｔ的事情。「嗯！你不是ｄｔ喔……但你長得好像他！」越來越多的人把我認爲是他了。就連眼前這個只見兩次面約玩調的奴也這樣認爲。「是這樣啊……你跟他的感覺很像，像催眠一樣，讓人有非要完成命令不可的慾望。」

背起包包，我笑了笑：「他的話的確有催眠能力。我正做著他要我做的事情！」

他漱完口，我要他坐在椅子上。在我們今天調教正式結束前，我丟給他鞋油和化妝棉，要他把皮鞋擦亮，才准走。「你眞的像極了職業軍人。我一時有回到以前當兵軍營裡的感覺。」

關上房門，緩步離開飯店時，我咕噥著：「我的確曾是個職業軍人，我的確曾是個職業軍人。」

熱氣蔓延，身體的毛細孔擴張，拉開塑膠防水布，踏出浴缸。冷熱空氣透過我赤裸的身體開始交流。拿了架上的浴巾擦拭身體。乾淨的汗不斷湧現，擦也沒用，於是站著，晾起身體。想到大家都說我長得像dt，忍不住把附著水氣的鏡子抹了下。對著鏡子，做著他的表情、模仿著他說話的神情。

「小軍！好久不見。我很好，你呢？」

「我有聽你的話，努力的發掘自己原本的S性格，可是如果有一天我發現我不喜歡成爲S時，可以回到你身邊嗎？」鏡子裡的表情都告訴著自己：已經回不去了。是的，我們都回不去了。回去是很難很難的，難得像登天般遙遠，摸不著邊際。

「小軍，我們都回不去過去的我們了。」模仿著他對我說話。

「dt……dt……我好想你。」我喊dt時，腦海裡總可以聽見他喊我小軍的聲音，彷彿他就坐在我面前，幾近赤裸地。摸著鏡子裡的影子，像是那頭有個人被困住了，出不來。如果捶破鏡子，那個人就得以釋放，即使滿手是血也值得了。在出神之際，被敲門聲中斷。

「開門，我要上廁所。」凰在門外大喊。「等我一下，我穿褲子。」話說完，才發現自己說錯話，浴室內並沒有乾淨的褲子。「沒關係啦。又不是沒看過你脫光光。先開門啦，我快忍不住了。」聽她著急語氣，便先開了門。凰跑進浴室，內褲一脫便坐在馬桶上。浴室裡的水氣開始向外退散，身體還有點溼，便使用浴巾擦乾。坐在馬桶上的她盯著我猛瞧，看得我不好意思，又不甘示弱，回看她小便模樣，她一副怡然自得，不時還做出勾引我向前的動作。看與被看間，垂下的陰莖開始有些反應。於是走到她面前，認眞的看著尿液排出她身體，看得出神。

「想被聖水淋嗎？」我搖頭，但卻伸手向下摸，讓熱熱溫溫的尿液流過我手掌。她雙手抓著我手臂，臉部表情相當舒服，一直到結束，她說上完了，我才意識該收手。將手臂垂至浴缸，開了水，沖洗一遍。

她起身到洗臉台洗手，從後面抱緊我。「好玩嗎？」「還好。沒什麼特別感覺。」

「你讓我想起以前的主管男奴。他第一次跟我提議玩聖水調教。我想說沒玩過，覺得很新奇，便答應了他。但要做的時候，眞的好難。看著他跪在我面前，恭敬的閉上眼睛，即使我知道要放鬆尿下去，但怎麼都尿不出來。後來我就不太高興，有被反調教的感覺，一想到到底是調教我還是調教他，就很生氣的把他屁股打到隔天上班不能坐。隔天，穿著西裝的他特別來跟我請安問我氣消沒，看到他西裝褲後表面看起來沒有異狀，但底下的屁股可是不得了，只覺得好笑。他倒是不好意思，整間辦公室的同事都覺得我們笑得很奇怪。中午跟我外出吃飯，他連坐都沒辦法，一直站在我旁邊，還說要我別折磨他。」我只拍她的手背：「壞心。」

「哪有。我後來有帶他去看醫生啊。而且……」「而且什麼？」「而且背對醫生脫褲子的時候，他勃起了。非常淫蕩，非常淫蕩。」她在我面前越說越開心的跳啊跳。「醫生要是看到不知道會怎麼想。不過護士有看到，他超羞的，臉紅得跟他屁股一樣！」

「你是故意整回來的吧？」

「是又如何。」凰越說越得意，雀躍跳出浴室。她經過跪在地上、翹著屁股吃飯的奴隸大衛，還高興得搔他的頭髮。他停下動作，專心享受女王賜予的嘉獎。

「奴隸大衛又不是狗奴，幹嘛要他趴在地上吃飯？」我走出浴室，攤開手上的浴巾，圍在腰際上。

「奴隸的雙手是爲了服務女王而存在，並沒有資格爲自己的嘴服務，怎麼可以拿筷子！」她看了看他。「……搞不好奴隸大衛還拿不好筷子呢。拿筷子都拿不好的奴隸，當然只能以口就碗。至於爲什麼跪在地上，趴著吃，因爲他不可以與我平起平坐，也沒有資格使用傢俱。奴隸的身體就是一種傢俱，你有看過傢俱會用工具的嗎？」凰的伶牙俐齒，沒有自成一格的主奴理論是沒辦法和她爭辯的。

「你要將奴隸大衛調成狗奴嗎？看他翹著屁股趴在地上吃飯，感覺跟小狼狗差不多。」

凰走到奴隸大衛旁，用手拍了拍他穿著貞操帶的白透紅屁股：「他不是狗，跟小狼狗比起來，他沒有尾巴，且他用的盤子是人用的，跟小狼狗用的狗碗是不一樣的。趴在地上，不用手吃飯，還是人；但小狼狗就不一樣了，牠是打從心底心甘情願的變成條狗。你知道我想把他調教成什麼嗎？」我搖搖頭。「我想把奴隸大衛調教成人型便器。」

「人型便器？」

「就是馬桶！」聽到凰的解釋，我張大嘴。

「奴隸大衛，想不想成爲女王的馬桶？」

奴隸大衛此時打正腰桿，手放在背後，跪姿立正的大聲回答。「是！女王。」

「對於奴隸來說，只有這時候才能接觸女王的身體。」「什麼意思？」「就是他的口是女王的排泄口。更終極點的人型便器，可是以女王的聖水聖物當作賴以爲生的食物。如果不是給予獎勵，我是不會這樣做的。奴隸並沒有資格用他的身體接觸主人的身體，更何況是接觸主人的陰部。只有成爲人間便器，才有資格。」

「感覺好像是處罰，怎麼會是獎勵呢？」

「齁，要跟你從頭解釋，好費力喔……啊！」凰突然叫了聲。「都是你啦，扯這麼多，我差點忘了這可憐的小傢伙。」凰立刻坐上電腦椅，背對我，盯著電腦螢幕，霹哩趴啦敲起字來。

拉著浴巾走到凰的身邊，她的手勾上我腰間，上下游移，還過份的在臀溝滑進滑出。「剛剛在聊天室裡閒逛的時候，我看見一個惶恐不安的暱稱，他想找男主人，所以我僞裝了男主人的帳號重新進入聊天室，跟他搭訕。」凰邊打字邊跟我說。

「你還頗無聊的喔。眞的聊得很愉快，卻不能見面調教，有什麼用。你要進行網路調教啊？」「我才不玩網路調教這種裝神弄鬼的事情。爲什麼不能進行實調？可以啊！我們這邊還有一個男主人在。」不安份的手掌爬過我胯下，如蛇般的穿越兩腿之間，我扭曲身體要她停止，將她的手拉開。

「你說我？我又不是狗主。我才不要調教狗。」

「你來調教他啦。」她的手離開鍵盤，往我身體進攻。我扭著身體：「我不調教狗奴的啊。」

「你不覺得一個剛接觸ＳＭ圈的狗狗，如果碰到個好主人，可能會變成一條好狗狗喔。」

「你這樣很爲難我耶。」

「如果你沒有遇到那個……那個叫什麼來的？兩個英文字母的？」

「你知道他叫什麼。」

「ｄｔ，對啦！就是他。如果你一開始不是遇到ｄｔ，而是遇到像阿清那樣，瘋瘋癲癲的主人，我想你大概對皮繩愉虐者的印象還是停留在綁綁繩子、滴滴蠟燭吧。」她熊抱住我，仰望我、細細的說：「就算是日行一善吧。」她的雙手環過我的身體，拉著我身上唯一的浴巾，緩緩解開。我舉雙手投降，她卸下浴巾，讓它墜落在腳邊。「日行一善可以這樣用了？」我笑了笑。

順著她的手勢，我坐上了椅子。「讓一個剛接觸的人，對ＳＭ不害怕，讓他往後還願意繼續嘗試。就算嘗試後，不想再繼續，那至少很安全，不會受到傷害。你該慶幸一開始遇到一個好主人，他肯循循善誘，讓你喜歡上ＳＭ。」她坐上我的大腿。「也許你就這樣改變了一個人的一生！」

「你以為我是神啊，還是在寫小說，這麼容易就改變了一個人。」

「只要你願意成為他的主人，你就是他的神。他就得看著你的臉色過日子，你若吭聲，他也不敢埋怨。」

我對著她做鬼臉。嘆了口氣，與凰交換了身分。從他們搭訕、接話開始看過一遍，看聊到哪兒。

「如果我變成了狗，那我平常的生活該怎麼辦？」

他的恐慌一字一字透過網路傳達給我們。「齁怎麼會這麼笨！」凰坐在我腿上說。她本想打字，把手貼在鍵盤上的我手背上，又縮手。「給你聊給你聊，我去玩奴隸大衛。」她甩了兩三下巴掌在奴隸大衛屁股上，又蹭回我身邊。

「沒這麼嚴重的。不過就是一場名叫ＳＭ的遊戲，你扮演一隻狗的角色而已。」

「我好害怕。我是不是不正常？」

「你很正常。這世界上有很多人跟你一樣，想探索ＳＭ的樂趣。」

不等我打完，他便打斷了我，之後的句子飛快而連續的出現在螢幕上。「如果我是正常的，為什麼我想當狗卻不想當人？」

「你現在只是被這樣的情境所吸引。人都有幻想的權利，你當然可以幻想自己是條狗、是隻魚。」

「被別人知道了怎麼辦？」

「小心一點，就不會被別人知道。就算被別人知道了，那能怎麼樣呢？」

「我很害怕，可是卻又……」他的字句停頓了很久很久。

「朝向狗主之路邁進吧～」凰在這個沉默的空檔對我說。

「狗主這名字很難聽噎。怎麼會把狗當成形容詞去形容後面的主人。」

「不然呢?不然要怎麼稱呼玩狗的主人？」她的問題，我倒不知怎麼回答。

「他怎麼一點反應也沒有……」她說。「我怎麼會知道。」「他應該很害怕吧！」

「害怕引發腎上腺素分泌，帶來興奮。」懷中的凰有意無意的磨蹭我，像是貓咪般的討好。

「別弄了。我會興奮。好啦好啦，我已經興奮了。」她雙手勾著我：「調教他。我保證等會會給你很嗨很嗨的高潮！」我笑了笑。螢幕的另一端陷入的沉默，讓人非常不舒服。害怕成這樣，卻又走進ＳＭ聊天室，慾望的催使還眞是厲害。

抱著凰，雙手回到鍵盤。「如果你相信我的話，我可以跟你玩一次。跟我玩你絕對可以很安全。」會跟他這麼說，除了是凰的誘惑外，更是想讓這個新人在接觸這個圈子時可以有好的起步。我敲完，他又繼續敲著關於內心恐懼的字句，我知道剛說的都沒有用。

「你現在給我離開ＳＭ的網站，去洗澡，先睡覺，你現在完全處在慌亂狀態，這樣是沒有任何幫助的。」

「這是我的線上通訊帳號跟手機號碼，你可以找我談談，聊天也好。也許你可以跟我見個面，看看我有沒有兩顆頭，三隻手臂。」看見他消失在網路上，我知道他聽話照了命令。很好，一開始就聽話。我將凰整個人騰空抱起。「幹嘛啦？」「我要好好幹你！在床上好好教訓你。」我大笑著。

自從上次跟那位新手交談後，每次上線他都會丟「汪」的狗叫聲訊息給我。跟我對話的時候，他都會用小狗的身分自居，有時甚至是丟出我從沒看過的字句。「狗狗需要脫光衣服跪在

電腦前面跟您對話嗎？」螢幕上跳出這排字，我差點把剛喝下去的茶水整口噴出。

「**那是幹嘛？」**我好奇的問。

「之前在聊天室跟其他主人聊天的時候，他們都會這樣要求狗狗。」

這是什麼鬼要求。我問著旁邊正在玩弄兩條狗的凰。「很正常啊！狗不可以跟主人平起平坐。在透過網路用電腦跟主人對話的時候，當然要跪著聊天。你知道的，狗不會自己穿衣服，當然要脫光跪著跟主人聊天。」

「感覺還滿愚蠢的。」

「這是精神上的控制。你一定沒被這樣訓練過。很多喜歡被控制的Ｄ／ｓ系奴隸都超愛的。」她坐在沙發上，翹起腳，兩隻奴犬馬上張嘴舔著她翹起的腳趾頭。「你不知道他們這兩隻連看我的手機簡訊，我都這樣要求。」

「講電話，我是知道會被這樣要求啦。」腦袋裡浮出的畫面竟是我躲在軍官浴室裡，拿著手機跟ｄｔ對話的場景。「對於那些喜歡在精神上被控制的奴來說，叫他們脫光跪在電腦前面打字，光這樣就可以滴出淫水。」聽見從凰口裏說出「淫水」兩個字，讓我噴了數聲。

「你就穿著衣服坐在椅子上跟我對話。等我真的是你主人的時候，你要拿如此奴禮尊敬主人，我是不會有任何反對的。」

凰從背後環抱住我：「哈哈你被可愛的小狗纏住了。」

「你又知道他是可愛小狗囉。」

「這是一種身爲S的感覺！」她說話的時候，我歪著嘴。「你很討厭耶。偷笑。」她敲著我的肩膀：「跟他要電話、跟他要電話！」我順著她的話跟他要，他的視窗出現些猶豫和沉默。快速的敲了號碼。**「你打過來。如果你是因為害怕，可以隱藏號碼打來，沒關係。」**沒多久，手機便響了。「電話調教、電話調教！」凰在我耳邊吹慫。用指頭點點她的額頭，趕緊抓了條短褲套上，接起手機，往陽台上去。

「喂！」

「……您好……狗狗向主人請安……」他結巴的在電話裡說，我搗著噴了聲的鼻子。

「你不用叫我主人。」

「喔……」

「經過一兩次線上聊天後，你應該對我有稍微認識，沒這麼害怕了吧？來約見面吧，你可以約在你熟悉的地方，一個你覺得安全的地方。我去見你。」

「喔……」

「不用緊張。我又不會害你！」

「我……我……」聽得見他吞口水的聲音，他說想跟我約在一間咖啡店見面聊聊。

「哪家？」我問著，他跟我大致說明方向。

「我還滿常去那裡的。裡頭的店長，我認識。約在那邊，我比較放心，即使你想對我做什麼……也有人會救我。」

「我對你做什麼？你想多了。你以爲我在咖啡店裡就會開始調教你嗎？」我忍不住大笑了起來，屋裡的凰好奇的張頭張腦。我敲了敲玻璃，她趕緊左顧腳邊兩隻奴犬。

電話中約好日期、時間，我獨自走進巷弄裏那間透明玻璃的咖啡店。原本凰很想跟來，但我不准她跟，擔心嚇壞了這位小朋友。明明說好一個人赴約卻又帶了另個人，而且還是個會人來瘋的女王。頂著雕花的小平頭、滿臉鬍渣、穿著白背心，手臂上還有條幾何圖形的龍刺青的店長見著我走進、駐足右盼，便主動向我詢問。跟他說了我是誰，正在等誰，按著他們的招呼，坐下。些會，便看見位年輕人從後方走來。他的雙手握著拳，手心流汗般的抓啊抓的。

「您好……我是跟你約見面的……」他很努力的吐出這句。

「我知道。坐啊。」我用頭點點眼前位子。「我是李軍忠。朋友都叫我阿忠，怎麼稱呼你？」

他躡手躡腳坐下：「歐助威。」我喝了口水，腦裡想著要喝拿鐵還是美式咖啡。他繼續說：

「同學跟社團都叫我小威。」

「還滿可愛的名字。哈哈……」我大笑了幾聲，換來他的臉紅。「好了，你看到我了。有沒有覺得原來一個主人也不過長得跟一般人一樣，沒什麼不同。」

端著水杯的店員來到桌邊，原本想張口的他頓時打住，等店員離開後，才繼續說：「不過，你有一種特殊的氣息。」

「什麼氣息？」

「嚴肅。你不說話的時候，眉宇之間有種不能侵犯的威嚴。」聽到他的解釋，我忍不住的笑。

「你可以調教我嗎？」他說這句話的時候，吞口水的聲音很清楚，但卻沒有電話中的結巴。

欣然點頭。「嗯。我可以調教你。不害怕啦？」

「嗯。你沒什麼架子，不像網路上我遇到的那些主人，老是擺架子，不知道他們在屌什麼。」

我聽到他的說詞，捧腹大笑：「眞的啊！是你跟我在網路上說你很害怕，不是嗎？」

「我是害怕，沒錯。可是我不是害怕那些裝得很厲害的主人。我害怕的是潛藏在我身體裡的慾望。爲什麼我會這樣？就跟我發現我是……喔對了，我還有件事情要跟你說……」他停頓了，我要他繼續。「我是同性戀。」

「唷。很好啊。」我還以爲是什麼大不了的事情。

「所以你還是可以調教我嗎？」

「可以啊。」

「那眞是太好了。我知道男主人通常都不會調教男奴，除非是男同性戀的主人。」

「我不是同性戀，我是異性戀。但同性戀並不會影響到我要不要調教你。」

「你的樣子眞的很像我想像中主人的模樣，像籠罩大地的天一樣。」

「唷。是啊。反正只是一夜主人，讓你體驗一下人型犬。」我笑了。「不要把理想中的主人形體化，這樣你會很難找到主人的。」咖啡喝完了。「我會把你當條狗，而且是打從心底的覺得你只是條狗。」我看見他抖著身體，我知道他興奮跟恐懼著。離開的時候拿起帳單，而後拍拍他的肩膀。「我會寫封信給你。告訴你調教的時候，我會對你做哪些事情。」

這幾天，凰一直在我耳邊吵著想知道我會怎麼調教他，想跟我一塊討論調犬的細節，但我總拒絕她。因爲她知道的，我一定知道。約定的時間，我提前到了旅館，先入住房間。把房門打開的瞬間，像是感受到整個房間的空壓，朝我直撲。倒抽了口氣，一放下裝滿道具的包包，我整個人像洩了氣的氣球，攤坐在床上。我覺得壓力好大，比調教別人，甚至是被ｄｔ調教的壓力還大。

開始調整房間內的空調跟燈光。讓玄關的燈亮著，其他地方都是昏暗的。心裡盤算著所有動作與流程。脫得精光，先盥洗身體，讓熱水緩和情緒。裸著身體步出浴室，等著乾燥的時間，把帶來的道具按著調教流程放置在隨手可及之處。我拆開那件跟凰在百貨公司買的白色Brief。她問我不是不穿內褲的嗎？幹嘛買這種舊式傳統的內褲。我笑著，沒有回答。因爲我知道若回答了，只會惹得她吃醋。拆開包裝，我伸腿套入，在鏡子前面調整襠部。和ｄｔ穿得一模一樣，是不是可以更貼近他，更懂得他一點？

看了時間，拿著狗項圈，坐在房間走道盡頭的太師椅上。彎著腰，讓雙手手肘抵著膝蓋。雙手合十，項圈在鼻前，皮革味道撲鼻而來。拿著項圈的手突然抽搐，項圈筆直掉落在雙腿之間。注視地毯上的項圈，深深吸了口氣，沒想到自己會這麼緊張。彎腰撿起，視線焦距在自己雙腿間白色的那包，口中唸著：「ｄｔ，請給我力量。」每唸一遍，就像是跟自己的神對話，他會透過精神，給予我力量。

電鈴聲響。在門的這邊，用深不可測的聲音說話：「門沒鎖，你就進來吧！」他緩緩推開門。房間是暗的，只剩玄關處上頭的昏黃照明燈。在走道的盡頭，他看不見我，很害怕。只見他的手掌不斷的捲曲、握拳。

「把衣服脫了。」他畏縮的褪去T恤。「褲子。」他的雙唇抖著。他脫去內褲時，下體清楚表現著他的慾望。「跪下，額頭貼到地板。」當他屁股翹高，視線只剩周遭地板。我拿著項圈還有一邊的貼布，緩緩走到他身邊。他看見我的雙腳，頭略動了一動，我的手掌立刻準確落在他白皙的屁股上。「動什麼動！」我蹲下：「把眼睛閉上。」捏著他的脖子，像抓條小狗般把頭拉起，我將貼布貼牢他的雙眼，他赤裸的四腳著地，看得出來他的害怕。我的雙手開始在他的身體上探視、撫摸。滑過他的雙臀，從股溝滑向腹間。

「你不要害怕，走進房間後，把你的心跟你的身體交給我，放空自己的腦袋，讓身體反應你的興奮與恐懼。貼住了你的眼睛，你就像剛出生的小狗不會走，得由主人抱著移動。看不見的你就可以把人的視線忘記，把自己的心當成狗的心，然後你就重生了！」當看見他變成了牠，渾然天成般，在我腳邊徘徊撒嬌時，我忽然明白了dt那時的心情。

於是S或M，在我心裡已經做了決定。

結局1請由頁309繼續閱讀；結局2請由封底反向閱讀

人型犬調教結束後這幾天，一直想找個機會與凰分享心得，但她總是心不在焉，顧右而言她。既然她無心、不想聽，勉強也是無用。打了電話連絡阿司，要告訴他們最近的調教狀況和我的決定。他們提起了那日在溫泉旅館的約定，要慎重其事等到小季回台灣後，約在dt家裡——那個可能是我的起點或終點的地方。凰說她要一塊去，但等那天到來，她推卻了。

「為什麼要約在他家？有另外一位S味道的地方，我是不去的。」出門前，她背著我，獨坐在沙發上，任我怎麼叫她都不回頭，也不肯動身。「你不去，那我走囉！」才開了大門，像聽見她微微的啜泣聲。我沒有回頭，怕的是會發生什麼。

這天天空藍得清澈，萬里無雲，像是要讓人們看清楚天空的皺紋。飛機劃過天際，彷彿改變了一切平衡。我們站在院子裡頭，好久不見的小季拍著我的肩膀，與我擁抱，對於我的答案他非常的期待。院子裡張開遮陽傘，阿福正在一旁烤肉、忙著。

阿司跟阿清他們三個人看著我。頓時，我突然緊張了起來。「你們這樣盯著我看，我不曉得要怎麼開口……」

「這是很嚴肅的事情，我們可是很認真的看待。」看著他們三人的眼神，我確定他們相當專注地，等著我親口說出答案。

「看著匍匐在地上的人型犬，我似乎看見了dt眼睛看到的景物。忽然間我想成爲跟他一樣了不起的犬主。」

「你已經做好決定了。」阿司說著，和阿福比著手勢，像是在打暗號。

小季突然溼了眼眶，便掉下了兩行眼淚。「我太感動了。」他用手擦著，像在整理表情。

「我相信dt會很高興。」阿司說。阿福拿出了台筆記電腦，當我認眞一看，發現是dt慣用的銀色蘋果。阿清沉默不語，而小季緩緩說著：「我想他會有段不知道終點的旅行。」

阿司連上網路，進入了俱樂部網站。「現在，我要依照dt的意願，將他的帳號刪除。」

「爲什麼？爲什麼要刪掉？」我驚慌的問著。

「他已經不想再上站。他寫了封信給我。」阿司進入了管理員模式。

「他寫了信給你……他說了什麼？」我激動的握住阿司的手臂。「他說如果你選擇S這條路，決定要成爲犬主，就把他的帳號刪除。並且把他曾經寫過關於軍犬的調教文章全數刪除。」

「要刪掉dt的文章跟資料？」阿清驚呼：「那訓犬區還剩下什麼文章？你們沒忘記刪掉大D文章時候的窘狀吧！你知道那是多珍貴的訓練和調教的參考資料嗎？要多久的時間，訓犬區才可以累積這麼多調教文章！」

「阿清，我們都知道。」

「爲什麼？」我來不及阻止，ｄｔ的資料就被刪除了。阿司很快的也刪除了電腦硬碟裡的文字跟圖片。

「然後是這個。」阿司拿出了一大疊的照片還有光碟。「這些是他和軍犬的生活，從第一次調教開始到最後的生活紀錄。」

「這些也要銷毀嗎？」口中說了這句，我的眼淚已經無法克制。

阿福遞上剪刀，小季一口氣剪斷了光碟片。阿福遞上牛皮紙袋，裡頭裝滿了ｄｔ和軍犬的照片跟拍立得。阿司一把抓了，往烤肉的火裡丟。

「不！不要！」我衝上前，卻被小季給架住。看著一大疊的照片開始燃燒，眼見最上面那張爲了趴體特別拍的照片，我哭著喊：「你們難道連一點屬於我跟他的回憶也不願意讓我保留嗎？……難道什麼都不能留下嗎？我和他的那段日子不可能就這樣抹滅。至少……至少讓我擁有和他的合照或者什麼，你們不能什麼都燒了！」

最上面那張第一次調教拍下的拍立得開始燃燒。小季拉住暴衝的我。「阿忠，他留下了你，你們的回憶就在你的身上、記憶裡啊。你就是最好的紀念品。現在已經沒有人有接受過ｄｔ調教的經驗了。他的技巧都在你身上應驗過，只有你可以讓它重現。讓ｄｔ的精神，在你往後調教其他人型犬的時候復活吧。」

阿司拿著鐵鏟，攪著那些燒成黑色的灰燼。「你可以成爲狗主的。而且你一定可以比其他的人更優秀。只有被打過的人才能了解被打時的疼痛與生心理。別忘了你可是名主ｄｔ訓練的。我想除了你以外，沒有人可以追得上ｄｔ的調教手法了！」

坐在地板上的阿清的心情，應該是跟我最接近的吧。他低著頭說：「ｄｔ如同大Ｄ在離開時刪除了帳號，像是對ＳＭ世界宣告告別。他們眞的離開了ＳＭ圈嗎？」

阿司拉著他的手起來。「斷得了與ＳＭ圈的連絡，是戒不了來自身體、內心對ＳＭ的喜愛，這可是在骨子裡、骨髓間隱隱作癢，止不了的。」

小季放開了我：「你會變成怎樣的主人，他非常的期待！」

「我也期待喔！」阿司說。

回家後，門沒關、鞋還穿在腳上，凰立刻衝到我面前抓著我的手臂問：「你的決定是什麼？」她神情緊張，手臂不斷顫抖著。客廳裏，小狼狗跟奴隸大衛跪在地板上，額頭貼緊地面，屁股翹高，旁邊還散落著各式拍板，他們裝著尾巴跟穿戴貞操帶的屁股超紅的，看來是剛被凰狠狠揍過。

我抓著她的雙臂。「凰，你冷靜點。」我搖著她。「我沒辦法冷靜，你快說！」我認眞的看著她的雙眼。「我要成爲與ｄｔ並駕齊驅的主人，甚至是超越他的主人。」

「所以你將會堅定不移的往這方向前進？所以我可以相信一個名叫阿忠的主人就此誕生了嗎？」我點點頭，她像是鬆了口氣般，向下跌昏，我連忙抓緊她。

在床上看著凰沉沉的睡去，我也跟著睡著了。夢裡，軍犬看見了主人ｄｔ站在他面前，表情微笑中帶著嚴肅。他搔著軍犬的頭，軍犬不斷在主人身上磨蹭，用身體訴說想念的心。他蹲了下來，讓軍犬頭靠在他肩膀上，又解下束縛在軍犬脖子上的項圈。他起身離開，回頭望了一眼軍犬。那一眼的微笑後，緊接著是一聲重重的甩門聲。軍犬不斷地吠叫。

「ｄｔ！」我從夢中驚醒。如果可以，我願意用我的一切換取見他一面，即使他已不想再見到我。也許我已經明白那個夢代表的意念。只是爲什麼會夢見他？

「做惡夢嗎？」一旁被我吵醒的凰坐起，惺忪著眼對我說。

「我夢見ｄｔ了。」我將頭靠在她大腿上，她挪著身體貼著我。

「然後呢？」她的手一如往常的在我身上游移。我將夢境跟她說了一遍。「感覺好像來道別的。」她整個人貼上我的正面。「看著你去赴約，我都會問我自己，眞的等得到我要的未來嗎？你知道嗎？對一個Dom而言，控制權不在自己身上是多麼煎熬的一件事。」

「所以你把你的狗的屁股都打紅了。」

「不行嗎？屁股雖然長在他們身上，但他們可是心甘情願的把身體交給我。況且他們被打得也頂爽的。前列腺液拚命的滴。」我笑了笑。眞的是「主願打、奴願挨」。

「還好你選擇做個主人。如果你選擇dt，我們大概會分手。」

「這麼狠心喔。」

「當然。你怎麼可以這麼貪心，又要SM又要愛情。這兩個不可能同時等量擁有。」她開始搔我的癢處，弄得我挨在她身上不停蠕動。

「選擇當主人的話，就可以開始找固定奴了。要我幫忙介紹嗎？」

「不用。」我抓住她搔癢的手。

「沒有奴隸，就不算是個主人！」

「這麼嚴格！」

「那當然，你想找什麼樣的奴隸啊？」

「我想要養隻人型犬！」

凰翻上我的身體。「既然要當犬主，那就上聊天室找吧。或者寫個徵犬啓事！」

「哈哈！不用，自然有人會來找我。不對！自然有狗會來找我。」

「這麼有自信！」凰說著，我用下盤頂著跨坐在我身上的她：「那當然。」再頂一次，她已經將魔爪伸向我雙腿之間：「你硬了！」

大戰之後洗完澡出來，我從抽屜裡隨手拿了件白色Brief。套上後，在全身鏡前自顧自盼了一番。凰從後面環抱住我的腰。

「你幹嘛穿這種老人家的內褲啊？」「哪裡是老人家的內褲？很性感啊。」

「你不是不穿內褲的嗎？」凰走到我面前，故意拉開鬆緊帶，然後突然鬆手放掉。冷不防手就從Brief的前襠開口伸了進去。

「你在掏什麼啦！」「掏屌啊，不然掏什麼？」

「你這樣摸，會硬啦。」「不會硬，摸你幹嘛？」

我將她撲倒在床上：「那就用你的身體來消火吧！」老二被她的手掏出，還穿著內褲就進了她的身體。

「你還可以來第二次？」

我貼在她耳邊說：「那當然，我是種馬！」

「你才不是種馬勒!」她的雙腿勾上我的腰：「你是種狗!你是種狗。」幹進她身體裡的我，匍匐在她身上吠叫。

凰入睡後，我突然想到包東西，於是躡手躡腳的爬起床，在櫥櫃裡翻出了那袋用眞空包裝住的精液內褲。穿四角褲的時候，遇見了dt，被要求穿白色brief，他買了幾件給我，要我換著穿。被要求禁慾而夢遺，就收著等下次見到主人，讓主人檢查後清洗。在dt離開以後，每一件都沾了精液，等不到主人檢查，就只好不穿內褲。本以爲有天會跪在主人面前，等主人檢查之後清洗。看來，是不會有那麼一天了，我把那袋內褲連同眞空袋一起丟進了垃圾桶。

手機響的時候，我看見來電顯示著「軍線」，便知道是那位喜歡當軍奴的飯店經理。我接起了電話。他很恭敬的稱呼我：「訓練官，我是……」他突然結巴。

「你是什麼?」我一問，他緊張得更厲害。「我知道你是誰啦!」我笑著。

「我想說有空的話，可以再跟訓練官約玩吧?」他提議。

「我現在想找人型犬調教。你想當軍犬嗎?」提起「軍犬」這個詞，我忍不住大笑。

「我有跟你說過我不喜歡玩狗奴吧。之前被一個主人套上項圈，牽著在地上爬，我簡直想把他給殺了，根本違反我們之前的協定。」

「你不喜歡當狗喔，那沒辦法囉。我現在想要專心往調狗的路發展。」

「是喔。那ＳＭ圈又少了一個厲害的軍主。」

在我拒絕他以後，電話很快就結束了，畢竟也沒什麼好聊的。雖然現實，但這是事實。對於軍奴，我倒是一點也不在意。心裡卻是有一個在意的人不知道會不會打電話來，這關係到我第一次調犬的表現。

下班，背著包包步出電梯的時候，接到了一通來電。看到號碼，我的嘴角微微的上揚。

「我是小威。」

「我知道。有什麼事嗎？」我故意裝得很冷漠。

「我可以找主人，見個面聊聊嗎？」

「嗯……」我沉默了下。「你想約什麼時候？」

「今……晚……可以嗎？」

「這麼急？」

「我很想見主人。」他講這句話的時候，吞口水的聲音大得連電話另一頭的我都可以聽得清楚。答應了他，依約來到上次的咖啡店，卻遇上了公休，他看到掛牌，臉都白了。我拍拍他肩膀說，不然去附近走走？路上行人匆匆，他則一路上維持沉默。前往公園的路上，都是我在說話，一直走到昏暗無人的角落，我坐在石椅上，看著站在我面前的他。

「你可以當我的主人嗎？」

「你希望我當你的主人？」

「嗯。」

「你果然還是來找我。」

「你怎麼知道我會來找你？」他好奇的問。

「一個主人絕對要有信心，他調教過的奴隸，會食髓知味地想再接受他的調教。我不知道別的S是怎麼想的，但我對我自己是非常有信心的。所以我相信你會再來找我。只要我願意讓你找到的話。」說完這些話，我不自覺的大笑。那是一種發自內心的狂妄。

「跪下。」不管會不會有人看到，我就這麼說，想看看小威的反應。「跪下！」再說一次的時候，語氣已經不像第一次般和藹。穿著牛仔褲的膝蓋砰的一聲，已經落在地面。「過來。」即使我跟他的距離只有幾步，我仍然要他像狗一樣的爬到我面前。

「坐好。」他乖乖的將雙手放在雙腿間，屁股著地的坐在我前面。「乖，沒忘記主人之前教你的。」

「你願意成爲我的主人嗎？」小威突然抬頭看著我說。我還沒出聲，他已知錯道歉：「對不起，我不知道我現在可不可以說人話。」

我搔著他的頭髮：「嗯。我想調教你。我要把你調教成一隻很棒的人型犬。」

臨時起意決定去附近的超市買項圈。一走進去，帶著他直直往寵物用品區。「戴戴看這條項圈。」隨便在架上挑條中意的，就要他試戴，他想都沒想的拿起便往脖子上綁。我看了看，要他放下，拍著他的屁股。「你怎麼這麼乾脆的戴上？不怕有人看到？」在我微笑的時候，超市柱子鏡面裡彷彿對映出那時的dt和我。

「不怕。因爲小威知道主人在身邊，主人會處理好一切。」他笑著。

我也笑著，摸起他的頭：「Good Boy。」在心裡唸著：dt，我帶著我的狗，如同那天你帶著我買項圈。如果今天你也在這，你會和我一樣，感受到他的勇氣，還有那副「主人是山」的穩固依靠感。

他一路跟在我身後，隨著我的腳步走走停停。逛到男性內衣褲區，抓了幾件傳統白色開襠內褲，原本想規定小威也穿brief的，但想想小威這年紀的男孩穿黑色內褲應該頂好看的，會滿有自信的感覺。便放下手中的白色brief。經過女性生理用品區，我拿起衛生棉條，猶豫了會，放回去。走了幾步，又倒回去拿了一盒。

「主人是幫女友買嗎？」他好奇的問。

「給你用的。」

「小威又不是女人，用不著這個。」

我拍拍他的屁股：「不！你用得著。」

離開超市後，我帶著小威去了阿司的寵物店。雖然一般犬用的項圈就很適合小威，但我還是嫌ＳＭ的味道不足，只能前往阿司的店裡找了。

「你跟ｄｔ一樣，直接來我這不就得了。去什麼超市？那裡賣的項圈不會有ＳＭ的味道的。」

「我以爲小型犬的，隨便買都有啊。」我講小型犬的時候，小威的臉表情是複雜又有趣的。面對著陌生人，而自己的祕密被發現，讓他腎上腺素上升，我伸手捏了他牛仔褲的褲襠，硬梆梆的。看見這動作的阿司，嘴角微微上揚，帶我們進入了寵物店後面的房間裡。我挑了條適合小威脖子尺寸的黑皮項圈，一戴上去，人型犬的味道就出來了。

「把頭髮剃成平頭吧。」我說話的時候，小威訝異的看著我。

「一定要剃成平頭嗎？」我看見他的眼眶裡有眼淚打轉。

「嗯。你現在頭髮太多了。我不喜歡。」我說話的時候，如同告訴他，我有權力決定你身上的一切。

阿福推著裝有理髮用具的推車進來。阿司抓了電推，插上旁邊的插頭：「要我來服務嗎？」我伸出手，要阿司將電推給我。「你要自己來？你行嗎？」

「沒問題的。」當兵的時候，我還幫一些阿兵哥推過，這點小事難不倒我。

「把褲子脫了。」他雖然面露疑惑，仍是在阿司跟阿福兩位陌生人面前，聽從我的命令，乖乖把牛仔褲脫了，只剩下一條黑色三角褲。「脫光，趴上去。」我指了指旁邊的獸醫手術台。雖然阿司跟阿福的在場，讓小威有點難爲情，但他還是背著大家脫掉內褲。他趴上去，我手按下他的頭，讓他的屁股朝天翹。電推的聲音響亮，握在手裏還有著微微的熱度，我順著他的頭型一道一道推，只剩下非常短的頭髮在他頭皮上。他的頭型相當好看，留這樣的頭，格外顯得性感。

「把身體翻過來，躺在上面。」我拍拍他屁股，他沒動作。「遲疑啊！」我硬把他翻到正面，他勃起的老二緊貼著腹部。我捧起他的蛋，摸摸他的屌。「原來是狗屌硬了，不敢翻面。」小威是個沒什麼體毛的男生，推完頭髮後，電推就可以收起來了，稀疏的陰毛跟腿毛，正式調教的時候再除就好。

我拆了個棉條，拍拍他的兩大腿內側。「要幹嘛？」他很緊張。我把他的大腿往上扳、用力壓住，好讓屁眼外露。

「別動。」我摳了摳他的屁眼，便將棉條塞了進去。他痛得唉了聲，扭曲著身體。「你現在躺在動物手術台上，裝著小小的義肢！」我拉了拉棉條尾巴露在身體外的細線：「看，像不像小尾巴？」他的屁眼縐褶收縮抽動著，像是隨時會將棉條擠出體外。「掉了，你就試試看。」我壓著他的大腿，手掌在他屁股肉上狠狠地打了幾下，作爲警告。

「在主人面前只是條狗。既然是狗，裝條尾巴是再正常不過了。正式調教時，塞的是肛門塞，比這個大上幾倍；這個都沒辦法習慣了，肛門塞你更受不了。」

「阿忠，我們剛進口了組合式肛塞，你要不要參考一下！」阿司從阿福手裏接過展示著：「尾巴可以換長度，肛塞大小也可以換喔。」

「還不錯耶。」

「你看你可以用編號零號、最小的肛塞代替棉條。清洗也很方便。」

我拿在手上把玩，挑了接近小威膚色和黑色的幾個肛塞，還有不同長度的尾巴。在阿司跟阿福清理環境、爲我包裝肛塞和項圈時，我撫摸著小威的身體。

「你的身體滿好摸的。」摸到他硬著的狗屌旁稀疏的陰毛。「下一次的調教，將會是非常正式的調教，我會剃光你的體毛。」

「非剃不可嗎？」

我點點頭：「非剃不可。」

他的身體顫抖起來：「小威是游泳隊的，在更衣室裡，會跟其他社員一塊洗澡……」

我低聲對他說：「剃毛這件事情很重要。重新回到幼犬無毛狀態，才能算是你……你扮演的這隻人型犬正式的誕生。沒有這個儀式，我覺得我沒辦法調教你。」

「喔。」他應了聲。

「足球明星都除光體毛了，沒什麼好奇怪吧。」手撫過他身體上每一個長毛的地方。「等你習慣，你就會覺得這樣是理所當然。你無所謂了，別人更管不著你。」

「小威什麼時候可以留體毛？」攤開四肢的他望著我。

「等牞長大！」

「什麼是長大呢？」

「等我覺得牞已經是隻成犬，就算長大……」

「那要多久?」他的聲音帶著哭腔，因爲他知道在更衣室裡頭，大家將會注視著他無毛的身體。

「嗯。暫時一年吧。如果到時候我還覺得祢的樣子、動作、習性不能成爲成犬，那就延長期限。」

離開寵物店的路上，棉條塞在小威體內沒有離開。他走路的姿勢變得奇怪，褲襠卻高高漲起。我停下腳步，等他。跟上後，一手勾起他的肩膀:「回去以後，每天棉條至少要塞在體內八小時。」

「喔。」他害羞的紅了臉。

「你知道爲什麼要你這麼做嗎?」

「不知道。」

「你不想問啊。」

「主人想做的事情，不需要問。」

「傻瓜。將來調教的時候，會塞條尾巴在你體內，一直到結束，所以要你先適應。」

凰的朋友日思女王新開了間熱蠟除毛美容館，開幕期間，凰拉著我一塊去捧個人場。原本只是陪她去做除毛，當凰知道她們也做男性除毛，竟然慫恿我一塊做。日思檢診我的腿毛，說因爲先前刮過，毛囊變得比較粗，凰立刻插嘴：「沒錯。難怪做愛的時候，刮得我不舒服。」

「那就要除掉現在的體毛，讓毛髮重新長過。」日思說完，我傻笑著搖頭。

凰馬上撂下狠話：「你要是不做，我以後都不跟你做愛。」

「你不是認眞的吧？」

「你覺得我不認眞嗎？」凰瞪著我，眼神讓人不敢違抗。眞不愧是個經驗豐富的主人。

日思馬上伸手招來店內的男性除毛師，要我隨他進去除毛室。凰拍著我的屁股：「早該把毛除掉了。」她笑的表情讓我恨得牙癢癢。

進了房間。「衣服掛在旁邊衣櫃。」除毛師示意我。「你先沖一下澡。浴室裡有兩瓶沐浴乳，右邊小罐的是洗完後，抹在體毛部位，等會處理的時候會比較容易。」他放我一個人在裡頭更衣，脫到剩內褲的時候，他探頭說：「洗完，叫我一聲，我在門外。」

按著他的招呼躺在床上，望著天花板吊燈的反射，我心想：這是不用調教的除毛。「我先幫你看一下毛髮狀況。」他客氣的說著。我點點頭後，他便拉開我圍在腰間的白浴巾，手在我雙腿間翻著。「你之前有自己刮毛啊！」

「之前調教的時候，被主人剃的。」沒有半點不好意思的說。

「你是凰女王的M？」他說得很直接，我想他也是皮繩愉虐人吧，在日思女王的店裡，大多應該都是我族，我也沒什麼好保留的。

「我不是她的M，我是她男朋友。主人是很久以前的事情了。」

「喔。難怪我覺得你跟女王的其他男奴不太一樣。女王看你的眼神也不太一樣。」他先處理我的腿毛部份，又問：「你是M嗎？」他快速的撕著貼布，雖然痛，但可以忍受。我的小腿腿毛很快就光了。

「我不是。」

「你是主人？」

「嗯。我是最近才開始決定要做一個主人。」

「有奴了？」在聊天之中，他又處理了另隻小腿。

「嗯。是隻可愛的人型犬。」

「你是狗主啊！失敬失敬！」他處理完大腿。「阿弟是日思女王的狗兒。」

「誰是阿弟？」我在翻身趴下的時候問著。他指了指自己，我便明白，原來他是日思女王的狗。

「你會跟凰女王結婚嗎？」他突然問了個我沒想過的問題。我狐疑的看著他。「喔是這樣的，我想跟日思女王求婚。」

「哇喔！」我讚嘆了一聲。「你爲什麼想這麼做呢？」

「不希望女王是屬於其他男人的！而且……結婚可以掩護檯面下眞正的關係。」他拍拍我，要我翻到正面，準備處理腋毛。

「不結婚應該也沒關係吧！」

「不過女王她家裡在催。如果她隨便找個男人嫁，還不如跟我結婚。這樣她可以控制我的地方更多。」他說完笑了出來。看得出來他很享受被女王控制。

「腋下除好了，接下來處理私密處，會比較痛。」他讓我有些心理準備，私密處確實是最疼痛的。忍著痛，看著毛髮部位一點一點的變少，最後除淨。他幫我上乳液，手觸摸我的身體時，記憶起曾經有個男人的手溫柔的撫摸過我每一個部位，裡裡外外。背對著阿弟從床上坐起，我的下半身有些充血，看著無毛的身體，我很喜歡這樣，等著體毛重新生長。用刮的，因爲毛囊沒有清除，所以毛會從橫切面長出去，會越來越粗。用熱蠟除毛後，體毛會變細，重新生長。無毛的身體，像是另一次新生，象徵身爲主人的我誕生。除毛的過程中，與阿弟聊了很多關於毛髮的知識，我將把它們運用於人型犬調教。

從日思的美容館離開後，和凰散步在傍晚昏黃的河堤邊，看著遛狗的慢跑男子，與狗嬉戲的小孩。聽見男子喊著狗兒名字。我才想到要替小威取個狗名，要想一個適合他體型，符合牠成長方向的狗名。和凰提起這事情，她說訓犬區裡有篇整理出許多狗名的文章。

「你什麼時候開始調教小威？」「已經算開始了。先叫他適應小尾巴。面對面調教的話，正在跟他約時間。」

「你會跟他約在家裡嗎？」凰的表情有些興奮。

「約旅館吧！」

「喔。爲什麼不在家裡？」她搖著我的手。「不想。」一回絕，凰的臉就塌下來。

「爲什麼？爲什麼？你是故意不讓我看見你的狗嗎？我想看你調狗，我想看你調狗！」

「等他像條狗的時候，我會帶給你看的。」

「說好囉。說謊是小狗。」「好喲，說謊是小狗。」

「家裡要增添新成員，眞是開心。」凰高興的雀躍著：「我們趕快回家，來頓裸體晚餐吧！」

她掏出手機，靠在身旁的我身上。

「你打給誰？」

「看看阿郎有沒有空啊！叫他一塊來。」

這一晚，我跟凰不斷撫摸著彼此光滑的身體、興奮而不斷的做愛，連天亮了都不曉得。

正式調教前，每個晚上我都打電話給小威，聊起過去的經驗，我連同ｄｔ的部份也說了。「原來你就是ｄｔ的……我一直以爲ｄｔ與軍犬，不過就是人們捏造出來的人型犬神話。沒想到是眞的。我看過你們調教的過程紀錄，超棒的！不過我最近想看，訓犬區裡的文章卻全都被刪除了。」他不斷地說著說，讓我很不好意思。「你爲什麼不繼續追隨ｄｔ呢？」

「爲什麼不追隨啊……」我停頓了一下：「因爲我的本性是Ｓ，他也覺得我應該往Ｓ方向走。這是他最後給我的『調教』。」

在電話裏，我們約了正式調教的時間，但在那之前，我們必須通信個幾次，談談彼此更深的想法與溝通觀念。那些一開始就說要找長期的，應該是騙人的！ＳＭ就像戀愛一樣，甚至比戀愛難。跟第一次見面的人說要找長期，就跟一開始就說以結婚爲前提交往，沒什麼兩樣。我希望跟小威不要在觀念上相差太大，不然就不用玩了。

凰吃醋的說，我跟小威好像才是情侶。我開玩笑的說如果她願意當我的奴的話，我也願意天天打電話給她。當場就被凰給踹下床。這一氣，可是安撫了好久才消。還詳細敘述了對小威調教的計畫，她才對我稍微好一點，陪我去挑選了狗盆，還有一些調教用的道具。

有別於上次的初犬體驗，這次是正式將小威收爲家犬的調教。他站在旅館房間門口脫到只剩下黑色內褲時，穿著白色Brief的我拿著狗鏈和項圈走向他。我抱住他，一手脫掉他的內褲，伸向雙臀之間探去。找到了棉條的外線，「放輕鬆。」語畢一拉，他的身體反應激烈得貼上我身體。塞在他體內的暫時狗尾巴晾在他面前。「把內褲脫了跪下。」他的頭靠在地板上，棉條就放在他視線可見之處，我要他翹高屁股，拿起了預放在旁邊的灌腸用具。

跪著的他眼睛只看得見棉條，耳朵只聽得見我到浴室裝水的聲音。我來到他身後，拍拍他的屁股，抹了些潤滑劑，灌水的幫浦頭便塞了進去，將小水盆裡的水全灌進他的體內。「忍著點。」於是開始等待。「祢的屁股裡面還有當人類時產生的糞便。」當牠開始不自覺的顫抖，肛門口也出現異狀，我拉著牠進去浴室裡，要牠蹲在馬桶上面。「狗其實是不會蹲馬桶的，而且祢也不該在這裡排便。不過我沒自己的院子，就將就點。」牠望著我，表情痛苦又羞澀，卻依然忍著。「主人看狗大小便是天經地義的事情。」一說完，混雜在牠體內的液體跟糞便，傾巢而出。牠的身體不停發抖，排便這麼隱私的事情都在主人面前做了，牠不曉得到底還要做到什麼程度。牠跪在浴室地板上，接受主人的清洗。

　我讓牠躺在乾的地板上，用蜜蠟幫他除毛。這樣牠的毛髮可以繼續保持柔細。我拔起貼在牠腋下的絨布，牠因爲疼痛而扭曲了身體，我翻起牠屁股，一掌打下去，白屁股立即出現了手掌印。「動什麼動！」換右手腋下絨布拔起時，牠用力忍住。我撫摸著牠的腹部，來回揉著，一股安定的力量，從我的掌心傳達到牠的身體。牠的陰部體毛，除過一兩次後，便清潔溜溜。看見可愛的下體，我忍不住撫摸把玩。牠舒服得有了反應。托起牠的蛋蛋，輕輕拍打。抓起牠的雙腿、往上抬，檢查有無肛毛。體毛少的牠，肛門光滑得像個小嬰兒。連雙腿腿毛也很少。再除幾次，牠已如剛出生的幼犬般潔淨細膩。

　我把牠抱出浴室，放在帶來的全身鏡前。「看著鏡子裡的祢。」一個頂著平頭，身上已經無毛的男性身體。「站好。」牠知道我說的「站好」是狗的站好，雙膝跪下，雙掌貼在地毯上。我雙指沾了KY，往牠屁股中間抹去。指頭一進入，牠眉一皺，便趕緊從鏡子裡看我的神情，擔心怕被我打。我拿起一根小尾巴，往牠屁股裡一塞。牠唉了聲。「哼？」我一出聲，牠立刻低下頭。「這根小尾巴比較適合小型犬的祢。」拍拍牠屁股，要牠在鏡子前側身。

　「這隻狗是誰啊？」我搔著牠的頭。「ku ka！祢的狗名是ku ka。」拍了牠的後腦勺：「不叫幾聲來聽聽！不喜歡ku ka這個名字嗎？」牠吠了幾聲。「從丹田用力吠叫。」對剛剛牠的吠叫有些不滿意，牠洪亮地再叫了幾聲。「很好。手伸出來。」我用紗布繞緊牠的兩肢。「這樣才可以讓祢喪失人類手掌的功能。」狗項圈握在雙手，套上牠的脖子，牠正式成爲有主人的ku ka。「乖。」我坐在床沿，伸手拿了床上的契約書。看著牠，「ku ka的訓練計畫在我的腦袋裡。ku ka會不會成爲一隻優秀的人型犬，是我的責任。我絕對會好好訓練ku ka！」將契約書放在牠眼前，要牠看個清楚。「有意見嗎？」牠汪了聲。「沒有經過聲音訓練的人犬是沒辦法跟主人溝通的。我想我訂的條件不算嚴苛吧！」牠點點頭。

「那就簽字吧！」拿出筆，牠的狗掌無法握，我伸長腳，拇趾頂住牠勃起的狗屌。「就用祢的屌拓吧。」我邪惡的笑著。把預備好的顏料抹在牠勃起的下體，一路抹到肛門口。挪過紙，拓上牠的下體跟肛門，將成品擺在牠眼前，「眞是漂亮。」牠害羞得連頭都不敢抬起來。

清洗顏料後，開始複習上次簡單教過牠的動作。這次加上了尾巴，牠的動作開始不標準。「電視機旁邊的拍板看到了沒？去咬過來！」我指著方向，牠爬了過去，用嘴巴咬來，一交到我手上，我便甩在牠屁股。「還不習慣屁股裡有根尾巴嗎？」我調整牠的姿勢。「肚子要縮，用力。腰部成爲一條線，不要讓祢的肚子掉下來。感覺祢的尾椎那邊延伸，像長了根尾巴般，而不是屁股裡塞了根尾巴。」

旅館房間是訓練ku ka狗姿狗儀的場所，尤其是面對著鏡子，所有的動作都必須跟眞正的犬類相同，坐下、趴下、伸懶腰、搖尾巴等等在我嚴厲的教訓跟拍板斥責下，不到午夜的時間便速成。這次比上次更正式、更嚴格，牠也很乖很努力，雖然屁股都被我打紅了，仍然努力做到我的要求。

十一點多午夜新聞，ku ka跪在我腳邊休息看著電視。我摸摸牠的屁股跟尾巴，從包包裡抓了菸盒，到陽台抽菸。談吐之間，我對ku ka說：「會累嗎？累的話就變回小威吧！」說完，轉身看著旅館外面的景色。聽見裡頭的動作聲音，我笑了笑。也沒管牠或他到底在做什麼。一根菸的時間結束，捻掉菸時，小威站到我身邊。「還可以嗎？」他點點頭。我拍拍他紅通的屁股。

「主人，小威可以抱你嗎？」我點點頭，伸了手，將他勾在懷裡。他玩起了我的Brief褲頭。

「主人為什麼你沒有像那些調教文章中的主人規定小威要穿什麼樣的內褲？」

我笑了笑：「你這麼想被規定啊！我是覺得你穿什麼不重要。我不想限制你的內褲，你自己選擇，或者保持現狀。當然你也可以選擇不穿。不用管網路上其他主人的調教文章怎樣，你只要做到我這個主人的規定就好了。」

他貼近我的身體，老二勃起，我好玩的幫他自慰起來當作獎勵。搓了好久，他都沒到射精狀態，甚至還軟掉。「你有打手槍嗎？」他紅著臉點頭。我敲了他的腦袋瓜。「你不可以再私自打手槍。幼犬沒有自慰權。以後沒有我的允許，不可以打手槍。」我用力的打了牠的屁股。

「尾巴晚上不準拿下來，當作處罰。」

ku ka屈著身體在床上睡，而我站在陽台又抽了根菸。

「d t，希望你因我而驕傲。」

拗不過凰的要求，在調教過ku ka三次以後，我決定帶ku ka回家。但這也不算是完全的依凰希望見見ku ka，而是旅館一間一間的換，我沒有一處固定的、屬於我這個主人的地方，好持續調教ku ka。當我開始煩惱著ku ka的訓練時，才懂得d t的用心，身爲犬主的工夫，和對於一隻人型犬的想像。如果有d t那麼大的庭園就可以訓練奔跑跟大小便。單在旅館房間眞的少了很多調教手法與樂趣。一定要有一個屬於我這個主人的空間，給予ku ka這樣才是有意義的。凰建議我要不要就在家，我覺得那不適合，但似乎現階段沒別的辦法。跟凰約好時間，先讓我跟小威兩個單獨在家裡，晚上她再回來。

一進門，他還在觀望著屋內裝潢，我便咳了幾聲。「沒忘記吧？」在進公寓的時候，已經吩咐過他規矩。他連忙脫去了球鞋跟身上的黑色挖背背心，卡其色短褲，和黑色三角褲。在我面前就跪了下去。在客廳口，檢查ku ka的狗體，看看在外面野的近況。小麥色的肌膚和嫩白泳褲痕的屁股，肌肉因爲有在游泳跟運動的關係，相當的滑順好摸。狗屌的地方，周圍的嫩細小毛開始冒出，還好是用蜜蠟除毛，才使得狗毛冒出後還是細毛。

裹住手掌成爲狗掌，調整了ku ka的姿勢後，從狗屁股裡取出棉條，再將狗尾巴塞入。牠興奮的撲著我。我搔著牠的頭。「好好好，我知道。」ku ka在我的口令之下複習犬姿犬態，和表達情緒的犬吠犬聲。「Good Boy。」調教到滿身汗，我脫去了上衣，牠的眼睛盯著我的動作。

我從桌上拿起了眼罩。「我把你的眼睛蒙上，這一個小時以內，你只要用你其他的感官去感覺這個空間裡主人的存在。主人做了什麼事情，幹了什麼，你用聽覺去察覺。狗的嗅覺跟聽覺，牠們聽得到、嗅得到、看得到的，人型犬無法做到。但這個訓練很重要，就跟你的初生調教一樣。」

我沖了個澡，圍著浴巾出來的時候，凰帶著阿郎跟大衛回來。ku ka聽到了陌生人的聲音，整隻躲在沙發後面。凰一進客廳，便開心的找著牠：「ku ka勒？」我用下巴比著。她蹲在牠面前：「ku ka！」只聽得到聲音的牠，身體更是顫抖。「你幹嘛矇住牠眼睛啊！」凰拿掉牠的眼罩，牠見著我，便往我雙腿鑽。我撫摸著牠的身體，要牠安心。「不要緊的，她是我女友。凰女王。我跟你說過她。」

「握手。」凰攤開手掌。ku ka裹住的狗掌緩緩貼上。「好乖，好乖。打賞～」她丟了幾塊狗餅乾在旁邊，牠看了我一眼，看到我點頭，才敢低頭吃。「哇塞，你把牠訓練得眞有規矩。」凰說完，伸手便扯掉我的浴巾。「你幹嘛！」「浴巾圍了就是要扯啊！」

「色胚。」將老二頂在她臉前。她捏了下。「你才是色胚。」我們倆在調情的時候，我看見ku ka跟小狼狗正看著我們。凰瞪了小狼狗一眼，牠就像惡狗般撲向ku ka，我用力把小狼狗拉離ku ka：「這是幹嘛？」凰得意的將雙手在胸前交叉。「停。小狼狗，過來。」牠跪在凰前舔腳。「還不錯嘛，沒忘記。等會少打屁股一下。本來遲疑該打五下，等會打四下就好。」

ku ka眞如幼犬被嚇到一般。「你們喔。把我的小狗嚇成這樣。」我將ku ka抱起，凰蹭到我身邊，「好色好色的畫面喔。」我用鼻尖頂著她的鼻尖：「人來瘋的凰女王，請用愛心對待剛來你家的小ku ka吧。」我坐在沙發上，舉著ku ka的前肢，讓牠騰空。「我也要抱，我也要抱。」「你抱不動啦！」我這麼粗壯的人，都覺得把ku ka舉起來有些吃力了。「那你舉著。」凰伸出手玩著ku ka的雞雞。

我把ku ka丟給凰，到旁邊拿道具。「你拿那什麼東西？」凰開口問。我將耳塞塞入ku ka的耳朵。「你爲什麼要拿耳塞？」「不想讓牠聽到人語。在牠聽不見的世界，聽不懂我們說什麼，增加牠是條狗的情境效果，對於人類說話的距離感。」凰撫摸著ku ka的身體，「那你爲什麼會想這樣訓練ku ka？d t以前曾經這樣訓練你嗎？」「他有矇過我的眼睛。耳塞的話就沒有。」

「你怎麼會聯想到耳塞？」「不知道耶，我覺得那是出自本能的反應。」我笑著。「是出自一個主人的本能反應？」凰回問，我點點頭，將ku ka的眼罩摘下。「在沒有安全感的世界，便只有主人能夠依靠。這是最簡單練習主犬間默契的方式喔。我不用說話，只需要動作，人犬就會知道意思。」

「還有耳塞嗎？給我一副。」凰將耳塞用在小狼狗身上。

我貼在凰身上笑著。「現在是默契大考驗喔？牠不一定懂你想幹嘛吧。」

「有這麼差嗎？我好歹養了牠好幾年了。」凰指著牠的處罰道具。「去！去把拍板咬過來。」凰的道具全放在一塊，小狼狗傻傻的望著她，不知道她的意思。「齁！笨狗。」凰氣呼呼的拿了拍板過來，小狼狗就知道：糟了，女王要打牠屁股了。很自動的將屁股翹高，讓凰打。「還不笨嘛，還知道我要打牠屁股。」凰狠狠地打了五下。原本要減一下，因爲小狼狗不懂凰的意思，又補了回來。

我抓著ku ka的狗脖子，大笑著：「凰，看來小狼狗跟你默契不好喔。」

「沒錯。這隻狗還沒有完全的訓練好。」凰拿著拍板指著廚房的大衛：「你！你也是一樣。」

「狗因爲還沒訓練好，所以容易犯錯，主人才有機會處罰啊。」瞧凰說的得意，一旁的ku ka卻是無辜的看著，不知道我們到底說了什麼。我搔著牠的頭，要牠安心。撫摸是安穩狗狗最好的動作。

奴隸大衛準備好晚餐，伺候凰女王上座後，便跪在小狼狗身邊，上半身成立正姿勢。凰嚐了口奴隸大衛煮的菜餚，相當滿意，而賜坐。他坐在他的小腿背上稍息，看著凰用餐。女王滿足的表情就是給他最好的鼓勵。ku ka在一旁不知所措，動作一直換來換去的，我也沒吩咐牠。就算說，牠現在也聽不見。

凰吃剩下的食物，裝滿盆後放在地上，才由奴隸大衛跟小狼狗兩個分食。ku ka眼前的一奴一狗翹著屁股將頭靠在碗盤上狼吞虎嚥，牠在一旁仍是不知所措。我裝了盆飯，放在牠面前，開了罐狗罐頭淋上。「吃吧！」從阿司那兒買來的僞狗罐頭，是專門給人型犬的飼料。我不會買現在市售的狗罐頭，裡面可能加了人體器官無法負荷的添加物。手上的罐頭包裝字樣都跟眞的狗罐頭沒有不同，不知情的ku ka很容易信以爲眞。牠愣看著眼前的食物，沒有動作。「不吃，就只好挨餓。」說完，我就坐去電視前的沙發。

ku ka的內心一定很掙扎，一定想著牠到底還是個人不是狗，怎麼能吃狗罐頭呢，但這卻是擊潰內心的高招。牠身邊的一奴一狗爬食完，連盤底都舔得乾淨，奴隸大衛也已請示過凰，起身開始收拾清理桌面跟碗盆。他看ku ka盯著狗食，便蹲在牠面前，用著還可以的國語說：「狗狗，不吃袮會餓的。」

「你的小狗，連一口都沒吃!你不會之前都沒這樣訓練過牠吧?」凰貼在我身上。「沒有。之前約在旅館，都是晚餐之後，調教到隔天中午以前，沒有遇到用餐時間。不吃，晚上肚子餓，哭著想吃，就打!」她推了我一把：「看不出來，你什麼時候有這股狠勁。牠還是小狗耶。」「再怎麼狠，也沒有凰女王狠吧!」「嘖嘖嘖嘖，阿忠主人，果然是士隔三日，刮目相看。」一邊看電視，一邊偷瞄著ku ka，牠仍在那盆狗食面前發呆。凰推了推我，「你不去關心一下?」

「不敢吃狗食嗎?」牠望著站在面前的我，聽不到我說什麼，只能猜我的唇語。「袮是條狗，又不是人，吃袮的狗飼料。」我蹲下，撫摸著牠的身體。「想想袮自己的身分。」捏了捏牠的狗屌，用身體語言跟牠對話，告訴牠，袮是條公狗。「袮不是說相信主人嗎?」我開始打牠的狗屁股，如警告。「都決定來做條狗了，連這點自尊都無法拋棄嗎?」將牠的頭往狗盆裡壓。從牠的肩膀可以感覺到牠哭泣，但開始張口吃起飯來。我嘆了口氣、鬆了一口氣。經過這關，牠就更往人型成犬邁進。凰在我身邊蹲了下來，「ku ka好乖喔。」「你現在說話，牠聽不見的。」她摸著牠的身體：「沒關係，牠會知道的。」ku ka因爲撫摸發出陣陣的嗚呼聲。

飯畢，休息一段時間以後，我牽著ku ka進浴室盥洗，拔出牠屁股裡的尾巴，讓牠休息一會。ku ka頭低低的讓主人給牠洗澡。當主人抹著泡沫的手指進入狗體內搓揉時，ku ka舒服的發出陣陣的呻吟聲。拿著蓮蓬頭將ku ka身上的泡沫沖掉之餘，我看見了凰站在門口。拿著蓮蓬頭朝著她灑水。「你幹嘛?」她躲著。「看你一副很想被洗澡的樣子。」

沖完了ku ka，拾了浴巾擦乾後，拍著狗屁股：「出去休息。」我拉著凰進了浴室，關了門的鴛鴦浴。「啊。不要啦。很糗。」「我自己來。」凰在我面前扭著身體。我故意將手伸向她的陰部跟後庭。「不要，你不要幫我洗屁股，我自己洗。」

在浴室嬉戲後，我們赤裸相擁而出，激烈的擁吻，呼吸急促。我壓她上了床，在床上掰開她的雙腿。「不要。牠在看。」「眞難得，凰女王竟然會在狗面前害羞啊，牠們只是狗，你不要故意裝害羞。」我抬起了她的雙腿，戴了套子，便在兩狗一奴面前幹了進去。我跟凰做愛，小狼狗跟奴隸大衛是見怪不怪，倒是ku ka，看著我跟凰上床、看著我跟凰性器交合模樣，牠硬著，狗尾巴卻不在身體裡面，感覺空了一大塊的空間，虛得很。射精之後，我將套子打結丟棄，躺下休息時，看見了ku ka的眼睛流下的眼淚。

呆望著天花板好一會的時間，腦裡有很多的畫面，翻了身，親吻凰的肩膀，輕聲：「我一會回來。」抱著ku ka到客廳。牠雖然被我吵醒，不過仍乖乖的讓我從腰處勾起，帶到客廳。我坐在沙發上，ku ka蜷曲著身體依偎在我腳邊。我躺下，拉起ku ka，讓牠的頭靠在我大腿上，撫摸著牠的身體，不發一語。「祢是狗，不是人。不要用那種傷心難過的眼睛望著我。那樣只會讓祢更難受罷了。」「凰是我的女朋友。我會跟她上床，是理所當然。也許不該讓祢看見這整個過程。這樣的調教也許眞的不適合祢。」

不知道過了多少時間，凰悄悄來到身後，我親吻她的臉頰。她回吻了我。kuka靜靜睡去，我離開沙發的時候，牠沒有察覺。我拿了條毯子爲牠蓋上。

我是當了主人以後才學習著做一個主人。之前那些打游擊式的約奴調教，根本無法與有了kuka之後的調教相比。今天調教之前，我突然決定要去小威住的宿舍走走。他見到我有些訝異，措手不及。只得帶我走進他住在學校的宿舍房間裡。我跟他說我想看看他是在哪裡上網，和我交談的。見到他寢室的環境，便沒辦法答應讓他跪著跟我交談，雖然他一直很想以奴禮對我。

「這張書桌就是平常你跟我網路聊天的地方啊。」手撫過桌面。

我站在他衣櫃前，我作勢打開。他面露爲難，甚至惶恐。

「主人要開衣櫃嗎？」

「對。不行嗎？」

「喔。」他有些彆扭。

「你記得我說過的吧。那次我要檢查你的背袋，因爲關係還沒有確定，我才會先問過你，但等我們正式成爲主犬關係，就不會再問。我會把你還有你的一切都視爲我的財產。我會佔有你的全部，你將完全的被佔有。」

「記得。」

打開櫃子，看見裡面掛著的衣褲。他的眼睛一直瞄著抽屜的方向，我便順著拉開抽屜，裡頭擺放著內衣褲。在眾多黑色的內褲當中，我看見一條熟悉的東西，拉了起來——一條白色的Brief。我拎著內褲擺在他眼前。「這是怎麼一回事？」我看了內褲的牌子跟尺寸，應該是我的沒錯。還是穿過的。「過來。」他像做錯事的小孩，顫抖的站在我旁邊。我鎖上房門，拉了椅子坐下，「這條內褲應該是我的吧？怎麼會在你這邊？」拍拍自己的大腿。「把褲子脫掉，趴在我大腿上。偷東西啊，看來要給你一點教訓，才會知道乖。」他脫著牛仔褲，動作卻慢慢吞吞，我一氣下伸手壓下他，扯下他的黑內褲，用力掌摑他嫩白色泳褲痕屁股。褪到膝蓋的褲子，剛好成爲困住他雙腳的枷鎖。我用力的打他屁股，直到兩片紅通。他哀嚎的聲音說著不要打了，不要打了，下次不敢了。「還有下次啊！」我一直打到他放聲哭泣，才稍微停手。

他身體顫抖，害怕著我的手掌。我的一個聲息，都會讓他恐懼。我的手改用撫摸的方式遊走在紅通通屁股上。「對不起……主人……」他哭著說。

「你有這麼喜歡主人的內褲？喜歡到要把它偷回家？」手掌攤在內褲襠部，伸向他嘴巴。「舔。」他張開嘴，開始舔起那條穿過的內褲襠部。看著他的動作，我的襠部有些騷動。有些得意，像是征服了什麼般，充滿成就感。

我的大腿感覺到他的勃起。「最近有打手槍嗎？」他搖頭。我的手繞過他屁股肉中，搓起他的狗屌。無法掰開他的雙腿，便脫去他的褲子。他開始呻吟，我搓了老半天，手也酸了。拉了拉塞在他屁股裡的尾巴。一進一出的，他的聲音越來越急促。

「主人……主人……要射了……」

「射啊。」得到我的允許後，他的屁股開始抖動。精液射離體內時，力道之大，我可以感覺到連我的褲子也被他的洨擊中。

跟凰提起這事情，她從沙發後方勾住我的脖子。「狗總是會想偷些有主人味道的東西藏起來咩。」「是這樣嗎？那小狼狗有嗎？牠有偷你的內褲嗎？」凰竟從裙子裡把內褲脫掉丟給一旁的小狼狗。「牠不用偷，我直接給牠。」看著眼前翹屁股的小狼狗，伏首在凰的內褲之中，我有些納悶與不解。「那你那件內褲有送給ku ka嗎？」凰坐到我大腿上。「給他啦。既然這麼想要，一件內褲而已，只是他沒有把他所有的慾望告訴我，讓我很生氣。」

「如果他想要你幹他呢？」她跨坐在我雙腿上。「我又不是同性戀。」我的雙手大膽的進入裙內。「我說的是如果啊！你不是，他是啊！」我將她壓在沙發上：「我不曉得耶。」

凰突然用力打了我的手臂。「你是想囉？」

「你怎麼這樣啊，我沒說要啊。」

「你不回答，就表示有想過。」

「你怎麼這樣啊！」

我雙手繞過她腰，抵達雙臀之間，隔著褲子抵著。「dt有幹過你嗎？」聽見這兩個字母，爲什麼我的記憶相當模糊，記不起dt有沒有幹過我。應該沒有吧。「我不想回答這個問題。」

「不想回答，那就是有。我也要幹你！」

「你又沒那根。」她推開我，一陣翻箱倒櫃。回來時，手拎著我沒見過的東西。「那是什麼？」

「穿戴式的假陽具。」她脫下裙子，穿起它。而後在我面前攤開個箱子，裡頭擺放著大大小小尺寸的假陽具。她抓了最左邊的，在我褲襠前比一比。「跟你的差不多大吧！」

「不用用到這麼大根吧！我的尺寸沒這麼大吧！」我連忙拿起中間尺寸的：「你不會是認眞的吧？」

「你認爲呢？」

洗完澡，光著身體走出浴室。凰已經擦完乳液，站在落地窗前，吹著夜風。她將乳液遞給我，好讓我抹在自己剛除完毛的身體上。她坐在床上看著擦乳液的我，眼神猶如正在欣賞一場色情表演般，色瞇瞇。

「我養ku ka一年了。」我走到她面前，她正看得出神。

「一年囉，這麼快！」她尷尬的接過乳液，放回梳妝台。

「對啊！好像該慶祝一下。」我跳上床，翻過她。大字的躺在她身邊。

「一年就一年，需要怎樣慶祝嘛。我跟阿郎或者大衛也沒慶祝。」

「這樣喔，不覺得該有個什麼嗎？d t 養軍犬一年，就帶去割包皮……」一講出口，我突然尷尬了起來。她看我一眼，手伸向我割過包皮的陰莖，把玩起來。

「你的包皮是在那時候割的啊？眞是特別的慶祝方式。你該不會要帶小威去割吧？」

「包皮留著也沒關係啦！用別的方式慶祝好了。」

「你想怎麼慶祝？」她捧著我蛋蛋，秤秤重。

「我想野調（野外調教）。」她翻到我身上：「野調！」她的語調上揚，眼睛充滿光亮，像是發現新大陸般興奮。「好啊好啊！我也要跟。」

「這次是拉長時間的調教，要用ku ka的模樣跟我相處半天，然後一天，甚至更長！」在跟小威通過電話，稍微暗示後，開始上網搜尋找適合的環境跟民宿，並且在俱樂部網站裡搜尋一些喜歡野調的網友文章，最後找到一間在深山內的別墅。爲了野外遛狗路線，我還特別跟凰一塊走了趟，事前探勘。有戶外的空間調教ku ka，相信一定可以更往人型成犬邁進。雖然他知道調教時間超過一天以上，但到了出發時，我帶著他到了阿郎停車的地方，他卻以爲只是在家裡的跨夜調教。

「小威什麼行李都沒帶。」

「你又不用穿衣服，帶什麼行李。」我敲了他的頭。

「小威，你坐前座喔。」凰交代後，便踏進後座。

車一路從台北開向宜蘭山區。向管理員拿了鑰匙，再往裡頭開，一進到別墅的院子，便看到角落的大型狗籠，難怪俱樂部裡的衆主奴會強力推薦這裡，它眞的滿足了很多主人與人型犬的幻想。阿郎停妥車，一踏進別墅院子，便被凰要求脫光衣褲。「看到狗籠很興奮吧！」凰拍著小狼狗的屁股，打開籠子大門，狗立刻被凰關進裡頭。「眞是太帥了！」「要是牠在裡頭，大小便，你要清嗎？」我笑了笑。「阿郎會清啊！」她丟下這句後，便開始逛起屋內裡裡外外。「你還在發什麼呆啊？」我翻頭看了小威一眼，他才反應到要脫光衣褲，變成一條狗。「想進去嗎？」我高高的看著ku ka，打開籠子，把牠抓進去。大型狗籠裡頭擠了兩條狗，活動空間頓時變得擁擠。我撿起小威跟阿郎的衣褲進屋內。

環顧了屋內裡裡外外的凰，拉著我說著她天馬行空的ＳＭ想像。「來展現一下你的犬型啦！讓這些狗知道他們一點也不像狗，還需要更努力！」

「啊！」納悶著凰怎麼突然來這一筆。她從來都沒這樣要求過。但我嚴格檢視小狼狗跟kuka後發覺，的確很多地方都不像狗，需要加強訓練。

「不要裝傻！你知道我在說什麼！我還沒看過軍犬耶。」她開始撒嬌耍賴：「我不管啦！」

「你怎麼會突然想要看？」我好奇又納悶。她蹭起我來：「好啦好啦！快點啦。」

有多久沒有成爲軍犬，我自己都忘了，也不敢數。沒有主人的目光，還可以成爲軍犬嗎？沒有ｄｔ的我，還可以是軍犬嗎？軍犬已經不是原來的軍犬，而我也不是原來的我。但凰動了這個念頭，就很難打消。ｄｔ離開以後，我從來沒有正面去面對用著四肢、犬態軍犬的自己。今天是個機會。我嘆了口氣，深呼吸一口，拉拉褲子，正準備彎腰下身，凰大小姐又有意見。

「你沒脫光，你沒脫光。你有看過哪隻狗穿衣服的嗎？」

她的確說到了一個人型犬的重點。「你眞的要我在這裡展現嗎？」我問，她大力的點頭。

「你不要不好意思在牠們面前表現。因爲就是要讓牠們慚愧。」

「我試試看吧。」脫去了上衣：「這麼久沒有，搞不好動作各方面都不行了。」解開自己的外褲，只剩下件內褲在身上時，望了ku ka和小狼狗一眼，再回到凰身上。「你該不會想一人調教三犬吧？」凰笑得有些僵硬：「哈哈哈，你想多了。但我現在好興奮喔，都溼了。」

「色情狂。」我把白色Brief脫去丟到她臉上。她嗅了嗅。

我的膝蓋著地，凰從內褲中露出來的眼神竟是恐懼。她握不住，內褲掉落在地面。她向後試圖抓住什麼，好穩住身體重心但身上顫抖、冷汗直冒：「阿忠。阿忠。」她跌坐在地板上，不斷的向後蹭著，猶如逃命。「阿忠，救我。」

凰抖得很厲害，我趕忙蹲下。她用力的抱住我。「剛才那瞬間，我像在大馬路，看見會攻擊人、把人咬死的大型犬……好恐怖……我再也不要看見軍犬。」我握緊她顫抖的手。「答應我，不要讓我再看見軍犬……你答應我，永遠都不會用軍犬的模樣出現在這世界上。」我拍拍她，但她依然很激動。「答應我！」她幾乎怒吼。「我答應你。」

我彷彿看見軍犬在我身邊繞著圈圈，聽見軍犬對著我吠叫，像是在說再見。唯有我的承諾出口，她才得到這世界上最安穩的力量，在我懷裡得到平和。

她雙手捧著我的臉：「我想……ｄｔ那時一定對你訓練得很嚴格吧！你的每一口呼吸都跟眞的大型犬沒什麼兩樣。」光屁股的我坐在她身邊，靠著她。「以前ｄｔ有根叫做打狗棒的棒子，不知道第幾次調教的時候就打斷了！一開始的調教，每次還會問我還想不想繼續。棍子打斷，他自己也嚇到，才立刻停止。」凰撫摸起我的身體，我又緩緩的說下去：「他坐在沙發上，幫我敷藥時，我有感覺到他內褲裡的勃起。」不知道爲什麼，我竟然想起了那個畫面。

「他有要你舔他老二嗎？」

「怎麼話聽起來有點色？」

「你知道嘛！男主奴調教都會有性啊！」

「沒有。雖然我覺得男人跟男人之間有點……噁心，但與他的時候，我只覺得他是主人，與性慾無關。如果他把老二擺在我面前，我可能很快就醒了。」

「你這樣講，讓我超想看你舔我的大屌。」

「你眞是個色情狂。」

我們在沙發上相擁，直到入夜，幾乎連晚餐都忘了。要不是聽到門外兩犬的驚動吠叫聲，大概會睡到隔天。門外來了訪客。我穿條內褲出去開門，看見是奴隸大衛，他自己搭車前來。

「進了院子，就把你的衣服給脫了。奴隸該有奴隸的樣子。」凰走到他面前，他立刻照辦，光著屁股只剩下貞操帶，屁股翹高，跪著親吻女王的腳。「你不是說不能來嗎？怎麼又來了？」凰責備了奴隸大衛一番後，要他趕緊準備晚餐。

「還好他來了，不然我們晚上要吃泡麵了。」凰找著院子裡的燈開關。「是不是該讓牠們進去？外面會有蚊子。」兩犬似乎因爲蚊子而渾身不舒服。

「牠們都沒在籠子裡小便。底下的盤子如果沒有狗尿，就不用進來了。」凰一說完，兩隻憋很久的狗立即撇起尿來。我笑了笑，把ku ka拉出狗籠。

牠膝蓋一著地，我想起下午脫光了衣服，膝蓋跪在地板上的軍犬。也許是牠太久沒有狗模狗樣，所以膝蓋一接觸到粗糙的地面就相當不舒服，難受到必須兩膝騰空，用前掌撐住下半身，維持犬體的平衡，牠卻似乎意外的覺得動作順暢，移動快速，比從前來得更好。

「膝蓋不要跪地。用手掌、腳掌前端去支撐身體。」若依照先前教育牠爬行的方式，在水泥地、室內地板要撐兩天，已經是相當困難了，更何況是要去野調經過的柏油路。「新的走路方式，就當作ku ka重新學習走路。如果覺得手腳不舒服，撐不下去，就躺在地上裝死，我就知道你的意思，別逞強。」我這麼對ku ka說。牠緩緩的抬起膝蓋，走路的姿態又回到了新生犬模式。ku ka相當不習慣這樣的姿勢，不過牠學習得很快。等習慣了新的走路方式後，我牽著牠往圍牆邊走。牠一步步走到牆邊，看著我，不知道我要牠做什麼。

「會不會小便？」我問了ku ka，牠忽然間回答不出口。「以前在旅館裡沒辦法調教，今天在有院子的地方，狝就該跟狗一樣！」我拍著ku ka的後腿內側：「抬腿。」隨著我不斷的往上拍，牠後腿也跟著抬高。「想起來了沒有？」這成了在旅館調教、在主人面前大便外，更讓ku ka爲難的事。是個男人卻用狗的抬腿小便，尊嚴蕩然無存，證實了是條人型犬的事實。「腹部用力，將尿擠出，像射精那樣。狝是不是狗？公狗還母狗？難道要主人教狝母狗如廁方式？還是狝想被閹掉？」我拍擊著牠胯下的狗屌狗蛋：「歐助威是不是男人？變成了ku ka就不是公狗嗎？」ku ka舉著後腿，狗屌微硬，放尿，噴在圍牆上。牠身體顫抖，不知道是自然反應，還是因爲又向成犬邁進一步。「很好。用力。」牆上留下一灘尿痕，我跟凰示意要她遞來狗鏈和項圈。「看來不是很熟練。院子就繞一圈，放尿練習。」牠脖子上的項圈被鏈子鎖住，被我牽著走時，又是另個感受，只有鏈子長度的半圓形活動範圍，不禁吠叫。我拉著狗鏈，ku ka脖子受到牽制，「乖。」拍著ku ka肢幹、安撫著。「Good，狗性越來越堅強。」ku ka在院子的牆壁上留下了自己的尿液、留下味道。院子是我賜給這條狗的勢力範圍。

「小狼狗，狝也是條公狗，跟ku ka一樣把腿抬起來。」凰牽著小狼狗，跟在後頭進行公狗小便練習。但我一眼便看出小狼狗等會就算尿得出來，也只是讓尿順著大腿流下，毫無噴灑之力。將ku ka狗鏈掛在一旁水龍頭上，走到凰身邊：「學我！」

「主人也需要學習。跟另外一個主人學習一點也不可恥。人型犬調教方面你比我有經驗。」

「就算這樣說，你也不用跟在我後面練習。」我還沒說完，凰已經接口。「對啊！狗是會爭地盤的。即使牠們是人型犬也一樣。你自己另外找個地方吧。」

「你說什麼？」我雙手叉腰看著凰。她一副沒聽到似的，拉著小狼狗去ku ka尿過的地方，準備蓋過ku ka的味道。

「小狼狗快尿。不尿的話，祢就給我憋著。」凰氣小狼狗竟然尿不出來。

「別這麼殘忍啦！牠還戴著cb2000，更不容易。」我握住她的手：「來！」從她手中將狗鏈接過，我開始調整小狼狗的姿勢。打從開始玩狗奴調教，就用膝蓋行走多年的小狼狗，並沒辦法像ku ka一樣，一下子就將習慣改過來。我拍著牠的後肢指導出力點。弓著身體的小狼狗費了好一會，才達到我的要求。「然後把後腿抬起來。斜著身體，把狗屌往牆上送。」雖然阿郎平常有在鍛鍊身體，在做這樣同一動作時，後腿卻似乎騰空太久，舉得不高。

我拍著小狼狗大腿內側，要牠集中精神，牠不斷的抖腿。我忍不住往牠抬腿的那半塊屁股打下去。凰吹起口哨：「好用力啊！」牠看著我，訝異著我的動手。讓牠腿放下來休息會，再試一次。「再出力點！」我的聲音嚴肅了起來：「把狗屌往牆上靠近，不會嗎？」我推著牠的另一側狗臀。「祢戴著cb2000，不靠近點，尿尿根本上不了牆。」

「上不了牆！」凰吃驚的說：「連ku ka這隻小狗都做得到，祢做不到？」「只要是條公狗都做得到；做不到，就只好當條母狗。」我說出狠話。

「你是說把牠閹掉嗎？」凰向牠斥責：「祢要是做不到阿忠主人的要求，就算不閹掉祢，也要戴著貞操器，一年不准自慰。」言語的羞辱，加上肉體的處罰，戴著cb2000的小狼狗，很努力的讓尿噴在牆上。空氣中飄著阿摩尼亞味。

晚餐飯後，我和凰裸坐在屋外。「你剛才幹嘛那副表情？」躺在我大腿上的凰，仰望著我的眼神有些崇拜。

「什麼表情？沒有啊。」我低頭看著她。

「還說沒有！阿忠你變了。」她伸手玩起我的耳朵。「你變得好有威嚴喔。」「威嚴？」

她從我懷裡坐起，跨坐在我身上。「以前阿郎就算是狗的樣子，你也像朋友一樣對待牠。你剛剛打小狼狗屁股警告的時候，絕對不是用平等或者朋友的身分，而是一個主人對狗的態度。」

我忍不住大笑：「我沒注意。」

入夜後是遛狗的好時間。隨口問凰是否該出去遛狗，她竟然一副責怪語氣。「是啊！你不帶狗出去遛的話！這主人就是失職。」我被凰一激，便只好帶著小威出門。按著當初探路的計畫路線前進，凰牽著小狼狗和奴隸大衛，跟在後面。小狼狗戴著項圈，勾著狗鏈，用著新的走路方式在前面。奴隸大衛雖然用兩條腿走在凰身後，但他的脖子和小狼狗一樣戴著項圈，鏈著鏈子。走在中間的凰，手上握有他們脖子項圈和鏈子的控制權。奴隸大衛手上拿著相機和攝影機，記錄著凰女王遛狗遛奴的實況。有時候，甚至還要我幫忙記錄她們三人。

在我拍攝的時候，就是ku ka休息的時間。我看到牠好幾次快撐不下去，但一被小狼狗超越又硬撐下去，一直到我看不下去，強迫牠停下來。「運動量不足。」我說話的時候，ku ka連看都不敢看我一點，頭低低的。「當條人型犬，體能很重要。」我看見小狼狗似乎也開始出現疲態。「畢竟牠是室內犬，在屋子裡面再怎麼爬來來去，運動量還是比不上經過室外訓練的狗。」

我一手勾起牠的腰。「你這樣好像抱小狗唷。」走在前面的凰回頭說著。「牠本來就是小狗啊。」走到他們身邊，把ku ka放到地上。「我看小狼狗大概也撐不了多久，野調就到這邊吧。」

遠方有車燈閃爍，凰趕緊從我背後包包裡拿出替他們準備的短褲。但看也知道來不及，他們緊張成一團，我踢了小狼狗跟ku ka的屁股，要他們趕緊溜到一旁路邊躲起來。他們三人連跑帶滾的到路邊大水溝躲好。我和凰站在原地，讓來車的大頭燈掃射而過。車子遠遠離開後，路燈下的我看著水溝裡的三人。

「怎麼？一緊張，狗都可以變成人！」

在院子裡，ku ka跟小狼狗挺直腰桿，準備接受處罰。我擠了些牙膏塗抹在ku ka的龜頭上，沒多久牠便在地上扭動。凰用同樣的方式處罰小狼狗。穿著貞操帶的奴隸大衛解下了小狼狗胯下的貞操器，將牙膏抹在牠的龜頭上。「擠太少了。再多一點。」凰認眞的說。

晚上躺在民宿的舒服床上，擦完乳液的凰跳上床，摸著我光滑的身體，說著她明天想做的調教。ku ka、小狼狗跟奴隸大衛，兩狗一奴裹著棉被窩在地板上入眠。

我勾著凰柔軟的身體，看著她列出來的項目。「這些你都想做嗎？有難度吧！」

「不管啦！」她鑽進我懷中。「我們明天再去野外調教吧！」

「明天白天野外調教？」

「對啊！白天應該會比晚上還刺激。你看！你完全反應在你老二上。興奮吧～」我翻上她：

「都是你害的。看我怎麼處罰你，讓你知道我的厲害。」

隔天一早，天剛亮沒多久，我跟凰便起床，準備帶狗出去遛，順便讓牠們在野外跟一般狗一樣解決大小便。一直都養在室內的小狼狗完全沒做過這樣的調教，凰抓著我的手臂，一直叫著好興奮好興奮。小狼狗跟kuka兩條狗在兩主一奴的注視下，按著命令，擺出狗大便的姿勢。屁股跟大腿角度，傾斜的上半身，每一個小地方都要做到標準。

「你興奮嗎？」凰出現在奴隸大衛身邊，捏著他的屁股。他害羞的點點頭。「想跟他們一樣，在野外排便嗎？」凰扯了扯他胯間的貞操帶，他點點頭。「還不說出你的請求。」

他連忙跪在半溼的土地上：「懇請女王允許奴隸大衛擁有排便的福利。」女王點頭以後，他才在小狼狗旁邊學著動作。

凰勾著我的手臂，指揮奴隸大衛動作。「阿忠，教一下奴隸大衛嘛。」我瞪著她：「他是奴不是狗。」我走到大便完的kuka身邊。牠張著腿，羞澀的看著主人。我拍拍kuka，看見牠充血的狗屌，笑了笑：「看來牠喜歡被人看見牠大便的模樣。」我抽了衛生紙，伸向牠雙腿間。

「你幹嘛幫牠擦屁股啊！」凰說。

「我是狗主人啊！」我笑著。

「我才不要幫狗奴擦屁股。奴隸大衛交給你了。哪有女王幫狗奴擦屁股這種事情。」凰**氣趾高昂**的離開，泥土上留下她高跟鞋的腳印。

假期結束回到台北，準備對小威進行調教後檢討。小威站在路邊等著我從車內出來，脖子上還掛著調教時用的項圈，像個驕傲的武將站在人行道上。我和凰道別，從車內出來，看著自己調教的小威，眞是滿意極了。走到他旁邊，手便如抓小狗般的捏著他的脖子：「身體很僵硬喔，會累嗎？要不要一塊去做按摩。」走沒幾步，後頭凰叫住了我。回頭。

凰「哼！」了一聲，阿郎趕緊對我鞠躬，彎腰大聲說：「謝謝主人調教。」我向他點點頭，當人型的阿郎對我這樣說時，我知道他已經無法把我當成朋友，而我已把他當成有待嚴加調教的狗奴了。

走在人來人往的鬧區，我勾住小威的肩膀。

「你表現還不錯。ku ka有超出我的想像。」

「謝謝主人誇獎。」他的手顫抖著，想伸向我的腰間。

「我想送你個禮物。你想要什麼？」

「小威想要擁有一條主人送的泳褲。」

「這個禮物還滿容易的啊。等會我們出去買吧。」

「小威一定會穿著主人送的泳褲，進入決賽的。」

「這麼厲害。想買怎樣的泳褲？」

「只要是主人送的都好。」

「那我送你女生的那種綁繩比基尼吧。」他紅了臉看著我。我搔著他的頭髮：「沒這麼隨便吧！記得，有時候要把最想要的跟主人說。」

比賽時，他真的穿著那天我買給他的泳褲上場。如果不是他帶我去那家店，我從來都不知道男生的泳褲可以這麼花，這麼多顏色可以選擇。我買給小威一條相當緊身又花俏的競賽型泳褲。他穿著緊到不行的小泳褲從更衣室走出來的時候，問我：「主人，可以來看比賽嗎？」我拍著他緊翹的屁股答應。

戴著他送的通行證進到選手及教練才能進入的管制區。他站上中間水道的跳台，裁判嗶一聲，他矯捷的身影跳下了水，游得很快。不一會已經抵達終點，在水中高舉著手臂，露出他光滑的胳肢窩。我看見他看見了我。他一從游泳池裡起來，便衝向我。「主人你來了！」他興奮得沒注意到自己身上的水珠，抱住了我。

「是啊，我來了。」我也回抱他。

「主人，你看！小威穿著你送我的泳褲。」他的社團同學遞來了大毛巾，好奇著我的身分。

「他是我的主人。」他回答得肯定，在歡聲雷動的場內，我不曉得他的同學有沒有聽到；如果有，那他又是以什麼樣的心情說這件事情。看著他站在頒獎台上，我的嘴角忍不住笑了。他是在炫耀，自己屬於主人嗎？

和阿司、阿清的聚會，我決定帶小威出席。出發前，我拿出紙尿褲，要他穿上，他有點不知所措。赤裸的他躺在攤開的尿褲上，一直說著不要穿不想穿，但我摸著他光滑勃起的老二，笑說他的身體背叛了他的心。有著尿布屁股的運動褲，他行動上顯得笨拙。我靠在他耳邊說：「要是這樣綁手綁腳的，所有的路人都會知道你褲子裡有尿布喔。」

「主人，你不要笑小威啦。」他紅了臉。

「你這樣很可愛啊。」我搔著他的頭：「毛都沒長齊，恢復成人型，當然是小朋友，夜市裡不可能要我幫你把尿吧。」

夜市海產攤一就坐，阿清便盯著小威問：「他是你的狗啊！你竟然帶你的狗參加我們都是主人的酒會？」他抓起酒杯乾了說：「阿忠的狗，這裡沒有你的位子，蹲到阿忠腳邊去。」夜市裡人聲鼎沸中，這一桌的人笑得大聲，店裡其他人聽見了嗎？小威不知如何適從。我抓了小威的手，拉了旁邊的椅子要他坐下。「阿清，你的狗勒？」我硬要小威坐，他看著其他人的眼光卻不敢坐下。我在他身邊低語著：「要你坐就坐，到底我是你主人還是他是你主人？」

「我的狗？我把牠丟掉了。牠沒有身爲狗的自覺。」小威屁股還沒貼到椅子上，阿清又開口：「阿忠，你這樣子讓狗坐在我們這桌，讓主奴分不清唷。」我舉起酒杯爽朗的說著：「你們又不把你們的狗帶出來，難道要他自己開一桌啊；再者主奴怎麼會不清，他一看就知道是奴啊，在場沒人穿運動服啊。而且他屁股裡塞著肛門塞。在座的主，不會有人屁股塞肛門塞吧？」

「褲子沒有脫下來，根本不知道他有沒有穿紙尿褲，更不用說屁股裡有沒有東西啊！」阿清拉長了尾音。「他褲子裡包著紙尿褲，在座的主，總不會有人也穿著紙尿褲吧。」阿清舉著杯子，搖搖頭：「阿忠，你跟某人一樣，一直都喜歡故意帶狗來氣我的啊。讓我在你狗面前沒有面子唷。」

「別這麼說。來！我這杯先乾爲敬。」我拿起阿司倒滿的酒杯飲盡。「有你的。」他搖搖頭：「好，褲子拉下來，看得到紙尿褲褲頭，就坐下。」小威看了看我。我示意他秀給在座的人，讓他們看到運動褲底下的紙尿褲。這是個尷尬的場面，所有人屏息以待；他看著我直發抖。我點點頭，他站在一桌人視線中心，拉下了褲頭。「阿忠的狗兒坐下。」阿清豪爽的說，彷彿接受了小威。

在聊天中，阿清跟我一直拚誰酒力好，一杯一杯的灌。我喝得滿臉通紅，而小威連帶的也被灌了幾杯；他跟我小聲請示去洗手間，我微醺的在他耳邊說：「上廁所？讓你上廁所，阿清又會說東說西的，這邊的廁所沒分主人跟奴隸的，他會生氣。你不是包了紙尿褲，尿在褲子裡面沒有關係。」

「主人，小威尿不出來。」他紅了臉跟耳朵。

「大家不愛帶奴隸來就是因為這樣，阿清不讓奴隸跟主人上同間廁所，來的奴隸都得憋尿，憋久了畢竟對身體還是不好。」一旁的阿司對小威說：「小狗，喝掉。」推了杯酒到他面前。灌沒幾杯，他的膀胱已經快撐不住了。他的額頭冒著汗，下半身用力的夾緊。我醉得貼上他身體，在他耳邊噓噓著催尿：「回去要是發現紙尿褲是乾的，你沒有體會主人的用心，我會好好處罰你。」

他聽了我的話，在我身邊尿了褲子，紙尿褲全吸收了尿液。小威尿褲子彷彿全寫在臉上，我知道、阿司知道，就連坐得稍微遠的阿清也知道。「有人尿褲子囉喔。」阿清得意的笑著，又推了杯酒來。我對阿司他們說起宜蘭野調還有旅館調教，為的是不想把ku ka調教成室內犬。

「去用ｄｔ的房子吧。」阿司說：「別忘了我當初說的，ｄｔ把鑰匙寄回來，他覺得你需要那棟房子。」他從口袋裡掏出鑰匙，解下了一小串。「在還沒找到買家以前，盡管用。」

「不，我不能用。」我推卻。

「要適時的接受別人的好意。更何況是來自曾經這麼親暱的主人。」阿司一提起，酒醉的阿清開始發酒瘋。他躺在我的肩膀上：「ｄｔ，你還可以喝嗎？」我拍拍他的臉：「你醉了。」他一手勾著我一手空中揮著。「我沒醉！老闆再來一手。」我和阿司拚命的向老闆使眼色。

「ｄｔ，你明明就沒事。你不是還好好的。」砰的一聲，阿清倒在桌上。

「阿忠，我有話跟你說。」阿司認真的看著我。「小季連絡上了大Ｄ。」

「大Ｄ？你們不是說他離開很久了？小季怎麼連絡上大Ｄ？」

「大Ｄ一直都想調教小季。他一直都沒有跟小季失去連絡，久久會連絡一次。」

「所以？」

「小季從大Ｄ那得知ｄｔ生了重病。」

鑰匙插進鐵門，我用兩條腿走進了原本屬於軍犬的院子。天氣晴朗，手中的門鑰匙代表著擁有的身分。從側邊落地玻璃門進去。深呼吸了口氣，將背包放下打開，取出道具就定位。僅穿條內褲，坐在落地門邊。看著大門內側，看著車庫車道，看著腳邊附近的沙圈，在這個院子裏等待的心情。

門鈴聲響，小威來了。他在門口吠叫，一進門，就在我面前趕緊脫光，赤裸的跪下。他頭低低的靠著地面，翹著屁股，不敢直視主人。我翻著他的包包問：「沒夢遺啊？」他搖頭。我走到他雙腿後方，拍拍他屁股，要他趴好，我的手伸向兩片臀肉跟雙腿間，繞過他的卵蛋，揉起他的屌來。他舒服得開始呻吟。「舒服嗎？」我拍拍他的屁股問。要他禁慾，禁止他打手槍，我就會適時讓他發洩。表現好的時候，獎賞他，讓他享受主人幫忙打。他的屁股一直抖，我知道他快要射了。雙手繞過他的軀體，方便加快速度。他的呻吟加快加大加深，最後射精射在我的手掌上。

我站在他面前，攤開手掌，他看了看我，一臉恐懼。「量少了很多，有偷打手槍吧！」我說中了他的心虛。「說話啊！」

他頭連抬都不敢抬一下，身體連動都不敢動。「ku ka錯了。」

「做錯事要怎樣？」開始進入處罰模式。滿是精液的掌心劈向屁股肉，超級響亮的一聲。

「請主人處罰。」

「處罰誰？」

「處罰ku ka……」

我「咦」了聲。「是怎麼樣？主人教過的，忘記啦？還是主人沒教過？」

「請主人處罰ku ka……狗狗不聽話偷打手槍……請主人嚴厲的處罰ku ka。」他在顫抖的聲音中大聲說完這些話。

「把頭抬起來。」我的手掌攤在他面前。「偷射精的狗，根本沒有資格讓主人幫忙發洩。舔掉。」他看著我，不敢相信我會這麼說。他告訴過我他不喜歡吃精，連自己的都不喜歡。但我卻決定讓他不喜歡、最不想做的項目，成爲他處罰的項目。他突然掉下眼淚。「哭是沒有用的。做錯事情，就不要怪主人要逼你。舔。」他伸長了脖子，將頭靠向我的掌心，伸長舌頭，開始舔了起來。「用狗舔的動作！」他閉上了眼睛，猛力舔。我連指縫都要他舔乾淨。一根一根手指頭放進他嘴巴裡頭擦乾淨。

我在車道旁的石頭上坐了下來，拍拍大腿。「過來趴下。」他看著我，便知道屁股遭殃了。

他哭喪著臉，雙手抓著揉著屁股蛋。「主人，不要打……ku ka都舔掉您手上的……」

「你犯了兩件該處罰的事情。一是未經主人許可射精，二是未誠實稟報，還讓主人幫你打手槍。」我說完，恐懼又無法反駁的他，只得緩緩走向我。「趕快給我趴上來。慢吞吞的！」他都要哭了，但我是不會因此放水輕打的。

上次在宿舍被打以後，小威跟我說他想起來還是很害怕。屁股像是開花，坐都沒辦法坐。他說當他被主人處罰的時候，他深刻的感受到主人希望他好，要他遵守規則，在處罰中，他強烈感受到主人對他的愛。他的屁股是主人愛的受器。一手一邊一下，打著打著，忽然間，我哼起了《勇士進行曲》。他的屁股成了阿兵哥坐著時拍打的大腿，以代替步伐。就這樣大聲的哼起歌來。一首歌唱完，他的屁股也紅咚咚的像顆蘋果。伸手拿了旁邊預備好的狗尾巴，掰開兩片蘋果，抹了口水，便塞了進去，他在我大腿上唉了一聲，身體蠕動。指了屋子的外柱：「去那邊面壁思過。」

看著牠忍著疼痛，爬了過去，在柱子前坐姿乖乖的面壁。我的視線有些模糊，像是看見了某人的視線。我的眼睛看了好久，一直到流出眼淚了，才知道闔眼。我是不忍心處罰ku ka的，我開始能夠懂得d t的心，在處罰後的心情。招了ku ka過來，擁抱與撫摸，在院子裡玩耍起來。

門鈴聲的響起，讓玩耍時鑽在我雙腿間的ku ka不知發生何事、不知如何是好，慌亂的看著我。「有人來了。」ku ka顫抖得不像話。悄悄的問：「有人來了，要躲起來嗎？」ku ka吠叫聲回答。我頓時收起先前的愉悅的表情，板起面孔，往牠的泳褲白屁股打了幾下。ku ka汪嗚得不知所措。「㝍知道爲什麼會被打嗎？」牠沒回答，我又說：「聽見陌生人接近，㝍竟然沒有大聲吠叫，反應遲鈍。第二，躲什麼躲，有陌生人接近，狗會躲起來嗎？應該是對著他狂吠，甚至撲上去咬，要驅逐他。」我再高舉起手掌，ku ka放肆的狂吠，害怕主人的手再打在紅通未消的白屁股上，所以寧可用力的吠叫。我僅穿一條內褲，走往大門，ku ka跟在後面。我轉身看著ku ka，眼神告訴牠，這樣安靜不對。ku ka撅了屁股，奔向鐵門，對著門外的陌生人狂肆的吠吼，寧願用力的對陌生人吠叫，也不可以讓主人覺得自己不像條狗而被教訓。陌生人應該覺得鐵門後有隻惡犬，叫得如此凶暴。

「阿忠，你不要太過份唷，竟然拿我當調教教材。」門外來的訪客，早早就預料到是凰。「誰不知道門後面是隻人型犬啊，別當我不曉得。」我蹲下拍著ku ka的屁股，「你覺得我的ku ka叫聲幾分？」ku ka屁股被敲，知道該停止吠叫。一停下，隔壁鄰居的狗吠聲有如給予ku ka的肯定。凰一進門，就嘖嘖了數聲。「ku ka八十分。」

「才八十分啊！你是逼我要『關門放狗』！」我才說完，凰快速的扯下我的褲子。「你零分。」她蹲下摸著ku ka的頭：「ku ka這麼可愛，才不會咬我勒。」ku ka汪汪的向女王回答。牠伸長身體，接受凰的撫摸。

我嘆了口氣，才注意到跟在後面的阿郎。「阿忠主人。」他向我請安，立刻被凰瞪了眼。

顧不及鐵門還沒關，便趕緊脫衣服脫褲子。我關上鐵門，從小狼狗的屁股看過去，戴著cb2000的狗屌搖晃著。走到牠後面，蹲下，伸手玩起它。

「你怎麼突然對cb2000產生興趣啦？」凰問。

「小狗不乖，偷打手槍。」凰注意到了ku ka紅通通的屁股，嘖嘖幾聲，讚嘆著我的傑作。「這樣不可以喔～」

「阿郎，把cb脫下來。借ku ka戴一週。」我說完，凰立刻附和：「既然阿忠主人說話，你就脫下來吧。」凰拋下鑰匙，阿郎跪在我們面前，低頭解開cb2000。在水龍頭前洗完組件，回到我面前，跪著雙手捧著。我拿起透明屌環。走到ku ka邊，把牠翻到正面，要牠呈現曬卵姿勢。屌環一套，狗屌就充血了。牠紅了臉，別過頭，不敢看我和凰。「會不會太緊啦？」牠表情有些異樣，我趕緊取下。「阿郎，去把其他幾號的屌環都拿過來。」凰下了命令。阿郎取來原裝盒子，取出剩餘號碼的屌環，我一一比對，選出了適合ku ka的屌環。戴上cb2000的ku ka，興奮的狗屌塞滿屌籠。

凰環抱住我：「現在換你付出代價？」手貼上她手：「什麼代價？爲什麼我要付出代價？」她的動作帶著我的動作，像是個不倒翁，左邊腳踩點，右邊腳踩點。「你跟我借了cb2000，總是要付出代價。」我笑了：「那你要什麼？」她把我拉到客廳沙發，脫了我身上的褲子，開始搓揉起我的陰莖。我享受著她的手上下套弄。這樣的代價似乎還滿不賴的。

我呈大字形一手貼著沙發扶手，一手勾著凰，一腳跨在茶几上，另一腳橫著，凰一停手，我迷濛的看著她，「繼續啊！」她沒有動作，「喂！你該不會是把我弄硬後，就不管了吧！」當我正想翻上她身時，她招來了阿郎，讓他跪在我雙腿前。「該是你獻出你的老二的時候！」凰還說著，我已猜到了她的企圖，阿郎也明白了女王的命令。我急忙收起爽著抖的腿：「爲什麼我要獻出我的老二？」

「因爲你跟我借cb，要付出等値的代價。二是，我要讓阿郎知道他的低賤。比一般的異性戀男人還不如。再說『阿忠主人』這詞不是叫假的，用嘴巴服侍自己口中稱呼的主人，是天經地義的事情。」快軟的時候，她的手沒忘順手補搓幾下。

跪在我雙腿間的阿郎看著凰的臉色，又蒼白的看著我。他跟我都明白凰不是在開玩笑的。當凰發出疑問，他知道再不做，將受到女王最嚴厲的處罰。他顫抖著頭，顫抖著嘴，緩緩靠近我的私處。當他的嘴唇觸碰到我的龜頭，凰的嘴巴貼上了我的嘴唇，轉移著我的注意力。她溫暖的嘴唇著實的進攻，當嘴唇離開，她的手開始玩起我的乳頭。而我必須承認凰眞的很有她的一套。我的上半身被她弄得爽快，也顧不及下半身的嘴巴是誰。當我回過神，看著埋頭在我胯間的阿郎，我可以享受著另個男性對我的臣服與服務，甚至爽快。挺著股間，往他嘴間衝撞。

阿郎嗆到，被凰斥罵沒用。「要是阿忠今天沒有射，ku ka胯下的cb，你還是拿回去戴著。」

他一聽到凰的話，立刻含住我的老二，拚命的吸吮。

我一陣一陣的享受阿郎嘴巴的服務快感，瞄到了窩在角落的ku ka。這時候牠是怎麼看主人跟主人的女友和奴？「ku ka也想要舔主人的屌嗎？」凰突然說。「過來！」她招來ku ka，我看著她。「你！」ku ka緩緩的走到我雙腿間，阿郎看了女王一眼，便跪到旁邊去。「阿忠，你現在有君臨天下的感覺嗎？」她扶著我的硬屌。「ku ka來～」牠一伸手，卻被凰用力的打在手背。「主人的屌是你的手可以碰的嗎？以口就屌！」ku ka嘴巴舔起主人的屌，我看著牠認眞的模樣，這是我完全沒有設想過的調教。

ku ka服務著我，而凰竟在一旁跟我聊起天來。「阿郎幫你口交，是應該的。他應該要感謝你借了cb。讓他戴了三年的貞操，可以暫時休息一下。」凰說起理由，完完全全的說服了阿郎。他此刻的眼神眞的充滿感謝。自從凰買了這玩具，戴到他胯下後，除了放風跟受傷以外，他根本沒有機會脫掉束縛，徹底的接受女王的控制。我的心思一飄移，都忘了ku ka正舔著，一股想射精的衝動才讓我回神，一注意到ku ka的臉，我知道牠不喜歡吃精液，抽出牠的嘴，便將精液著實的射在牠臉上。「哇！這就是顏射。呼呼～阿忠你竟然玩起A片裡的招式。你果然有S的特質啊！」

小威戴著ｃｂ過了七天。離開ｄｔ家的時候，趁著凰沒注意，我拆了鑰匙給他，考慮到游泳練習時穿泳褲可能不方便，吩咐除了社團練習時間可以拆下來外，其他時間都要戴著。他將小鑰匙掛在自己的鎖圈，我特別嚴厲交代，再發生一次自己偷射精，以後就讓他一直戴著ｃｂ在社團更衣室裡頭行走。這七天內，我突襲檢查了兩次。沒通知的前往他學校，讓他在下課、在社團辦公室，趁著無人的角落，伸手一摸，就知道狗屌有沒有籠關著。

「你有上健身房嗎？」我問著。

「有。」

「有空的話可以多上些瑜珈或Balance之類，讓身體柔軟的課程。對於ku ka調教，會有幫助。而且很多姿勢還滿人型犬的。」我爽朗的笑了起來。「每次老師在台上喊Down Dog的時候，我都覺得整間教室裡的人全變成了人型犬在伸懶腰。像是抬後腿平衡的姿勢，也滿像抬腿小便的。」我的笑聲惹來走道上同學們的注意。「阿福要開瑜珈教室，我想那滿適合你去的。」

阿司的狗奴兼男友阿福在考取了瑜珈教師證照之後，興起了舉辦適合愉虐者的瑜珈教室念頭。他和阿司討論後，決定先以調教運動量大的狗奴們為對象，練習試教，開始了被大家戲稱的「犬瑜珈」。用俱樂部的名義租了瑜珈教室，辦了個小型的趴體。出席相當踴躍，很多的主都帶了他們的奴或狗來參加，那些脫了衣服，光著身體的奴或狗，正與我和阿司一票主人站在教室外面，等著阿司跟阿福。

走道上擠滿了人，穿著衣服的主人跟赤裸的奴跟犬。有些奴或犬體毛茂密，有些是光滑無毛，有些是帶著刺青，有些是戴著項圈，甚至穿著貞操器，教室走廊上猶如上演著衣服底下的美妙世界，甚至是羞恥調教。有幾個奴或犬已經呈勃起狀態。小威站在我身邊，靜靜的聽著我跟阿清還有回國的小季聊天。當我勾著他的腰，他便往我靠近一點。看到他的狗屌慢慢充血，我忍不住在衆人注目之下伸手托托他的外生殖器。不拍則已，一拍，就硬得貼上腹部。

「小威的屁股看起來很好幹的樣子。」阿清說。

我用力的捏了阿清褲襠：「他的屁股是我的。要幹也是我來幹！」阿清拍開我的手：「幹一下也不行喔。」「去幹你的奴。」我指著遲到的阿金。阿清一看到阿金，火氣就上來。「跟你說幾點，你很屌嘛，遲到。」阿金一身菸味沒有回話。「還不趕快脫衣服，沒自覺，看看跟你同樣身分的M。」當阿金要往更衣室時，阿清叫住了他。「就在這邊脫光，再把衣服拿進去櫃子裡。」他一臉爲難地脫下衣褲，陰毛已被剃掉了。阿清的權力擴張了。阿金趕緊拿著衣褲遮掩，前進更衣室，掛在他屁股中間的尾巴，展現在大家面前。

「這隻賤奴，放了我好幾次鴿子，我就宣佈棄養。把他丟掉以後，又回頭找我。我就狠狠地教訓了他。」阿清一副得意模樣。

阿司和赤裸的阿福出現在人群時，引來了騷動，他們吸引住了走廊上的目光。阿福拍著手，趕著人群進教室：「狗狗們上課啦！」裡頭頓時擠滿了個個赤裸的奴犬，阿福晃著他的尾巴穿越過肉群，他一站上台，摸起自己的尾巴，擊掌催促著：「如果你在調教中是有尾巴的，現在去把尾巴裝上。」

隔著透明玻璃，看著裡頭眾奴犬在阿福帶領下，做起瑜珈運動。沒幾秒鐘，阿清便弄著胯下，我拍了他一下：「槓起啦！」

「是啦。」他推開我的手，還趁機反擊。「你竟然沒有任何反應。」

「我又不是同性戀。」

「你是性無能。你不覺得眼前的畫面實在太性感了？我現在超想衝進去，把老二插進我的狗奴屁股裡。」

「快去啊！」我拍了他的屁股慫恿。一旁的阿司立刻瞪了阿清：「你要是敢進去妨礙上課，看我怎麼對付你。」阿司的警告讓阿清護住屌，深怕阿司對他的老二施以極刑。

犬瑜珈課程結束後，我們在同棟大樓的飯店租了間房間，開了場私趴。在隱密的房間裡頭，一圈一圈的分別散開玩著、表演著。忽然有人跟坐在我旁邊的小季提起趴體的事情。「季老，你不在，我們都沒有趴體可玩。什麼時候再辦一個！」話題一開，眾人紛紛鼓譟慫恿著小季再辦大型趴體。

小季站了起來，揮著雙手，要大家降低音量。「趴體是一定會再繼續辦的。我希望下次把趴體移到我國外的飯店，規模可以再弄大點。」他突然望了我一眼。「我希望在下次趴體之前，可以趕緊把訓犬區區主人選給選出來。畢竟也空了很久。」

喝得微醺的阿清搖晃著步伐，跌進小季懷中。「你偷偷跟大D來往，竟然不跟我們說。」

「阿清，你喝醉了。」小季想轉移話題，但卻被阿清轉了回來。

「把手機交出來。」阿清伸手往小季褲子口袋裡伸。「打給大D！快點！」小季原本還有些不願意，被阿司一勸，也拿起了手機。全場屏息以待，當小季跟電話那頭的大D開始寒暄，阿清搭著小季的肩膀，嘴巴靠近手機受話處。

「老大！我是阿清啦。」他一喊，立刻被小季推開。小季連忙使眼色，低說：「大D現在正在發火。」

「就只有小季可以跟老大連絡，這樣太不公平了！」阿清故意大聲喊。小季皺著臉，將手機移開耳朵，在旁邊的人都可以聽到手機傳出的咒罵聲。小季遠遠的離著手機，不願意再靠近，將受話方式切換成擴音，在場的人都聽清楚了大D的怒罵聲。小季和阿司兩人安撫了很久，才讓大D的聲音緩和。

「老大，你有dt的消息，對吧？」這時，阿清插入了一句很關鍵的話。我們面面相覷。

「dt在你那邊，對吧！」

手機和整個房間，很長一段時間沒有任何的聲音。「他死了，你們不要來煩我了。」

「怎麼會這樣？」小季慌張的擠開阿清。

「老大……」阿清和阿司還來不及說什麼，大D已經將電話切斷。再撥過去，都直接轉入語音信箱。

沒人敢出聲，靜悄悄的。

一直到阿清開了喉嚨。「那個糟老頭死了……」阿清又哭又叫。我的眼眶也已淚水成湖。

大D帶來的消息，足以驚動整個圈子。和阿司討論以後，我們決定在確定以前，先不要在俱樂部入口公佈欄張貼。但我們失去確認的管道，小季所知道的大D手機號碼，在那天的飯店房間趴體後立即停用。戶政事務所及醫院方面的查詢也一無所獲，如同dt離開的那一年，大家分頭調查的結果。在無法做什麼應變，無奈坐在路邊的時候，看著來往車輛行人，那些牽著手的夫妻，出遊的親子，心裡泛起了一些異想天開的想法。如果圈子的每位、每段關係都有法律的承認，有相對的權利與義務，或許在ｄｔ離開之後，他的軍犬可以受到些保障。躺在除毛室的床上，阿弟正埋首努力於體毛處理中。看著戴著口罩努力的他，一個跟自己女王結婚的奴，披上法律保護的假衣，掩瞞了兩人的ＳＭ世界。

走向家的夕陽河堤，望了凰一眼，我望著遠方、停住腳步。太陽即將落下，黑夜像是吸收了所有的希望，一切都將消失，我握緊了凰的手，脫口而出：「凰，我們結婚吧！」她因爲我的停步而無法前進，回過頭，愣著。一會低下了頭，長髮遮住了臉，看不見她的神情。「爲什麼突然這樣說？」她放開了我的手。

「我們還能再這樣過多少年呢？」

「我們這樣不是很好嗎？」那顆滴在柏油路面上的眼淚，閃爍著。

「不好。我要我們在法律上是有關係的。我要我的身分不只是男朋友。」

「阿忠！」她仍低著頭。「我是這世界上對你最好的人嗎？我是這世界上你最想要的人嗎？」她緩緩拉起我的手。

「凰。」

「只有開口求婚是不夠的。」她抬起頭，頭髮飛揚著。「跟我求婚的對象一定是要跪在我面前的。因爲我是女王。」我立刻單腳膝蓋著地：「凰女王，你願意嫁給我李軍忠，做我的妻子、做我生命中的女王，讓我一生一世照顧你、效忠於你嗎？」

接下來的一年，在準備結婚的種種事務中度過。也因爲結婚，形同侵略性的完全進入對方世界，我才知道小狼狗原來是隻奶油犬。看著牠埋首於凰雙腿之間，我忍不住的笑了，眞是物盡其用。凰問我，會嫉妒嗎？我沒有特別吃味。當我打從心底的認爲牠是個物品時，誰會跟顆跳蛋或根假陽具吃醋。

小威跪在我雙腿間，認眞及崇拜的，用著他的嘴他的口，替我服務。隨著他服務的次數增多，他越來越能掌握技巧。我射在他嘴裡後，他問起關於性方面調教的問題，卻問倒了我。「主人，你爲什麼不幹狗？很多的主人都會幹狗……把人型犬當成性發洩對象……」

「你想被主人當成發洩對象？」我看著他又繼續說：「我以前受的教育裡面，主人跟狗是不會發生關係的。」我很誠實的說出這個觀念的由來，卻看見他失望的表情。「怎麼？你想被幹啊？」他羞澀的點頭。我忍不住笑著摸他的頭。我知道我遲早要面對這一件事情，如果處理不好，也許我跟他就會像ｄｔ跟我，因「性」而分離。

跟凰提起了這件事情。凰一副沒什麼大不了的說：「如果你硬得起來，你就幹吧。這是調教的範疇吧？」我站在沙發座後，往前環抱她。「不會吃醋？」「回來把你老二剪掉就好啦！」我放開她，握屌彈跳到單人沙發上。她坐上我的扶手：「反正不是男朋友的身分去幹就好了。還是說幹久了，你會愛上他？」她的臉突然貼近。「才不會勒，我又不愛男的。更何況我是打從心底的認為他是條狗，我的寵物。」「對啊！誰會想跟寵物吃醋啊。」和凰談論後，剩下的只是內心與dt教育觀念的掙扎了。

決定幹狗調教的日子，就在俱樂部確定要舉辦大型趴體的那一天。這個決定其實是新年時候，跟小季在酒吧裡聊出來的。這次趴體決定在小季的度假飯店舉辦，而且規模相當的大，將會是跨國際的，還會尋求其他地區的SM俱樂部一塊協助。阿司私下詢問了我接任訓犬區區主的意願。他跟小季都屬意我來接任。我考慮了幾天，猶豫不決了幾天。跟凰提起這兩件事情，她抱著我興奮的說著：「我要趕緊跟阿司團報。你會帶小威去嗎？」「這當然囉。主人不帶狗去，趴體就不好玩了。……我會問你是想知道你對於接任區主的看法。」

「就接下來啊！這需要猶豫嗎？」聽到凰這麼一說，感覺是我想多了。

回覆阿司時，他又詢問了下個問題：要不要當這次趴體宣傳的攝影主角？他問的時候，我正在新家的客廳，張開腿，讓小威跪在我雙腿之間，專心而努力地服務。電話中我答應了下來，因爲阿司說我和凰是幸福的ＳＭ伴侶！我將我老二從小威口中挪開，他一臉錯愕的看著我，以爲是服務讓主人不高興、不舒服。

「把額頭貼在地板上，屁股翹高。」看得出來他的臉充滿慌恐，想要開口問又不敢。站起來，他的視線只看得到我的雙腳，抖著身體，不曉得我要對他做什麼。拿出預備好的潤滑劑，擠了些在指腹，抹進他肛門。再擠了坨在手上，均勻的抹在被吹硬陰莖的套子上，雙手掰開他屁股，對準，便將他吹硬的主人老二賞賜給他。

在我頂進他身體裡時，四肢著地的他發出了汪聲狗叫，我雙手拍打了他的兩片臀肉，做爲警告。讓主人幹屁股不是爲了自己的爽快。是爲了取悅主人，屁股才有存在的價值。從小威提出、到主人老二幹進他屁股，困擾我的問題是：我是以人的身分幹還是以狗的身分幹？和ｄｔ的過去，一直是我參考的經驗。ｄｔ是不喜歡人獸交的。他堅持不與狗發生性關係，就算這隻狗的身體是人，只要心理是狗就不行。心理上是人是狗，決定了性的可能。所以ｄｔ要跟我發生性關係，是以李軍忠爲對象發生的。在我從背後幹小威的時候，其實我分不清楚他到底是人還是狗。但無論是人或犬，我都狠狠地狗幹了他。這是我跟ｄｔ的不同。

當我的恥骨用力撞擊他的臀肉，他身體抖了一下，我清楚的聽到他射了、精液噴到地板的聲音。而我仍深幹著他，不理會他的哀叫。他整個臉頰貼在地板上嬌喘。我貼上背部都是汗珠的他，在他耳邊說：「竟然在主人射精以前高潮！」我將伸手可及的內褲塞進他嘴巴裡。這是我的算計。「就咬著主人的內褲，忍耐到主人射精吧。」雙手抓住小威泳褲痕的白屁股，開始更用力的套幹，我幹著小威屁股到射精。高潮的一瞬間，我低沉而大聲的叫著。

抽出小威的身體後，滿身汗的我躺在地板上。看著天花板，看著茶几腳，看著沙發組，這以前是ｄｔ家，他生前委託阿司賣出，而我把這間房子，這座庭院買了下來。屋內屋外一切都維持著過去，沒有改變。躺在地板，視線有時候會和軍犬的視線重疊，想念的視野，讓人癡呆。

「主人，小威可以躺在主人身上嗎？」他一臉懇求的模樣。我攤開了手腕，點點頭，他便枕在我胸前。「小威喜歡主人。」

「我知道啊。」我用力的搔著他的頭髮。他的雙手貼在我胸前，撐起了他的身體。他頭一低，便親上了。我沒有閃躲，正正面面、眞眞實實的接受他的吻。他害羞的貼回我的胸前，不敢看我。「你是我的狗，不是我的情人。你知道這件事情的。」他應了聲，又爬上來，用他的舌頭，刷舔了我的臉頰。

阿司找來了個ＳＭ藝術家做創意指導，從穿著女王皮衣的凰雙腿間，拍到坐在王位而身旁趴憩兩條人型犬的我。網頁消息一曝光，小季的飯店訂房旋即客滿，也帶動了周邊的飯店住房率。在網路即時通訊裡，聽到小季說他藉此向當地政府拉到贊助等好消息。日子在驚喜期待中度過，轉眼間，我們已經準備前往機場。

鐵門外，來接機的專車在門外停妥。小威拖著行李，我等著凰。她走在阿郎後面。看到所有人準備妥當，我要伸手按下鐵門開關，凰對著拖大箱行李的阿郎說：「阿郎，把褲子脫掉。」

「是的，女王。」語畢，褲子一脫，露出戴著cb2000的下體。

「躺下。」凰命令著。「都要出發了，你還要他脫褲子躺下，幹嘛？」我走到凰身邊，拍拍蹲在阿郎身邊的她肩膀：「不趕快出發，還要調教啊？」她手指拎著一只白色的塑膠物：「他身上的cb貞操器，還用金屬鎖鎖著。要是沒有換上塑膠鎖，有人就會被航警帶去脫褲子喔！」她笑著，我也爲她的細心而微笑。小威在一旁呆著，我掐起他脖子：「小子，不會轉過身去！這麼想戴cb嗎？」小威正準備解開皮帶，我的手就從屁股下方拍上去。「褲子穿好。這麼想要cb的話，等到了趴體上面，再幫你選一個。」

飛往目的地的旅途，一切順利。中間須轉機一次，才能到小季飯店所在的島嶼。小季親自來迎接我們，和同班轉機來的國外乘客。凰用手肘推推我的腰：「我的SM-dar沒出錯吧。他們跟我們一樣也是來參加趴體的。」

小季帶了幾位不認識的外國人，說是想要認識我們。他向外國人介紹我，從李軍忠換到阿忠，對方發音都發不準。「叫小d好了！」小季突然說。我站了一步到小季身邊：「什麼小d？這是什麼暱稱。」小季在我身邊小小聲的說著：「大D教導出dt，而你系出dt。叫小d剛剛好。」坐在小巴士裡，身旁的凰正和這些中文不流利的外國人拚命的說著國語，他們表情似懂非懂的繼續聽著凰說話。「你爲什麼不說英文？」我一問，凰便停下跟他們的對話。「我是女王耶。哪有要女王說番邦語言跟他們溝通的。」凰一翻頭，開口便是流利的英文，解釋我們剛剛說話的內容。她解釋完狀況後，便翹腳坐正。我看見他們的眼光集中在凰的高跟鞋。如果不是車內空間狹小，他們大概都跪在鞋前了。

小巴士把我們載到了趴體飯店的報到處。從踏下車的那一秒鐘，我們就進入了BDSM的世界，望眼過去全是我族類人。飯店位於這座島的東南邊，主要幹道都已經設了管制點，限制進出入人員，以維持趴體的純度。接待員和穿著皮衣的服務生都是招募而來的皮繩愉虐者。

「你們是兩人，跟兩犬，對吧！」接待處的人親切的跟我們說著。

「對。」他們遞來簽到表格。我們出示報名後收到的列印券後，拿到了門票以及房門卡。穿著小皮內褲的男性服務生將我們的行李放上托運車，招呼著我們，準備進入飯店。「不好意思，從報到處之後，狗都不能再穿衣服囉。」
「了解。」凰親切地對招待員說，連剛才同車的外國人也爲凰的笑容著迷。「阿郎，脫光吧。」凰命令一下，阿郎立刻脫光自己身上的每一件，變成狗。「在這場大型趴體結束以前，牠都沒機會變回人了。」凰一串女王笑聲，小狼狗吠叫回應。
「小威。」我僅叫了他，ku ka就變身在我眼前。我爲牠戴上了項圈，扣上狗鏈。牠行進的姿態，讓這條通往飯店大廳的筆直馬路上，人們狗群都停下腳步，注目著ku ka還有握著狗鏈的我。前進中的小狼狗因爲凰的停住，脖子被勒而停下腳步。「ku ka什麼時候走路有這種氣勢的？」凰她蹭到我身邊，小狼狗也被迫跟著。「在你沒注意的時候啊。」ku ka的頭摩蹭著凰的大腿，讓後面正在報到的衆人羨慕得不得了。
進了房間，凰像是進入皇宮的小女孩般，拉著我一會到客廳、一會到浴室、一會到陽台。「你看，還有特製的木椅耶。晚上可以坐在這，邊乘涼邊喝冰啤酒。」她摸摸ku ka的頭：「妳說是不是，ku ka！」小狼狗不甘失寵的吠叫，換來的是凰加大牠尾巴肛塞一個尺寸。
隔天是趴體的開幕式，飯店大廳正對的大馬路上擠滿了人群。除了住在小季飯店裡頭的，還有因爲訂不到房而住在附近飯店的房客，這座島的四分之一已全被皮繩愉虐的客人佔領，而且還有遊客絡繹不絕陸續飛來。遊客數增加的速度讓當地政府緊張得趕緊找小季前去說明。到了下午開幕式舉行的時候，據說整島已有接近二分之一的旅客皆是爲這個趴體而來。

開幕式上，一一介紹著來自各國重要的領導人物，以及俱樂部上各個主題的重要板主們。我上場時，聽得出來底下人們的騷動，甚至是台上的他國領導人物也忍不住的先問起小季我是不是ｄｔ，因爲我跟他們記憶中的ｄｔ模樣似乎非常相像。小季在台上介紹了我還有我的新身分：訓犬區的區主，同時也向在場的來賓，說明我並不是ｄｔ。下了台，凰都忍不住問：「你跟ｄｔ眞的長得很像嗎？」

趴體從開幕式開始一連舉辦三天。比起之前在台灣的趴體，整整多了兩天。相對的，整個流程也規劃良好。下午三點開始，便開始奴犬拍賣。使用的位置，正是開幕式之處，台下每一個角落的視野都相當清楚，小季說這是他的先見之明，很早以前就知道飯店有可能會辦趴，特別請設計師設計的。平台兩邊，有機器架設的滚輪。繩縛討論區的高手們在兩旁幫忙綑綁吊起拍賣的奴隸，由機器送至台前，接受拍賣官阿清的拍賣。被吊過去的男奴女奴似乎都在凌空移動的過程中，達到高潮。因爲這對他們來說，是很難得的公開羞恥調教。勃起的陰莖，清楚可見的陰戶，全都在底下擁有籌碼的主人眼中待價而沽。可以參加競標的主人們，皆是各大討論區經驗値相當高的使用者，才有本錢換取所謂的虐幣。小季說出這個錢幣單位時，自己都忍不住大笑。參與拍賣的人型犬，紛紛被裝進鐵籠中，騰空送到台中央。

我在台下抓緊已經興奮不已的凰，她看到這奴犬拍賣，已經幾乎無法控制。

「會繩縛的小d，你也給我上來幫忙。」小季突然在舞台旁把我招過去，他示範綁了一次給我看，要我跟那些繩縛高手們輪著綑綁拍賣品。

「這有點難度！綁不好，還沒送到台前，就從空中掉下來了。太危險了。」小季用力的拍著我的屁股，像是師父教訓徒弟。「我不在台灣的時候，你都沒有練習喔？」

「有啦！」我低聲答。小季的表情完全恢復成當初教我繩縛時嚴厲的模樣，果眞每個主人都有的嚴格認眞一面。

「我再綁一次給你看。技巧很簡單。如果你之前沒有打混、生疏掉的話，一下就上手了。」

「是，師父。」

拍賣會結束的時候，亦如往常趴體般，將無主的奴犬都分配出去。拍賣會也算是一種讓主人、奴犬認識的模式。趴體每天晚餐時間，都會舉行一次奴犬拋售，各個以經驗値兌換虐幣、花錢買奴犬的主人們，如果不滿意，便可以在晚餐前，向阿清登記拍賣。小季拗了阿清擔任拍賣官，阿清私下抱怨連連，說他都不能好好在趴體上玩耍。小季偷偷告訴我，阿清的狗又跑走了。不想讓阿清在趴體上失控，才分這麼重大的責任給他。阿司跟阿福則一如先前趴體上的工作，爲奴犬身體檢查，還有健康講座等等。他們也開設了犬瑜珈講座，跟國外的愉虐者交流。SM道具的代理和展售，也是這對伴侶很重要的活動。趴體相當熱鬧，幾乎沒有人或奴或狗有機會空閒下來。

因爲接下了訓犬區區主，所以需要跟其他討論區的板主熱絡，我一直到第二天的下午，才有些空閒，跟凰溜去海邊玩水。而凰身邊竟然多了好幾個臨時的奴跟犬，讓我嚇了一大跳。凰說他／牠們都在努力討好她，好得到她收養的認可。穿條海灘褲躺在沙灘躺椅上的我，看著旁邊受到衆奴服務的凰，拉起她的手。「我們下去玩水吧！」那些失去女王可獻慇懃的奴犬哀怨的看著我。「跪好。還看。」一凶，他／牠們都低了頭。被拴在太陽傘下的小狼狗似乎偷笑著。

海水一到我腳踝高度，我抱起凰，要把她整個人浸到海水中。「不要啦。褲子會溼。」凰叫著。我在她耳邊輕說：「那就脫掉。」我動手脫，她扭得更厲害。扯掉了她的遮蔽物，我丟給跟來的狗。「ku ka，咬上岸。」凰想繞過我的身體，去撿ku ka口中的泳衣。我擋住她的去路，踢了ku ka一腳。「快去快回。」趁著凰分心，我動手攻向她的泳褲。她大叫：「不要啦。不要啦！阿忠，你太過份了。」「你看，海灘上那些等著臣服你腳下的奴狗們，哪個不是槓著老二，興奮著。」

她伸向我胸捶來，我已經扯下她的泳褲。ku ka從躺椅那兒折回。「這件！」又要牠再跑一次。這次我還提醒ku ka：「狗爬式，狗爬式。」在海水中，動作也要像條狗。

被我扯光衣褲的凰，遮著身體看著我：「阿忠，你實在太過份了。」我好氣又好笑的看著她：「我親愛的凰女王，需要我陪你一塊嗎？」說完，自己褲子一扯，兩個人一同赤裸。我緩緩的靠近她，在夕陽美景下，親親的一吻。享受浪漫氣氛的凰，趁我不備，攻我下體。「喔。」我雙腳一縮沒站穩，倒在海裡。

「阿忠，你沒事吧！」「我沒事。」「你活該。」我貼著她的手站起。眼睛裡還有海水，我努力眨著眼，好讓自己好過些。

模糊的雙眼，努力的對焦在凰身上，她身後有目光向我投射而來。

當視線再度清楚時，遠遠的在海灘上看見熟悉又陌生的身影。

即使他滿頭白髮，我也可以認得他。

d。

t。

太陽與月亮、白天與黑夜、海洋與陸地、主人與奴隸、生與死，在這時這刻這地浮現了交界。我聽見海水潮汐聲忽遠忽近撲打而來，嘴裡輕輕的唸著：「ｄ。ｔ。」在我身邊的凰，此刻忽然明白了視線所及的人。她抓住我的手臂：「阿忠，不要過去……」我拍拍她的手背安撫。「不要離開我！」她慘白著臉說。我抱緊她，靠在她肩膀，在耳邊輕輕說著：「沒事的，我過去跟他說說話就好了。」「不要過去。不要離開我。」她掉下眼淚。她顫抖的唇，我輕輕的吻下。「不要擔心。軍犬已經過去了，我是我。放心。」

當我的手緩緩將她抓緊的手鬆開、她的手握住空氣的時候，啜泣已如海潮般洶湧。往後幾步的我，拉長手臂，握起她：「我一定會回來的。我一定會回到你身邊。」而後背對她，走向ｄｔ。當我走過去時，腳底下的浪阻礙著我前進的力量。浪因爲風，變得很大，朝我背上打。痛與紅。才走幾步，我隱約感覺到身後咫尺的凰牙齒顫抖而撞擊的聲響，每一次的海浪拍打翻騰的聲音，我回頭望著她，她只是淚望著我，靜候我的動靜，而前方的ｄｔ是如此熟悉而陌生。

越靠近岸邊，海水越是沉重。腳掌踏上沙灘，下午太陽的溫度還保留在沙子裡。走到他面前，顫抖的嘴唇說不出句話。他展開雙臂，我就像赤裸般的小孩回到他的懷抱中。

「小軍。好久不見。」他拍著我的背，又拍我的屁股。

「你的頭髮都白了……」顫抖的手想伸向他，卻遙不可及般。

「生了一場大病以後，頭髮就白了。」他看著我的眼神，如那日與我面對面平坐時，只是多了歲月的痕跡。「躺在病床上，腦袋裡想的是，如果我能活著走出醫院，我想要見你一面。」聽到他的話，我的眼淚像洩洪般，無法阻止。滿滿皺紋的手伸進我的頭髮中撫摸。

「我很想你。我很想你。」

「我知道。」

「你還有在調狗嗎？在軍犬之後，你還有其他的狗嗎？」

「不行了，調不動了。注意力與觀察力不像從前那般專注精準，體力也大不如前了。」

「那……我們的關係呢？」

他指著我背後的方向。「那兒才是你的世界，他們正等著你，我站在沙灘上，你還裸身在海裡囚泳著。過去吧。」他說完後便轉頭離開。

「dt！」

他回頭看著我：「你長大了，這個成長的代價也許大了點……不過這一切是值得的。調教出一個優秀的奴隸很簡單，但要教出一個優秀的主人，卻不。我們那時候對軍犬的調教，看來都是值得的。這是一條最快的道路，用下位M的身分吸取在上位S的經驗。你現在是個優秀的主人，就像當年的我。你繼承了我的生命。」

「明天訓犬區的表演……你會來看嗎？」

「嗯。我會在遠遠的地方看著你。加油喔。」

他翻頭走後，我大喊：「主人，請你看著我！」

他回身，笑著點點頭。

回去的路，腳步竟是如此順暢。海水溫暖的環繞住我的雙腳，我站在凰面前，滿滿圓圓的月亮照耀在她的身上，閃閃發光。「他就是dt嗎？你們兩個長得眞的很像。」凰對著我說著：「我好害怕，我以爲你會跟他走。」我摸著她的頭髮：「不可能的。在他離開的那天，軍犬已經死了。而今天，我已新生。」

趴體最後一天的下午，開始進行訓犬區的表演活動。身爲區主的我被安排在壓軸。小季跟我說不需要特別準備，等到了現場，他會告訴我要做出什麼樣的調教項目。他說很簡單，但我清楚的知道這並不是件簡單的事情。我牽著ku ka走到衆人的中央。看著小季、阿清、阿司他們的臉，像是題目已經讓大家知道了。

小季手裡拿了耳塞，將ku ka的聽覺蒙蔽。他拿起了麥克風講了些話，好確認ku ka完全聽不到聲音。之後他便向衆人廣播說明調教項目。一說完，便引起了衆人的喧譁。ku ka牠知道嗎？

牠可表現出生氣嗎？眾人揣測的言語讓整個會場出現了詭譎的氣氛。我站在ku ka的面前，牠碩大的眼睛看著我，等著我給牠指令。

聽不見任何聲音，卻看見眾人交頭接耳的神情，ku ka有些不安，身體抖著，便開始慌張了。我蹲在牠身邊，撫摸著牠的軀幹，透過手指頭、手掌心給牠溫暖的安定。我的臉靠在牠面前準備開口，想說些話，安撫牠，立即被小季給阻止。「小d，你不可以用唇語告訴ku ka你們要進行的表演。」

「這太難了吧！」

「這是每個接任訓犬區區主一定會進行的表演項目。大D或者d t都做過這項表演。」

小季走到我身邊，在我耳邊留下了一句：d t曾經跟你一塊進行過這樣表演。

我和ku ka被留在眾人中央，我知道現在已經不是我慌張的時候，因爲我的慌張會非常準確的傳達到ku ka心裡。讓ku ka安定，是我這時刻該做的事情。筆直的站著，動動身體，彎彎脖子，抓抓手指，預備開始這項對牠和我都是考驗的調教。

解開ku ka脖子上的狗鏈，用手勢讓牠在中央跑跑。聽不見聲音的牠邊跑必須邊注意著我的手勢，而我只能簡單的比著進行方向。緊張的關鍵時刻，才明白以前對ku ka的調教完全忽略了手勢的重要。現在手勢一點也派不上用場。手失去了語言的功能。

「新任的訓犬區區主小d似乎陷入了困境。」小季說完，我青了他一眼。他透過麥克風說的話，讓我想起他剛剛在我耳邊說過的，dt曾經和我進行過這樣的表演。什麼時候，那是什麼時候的事情，我邊指揮著kuka，邊回憶，眼睛裡所見的畫面像是會旋轉一般。

「這是個很難的動作。事前也沒讓主人與人型犬知道。」

「主人如何讓人型犬表現出生氣時的聲音與姿態，人型犬如何知道主人要牠生氣。」

「一般的調教都不會教導這塊，主人都忘記了狗會有喜怒哀樂。」

「被調教的人型犬是天生不會對主人生氣的。這個項目經常被忽略，但表演的時候卻要活生生的呈現，除了靠彼此的默契以外，別無他法。」

「人型犬調教本來就在於主人與狗之間靠著呼吸、聲音、一舉一動去表現。」

「難，很難。」小季現場的廣播，讓所有人像是看一場好戲般的鼓譟著。

「我們的訓犬區區主小d是不是陷入了膠著狀態？」

dt領著軍犬站在衆人面前表演，那是軍犬第一次參加俱樂部的趴體。腦裡不斷的回想當初他是如何讓軍犬的原始獸性表露無遺，已經太久太久，早就忘了。那時候的軍犬，爲什麼會知道主人要牠生氣？爲什麼？那時候的我，爲什麼會知道dt要我生氣？

kuka在我身邊繞著大大的圈子，雖然體力方面的訓練足夠，但我必須注意牠身體的疲倦狀況。我現在可以相信的是，主人的一舉一動是會無形中傳達給犬的，我不安，牠只會更慌。我安定了，牠就穩定了，我相信我跟ku ka之間的默契是足夠完成這項表演的。

「阿忠，加油～」凰在旁邊吶喊著。「ku ka加油！」

我順著凰的聲音方向，向她望去。

一隻雞腿肉在地上滾著。

我的視線，吸引了ku ka的目光。我看著凰，看著地上的雞腿。

dt在院子裡利用雞腿訓練軍犬的情景，dt在趴體上運用雞腿玩耍軍犬的場面，浮現在眼前。我知道dt就在這圍繞的眾人裡，他答應過我會來的。他會看到今日我所有的表現，我不會讓他看見失敗的訓犬區區主、失敗的自己。「去撿過來。」手一比，ku ka便飛奔過去，咬了地上的雞腿來我面前。當這個動作開始，我相信ku ka知道，也是我知道的唯一的事情。dt沒有明說，卻用身教教過我的事情。

ku ka將嘴裡的雞腿咬到我手邊，我在牠面前晃了雞腿兩下，往牠身後遠遠丟去。「撿回來！」即使牠聽不見我的聲音，但牠聽話般的翻頭，快跑。我在牠快到之前，先牠一步撿起雞腿，再往反方向丟去。「動作這麼慢！」我怒視牠。kuka可以懂嗎？是的，牠懂了我的身體語言。牠必須要在我趕到以前，咬到地上的雞腿。

在牠四條腿來到以前，我的雙腳先出現在牠眼前，撿起雞腿，往另個方向丟。牠拔腿跑往雞腿的方向，卻又遭到相同的對待。來回數次，kuka累極了，開始不耐，聲音也出現了異樣，我舉起挑釁的手勢。牠看懂了嗎？現場的觀衆對於kuka敢發出的不耐聲音，紛紛予以叫好。牠弓起身體，發出齜牙咧嘴的聲音。「很好。再大聲點。」我引導起牠的情緒：「這次動作再慢，你就知道了。」我的動作與意思，此時，牠彷彿都明白了，當牠發出嘶吼凶猛聲音表情動作時，在場的每一位都拍起了手。我丟起雞腿，而牠遠遠的一躍，雞腿已經在牠嘴裡。牠咬著雞腿，坐姿等著我的下個指令，我微笑著走向kuka。

耳邊聽見衆人竊竊私語的說話聲：

「kuka跳躍奔跑的瞬間，我眞的看見一條狗的動作。」

「實在不太敢相信眼睛看到的。」

「現在表演的是dt嗎？」

「不是。是新任的訓犬區區主小d。」

「這個表演我共看過三位區主做過，是有個難度的表演，一旦狗表現出人的氣味、動作就失敗了！」

「我還記得好幾年前的那一次趴體ｄｔ帶著他的軍犬表演。那次眞是精彩極了！」

「今天也不輸那場啊！」

「看了這場表演，眞是令人興奮，你看我都起雞皮疙瘩了。」

「……………」

「…………」

「……」

ｄｔ你看到了嗎？謝謝你調教了軍犬，教育了我。

你不覺得這樣的ＢＤＳＭ世界，值得你和我們一起去期待，去看還有多少驚喜？

請看著我們的世界。

請看著我，不要離開。

這是我們的世界。

後記

再梳順

夏慕聰

二〇〇三到二〇一三，黑書、你眞的是我的十年歷程啊！〇三年八月我開始書寫你。經歷六年寂寞孤單無助無愛，將你從一隻小狗養成了巨大的軍犬，負面情緒形成的黑洞在〇八、〇九年壯大。我離開待了很久的工作，給自己的人生一個機會，我也爲你做了一個決定，於是你與懂你的基本書坊相遇，然後出版。雖然你遇到了起跑後的第一個難關——一一年的絕版。而我也打了《貞男人》一役，黑洞在一二年如暴風驟雨襲擊，恣意擴大吞食，最後我終於在一三年將與黑洞對弈這局收官。你得到了一次重生的機會，初版時曾爲你梳順，今日讓我們爲你再梳順。

我知道自己常常自溺在黑洞中無可自拔，可是黑洞形成其來有自。（關於身心靈，請見《黑洞十年》。）雖然我總是面對著巨大的黑洞，可是我知道萬物都是一體兩面，只要我願意，只要我轉過身，我會看到同樣巨大的光亮在等著我！

〇九是個身心靈俱疲關鍵的一年，寫完結局1後，爲了斷尾求生，我大刪了結局2裏三個角色。在舒緩平和後的兩年，我總覺得虧欠，暗自期許有天總有一天，不管能不能再出版，僅是網路連載也好，我一定要重回連載結局2。絕版以後，我知道這是一個能夠重寫補完的機會。新版與初版同樣都是兩個結局，看似兩個不同的未來，但仍然是同一個未來。人生有必然與或然，前者如死亡，每個人必然發生，沒有人能避開這個肯定會發生的未來；而或然靠著機會命運與選擇，可能或不可能發生。兩個結局皆有著必然發生的事件，而結局終將通向《鳳凰會》。

今年初，我的好朋友光頭和小七相繼離開這個世界，結束了此世。但我相信會再見的。下一世相遇，如果我忘了，請溫柔地提醒，我們曾這麼努力的活著。

二〇一二是世界末日，舊的逝去而新的誕生，我曾經痛苦無助的與大宇宙約定，二〇一三、八月，來接我吧！我深刻體會到這約定的時間是過去的我死去而新的我誕生，無論大宇宙是否會在這時來迎接我，我知道大宇宙終究掛念著我，歸去是必然會發生的。既然遲早會，就勇敢大步走下去，再不帶遺憾的回到渾沌懷抱。

親愛的軍犬，我知道你遇到了障礙，你停頓遲疑徘徊，讓我與基本書坊爲你再梳順，至此是我今生對你的訣別，我知道在你代替我的生命衝破時間的洪流前還有很多阻礙，請別猶豫的衝破考驗與難關。

回去吧！

回來吧！

望去。朝陽升起的瞬間，他們都籠罩在陽光照耀之下。主人看著遠方說話：「我把選擇權送給了你，也許你會選擇我，也許不會。」

「如果你選擇的，不是成爲我的軍犬，而是決定成爲一個主人，也許我會很寂寞，但我會很期待另一個主人的誕生，然後觀察他是否有能力成爲一個主人。」軍犬望著主人，當主人緩緩轉頭的時候，太陽就在他腦後，光芒照耀而來，讓牠看不清楚主人的臉。

「如果你選擇的是繼續成爲我的軍犬，我會把你留著，直到我生命結束的那天。」d t 腳邊傳出軍犬的啜泣聲。

「之前你會因爲我的離去，感到失望、難過、傷心欲絕，這些都是考驗。在往後生命旅程裡，也許我會先死去，到時候你應該會適應些。如果眞的是這樣，你再做一次選擇吧！」d t 擦了擦軍犬的眼淚。

「我們回去吧。回去我們的世界。」

「阿清他們還在等著我們。」

「那個屬於我們的世界。」

回來吧！回來吧！記憶被拉得好遙遠。
穿過霧穿過光，我想要來到你面前。

費盡千辛萬苦的來到主人身邊的那天，軍犬累得睡了，睡得很深。等牠再睜開雙眼的時候，主人已經離開床了。主人穿好了運動服和運動鞋。牠很快的跳下床，咬著自己的項圈和尾巴，來到主人面前。「你也想跟主人一塊去運動嗎？」主人拍拍軍犬的屁股，兩指幅擴張，狗尾巴就插回軍犬身上。天未亮，還有些涼。出發前，主人蹲下抱著軍犬，用雙手稍微摩擦牠的身體。「等會動起來後，身體就會暖和。」軍犬邊跑邊吠叫，牠發現新的走路姿勢跑起來，竟然相當方便，跟得上主人的速度，也不吃力。

清晨遛狗，主人順便讓軍犬在野外解決第一泡小便。一接近電線杆，軍犬毫無扭捏的抬起腿，用力像射精般力道，將狗尿啪噠啪噠的噴向電線杆。主人笑著說：「看你抬腿尿尿，我想起你小時候。」軍犬甩了甩狗屌，灑了餘尿，狗尾巴受到餘震，不斷的搖晃著。主人撫摸著軍犬，拍拍狗屁股，順順尾巴。

他牽著軍犬慢慢的走著，走向一處可以眺望遠方的轉角處。軍犬順著主人遠遠的視線方向的時候，轉頭說著：「ｄｔ，我覺得這樣對他比較好。你一定也會這麼認爲吧！」

那個人踩著高跟鞋，她不敢相信眼前躺在地板上赤身裸體的男人是她曾狠下心放開手的阿忠。她已經辨別不出來他是當日海邊上的牠了。她沒有絲毫害怕，她蹲了下來。軍犬看了她，不是主人，所以閉上眼睛，又睜開眼睛，因爲是記憶裡熟悉的身影。「怎麼會變成這樣！」她的手摸在軍犬的毛上，手指穿越髮叢。「阿忠，你怎麼會變成這樣？」

「阿忠，我讓你離開我，不是要讓你變成這副模樣的。」

「阿忠，我讓你離開我，是要讓你和ｄｔ開心快樂的在一塊。不是這樣的，他怎麼可以把你傷成這樣！」

「回來吧！回到我身邊！即使你遍體鱗傷了，你還是我最愛的人。回來吧！」

「回來我身邊，像從前一樣，讓我治癒你一切的傷痛。」

她的眼淚落在我的臉頰上，她抓起我沉重的手，讓眼淚在我掌心裡灼燒。滾燙的淚水在我眼眶中流下，彷彿又像那日被凰女王救贖。她貼上我赤裸的身體，溫暖的融化寒冰死沉的軀體。

「回來吧！」

「回到我身邊！」

著。屬於地板的我，儘管阿清怎麼踢怎麼弄痛軍犬，牠還是覺得沉重，只想賴在冰冷的地板上。軍犬知道這間屋子還有人進出。軍犬吠叫不出聲音了。

「他再這樣下去，我會強迫灌食的。」夏董淡淡的說。

「夏哥，我相信你會把ｄｔ的軍犬處置妥當的！」阿司說。

「ｄｔ……」阿清支吾其詞的說不出話，只重覆著ｄｔ、ｄｔ……

「ｄｔ只是顧及到你不是調犬的主人，我相信你還是會把軍犬處理到好的。」阿司摸著軍犬說話。

「不管我做什麼，你們都同意嗎？」阿司點頭，阿清無語。「即使會永遠失去軍犬，阿忠他會拋棄軍犬的身分，你們也願意讓我做這個決定？」阿司再點頭，阿清哽咽。

「已經失去ｄｔ了，不要再失去了！」

這季就要過去，這天夏董開了鐵門，軍犬並沒有因為有人進來屋內而有任何反應，有陌生人又如何般，依然冷淡的躺在地上。眼神呆滯也看不清楚。夏董身後還有另個人，那個人超過夏董，往軍犬走去。「阿忠，我能做的就是到這了。你要不要回來就看你自己了。」夏董離開的某個角落，像玩捉迷藏的小孩般，等著被發現。而如今主人死了，從活生生到**死重重**。一副身體送進了以後，便成了一罈骨灰。再也沒有體溫再也無法擁抱。我最愛匍匐磨蹭的雙腿從這世界上徹底的消失了。

夏董的雙腳和主人的不一樣。即使高高聳立在我面前，我也毫無感覺。主人喜歡我磨蹭他男友的雙腿，我會照做。主人不在了，我也失去了一切。「我的尾巴跟項圈呢？」躺在地上的我望著夏董的腳說。

「燒了。我燒給dt了。你再囉唆，我就把你也燒給他。」夏董從沙發上站起，他嚴肅面孔讓人噤聲。

「你就在地板上待到想起來爲止。」

夏董一日一日一週一週的來，狗碗裡的食物時常都是毫無減少。「阿忠！」夏董蹲在軍犬身邊喊。「阿忠你還是不肯回來嗎？」夏董站在軍犬身邊問著。軍犬無神的雙眼望了望他，然後又趴下。

「你再不吃喝，你會死的！你這麼想跟著主人一塊走嗎？」

明白飢餓是身爲動物的本能，渴了就要喝，餓了就要吃，可是我吃不下。我只想靜靜的躺天無所求的清澈，夜亦無所求的寧靜，月有圓缺，人有聚散。離別是眞的。軍犬窩在主人腳邊，享受著主人大手的搔頭。主人的手不動了，靜靜的垂在軍犬臉邊。dt走了。他安靜得像睡著了般，枕在男朋友的肩膀上，腳邊有著自己的愛犬。夏董的手就放在dt臉上，他無語無表情的了然於心，將頭靠著dt，讓兩個人的頭髮交結。

「你的人生是圓滿的。月爲你皎潔，風爲你歌頌。」夏董摸著他的臉，額頭緊靠著，不停說話。

夏董和dt的朋友們處理了dt的後事。依照dt的遺願，僅將屍體火化，不做任何宗教的儀式。主人回到他想要去的大宇宙。主人的逝去，如從我身上割去了一塊肉，淌著血，傷口再也不會好起來，連同我的三魂七魄一塊消散。我像個稻草人般，只存在著身體。

「dt走了。你要怎麼辦？」夏董俯看我問。

「我不知道。」語畢倒回我的地上。之前主人雖離開，但我們始終知道他還活在這個世界

是隨時就會發生，每一次提及都是一次愼重的訣別。他們說話相當平靜，手握著手。軍犬就窩在主人與主人男友腳邊，時間彷彿爲他們停止。落地窗外的木板平台是他們兩個最喜歡共看星星和月亮的地方，躺椅上，他們經常聊著聊著，主人便睡著了。夏董抱著他進屋到床上好幾次。夏董總在安頓好主人後，獨自搭著停在外頭的專車離開。鮮少留下來過夜，只爲了讓ｄｔ一個人安穩的好睡好起。

最近的清晨，ｄｔ常常因爲咳嗽而無法睡，無法安穩的主人披著衣服便坐在客廳沙發。咳盡以後，坐著便是一個早上，偶爾舒服時才可以在沙發上睡一會。

「你屁股還有三把火嗎？」主人看著光溜溜的我走在家裡做著家務事，忍不住的說。

「軍犬很強壯的！」習慣了裸體生活後，穿衣服反而不習慣。即便寒流，依然不改。

一旁沙發上的夏董，放下手中的書，看了主人跟我一眼後，又回到他的原本視線。夏董在台灣收了一個奴隸，是鎖貞操帶的，花了些時間才讓他乖乖**誠服**。聽說是公司裡的經理。之前曾短時間擔任夏董的特助。雖然對方在網路上的那場除毛秀是我替主人設定連線，也跪在主人腳邊觀賞了這場表演，不過我跟他沒有太多接觸，僅僅點頭之交。後來這位貞操奴的認主趴體是主人最後一次參加ＳＭ活動。

「如果他來找我時，我已不在這世界了，到時候就交給你了。」

「主人！」

「讓你試看看。調教別人，對自己也會有幫助。」

「主人，可以不要說這樣嗎？」我不顧人或狗的狀態，俯身在ｄｔ腳邊，用身體磨蹭著。

隨著ｄｔ狀況愈來愈差，原本還當空中飛人的夏董，決定加快速度，把重心轉回台灣開分公司，也已吩咐房仲留意溫泉別墅，打算置產。「親愛的，戒指還放在你左邊口袋嗎？你還想跟我結婚嗎？」ｄｔ靜靜的閉上眼睛，只見夏董握緊他的手，像是握住最珍貴的禮物。

「寶貝！從跟媽媽到德國開始，我便以爲自己這輩子已經永遠失去你了。我一直很感謝大宇宙讓我在這麼多年以後，竟然可以擁有和你相守的這些年。和你結婚已經是我的奢望！在德國你沒答應後，戒指一直在我的左胸口。」夏董從最靠近心臟的地方掏出了戒指，他親吻了ｄｔ的手背，吸吮了ｄｔ的手指。「一切都來得及！從前年輕，我沒有能力決定自己的未來，可是現在我有。我要我的未來有你！」

「我知道啊！謝謝你讓我回來！讓我回來台灣。」ｄｔ和夏董每一次提到死亡，彷彿都像牽著軍犬向前的主人察覺回頭：「想繼續接受調教，打電話給我。」

「如果我還有困惑呢？」

「那就用力的解開困惑。勇敢的在ＳＭ圈裡泅泳，不然就離開吧。這個世界很大，值得探索的不只是ＳＭ而已。」

回家以後，主人沒多過問我跟小威的事情。最好不要問，不然要我在主人面前說自己調教別人的事情，簡直是讓自己無地自容。偏偏主人在看阿司寄來的側拍照，想起了小威，把我叫到面前來，暫時回復人型跪著應話。

「你是調教小威的那個人吧！」ｄｔ猜中了。「看那時候小威的神情就猜得到一二。」

「對不起，主人！」我把頭磕到地上，翹著屁股和尾巴。主人拉著尾巴而我得努力的不讓尾巴被拉出身體。

「你已經可以調教別人啦？」我不停的磕頭道歉。「那些被你調教過的人，看到你現在的模樣，不曉得會怎麼想？不過小威已經看過你的狗樣了，而且爲軍犬折服了。」主人放了手。

「他有連絡主人嗎？」正跪的我問。我的臀部離地板有段距離是爲了尾巴。

「沒。也許他還要一段時間才會想調教。」

的雙手想擋住胯下卻又不敢遮掩。「跪下！」ｄｔ話一出，便把小威給鎮住，雙腿便跪了下去。

「你這段摸索的日子不會白費的。」

ｄｔ跟阿司借了臨時用的項圈跟狗鏈。「今天剩下的時間，你就跟著我們吧！」小威汪汪叫。主人不滿意叫聲的往牠屁股上打。主人使了眼神，軍犬便拉長身體，拚命狂吠，做了一個完美的示範。

「沒有被虐過的主人，他的生命是不完整的。不知道痛的人怎麼給別人痛呢？」

趴體結束時，大家用力的給彼此掌聲。大家跟ｄｔ約好下次趴體見。主人為小威解開項圈。「辛苦你了！」跪在地上的小威有些不習慣的回神，意識到自己已經被解下項圈，得回復人型。

他被主人從地上拉起。

「他呢？」小威指著軍犬。

「牠要一路爬到停車場，才會願意解下項圈。搞不好牠根本想這樣搭車回家吧！是嗎？」

軍犬用力回應主人。小威一臉不可置信，他不敢相信真的可以做到。他被這樣的調教權威震懾得站在原地不動。

牠面前，但絲毫無損一分軍犬的模樣，頭的角度維持，腿依然張開展示著狗屌。「你有養狗嗎？想摸摸牠嗎？你可以摸。」

小威顫抖的伸出手，軍犬沒有躲避，頭伸直，讓他的手摸著牠短短的頭毛，牠的頭靠近小威的身體，用自己的身體蹭著小威。「我曾經被人調教過，那時候我很害怕，可是他讓我很安心，願意把自己交給他。」

「然後呢？」小威說起了接受第一次調教的事情。因爲對方想要回到主人身邊而無法繼續調教他，轉而在網路上尋覓。好主難尋，只能在茫茫人海中尋尋覓覓。付出了幾次眞心，被傷了幾次，眞心被踐踏破碎，最後拾起的眞心都是黏貼修補佈滿傷痕。後來反而當起主人調教起奴隸。

「你想當狗嗎？」主人開口問。

「想……」小威膽怯的回答。

「你不覺得穿著人的衣服很難過嗎？」聽到這話的小威有些遲疑。「狗會穿衣服嗎？」dt嚴厲一說，小威雖然畏於旁人眼光，仍趕緊脫光衣服。小威手拉著內褲頭卻一直脫不掉。

「把內褲脫了。」dt拉了狗鏈，軍犬便往主人身上靠。「當條狗就要像牠一樣毫無畏懼的把狗屌露出來，讓大家都看到一條公狗的驕傲！」小威脫掉內褲，充血的老二便緩緩抬頭。小威然清晰可辨主人與夏董兩股不同的味道。主人下了床，手指頭上還有些許津液，軍犬抬頭看著主人，他伸了手，牠便張開了嘴，吸吮。是夏董的混雜著主人的汗水。

「你要一塊洗嗎？」主人望著床上的男友。「你先洗吧！我想躺一下。」

趁著dt盥洗，夏董站在軍犬面前：「你會難過嗎？回到主人身邊，可是主人身邊卻有了另個人。」夏董說完，便往房間的單人沙發坐去。「你很幸運。你是dt的狗，他愛狗成痴。」他倒了杯酒，翹著腳，獨自的喝著。「男朋友是不會跟他的寵物吃醋的。我一點也不嫉妒你，那你呢？」

趴體在第二天下午三點結束。這之前陸陸續續已有人離開。而夏董隔天一大早因爲有會議也先離開。原本dt也想一塊走，但拗不過阿布要求送一程，他只好留下來。阿布爲了觀察現在圈內貞操器具，拚命的跟使用者還有些持鑰者交換意見，順便秀著蘇曼身上的款式。

主人坐在旁邊的陽傘下休憩。時間過得緩慢，空氣裡的聲音和味道都刺激著感官。有人走近。主人昨天並沒有見過這個人，大概是今天早上才來趴體的。

「你對牠似乎很有興趣？」主人見到陌生人說著。陌生人似乎對他腳邊的軍犬興趣很高。想看卻又不敢正眼。「你可以站近一點！」陌生人膽怯的往他們挪近一些。軍犬見到小威站在夏董拉著dt離開。「你在這，大家是不可能放過你的。」

「我跟這場趴體好像格格不入。」

「怎麼會呢？這是近鄉情怯。你還想站在衆人面前表演嗎？」夏董說的讓dt笑了。他們遠離衆人，坐在沙灘上，共看太陽西下，直到夜晚模糊了彼此臉孔，仍手牽著手，牽著自家愛犬，像一對攜手度餘生的歐吉桑。

微微燈火亮起，飯店那兒已經準備好了晚餐，是自助吧。外頭的圓桌已經三三兩兩的有人入座。主人牽著軍犬找了個位子，等著夏董、阿布蘇曼取餐來。軍犬窩在主人腳邊，等著主人丟下的食物。蘇曼站在阿布身邊服侍用餐。

夜晚海濱起大風前，主犬他們回到房間。門關上，夏董已撲上dt，兩人跌進柔軟眠床。他們開始肌膚親密，褪去了阻隔彼此的衣服，回到男人最原始的狀態。軍犬看著床上的主人跟夏董纏綿，牠的狗屌是堅硬的。主人撫摸男朋友和撫摸軍犬的方式是不一樣的。主人的表情、聲音、情緒、反應都隨著男朋友而不一樣。牠沒有看過這樣的主人。牠有些嫉妒有些安心。

隨著兩個男人的激動射精聲，軍犬屁股圍住尾巴的那圈肌肉格外緊縮。

擦了精液的衛生紙團丟下了床，滾到了牠面前。混雜著兩個男人的味道，牠低頭俯嗅，依繼續往前。留下眼睛不停望著晃著狗蛋前進的軍犬的凰女王。

「我們走吧。」凰女王欲前進，可是牽著的小狼狗卻不願意。

牠忽然坐在地上。他驀地抬起頭：「我可以代替阿忠愛你的！」阿郎吞了口口水。「凰女王，我愛你。」

「你代替不了的。」凰怒氣上來！這世界從來都是沒有誰可以替代誰的。她丟了狗鏈便自己往前獨行。

ｄｔ站在沙灘上，看著潮水奔馳而來。「你們兩個靈魂有些神似呢。」主人看著軍犬：「接下來的訓練會超嚴格喔！」軍犬用力吠叫聲音足以抵抗大地海洋。牠企圖用身體抵擋海浪，卻只能在裡頭打滾。主人笑了。軍犬也開心了。

會場廣播，表演時間已到。喜歡表現的主犬們紛紛帶到場中央，一個一個的展演。鼓噪訓犬區區主再表演的人依然圍繞在主人跟夏董身邊。原來的地點，原本的場景，人事已非。

「我不行了。不要叫我表演了。現在只有軍犬牠可以表演。」

「別慫恿他了。他都說不行了。」夏董忽然站在ｄｔ身後說話。軍犬的叫聲像是應和夏董。

模糊的雙眼，努力的對焦在主人身上，他身後有目光向軍犬投射而來。

當視線再度清楚時，遠遠的在海灘上看見熟悉又陌生的身影。

金星與火星、白天與黑夜、海洋與陸地、女王與公狗、陰與陽。在這時這刻這地浮現了交界，相隔不過一個沙灘數十步遠。成千成萬的沙子頓時燃燒，曝晒整日陽光的溫度，此刻拚命升高。聽見海水潮汐聲忽遠忽近撲打而來，牠無處可躲，他無以存在。

牠隨主人動作行動於海水之中。牠的屁股牠的狗屌牠的胯下，被海水拍打得響亮。即使如此，牠的耳朵仍聽得見她的聲音。

凰女王見到軍犬。她的臉有些驚恐，像是看見了隻凶猛的野獸，眼神對到便會被撲上啃食。

「阿忠，救我。」她的口中出現讓軍犬愣住一秒的名字。但軍犬還是軍犬，沒有任何的失格。她沒有想到自己會有如此反應，她該想到在趴體上會遇到他的，她明知道一定會遇到他的。她沒想到牠跟他竟然截然不同。她眼前是隻戴了項圈，屁股插了尾巴，全身剃光了體毛的一隻公狗。牠的眼神、牠的動作和他不同。完完整整的不同。眼前的牠還是她愛著的他嗎？她的心裡已有無數反對的聲音。

dt和她的眼神交會，她的眼眶裡滿是淚水。dt只是對她點點頭，不發一語，牽著軍犬的檔案叫出。他們先到飯店放行李，才進入趴體會場。ｄｔ被眾人團團圍住。主人招架不住眾人，便把阿布這位同樣是訓犬的主人拉進來。

如果不是夏董硬拉走ｄｔ，大概還被眾人圍繞著。一些對蘇曼身上的貞操帶有興趣的，紛紛找上阿布談論。阿司走近他們。「現在ｃｂ系列很好賣喔。有些犬奴剃了毛變成幼犬一開始便戴上ｃｂ呢。」

「很好啊！幼犬要排除任何的性行為，包含勃起。」夏董說。

「講到貞操帶，你的精神便來了！」阿布說。「叫你帶個奴，你不相信！」阿布對著夏董攤手。「你現在只能看著別人玩奴。」

「也許將來我會在台灣找個貞操奴。」

「趕快找吧！」主人忽然插嘴。「這樣你也會多花點時間在這，別老是說你是為我而來。」

阿布指著遠處，一群人牽著幾隻胯下懸掛著貞操器具的狗，他興奮的拉著夏董過去瞧瞧。主人說：「你們去吧！我對貞操控制沒有你們這麼熱衷。我帶著軍犬到處走走。等會見。」

主人牽著軍犬走向海邊，他們沿著海和沙灘走著，浪花拍打捲起聲音。一層一層襲上身體的波鹹鹹溼溼。受侵進的狗眼見不著前方的視線，但脖子上還有主人的牽引就夠了。

送車，一塊前往趴體舉辦地。我不能注意後座的兩位，會無法專心開車。屁股裡的肛門塞頂著重點，讓褲襠隆起，幾近射精邊緣。內褲前面都快溼透了。是經過多年不穿內褲後，主人再次賜予的一批。我又開始穿內褲了。經常可以感覺到胯下被兩件褲子包覆，有點悶熱有點不習慣，但我高興得流下眼淚。

同個地點舉辦的趴體，沿途經過這些年住的地方，我忍不住往熟悉的高樓望去，接著狂奔呼嘯於公路之上。車開進私人產業道路，在停車場停妥。陸陸續續看見車開進，從後車廂提出行李的我忍不住興奮的心。這次更早，還沒往報到處前進，我便跪在主人面前，希望可以以軍犬之姿前往。

主人一手握著夏董一手牽著軍犬，阿布領著蘇曼，三人一奴一犬的往趴體報到處前進。路上相遇的人不免有認出dt的會員，他們興奮的圍住主人與軍犬說著好久不見。夏董站在人群外，他知道這場趴體上會認識他的遠不及dt來得多。阿布有些不平的說：「沒想到dt離開這麼久還這麼多人記得。」夏董低聲笑說：「你跟我都離開台灣太久了。比dt還久呢。何況他是訓犬區的區主。現在還是嗎？」

「好像唷，我沒在注意俱樂部網站了啊！」

趴體報到處，阿布跟夏董早已忘記自己的會員編號，得用電腦查詢資料庫才能把多年以前回家的路上，後座的主人睡著了。車內是寧靜的世界。回到家，把主人送上床。之後才處理自己的事情。尿褲都已經吸滿。熱呼呼的。脫掉以後，才一一將項圈和尾巴戴上。軍犬爬回主人房間，原本躺平的主人坐在床沿，看著軍犬。「你都已經是成犬了！要睡床嗎？」主人拍拍床，軍犬便跳了上去。跟主人回家以後，這是第一次睡床。這一晚軍犬窩在主人懷裡，特別的溫暖，睡得特別好。

「大D沒辦法上來參加趴體嗎？這樣啊。我之後再去找他吧。」夏董在出發前得知了消息。「你跟他也很久沒見了！你們不會一見面就打起來吧！」「年紀都一大把了，還有什麼好打的。何況最後你是跟我在一塊，這場競爭終究是我贏了。他沒有好好珍惜你，枉費我當年退出離開！」夏董握住dt的手時，我正上樓幫忙提行李。主人指了指旁邊，拍著夏董的手臂。「好出發了。」

dt隨著提行李的我下樓。「阿忠，我的衣物跟dt放在一塊就可以了，不必分兩個行李。」夏董吩咐，他愈來愈會指使我，宛如主人的男朋友姿態，雖然他的確是，但我仍不習慣。將蘇曼提來的夏董衣物放入行李而後抬至後車廂。招呼主人上車後，便領著阿布先生的接

「是！我已經不是幼犬了。在衆人面前，穿著主人規定的服裝，才是眞正的男人。是隻成犬的表現！」語畢，夏董竟爲我的話鼓掌。他爲我而笑的表情像極了主人、像極了軍犬的另外一個主人。

「你還有沒有多的尿褲，我也要阿金穿！」阿清說，只見阿金臉色更慘白。

「沒有。我只帶了一件。」

「愛學人。」ｄｔ說。阿清氣得想捶過來，他們嬉鬧間，ｄｔ咳得兇。「你該去把衣服穿上了。」夏董推開阿清，對ｄｔ說。

大家著裝後轉往餐廳，蘇曼已經爲大家點好菜，一入座，菜便開始上。蘇曼不愧是訓練有素的女奴，清楚的記得每位主人的口味，衆人盡歡。席間，阿清開了酒，往ｄｔ推來，夏董便擋掉。「爲了ｄｔ好，酒最好別再喝了。」阿清生氣冒煙，把酒推給我。「阿忠開車，禁酒。」

「那還有誰喝啊！」阿清不開心。

ｄｔ勾著他肩膀。「不好意思。」

「你沒事生什麼病啊！什麼都變了。」

離開的時候，夏董跟阿布他們直接搭計程車回飯店。「你要來飯店嗎？」夏董問了ｄｔ。

「你的眼皮重得都快張不開了，回家睡好了。明天趴體上見吧。好好休息。」

「穿尿布，下面沒毛比較容易清理。」dt聽到我的回答，主人表情溫柔而堅定的笑著。毛還未長齊的身體，雖然引起注意，但我亦無所謂。阿金遮掩著被剃毛的身體。「手放開！跟阿忠一樣！」阿清板起臉孔。自從大D訓斥後，阿清更認眞嚴格的對待阿金，絲毫不退讓。只要阿金拒絕，阿清便立刻跟他劃清界線，冷淡彼此關係。爲了主犬關係繼續，阿金幾乎步步退讓。泡湯前幾天，阿金便被剃光了狗毛。遇到夏董的泡湯約，阿清興奮不已，直呼自己終於做到dt能做到的。此刻的阿金羞紅著臉，緊抓著下體，試圖遮掩無毛窘境。聽到主人怒語，他才緩緩放開，手一離開，無毛的狗屌便充血了。「賤狗！」被罵讓狗屌勃起角度更高了。

隨著主人們洗乾淨身體入池。溫泉療癒疲憊肉體。僞裝成人的狗隨著主人享受蒸氣室烤箱，對狗體好奇的人們在我們身邊徘徊渴望加入話題。但主人們成了屏障劃開現實，這裡成爲BDSM結界。

身體被能量餵飽，手指腳趾皮膚發皺，跟著主人踏出泡湯區，再盥洗身體一遍回到更衣室。擦完身體後，我自己穿上尿布。「酷唷！」阿清在我身邊拍了我的尿布屁股。「你完全不猶豫耶！」

「這是一定要的！」話說完，經過的人瞄了我，不過我一點也不在意讓來往的人看見尿布即我的內褲。和諸位主人在一角喝著飲料補充電解質一面吹風。「你變勇敢了！」主人說。

「是！」在主人面前，毫不猶豫的穿上尿褲後，套上卡其褲、襯衫。「我先下去暖車。」

夏董在樓下像屋主般招呼阿司等人。「各位可以準備出發了。」

「dt呢？」夏董在我踏出門時開口。

「主人一會便下來。」

阿清跟阿金坐阿司的車。我開的車還需要繞去接阿布。蘇曼已提前抵達夏董訂的溫泉餐廳。依諸位主人決定，先泡湯再用餐。在分頭進入男女湯前，阿布問蘇曼：「你要泡嗎？」她點點頭。「需要脫掉貞操帶嗎？」她搖搖頭。

「不用。我不需要解開貞操帶。」她的回答似乎得到了阿布的讚許。

「貞操奴不想脫掉才是眞的**訓服**。」

在置物櫃前，我毫不猶豫的把外褲脫了，我可以看見旁邊有些注意到的人的眼光，不過我一點也不在意讓大家看見我的白色尿褲。我撕開側邊的黏貼。將尿溼的紙尿褲捲好，丟進旁邊的垃圾桶裡。

「你穿紙尿褲啊！」打掃的阿伯說著。

「嗯。我有這個需要。」我簡單說明。看他的神情，似乎相當同情我在這年紀就得隨身穿成人紙尿褲。「你把毛都剃了？」阿伯又問。

趴體舉辦前，夏董主動邀約了大家去泡湯，約在ｄｔ家出發。那天下午夏董已先行來ｄｔ家坐坐。夏董在客廳時，軍犬鑽進狗洞到院子，夏董開了落地窗觀看落雨院子時，軍犬又躲雨繞到別處。「看來牠在躲我。」夏董悠悠的說。「是嗎？」ｄｔ問。

「裝了尾巴的軍犬果然好看。牠來柏林的時候還沒有尾巴呢。」夏董深深的笑著。

「那時候多虧了你。」ｄｔ從沙發站了起來，往另頭走去，開了另邊落地窗，便見到軍犬窩在屋簷處。主人開了門，軍犬便跳進屋內。「經驗豐富的你知道牠爲什麼有這樣的反應吧！」夏董雙手交叉胸前說。坐地上的主人拍打著軍犬的屁股，不知道是懲罰還是戲虐。軍犬猜不著意思。夏董走近，彎腰便在軍犬眼前，親吻主人的嘴。夏董的眼睛挑釁的說：「你撐得住嗎？會從犬型剝落回人嗎？」ｄｔ的手指點了夏董的額頭：「這眞是故意啊！」ｄｔ站起低頭：「祢會嗎？」軍犬在主人面前用力吠叫回答。

出門前，天色已經變暗。回復人型的我還可以感覺尾巴拔出肛門的火辣。在爲主人及夏董準備好泡湯物品後，我拿著尿布在主人面前跪下：「主人我可以自己穿尿布嗎？」

「嗯。你畢竟也是條成犬了。回復人型以後，自己穿吧！」

ｄｔ的堅持下，夏董沒有和阿布他們一塊搭飯店接送的專車回台北，而是搭我們的車子回ｄｔ家。「那個院子的時代已經離我很遙遠了。」夏董和ｄｔ說著。他們兩位坐在後座，我是專屬的司機。看見夏董的手搭在ｄｔ手上，心一驚，我只能專心前方。不斷流逝的輝煌燈火，ｄｔ睡了，直到家門。

主人牽著夏董的手走在院子裡。「啊！我好久沒踏進這裡了。」夏董環視。

「你今晚要住這嗎？」ｄｔ問夏董。「不。我住飯店。這樣代理商他們找我談事情也比較方便。」

「你要去泡湯嗎？之前在德國你不是一直說回台灣第一件事情就是要去泡湯！」ｄｔ問。

「要啊！我很想念台灣的溫泉！」院子裡的軍犬自個的奔跑玩樂，絲毫不打擾主人與男友的相處時間。

夏董沒有在ｄｔ家過夜。由我送夏董到飯店。趴車小弟開門恭迎夏董。「辛苦了！」聽到夏董說話，原以爲是對著小弟，但受話人是我。愣愣的點頭回應，然後開走車。回程路上，若有所思。

擺時，突然有手拍了夏董肩膀，是阿布。他身後的蘇曼拖著兩人的行李。「驚訝吧！」阿布說。

沒想到夏董外，阿布跟蘇曼竟然一塊回來。「我是回來度假的！如果不是夏哥邀約，我實在不覺得趴體有什麼好回來的！」在他的口中，台灣的空氣、環境、交通跟奴隸都不太及格。

「你的標準太高了！」ｄｔ笑而答。「是你降低了你的標準！」阿布說：「ｄｔ你不可以因為身心狀況降低你的水準！」ｄｔ勾起夏董的肩膀，嘴角微微的上揚：「我的標準降低應該還是高於你吧。」

站在ｄｔ身後的我看見蘇曼的臉忽然語塞，旁邊三位聊得開心，只剩我們兩個靜默在旁。我努力的擠出話來：「好久不見。」

「好久不見。謝謝你那時候……」

「沒什麼啦！」搔著後腦勺，有些難為情。

阿布的手突然搭上我的肩膀。「雖然有些狀況的完成了母狗終極調教，不過蘇曼現在是數一數二的女奴了！」他的手搔上我的頭。「你也是。你也做到了一隻公狗的本能！」阿布臉朝向ｄｔ。

我紅著臉看著主人。他對我笑著：「成年的公狗一定要做到的！」

「是！」

多數的BDSM同伴都會先看見dt。對於脫褲子、瞬間剝光，自己愈來愈得心應手。有時候dt拜訪老朋友，一到別人家，門關上甚至還不及關，我便已經脫光衣褲，跪在主人腳邊。每每得到主人與友人的讚賞。

塞在屁股裡的尾巴是控制大便時間的利器。除了早上固定的時間以外，若需要移除尾巴，必須擺出大便狗姿，提醒主人。固定的時間從dt家前往公司上班。一日的人型生活後，再回到犬態。在公司累得跟條狗一樣，但我一點也不喜歡這樣為工作忙碌的狗。我比較喜歡當賴在主人腳邊的狗。

自從發佈趴體消息後，俱樂部網站上的使用者無不蠢蠢欲動。小季原本建議要不要將趴體擴大舉行、移到國外他的飯店之類的，但考慮到dt的身體狀況，趴體還是選在同個場地。夏董在趴體舉辦前回來台灣。按預定，下午我開車送dt去機場接機。站在dt的旁邊，我看見夏董出現時他眼中閃耀的眼神，那眞讓人嫉妒。他們擁抱和親吻，我的心裡很不是滋味。

「回台灣後，身體有好些嗎？」夏董溫柔的問。dt點頭。「雖然台灣有代理商，我還是想來看看這邊的環境。」夏董說：「不過我主要還是為了你來的。」夏董的手要往dt臉頰上一點也不適合你！」阿清趾高氣昂的對著軍犬說話時，牠瞪著他的神情又激怒了他！軍犬齜牙聲一出，阿清被嚇退。

「軍犬這副模樣如果在趴體上表演，一定相當精彩。」阿司說。

「不行了。這次的趴體不要安排我這位不稱職的區主表演吧！」ｄｔ說出這樣的話，讓在場的人一陣沉默。「生病後，我已經沒辦法像以前一樣了！」

「表演活動，你們再想想吧！」大Ｄ一如從前，一開口便成了定案。

三犬傍走的院子，轉移了僵局。在軍犬跟波也前，金剛成了最弱的狗。「阿清啊！你這個主人是怎麼當的？」大Ｄ的訓示，讓阿清嚴肅了起來。「需不需要我給你特訓一下！」大Ｄ毫不留情的把腳踩在金剛身上。「當狗的沒有決心，出來只會讓主人丟臉！」大Ｄ的手掌摑著金剛的屁股，三兩下便是紅通通。「沒有尾巴的狗，可以丟了！」阿清企圖為自己的狗解釋。「異性戀很了不起嗎？如果沒有決心拋棄尊嚴，放棄對身體的掌控，全部交給主人，就不要來當狗！」

ｄｔ回來後的日子，我幾乎都以狗的身分生活。和主人踏出院子的時候，脖子上的項圈從來沒有卸下或者遮掩。路上看見戴著項圈的我，明眼人便知道是奴隸走在主人後方。不過絕大留情的打。「老大，很痛！」「痛還不快下來！你很重！」

「老大你回來了。老大終於你回來了！」

大D把他甩到地上。「我是送dt回來而已。我又沒有要回台北住。」

「啊！」阿清拍拍屁股爬起，抓著dt。「你快點留住老大啦！」

「你果然比較看重大D。」dt一說，阿清便整個人貼在dt身上。「齁，你也很重要啊！」

「有了他，你眼裡就沒有我了！」dt說。

「哪有！」他們手腳嬉戲你拳我手。

阿司開口：「現在缺小季，我們就都在了。」大D微微的仰頭。「辦場趴體吧！」阿清手舞足蹈的說。「然後把小季找回來！」阿清說完還故意肘擊大D。「軍犬，我們舉辦趴體好不好！」阿清用手戲弄軍犬，立即被dt使來眼色的軍犬咬了口。

「你叫牠咬我！金剛咬回去！」阿清使喚。金剛聽命往軍犬張口，而軍犬早已擺出攻擊姿態。這副模樣讓在場的人無不肯定。主人得意極了。金剛臨陣脫逃，完全被軍犬的氣勢壓下。

「可惡的dt，軍犬什麼時候練就的本領？dt你什麼時候教牠的！」

「牠自己摸索出來的！」

「不會吧！」阿清歪著腦。「莫非這就是天份！我就說嘛阿忠天生適合當狗，主人這條路

「……」大Ｄ無語的含淚邁開腳步。

「主人……」波也緩緩說。

「歡迎回家！」ｄｔ說。波也脫去了人間衣裳，在久違的院子回復犬樣。ｄｔ蹲下用力的擁抱著波也。

「十年沒有回來，沒想到還保持得跟以前一樣。」大Ｄ說。

「我沒有變。這裡還是從前的家。」ｄｔ視線忽然看著軍犬。

「夏對你好嗎？」大Ｄ問。

ｄｔ笑而不答。

夜晚大家都來了，把院子擠得熱鬧。帶狗來的阿清一進門，看見ｄｔ便說不出話來，無法相信；曾見匍地的軍犬才露出原本的樣貌。可一見了大Ｄ，也顧不及在奴隸面前的模樣，像隻無尾熊，小孩似的跳起手抱住、腳夾緊大Ｄ。「喂，你這傢伙！抱夠了沒？」

「老大，誰叫你消失這麼久，還不連絡我！」

大Ｄ的手用力摑在阿清騰空的屁股上，響亮的、澎湃的。而阿清絲毫沒有反抗，讓大Ｄ不告假期結束回去上班的日期。原本有些擔心主人的身體狀況，稟報後預計獨自回去，下個假期再來。可是主人卻說：「我們就這天回去台北吧。」

假期結束前一天，大D和波也開了車來接dt。主人打電話告訴了大D他想回台北的事情，請他開車來接我們下山。車下了山，大D卻沒有停車的意思，直接上了高速公路。「送你們回去台北吧！」大D說。

dt問：「你離開台北這麼久了，還想回去？不怕被阿司阿清他們撞見？」

「你比較怕吧？」

途中dt睡了。安靜的把車內變成一個宇宙。

進入熟悉的街道，醒來的dt眼睛眨也不眨，直往窗外盯，一直到家門口。dt踏進家門後，仰望著天空。黑色的罩，他回頭對我說：「軍犬，我們回家了！」

「主人，回家了！」踏進鐵門的那刻，我從來沒有忘記主人的訓示。脫光，在主人面前把自己剝得一乾二淨。軍犬在主人腳邊轉著圈圈。

在家門前瞻望無法言語動作的大D眼睜睜的望著dt。

「你們怎麼還不進來？」dt回頭看著大D，彷彿明白了大D的顧忌與膽怯。「我原諒了你。我原諒你們了。我早原諒你了。」dt的話聽在大D心裡，他整個人暖的熱著，活了過來。

開了水，幫也是滿身汗的軍犬沖個涼。

回去的路上，遇到了高男牽著犬雄準備往主人家去。「我算的時間果然準。」犬雄大聲吠叫應和高男的說話。

高男他們主犬時常來找ｄｔ，軍犬來後，頻率更是升高。有時高男會帶著ｄｔ往更深山裡探去。軍犬、犬雄適應崎嶇道路，身體粗壯耐磨。高男有時候甚至整個人坐在犬雄背上，讓牠馱著他到處走。「軍犬健壯的身體應該可以試試看吧！」高男對著下坡處的ｄｔ喊著。

生病漸瘦的主人，穿著Brief的模樣依然性感。削瘦的身體，微溼透的內褲，主人的老二非常明顯。吹頭髮的時候，軍犬繞在主人的腿邊，頭便碰得到胯下。沉甸而柔軟，軍犬將狗臉整個埋在主人襠部，貪婪的吸納著主人的味道。主人在軍犬面前毫無遮掩的展露著晨勃，主人的陽具直挺堅硬，屋內四處走動。主人雙腿站直從內褲褲襠開口掏出老二小便，尿液完美拋物線直擊；主人脫下內褲坐在馬桶上排泄，氣味滿室瀰漫，軍犬挺胸翹臀立正站好。

整日爲犬幾乎讓我快忘了在台北身爲人，參與社會競爭的日子。趁著回復人型，向主人稟山上的日子，幾乎忘了自己是個人，整日以軍犬行走生活。主人習慣在天未亮時，醒來外出運動散步。軍犬總在門口咬著項圈和尾巴，等著主人將項圈繫回、尾巴插入。門一開，軍犬便往外衝，向主人展示牠的活力，牠已經準備好迎接新的一天。

天未亮的山上微涼，動一動跑一跑，身體很快就暖起來了。看到電線桿，便走過去把腿抬起來用力小便，以自己的味道蓋過其他狗味。

往山腰下走，還不到國小操場，太陽便出來了。光芒萬丈閃耀在主人與軍犬前進的方向。沒有圍牆的操場，沒有界線，已有人在運動著。ｄｔ牽著軍犬踏上跑道，遠遠便有人揮手招呼。他們對於ｄｔ牽著的大型犬已不像第一天那般好奇，也有人已經認識牠。牽著人型犬的鄉民聚了又散。

ｄｔ開始暖身，軍犬亦然。牠伸伸腰，活動四肢。踏出第一步的主人回頭：「跑起來，跑起來！」尾巴搖動在軍犬屁股上緣，不時拍打臀肉。愈跑愈興奮，心臟狂跳。主人的背影、主人的側臉，有時軍犬甚至跑到主人前方，靈活得似眞狗般。步伐緩緩的主人時跑時走，看在軍犬心裡都明白。

汗水淋漓的ｄｔ脫去了上衣，用毛巾擦乾身體。主人拔掉了軍犬的尾巴，讓牠排便。主人與認識的鄉民們聊天，軍犬仍不改面色，張著腿大便。他帶著軍犬來到水龍頭邊，接了水管，狗毛後，ｄｔ拿起剃毛刀，抹了泡沫，從根部開始除毛。刀片劃過每根狗毛時，軍犬身體的抖動都讓主人相當滿意。主人仔細而耐心的剃光了軍犬身體的每根狗毛。軍犬如新生般的幼犬，赤裸、無毛而光滑。

ｄｔ洗完軍犬和自己的身體後，爲軍犬剃過毛的身體抹上蘆薈，領著軍犬來到房間就寢。軍犬就靜靜的睡在主人床邊地板。關了燈，整個世界暗得只看得見床上的ｄｔ還有窗外的月亮。聽著ｄｔ的呼吸聲，牠覺得好安穩、好安心。

「想上床睡嗎？」ｄｔ忽然出了聲，軍犬抬頭望著床上的主人。他伸出手時，軍犬起身一躍，下身卡在床邊，上半身壓在主人身上。ｄｔ拍拍狗屁股。「太久沒做，生疏啦！」他將軍犬挪到自己懷中，緊緊的抱住，將尾巴肛塞拔出。他摸摸箍成圓形的肛門口。「今晚睡覺就不要尾巴了。這麼久沒跟自己的尾巴一塊活動，屁股會酸嗎？」軍犬吠叫以答。「我不曉得還可以活多久，我多半的事情，夏都可以代我處理。我們同樣是Ｂ／ｄ系的主人，思考方面都相當接近。而牠……如果不小心，我先走了，我就把牠託給夏了。」聽見主人這麼說，軍犬只能嗚嗚以對，無法人語。

待剃毛。當dt將電推的插頭插上，軍犬訝異的看著主人。

「沒看過主人拿電推，很驚訝吧！」以前dt都是交給人型犬寵物店的阿司，負責剃軍犬新兵的平頭，而這次是自己拿著電推。「來，我來幫牠剃頭。剃成牠剛成爲軍犬時的新兵頭。」電推的聲音轟轟響。「也許剃得沒有阿司好，但還過得去啦。」機器的熱度緩緩接近頭皮。「無論剃好不好看，都是我這個主人，爲牠剃的。」dt跨坐在軍犬背上，軍犬拱起背部承受主人的身體重量。低著頭，電推一刀一刀，狗毛一撮一撮的掉在舊報紙上。dt摸著軍犬短到不能再短的毛髮，牠感覺到了dt勃起的陽具。

主人在牠面前脫掉了內褲，露出朝氣的男性生殖器官，軍犬愣著看主人，主人反手，也將電推往自己頭上推去，牠愣得忘了吠叫。「對牠而言是新的開始，對身爲主人的我而言，何嘗不是？」dt的頭髮一叢一叢的落在軍犬身上和周圍，牠看著主人的頭髮越來越短，最後剩下幾近光頭的漂亮頭型。

dt換了新的報紙，拍拍它，軍犬便知道要往上移動。看著短髮的主人拉著小板凳坐在面前，牠視線正對著主人硬梆梆筆直的老二，彷彿也感受到主人的興奮，狗屌開始有些騷動。「躺下來，接下來處理其他狗毛。」軍犬正面朝上時，感應到狗屌的異狀，但在主人面前無須遮掩。dt看著狗屌，伸手托起狗蛋：「很興奮啊！」電推靈巧的在狗體上移動，去除了較長的雜亂

「dt哥，牠就是軍犬？」

「我之前說的，軍犬。」兩隻狗乖乖的坐在主人腳邊，望著主人們聊天，偶爾低頭，看著彼此。

「牠終於尋著你的味道來了。」

「是啊。忠狗就是會回到主人身邊的。」dt摸著軍犬的頭，犬雄的主人高男摸著軍犬下巴，看清楚軍犬的臉。

「dt哥，你眞的是挑起了很多主人對於軍犬的幻想。大家都想養隻軍犬。」dt大笑時，軍犬挺起腰桿和脖子，英姿讓主人相當地驕傲。

他們兩人兩犬並著走，高男很快便注意到軍犬走路的姿勢略微搖晃。「今天是牠第一次用這種方式走路，我以前不是這樣教牠的。這麼久沒接受主人調教，以前的訓練應該都生疏了。」

「不過在小動作上，還是看得出來以前受的訓練，我開始期待下一次趴體了。」高男帶了些食物和啤酒來到dt家，要慶祝dt與軍犬的重逢。

酒酣散會後，dt穿著白色內褲蹲在軍犬旁，他搔著牠的狗毛，從頭經過腹部、陰部到腿。「㺯的毛好長唷。」軍犬吠了幾聲，惹得主人大笑。「我知道，都是因爲我疏於照顧㺯。剃光吧，也涼快些。」牠看著主人，汪了聲。在地上鋪了舊報紙，軍犬快快的走上，告訴主人牠多麼期安慰。手將尾巴完整的塞進軍犬體內，搭配它漂亮的弧度，自然得像本來就長在身上。狗屌受了刺激，微微的硬起。他逗弄著：「尾巴回到你身上，開心嗎？」軍犬大聲的吠叫，引來山中其他的犬吠回應。主人將項圈束在軍犬脖子，掛上狗鏈，曾經的犬感又再度回來，主人站著俯看，軍犬仰望主人，這樣的相望是長年的期盼和等待。

在太陽下山後，整個村莊昏暗得見不著路，路燈遠遠才一盞，只剩下dt手上的手電筒指引方向，軍犬往光影的方向走。沒幾步，dt停下了腳步，軍犬回頭看著主人。

「這種走路的方式，不用多久，膝蓋就磨破皮了。不要跪在柏油路上，用手掌、腳掌前端去支撐身體。」dt邊說邊調整著軍犬的犬態。新的走路方式明顯的讓軍犬一時之間反而不會行動。「這就當作是軍犬新的開始吧！」軍犬用力的吠叫，極力贊同主人給予的磨練。

「我真的很高興你來了。你帶來主人身分，送還給我。」軍犬在dt雙腳邊繞圈圈，主人的表情像是說明著不再孤單，也不會再被留下。

dt牽著軍犬往住家走去，後方傳來跑步聲，夾雜著狗吠聲。dt回頭用手電筒照耀，穿著短褲，手臂刺著SM主奴圖的赤膊男子，牽著人型犬緩緩在他們面前停下。軍犬見著了下午的司機，在夜色之下變成一隻大型犬「犬雄」。

連老二都因爲嚴格的口吻而勃起。

「穿著人的衣服很難過吧！」他的手撫摸我身上溼透的衣服褲子：「把人的衣服脫掉吧。」雙膝跪著，脫掉上衣時，胸膛的汗水接觸吹來的風，感覺到一股自由。跪著不好脫褲，原本要站起來，被他雙手一按，便在地上脫掉褲子。「你沒穿內褲？」他問。

「沒有。沒有乾淨的內褲可以穿了。夢遺內褲沒主人檢查不能清洗，所以沒內褲穿。」他聽見我的回答，露出滿意的笑容。脫去可以擰出水的衣褲，整個身體都得到了自由，不再束縛。

「在把軍犬項圈掛回你脖子前，我要問你的決心。」

「決心？」

「對！是你決定要成爲主人面前的一條狗。沒有人脅迫誘導，是發自於你內心深處，想要這麼做，想要成爲dt的軍犬的。」

「是的。」回話時，雙手背在後，跪姿稍息，挺起胸膛，靈魂都抖擻起來。

他拿起膝上的尾巴。「記得這個嗎？」

當伸長脖子，伸出舌頭去舔溼潤尾巴頭的肛塞時，屁股已經作好準備，接受它再度進入身體，擁有這根義肢尾巴，好成爲完整的狗體。漫長的等待後，肛門和肛塞陌生得如第一次，瞬間的撕裂和疼痛，軍犬整個身體靠在主人身上。他不在意軍犬身體的骯髒，讓牠靠著，還給予太陽還沒落下，天空出現了白天與黑夜的交界，我緩緩走到他的身邊，他睡著了般靜靜的。跪在他的面前，端詳他已有改變的容顏。夜風吹起，他張開了眼睛，看見跪在眼前的我。

「小軍，你來啦。」

「我來了。」

「好久不見了。」當ｄｔ開口說好久不見，我的眼淚開始無法控制的流下。他伸出手摸著我的頭髮：「狗毛變好長喔……」他逗得我笑了。「你現在是少校了嗎？」

我擦了擦眼淚：「我退伍了。」

「是啊。對喔，我好像問過小季這件事情。人老了，記憶力都變差了。我的軍犬已經不是職業軍人了啊。」ｄｔ講到這，自己的嘴角都微微上揚的笑了。他開始用手撕起狗項圈上的軍階，我伸出手阻止。

「即使如此，主人還是可以把軍犬當成個掛炮炮（註：少校）的軍犬般……」吞了口水：「掛著炮炮的軍犬般訓練！」

「會很嚴格喔——會比當中尉的軍犬更累更辛苦喔！」他這麼說的時候，我的心被勾起，名壯漢。他如狗般在地上行走。我知道牠是人型犬，卻是在大白天的路上，一個看起來頂多十來歲的小孩卻牽著比他大了十歲以上的男人。

「那是家犬。」我訝異的回頭。他點頭說：「大人養在家裡，小孩自然就視牠爲狗了。」

經過公車終點站，再一會便進入了予捻村。在一個叉路，他放了我下車，告訴我往這條叉路一直走下去，經過棵老榕樹，不久就會抵達我紙條上的地址。我向他道謝，他笑說希望不久以後的聚會，能看見ｄｔ先生帶著軍犬出席，他想看看軍犬是否如ｄｔ所說，是頭不可多得的名犬。

我在路上看到了許許多多的愉虐人士。幾戶人家在門口晾著剛處理好的麻繩，有些圍著剪裁皮革，準備製作皮衣皮褲。赤裸的奴隸們正跪著服侍主人們的下午茶。操著體能的奴隸汗水淋漓的完成主人的要求。有老有少。這個村落完全就是個ＢＤＳＭ的世界。

看見了老榕樹，底下坐了一個頭髮半白的人，他慵懶的閉目著，手上握著項圈。

一眼看到就知道是那枚繡著軍犬軍階的狗項圈。

終於見著ｄｔ您了。

主。

人。

「你要去予捻村嗎？」

「是啊。請問你是要去那邊嗎？」

「是啊，會開往山裡方向，也只會到那了。上車，我可以載你一程。」

「謝謝。」我很高興的跳上了車。

「你是要去找誰啊？」

「我要去找一個名叫ｄｔ的人。」

「你要去找他調教你嗎？」他說得直截了當。「你還是別去碰硬釘子，他不調教狗了。之前一個不曉得從哪裡知道他在那的人，在他門口跪了一天一夜，他也不為所動。」

聽到ｄｔ如此對待請求調教的狗，我沒有害怕。「無論他怎麼樣，我都要再見他一面。我很想他，那群在台北的朋友也很想他。」

「你從台北來的？很遠噎。」

「千里尋主啊！」講到這，自己都忍不住大笑，實在太像小時候的卡通片了。

「你該不會是……軍犬？」我吃驚的看著他。「看來是唷，你終於來了。他等你等好久了。」停車的時候，他從T恤裡掏出了個美軍狗牌。「這是我的狗牌，家主跟ｄｔ先生還算熟，我也曾當面接受過ｄｔ先生的教誨，提點過犬姿犬態。」路邊，我看見小朋友手握著狗鏈，牽著一吧。見了他，就知道他想不想你，還要不要你了。」

拿著紙條，出了巷口，招了台計程車，便要司機載我去那個地方。他看著紙條上寫著的字：「予捻村」，想了一下轉頭對我說：「這是在南邊山上的村落吧？有一段路是管制區，一般車輛無法通行，你需要轉可以進去的公車喔。那公車一天沒幾班，要是錯過了，就只好用走的。」

如司機說的，那眞是個偏僻的村落，他送我到了管制亭哨時，當日中午的公車已經開走。

「你還要進去啊？就算你一路走上去，太陽落下以前應該也還不會到喔。」管理員對顯然想步行的我說。

「看見了公車終點站後，就得用走的進去。如果幸運點，遇到開車的好心人肯載你一程，你就可以省下半天的路程。」管理員和司機大哥勸我，隔日再出發是比較明智的選擇，但我的心、我的身體已經沒法再等待，他就在這座深山裡，我們已經如此接近。顧不得他們的勸阻，背起行李，邁開步伐，往目的前進。

走路走到忘了時間，身上 Polo 衫溼透、連卡其褲都溼得黏著身體，非常不舒服。停下靠在路邊休息、喝了口水，正脫掉上衣，從背包裡拿出最後乾淨衣服時，遠遠看見一輛小貨車往這方向開來，幾分鐘後，車便在我面前緩緩停下。

「起來。」縱然大D說著，我仍然不願起身。頭低得很，低到只看得見穿著拖鞋的腳趾頭。

「dt這傢伙什麼事都要順著他的意、有小聰明又太拘謹，阿清他們的惡作劇讓他認爲你最初並沒有當狗的意願。他可以裝作那件事情沒發生過，但他沒辦法不去注意，你最初進入俱樂部網站選擇的那個身分。他是個追求完美的人，那是個砂礫，容不下在他眼底的。」他用手摸摸我的頭。「你做了一個選擇，你有成爲主人的潛力與權力，但你捨棄了。dt心裡是很矛盾的。他知道他原本可以把你訓練成一個主人。奴隸難培養，主人難道不也是嗎？」我掉下了眼淚。

「而最終你放棄成爲主人，決定回到他腳邊、成爲軍犬。」

大D抬高我的頭，我仰視著他。他轉身走去吧台，在那兒窸窣一陣後回來，蹲在我面前，「給你。」大D遞了張紙條給我。上面寫著陌生的地址，還有搭車轉車等等備註。「dt現在住的地方，還有交通方式。」我的雙眼張得好大。「你去找他，他會很高興的。」

「眞的嗎？他眞的會高興嗎？」

「會的。」

「那昨晚他爲什麼要離開？他看到我了吧？」

「人跟狗相處久了，總是會有默契的。不是有人說狗養久了，人跟狗會越來越像。你看你，乍看之下，我還以爲是dt呢。他感應到了你的來到，但是這麼突然，他不知所措吧。去找他

人家的縮影。牠不可置信的吠著。戴著項圈的波也，走向角落的雙層鐵籠。裡頭關著兩隻狗，他抽出底下裝屎尿的盤子開始清洗。「祢應該累了吧。我來幫祢洗澡，會舒服好睡一些。」大D只穿著條白色Brief，坐在牆壁水龍頭旁的小板凳。軍犬乖乖的坐臥在他雙腿之間，讓大D幫牠裡裡外外沖洗。軍犬等待身體乾的時候，大D拿起水管，向籠子裡的兩隻人型犬沖灑就當作替牠們洗澡。

大D赤裸站在院子裡頭，他和波也一起站在鑲滿彩色小塊瓷磚圓形沖澡處的蓮蓬頭下，他們親密的行爲，顯示著特殊關係。他們睡在屋內，軍犬睡在院子裡頭。夜很深，星星很亮。屋內傳出了鼾聲，鐵籠裡的同類也睡了。這一夜輾轉難眠，牠在忽醒忽睡的時刻錯覺正身在主人家的院子裡，聽見主人午睡時的鼾聲，以爲主人睡起之後便會陪牠玩耍。

爬出狗洞，我一路赤裸的跟著大D走到酒吧裡，才接過波也手上的衣物。越穿越不曉得自己現在應該要做什麼。是要繼續留下來等d t再次出現，或者應該另做打算？可是我已經盼望這麼多年，等待這麼多年，已經看見主人活生生的出現在自己面前，不應該就此退縮，應該留在這裡等他再次出現。穿上卡其褲，我砰一聲跪在大D面前，像個男子漢的請求他讓我留下，讓我在這裡等主人。

「他不可能永遠站在頂端，永遠把別人甩在後面。他會老，他總會被人追過，總是會出現比他還優秀的S的。」

「就算有其他優秀的S出現，對我來說，他是唯一的主人。」

「唯一嗎？」大D看了一眼在他口中稱為男孩的服務生波也。「我曾經是dt的唯一，他曾經是我的唯一。」聽著大D嘴裡說的dt，我只覺得像是個陌生人。「我曾經背叛過他……我愛上過我的奴隸，改變過平衡。」他們的過去，停在大D的嘴邊，只剩沒人聽得見的音量。

「後來他受了傷，但他知道我永遠是他的避風港。」

波也在大D手臂上拍拍，大D懂得了他的意思。「我們要打烊了。你該走了。」我這才注意到夜已深，更早就忘了晚上該在哪落腳。「我跟男孩住在這公寓的頂樓。我可以招待軍犬一夜。」

跟著大D走上樓梯，鐵門旁有個小門。波也看了我一眼，忽然間我明白那扇小門的意思。波也沒說什麼便把自己身上的衣褲脫去，鑰匙開啟小門後，光著屁股鑽了進去。大D拍著我的屁股。「門是人在走的，洞是狗在鑽的。」

我脫下身上的衣褲和行李，讓狗洞另一頭的波也接去後，軍犬也鑽入了狗洞。大D進了門，「注意到了嗎？」軍犬的眼睛看著頂樓的一切。「祢不覺得似曾相識嗎？」這座頂樓，猶如主

不等他回答，我已經追出去。「ｄｔ！」我在暗巷裡喊著。明明……明明就快要見著了面，卻讓他走了。他有看見我嗎？他就在我附近，卻不肯見我一面嗎？爲什麼ｄｔ的頭髮灰了？我有好多好多的話要跟主人說。

失落地走回酒吧，壅塞的空間此時彷若空蕩。筆直走到吧台，坐上椅子，身體前弓不說話，一切都看在大Ｄ眼底。他們在門口送走最後一個客人，開始打掃。大Ｄ拍了我的肩膀，走進吧台洗起玻璃杯。

「別難過。你都已經追來這了，還怕見不到他嗎？」

「我開始擔心著他不願意見我……」灌了杯酒，撐起膽問：「爲什麼他的頭髮灰了？」

「生了場大病後，頭髮就灰了一半。我原以爲他撐不過那一關，但他心中有很堅強的意志讓他活了下來。」

嚥了口水。「他看起來像老了好多歲。」

「孩子，人總會老的。」

「跟記憶裡的……主人……」

知道你想問你的主人ｄｔ的事情。」從大Ｄ口中聽到主人ｄｔ，確認自己還是屬於主人的，沒有改變過。大Ｄ掌控了對話的主導權，找不到任何機會開口。低著頭聽大Ｄ說話，某瞬間，竟然讓我以爲是ｄｔ正在和我說話。訝異的抬起頭，大Ｄ鬍子的嘴角讓我想起了ｄｔ。「不曉得是我影響了ｄｔ，還是ｄｔ影響了我。」他爽朗的笑著，臉部表情處處都有ｄｔ的影子。「如果我跟ｄｔ還在一塊，我就能從幼犬的時候開始，看你長成成犬。」聽著大Ｄ說的話，讓我頓生羞赧。「眞想親眼看見ｄｔ口中的軍犬。」大Ｄ招來了那位三十多歲的背心服務生，叫他男孩。「ｄｔ這幾天有過來嗎？」

「ｄｔ先生這幾天都沒來喔。」聽到他這麼說，我心裡有些失落。

大Ｄ笑了：「這幾天都沒來，也許就在今天。」

越晚酒吧裡人越多。我在角落等待著命運與運氣。客人多，也不用大Ｄ擔心冷落了我。在門一開的瞬間，像是心電感應般的望向那，見到ｄｔ走進酒吧，沿路跟朋友打招呼。有人幫他點了菸，他低頭笑著，說話著，然後望望吧台，跟大Ｄ點點頭。大Ｄ走向他，抱住了他咬起耳朵，ｄｔ轉身便往大門離開。

他沒看到我嗎？大Ｄ不是告訴他我在嗎？他不想見我嗎？爲什麼急著走？我急忙的從角落的座位，穿越擁擠的人群，好不容易擠到門口。經過大Ｄ身邊，急忙問：「他不想見我嗎？」

胸膛上而用力一推。在她低下頭、垂下的長髮間，隱約看見她的淚水。

「去把他找回來！」

「我知道你很想他。」

「找到他的時候記得告訴他，大家都很想他，要他快點回到我們身邊。」車子駛動的幾秒，我看見她單薄的身子站得筆直，像來自遙遠國度驕傲的女王。

自地底駛出的自強號，由黑暗衝向光亮交界，下午的陽光耀眼而炙熱，我懷著想念的心情一路向南。越往南方，越覺得身體騷動。在傍晚太陽落下以前踏出車站，到達大D的酒吧附近，已經可以看見星星。拿著小季抄寫的紙條，尋著門牌來到巷弄內的公寓，酒吧就藏身在這裡頭。穿過院子，上了樓梯，便看見有燈光蠟燭布置的內設。

擦著桌子準備營業的背心服務生，抬頭望了我一眼說：「d……t……」愣了一下才反應過來：「……你好，先生，一位嗎？」我向他點點頭，他望向吧台跟裡頭的眼神交會，之後一位中年壯熊樣，留著灰白短鬍的男人走到我面前。

「你終於來了。阿忠！」我還沒開口，他已經知道我的來歷。我同背心服務生稱他D哥。坐在吧台角落，大D在裡頭準備著，想開口問d t，卻不知從何問起。他遞了杯酒給我，「我毛髮。「阿布託我來跟你講，dt回台灣後去找大D了。我聽說dt病了，這趟回來看來是處理自己的後事。」

話聽到這裡，我攤坐在地上。忽然間，眼眶濕濕的。

「小季跟大D通上電話了。dt現在人確實在大D那。」

「我要去找他！幫我轉達給大D，我要去找dt！」

小季說他已經和大D提過我將去拜訪的事。我待工作告個段落，請完僅餘的年假，訂了台鐵自強號的車票。

帶著簡便的行李，坐在月台上等著列車進站。我早到了外加火車誤點，等待的心情份外複雜。顯示慢分數的紅色字燈向左疾跑，我看見凰緩緩向我走來。

「你怎麼會在這裡？」我問著。

「我問了阿司。」我們比肩坐在椅子上。沉默是此刻所有的語言。

「見到你有點訝異。」我不敢看凰，緩緩的開口，視線盯直、看著眼前直駛而後漸緩停妥的列車，和擁擠上下車的人群。

「你搭這班車嗎？」她問。我應了聲。提起行李，站在車門邊，我看著凰。她的手放在我

「凰……」

「你離開吧！快點走。你走！再見面一定是在趴體上，屆時我們的身分就只會是女王與人型犬了。」我看見她眼眶裡的淚。

我們在夏天來臨前，滿是星星的夜裡分手。幾天後，我搬出了凰宮。

搬離凰宮後的個人物品堆在ｄｔ家角落。主人並沒有回家，這裡還是空蕩蕩的屋子。脫去人世間的衣服，赤裸戴上項圈後成爲缺了尾巴的軍犬。用ｄｔ的軍犬身分活下去，是我唯一的願望。練習，除了練習還是練習。軍犬滿身是汗的在院子裡狂奔，所有陌生的狗姿犬態都要在見到主人前熟悉，讓主人一眼過後再也捨不得遺棄。

大門一有動靜，軍犬便快速衝前，拚命吠叫，讓闖入者畏懼。鐵門才推開一小角，軍犬吠叫得更大聲。牠的動態引動周圍犬類齊聲吠叫，傍晚時刻更加肅然。

「誰不知道門後面是隻人型犬啊？」阿司出了聲。「這次我該給你幾分呢？」阿司進了院子，軍犬才停止，「你最近都住在這裡？用犬的姿態生活？」他繞著院子和屋內查看。

「我聽說你去阿布那兒找ｄｔ的事情。辛苦你了！阿布沒有太爲難你吧！」他搔起了軍犬

「這些年，你也開始調教奴隸了。爲什麼還要回到dt身邊？爲什麼？」她猛然靠擊我的上半身，狠狠問：「我也看著你摸索，看著那個名叫阿忠的主人成長。爲什麼你放棄了……你放棄了……」

「我……我……」面對凰，我實在說不出在那日犬調後，發現眞正的自己，其實是跪在地上等待調教的狗。

「我是自私的。我沒有辦法忍受和另個男人擁有你。」她放開手。

「凰……凰……」

「你還是比較想要成爲dt腳邊的一條狗……你要怎麼回去他身邊？有他的消息了嗎？」

「嗯……」

「……我不斷的乞求這天不要來臨，但我終究知道它會來的！我只是撿到了被主人遺棄的狗，你不過是迷失了方向的狗，一旦出現了主人的氣味就會離開！」

「跟dt沒有關係！我只是發現了身體跟心靈最誠實的渴望。」

「如果有dt的消息，你當然會想立刻回到他身邊吧！」她阻止我的插嘴：「但我知道一件事，我們必須說再見了。我們的關係與你跟dt間的關係是不能並存的！我知道你想他！這些年不斷的尋覓、探聽、等待，不就爲了他！」

的長髮，遮住她除了眼睛以外的每一處。「我們分手吧。」

她撇過頭，開始啜泣。「愛是佔有，ＳＭ是佔有與被佔有，愛情裡的佔有慾比ＳＭ來得更狂野、更劇烈。愛與ＳＭ同時佔有你的時候，你該怎麼做選擇？」她的身後是夜空中的月亮，她的髮四散，指甲侵上我的胸口，直指我的乳頭。「在ＳＭ與愛情之間，你已經做出了選擇。而我不是你的選擇。」她的手指急轉向下，穿越刺蝟般的陰毛，「你選擇了ｄｔ。」她越往下，我卻越沒有反應。「多年以前，他因爲你本質是Ｓ而拋棄了你，他虐待他自己，放棄自己一手調教的軍犬。他也虐待你，讓你過了渾渾噩噩的這些年。當你好不容易開始摸索出一條新的道路時，你卻選擇了他，立刻封閉那條新的道路。他更虐待了我，因爲我必須放棄我的愛情。我恨他。我恨不得捆綁他，狠狠地抽他幾鞭。」凰的眼淚撲簌簌的流下，手不停搥打我的胸膛。

「如果打我，可以讓你好過些，你就打吧。」

「李軍忠，我恨你。你虐待了我。你明明就是個Ｓ，爲什麼？他都曾經用這個爛理由丟掉你了！」她抓著我的雙臂搖著，聲淚俱下，如同嚴厲的控訴。

「他利用了我的身體，我的心靈，創造出一隻名叫『軍犬』的人型犬。」一語未畢，我的胯下被她長指甲的手掌緊緊掐住，肉狠狠被她指縫用力擠出。我沒有哀疼。讓她抓住吧！如果這樣可以洩憤，就讓她盡情發洩吧。

這天早上凰出門前整了棉被才離開。我醒來的時候，發現雙腿間有異狀，掀開棉被才發現我夢遺了，三十多歲的男人精液灑了一床。這一晚我進浴室洗澡前，凰拍了我的屁股戲謔說：「把屁股洗乾淨。」我明白這女人對她的男人說把屁股洗乾淨的意思。走出浴室，我看見凰已經穿好假陽具躺在床上等著我。我抓住下半身圍著的浴巾，摸著屁股。雙腿間早已抹好潤滑劑，走起路來還可以感覺到洞裡滲出的黏滑，扯了浴巾便趴在床上。

「我沒辦法原諒你！把屁股翹起來！」像公狗幹母狗般，凰才剛插入，我的括約肌便因爲假陽具龜頭撐開而感覺撕裂。身體的每一塊都要因此崩裂。

這是最大的尺寸，猶如把自己的老二插進自己的肛門。凰抓著我的老二，可是我卻軟得無法充血。

她頂到底，我的身體像是被她貫穿，我的眼睛忽然泛起水光。「原諒我。」我哽咽的說。她每次抽插頂撞都像在說她不會原諒我。抓緊床褥，咬緊牙根等著她的發洩結束。

她離開房間，走到陽台上吹風。我忍著屁股的疼痛，緩慢的跟在她背後一步步走上。她開口說話了，她知道我跟著她上來了。「我輸了。一開始就輸了。就如同施虐與受虐的人在還沒開始前，那一段短暫的平等，其實從來我們的地位就不平等，我們只是假裝罷了！」風吹起她？

我可以回去哪呢？哪裡是我該歸去的地方？

「回去主人最後選擇的地方。過不久，我會回去陪他的。」夏董送我回飯店時，我才意識到脖子上的項圈。夏董不肯讓我留著項圈。回到我脖子上的為什麼不能留？他強硬的態度讓我不甘心的交出項圈。難道一條狗不能留住自己的項圈嗎？項圈離開我的脖子，離開我的手心，我竟然就讓眼淚硬生生的滴落。

改了機票時間，休息了一晚，我便飛回去台灣。

回到凰宮，最害怕看見凰的表情。一開鐵門便見到凰窩在沙發角落，縮著雙腿，握著遙控器，不停的切換電視頻道。她注意到我的存在，連忙關了電視，離開沙發，站在我面前。「你回來啦？你吃過了嗎？我下麵給你吃。」我沒有說話，她逕自到廚房準備。我放下了行李，卻無法抬頭挺胸的面對她。在她雙眼注視下，我安靜的吃完了那碗加了蔥蛋的細麵。

往後的幾天面對凰，我亦尷尬不已。想起那場在眾人面前的公母狗交配，已註定我成為軍犬追隨ｄｔ之路，再也成不了人類。赤裸的在凰面前，我無法勃起，我沒法像個男人般滿足自己的女人。一個月內我都沒碰凰的身體，提不起任何興致。

戴上了狗陽具外套，活生生像根真的狗屌。軍犬走向蘇曼。母狗的牠知道沒有完成母狗終極調教，就不能讓主人驕傲，白白浪費主人用心的安排，於是牠自己努力的展現陰部讓軍犬看見。

「你是要牠們交配生小狗嗎？」夏董問，一針戳進阿布內心。「沒有。我不要牠生小狗！」阿布才**衝忙**的去爲狗屌戴上保險套。軍犬前腳架在母狗身上，熱呼呼的狗屌猶豫無用的插入。軍犬從來沒有想過使用狗屌會變成一場考試，這麼多的監考官在旁。狗屌沒有感覺的抽插。

公狗母狗相幹。

衣服撿一撿，來不及穿整齊，邊跑邊穿，套上了以後，便赤腳衝出趴體往飯店門口跑。繁忙快速的交通，頓時不知所措。習慣性的張望計程車停靠處。忽有張大手壓在我肩膀上：「我送你去機場吧！」夏董說。司機駛來的座車正停在我們面前。

衝衝茫茫的趕到機場，混亂紛擾，人海擁簇。赤腳的我費盡心力穿越，卻只能望著飛向天際的班機。轟隆轟隆的，我彷彿又再次失去他的消息。

「你沒有失去他的消息。」夏董說。「d t 回台灣去了。我想他應該把那當成他最後的地方。生命總有盡頭的時候。」他走到我身邊：「你可以回去了。」

蜂擁而上。站在周圍圍觀的人們瞠目結舌。

「我第一次看到人型犬打群架！」

「軍犬的動作簡直是讓人忘了牠是人。牠根本就是條狗吧！」

「牠的主人調教功力眞是太強了。」

「聽說是阿布先生的朋友。」

軍犬以一擊衆，傷痕累累直到最後撐著的那隻也伏首稱臣爲止。軍犬踏上堆疊的狗體，環視周遭，見圍在蘇曼身邊的狗都倒了，沒參戰的狗也無異議，便掉頭準備往鎖上的門口去。還沒回過神的衆人靜悄悄地屏息注視著移動的軍犬，阿布的拍手聲吸引了大家。「還沒結束唷。」軍犬回頭以凶狠的眼神瞪著阿布，只見他微笑說：「母狗還沒被幹，怎麼能算調教？軍犬牠不上牠，就讓牠的足下敗將一個一個輪著上吧！門要等到大家都上過牠了才可以開。怎麼，牠要不要上母狗呢？」軍犬回頭望著母狗，牠以期待的眼神看著軍犬。

「d t 沒有教牠怎麼幹母狗嗎？」阿布質疑。夏董走到軍犬身邊蹲了下來，動手搓起了軍犬狗屌。「我來幫你吧！趕快追上d t。你們不要再虐待彼此了。那日是d t還沒做到見你的準備，拜託我的。」

「我要送牠這個！」阿布亮出手上的東西。是根模仿狗陽具的矽膠套子。軍犬硬著的狗屌了。主人不在面前就鬆懈了嗎？我雖然不是養狗的主人，但教訓犬奴我是不會遜於dt的。」他毫不留情，像主人般的揮打上我赤裸的屁股。每一下都深入臀肉深層，直到通紅。他用力的拉扯狗鏈，脖子上的束縛讓軍犬著實難受嗚嗚叫著。

「dt今天就離開柏林了。」阿布先生站在他們面前說著。軍犬停下動作，脖子再也不感覺疼痛。「沒錯，他剛剛已經離開這，搭車去機場了。你要是不趕快離開追上去，恐怕就沒機會了。不過母狗終極調教沒有結束，我是不會讓你離開的！」軍犬睜大牠的雙眼看著阿布。「依照慣例，在場每隻公狗都要上過這條母狗，才算調教結束，這是蘇曼幻想實踐的關鍵時刻，不容被破壞。」聽見阿布先生嚴苛的條件，軍犬望著場中央的母狗，百感交集。「如果妳可以打贏這麼多條狗，由妳獨上，完成這次小曼的母狗終極調教，我也是同意啦！因為我超想看軍犬打群架的！」阿布問蘇曼：「這樣好嗎？」蘇曼同意似地汪了聲。軍犬緩緩走進眾多公狗之中。牠經過的每隻犬無不感覺到牠的肅殺之氣。軍犬心想著一定要趕快結束，好追上主人的腳步。牠想像主人就在牠面前——那場趴體上的手法——「會生氣嗎？」主人的聲音彷彿還迴盪在耳際。牠齜牙咧嘴的聲音響徹雲霄。不想輸給牠的白犬、黑犬們丟下母狗，團團將軍犬圍住。軍犬銳利的眼神掃瞄環伺敵犬。牠們凶狠對峙。不小心與牠對眼的圍觀主人們無不竊竊私語。

一隻身型壯碩、類軍犬的白種犬忍不住性子而撲來，接著是趁勢攻擊的黑種犬，而後全部中聲聲唸著的『軍犬』。希望今天物玩得愉快！」

趴體開場陸續上演了兩場犬奴調教。靜靜窩在夏董腳邊的軍犬，感覺著身體的狂熱回應，精神抖擻。牠的身體和靈魂正回憶著與主人在趴體上的表演。明白主人就在身邊引牠騷動著。

「你能明白想見而不能見的痛苦嗎？我的半輩子是這樣過的。」夏董語畢，軍犬長鳴聲打斷會場，一切頓時安靜。

咳嗽聲打破沉默。軍犬望著聲音處，只見廳內人山人海。牠不顧項圈限制動作，拚命往前行，在人縫之中，看到與主人相似的身影掉頭拖著行李箱離去。

「各位期待已久的『母狗終極調教』登場了！」阿布大聲喊著。掌聲之中，蘇曼被牽出來，四肢爬行，胯下仍束縛著貞操帶。

「如果母狗終極調教沒有結束，我是不會讓這間房間的任何人離開的。」阿布站在軍犬面前，徹底的阻擋了牠。阿布高舉著手，做了個手勢，大廳門便被關閉。阿布牽著狗到大廳中央，眾人諸犬圍繞。阿布高舉著鑰匙，然後解開牠身上的貞操帶。「這是屬於人型母狗的重要時刻。」陸陸續續一隻一隻的公狗往牠而來。牠露出慌張神色，卻強自鎮定，期待完成考驗。

看見母狗蘇曼，我突然回過神：「不可以！」軍犬的我大喊著。

夏董的巴掌著實不留情的打在我左臉頰。「狗會說人話嗎？」他用皮鞋踢了我。「你失態看著就發了呆。」

軍犬眼眶濕潤狂吠。瞬間整條街上的狗兒齊吠。「d t你聽到了嗎？」夏董抬頭望著。

遊行如初昇的太陽，隨著時間移動而光影沸騰。熱鬧，喧嘩。遊行大隊集結出發，馬路園遊會伴隨舉辦。路旁設置攤位、禁行車輛，湧現的人潮擠得水洩不通。牽著奴隸的主人們中，就數阿布牽著全身赤裸僅著貞操帶的蘇曼最引人注目，如入無人之境，人海自動開道。蘇曼袒露著女乳，踩著與貞操帶同色的金色高跟鞋，在攤位邊隨著阿布主人的命令，來回以模特兒步伐，展示身上新品，輕巧舒服，適合久穿。攤位上亦有多款男用、女用貞操帶。

夏董牽著軍犬，往阿布的攤位前進。軍犬行進之處，引人注目、圍觀。「d t對你的嚴格訓練看來相當的紮實。這麼久沒被調教還表現得如此出色。」夏董指示著軍犬前進方向，一直走到阿布邊才停下。旁人問起了軍犬怎麼少了尾巴，夏董笑說：「牠的尾巴在主人那。」

「歡迎大家移駕到飯店參加趴體！」阿布喊著。他身邊的蘇曼雖然臉是笑的，卻藏著緊張。不遠左轉處的飯店門口聚集著主主奴奴，都在等著阿布。趴體上已有些人在裡頭吃吃喝喝玩玩。夏董才牽著軍犬隨阿布進入飯店趴體聚會大廳，便聽到有人對著牠說：「終於看到d t口盥洗著衣後下來，在大廳沙發處見著了夏董。他站起來的瞬間，我眼花的以爲是主人，是ｄｔ。眼眶都濕了，愣了會才意識到我在恍神。穿著西裝的他背著手，踩著他聲音嚴肅的鞋子走來。「我要帶你去阿布辦的趴體。」

「？……」什麼趴體？一反前日拒我千里之外的夏董，讓我摸不清楚狀況。

我猶豫之餘，夏董伸了手，經理在後面便遞上了個黑色盒子。夏董打開後：「你還記得這個嗎？」與主人分離時的階級章項圈。

「爲什麼你會有？」我想念的貼身物其中一件。

「把衣服脫了。ｄｔ的時間不多了，你還在猶豫什麼？」夏董叱責聲讓我清醒。

在人來人往的大廳，面對著夏董手上的軍犬項圈，我毫不猶豫的脫光自己的衣褲。老二微微的勃起。一跪下去，夏董雙手馬上將項圈繫回軍犬頸上。「ｄｔ會去阿布的趴體上露一下臉。如果你沒在趴體上見到他，你這趟就白跑了。」

軍犬狂吠著。狗鏈拴上後，夏董牽著軍犬行走。

街上是熱鬧的遊行氣氛。出現黃種人型犬，稍稍引起了些騷動。經過阿布的住所，夏董特地停下腳步。

「我知道你的主人也想見你。你的項圈這幾年他都放在身邊，我常見他拿起來賞玩，看著著皮革、愉虐的味道。忽來牽著人型犬的主人，按著服務生的帶位來到了我隔壁桌。人型犬安靜的待在主人腳邊，等著用餐。主人的食物上桌，牠面前也擺置了狗盆。牠等到主人命令後，便埋首翹臀的狼吞虎嚥起來。我注意到餐廳裡的每個人皆稀鬆平常般，沒有任何異狀。我想起了那場趴體，那些與主人共度的日子。能匍伏在主人腳邊，眞是一件幸福的事，我竟羨慕起那位狗兄弟來。

離開餐廳才注意到張貼的海報——一年一度的皮繩愉虐大遊行。飯店門口已經插上旗幟。原來這是間愉虐人士友善飯店，難怪小季會建議我訂房。房間裡可以聽到附近幾條馬路上準備遊行的聲音。不到中午，已處處掛滿了黑色旗幟。

路上行人褪去了平凡的裝扮，整座城市換成我熟悉的面容，每口呼吸都充滿著愉虐的氣味。我企圖再去拜訪阿布，但他正忙著準備明天的遊行和趴體，完全沒空理會我。蘇曼在他身邊顯得相當緊張，彷彿期待又害怕著什麼。阿布以「明天到飯店找我」將我打發走。回飯店路上與皮革主奴擦身而過，錯覺以爲被牽著的是我，直到手觸摸著脖子才發現空無一物。

輾轉難眠又一夜，不到中午，房間門鈴猛然作響。睡眼惺忪的開門，昨天櫃台的經理竟然親自出現在門口。人高馬大的他忽然開口用還算流利的中文說話：「夏董人在樓下，等你下樓。」我愣了會，直到巨大人影消失爲止。

「你憑什麼阻止我見他？」

「憑我是他的男朋友！」男朋友？男朋友！dt的男朋友……我從來沒想過dt會有男朋友的一天。「如果你還把你自己當成dt的狗，你最好把我放進你眼裡！」我忽然想起dt在那個天微亮的趴體清晨說過的話。

「夏，好難得可以看到你生氣。」

「dt病了，我不希望你們兩個見面。等他覺得可以見你了，你再來吧！看見一臉病容的主人，我不覺得你還是會如從前般仰望著主人。」

裡頭忽然傳出了連續的咳嗽聲，愈咳愈大聲愈咳愈痛苦。我焦慮得想要衝破夏董的防線，但他穩穩的擋住了我。「小曼，你先進去照顧一下dt。」夏董依然擋在我面前。「你先離開吧！dt我自己會照顧。我叫你出去。沒聽到嗎？」夏董不怒而威的說著。

「阿忠你先離開吧。我們會照顧好dt的。」阿布緩頰說著。

旅館房間的床上我睡不著。醒來時，我已瑟縮在床邊地板上。視線就如主人房間裡，軍犬仰望的角度。我不曉得如何用兩隻腳站起來。飯店早餐席間，我發覺來往賓客和室內陳設散露發上坐著兩人。單人椅上的男人一見到我，便很開心的站起，給了我個擁抱。對於他的動作，我還有些吃驚。「你好，我是阿布！」他指著長沙發邊坐著的男人。「他是夏。不過你們晚輩稱他夏董比較合適。」阿布比夏董看起來年輕許多，夏董身上的黑色條紋西裝和打理整齊的頭髮、口字鬍更顯出他的穩重。相較之下，阿布的Polo衫牛仔褲就年輕許多。夏董銳利的眼光打量著我全身上下，然後僅僅點了個頭。

「小季……」

還沒說下去即被阿布打斷。「我知道。他跟我提過你要來找ｄｔ！」

夏董在阿布說出ｄｔ時，清了嗓子兩聲。「夏，你不覺得忠狗千里尋主很感人嗎？」夏董翹起了腳：「我一點也不覺得。這麼久的時間，他仍堅持著主人的命令嗎？沒有任何越矩？像是性行爲之類？」夏董說得我冷汗直流。

當世界安靜得聽不見任何聲音時，忽有咳嗽聲打破一切，我的眼睛瞬間紅了，是ｄｔ。我急忙站起，往聲音處衝。夏董擋在我面前。「讓我過去！」

「如果我不讓呢？你憑什麼見他？」

「憑我是他的狗！」

「只是條狗而已，來別人家有規矩點。我不准你去見ｄｔ！」

飛往目的地的旅途，一切順利。轉機一次才抵達陌生的城市。陌生的語言讓人彷若身處異星、陌生的人群看不見清晰臉孔、陌生的街道舉步維艱。車窗裡快速飛奔消逝的景物，一個也留不住的催我向前。我會見到dt嗎？我顫抖的循著小季抄給我的地址而來，站在這棟房子門口，緩慢的踏上一層層石階，伸出手指頭按下電鈴。短暫的等待卻度秒如年。

小孔有個黑瞳。「你好。」我說。準備好的外語小抄早就忘了，竟脫口而出了中文。門縫裡探出了一位黑髮有著東方面孔的女性。她沒說話，但對於我這個同樣是東方面孔的異鄉人有些驚訝。「你好。我找阿布先生。」

她很美。她張開紅唇，原以為她會說出我聽不懂的話，正準備掏出口袋裡的小抄。「請問你是？」我竟然在這裡聽見我熟悉的語言。

「我是李軍忠。阿布先生的朋友小季應該有跟他提過我將要來拜訪。」

「主人並沒有跟我交待過你今天來訪的事情。你先等一下，我進去稟告主人。」聽見熟悉的名詞，讓我不那麼陌生，她應該也是同道中人。

一會後，我被這名叫做蘇曼的女性領進門。裡頭忽有疾起走動聲，她領著我來到客廳。沙朋友小季和阿司提醒，必須保持對狗模狗樣的熟悉，不能在dt面前表現出生疏的犬姿犬態，所以，除了必要恢復人型的時間外，全是軍犬的練習。

夜幕低垂，在院子裡練習著姿體，門外有異狀，立刻奔前用力吠叫；鑰匙插入鐵門——是小季提著便當來了。軍犬看見熟人便熱情的衝向前，在小季身邊打轉著。「餓了吧！」食物放進狗碗裡，軍犬挺胸坐著等待，狗屁股還微微的離地面一些距離，猶如尾巴還在般。「吃吧。」有規矩的狗，是在食物賜予者說話以後，才能開始動作。軍犬將頭埋在碗裡吃著。小季坐在一旁，注意著軍犬的每個動作和細節。

「你邊吃邊聽我說。我跟阿布通上電話了。dt現在人在德國。」

吃進嘴裡的飯菜掛在軍犬嘴邊。牠傻傻的看著小季。

小季帶來新消息的隔天，他便離開台灣回到工作崗位。他已和阿布提及我將去拜訪的事。我偷偷訂了台北飛柏林的機票，連公司的年假都請好了。打包行李時，我才鼓起勇氣讓凰知道。她知道的當下，臉色相當慘白。很難抵抗凰要我別去的請求。要一個女王低頭用眼淚請求，眞是爲難了她，我想有天我會有報應的。天一亮，趁著她還熟睡，我悄悄的離開凰宮。拉著行李箱走在大馬路上，數度停步回頭望著公寓樓層，我得狠下心來才能前行。

拍拍他肩膀說，不然去附近走走？路上行人匆匆，他則一路維持沉默。

「你可以當我的主人嗎？」他終於說了我不想聽到的話。

「對不起，我沒有辦法當你的主人。」

「那可以再給我一次調教嗎？」

「我沒有辦法再調教你。」他一臉失落。「我並不想成爲一個主人。我還是比較想要在主人身邊當條狗。哈哈不好意思。」我搔著頭，有些尷尬。

「你的主人一定是個很了不起的人物。」他問起主人的身分，我一回答，他便驚呼：「原來你就是dt的……我一直以爲dt與軍犬不過是人們揑造出來的人型犬神話，沒想到是眞的。我看過你們調教的過程紀錄，超棒的！每次看，我都好想要成爲像軍犬一樣雄壯威武的人型犬。沒想到我竟然能夠親眼看見軍犬本人。」他不斷地說著，我反而不好意思起來。

「你會遇到適合你的主人。」在道別前，我對他這麼說，祝福著他。看著他離去的身影，不知爲何有些傷感，在心裡升沉。

每日下班後，便往dt家去。脫去人世間的衣服，赤裸後成爲缺了尾巴的軍犬。被主人的

「我的心好痛……」

我的心好痛……

下班，背著包包步出電梯的時候，接到了陌生來電。想不起來號碼是誰的，一直到電話裡的人開口。「我是小威。」我遲疑了會才想起來小威是誰。「你好。」

「我可以找主人，見個面聊聊嗎？」「嗯……」我沉默了下。在決定自己的身分後，聽到被稱爲主人，是無地自容的感覺。「請不要叫我主人。」

「那我可以找你見個面聊聊嗎？」他語氣緊張的又補句：「如果不方便的話，可以跟我用電話聊一下嗎？」

「你想約什麼時候？」

「今……晚……可以嗎？」

「這麼急？」

「我很想見主人。」他講這句話的時候，吞口水的聲音大得連電話另一頭的我都可以聽得清楚。勉強的答應了他，依約來到上次的咖啡店，卻遇上了公休，他看到掛牌，臉都白了。我髮遮掩，離開我的身體下了床，往客廳走去。我聽見了開門聲，著急的想掙脫束縛。我用力，不惜扯壞手銬。衝出門，聽見腳步聲往頂樓，來不及思考穿衣褲，赤裸的追上去。

凰靠在護牆邊，望著遠方，她頭髮飄在夜晚風中，像是燃燒的火焰。浴火焚身，毀滅重生。凰的啜泣聲讓一個赤裸的男人不敢靠近。啜泣聲在寂靜夜空嘎然止盡。滿天閃爍的星星淚光般照耀著我的裸身。

「凰……」

「阿忠，我們該怎麼走下去呢？」她沒有回頭。

「我不知道……」

凰走到我的身邊，我卻看不清楚她的臉。「爲什麼我要被這樣對待？」她哽咽的說。「明明愛你的人是我，留在你身邊的人是我，爲什麼我要被這樣對待？」

她的手開始打在我的屁股，一下比一下更用力。打得我的臀肉止不住在雙腿之上抖動。「我的手好痛，可是我停不下來……」我握緊拳頭，接受她的每一下。當屁股紅通散發著熱氣，仰頭咬牙。「我的心好痛，可是我停不下來！」凰吶喊著。

我抓起她的手，讓紅腫的手心貼在我臉頰，像一塊滾燙的鐵板往我心上烙。我的眼淚頓時流下。「我捨不得你……」

觸碰過我的腹部，危險邊緣，卻有她的性感肉體磨蹭。她翻了身，開始剪我的褲子。「小心點……」剪刀解了褲子，刀片經過我的下體，我忍住呼吸不敢亂動。她開始剪起我的陰毛，不顧毛髮是否散落在床上。她大把大把的將毛叢剪成小平頭，猶如佔領了新地盤。除了主人以外，我的陰毛從未被第二個人修剪成這副德性。

她一把抓起我的老二。「你勃起了！」

「套子！」不顧我說話，戴也不戴她便坐了上來。被她壓在下面的我是匹種馬，被她駕馭著。她穩健的騎騁，跨越了草原、跋涉了川溪、攀登了高山，她雙腿夾緊我身體，趴向我，壓低身體，很快將帶領我衝向太陽炙熱的終點。

衝刺中，她喊著：「叫我女王！」

「女王。」

「叫我主人！」

「主……」高潮來臨前，血液不在腦裡，也無法講出那個字。「……」

她看著我：「叫我主人！」雙手握在我脖子上，死命控制用力掐著。

「……」

得不到她想要的，她的臉色大變。她發現我已經軟得滑出她的身體，她低著頭，表情被頭

「你犯賤。」拍板打在我身上，我只是咬緊牙根。幾下後，我聽見拍板掉落的聲音，而後許久沒有下一步動作。我轉頭，只見凰身體傾斜往地上暈倒。我連忙抓緊她，卻被自己卡在雙膝的褲子絆倒。我趕緊趨前，用雙臂和身體護住凰。

「凰？」我拍著她的臉，沒有任何反應。望著天花板深吸了口氣。挪開她的身體，把絆倒自己的褲子脫去，抱起她。看到小狼狗跟奴隸大衛翹高紅屁股，雙腿顫抖個不停卻仍不敢回頭，怕被女王加倍嚴厲的懲罰，我心裡非常過意不去。「抱歉，讓你們屁股被打成這樣。」

在床上看著凰沉沉的睡去，我也跟著睡著。夢裡，軍犬看見了主人d t站在牠面前，表情微笑中帶著嚴肅。他搔著軍犬的頭，軍犬不斷在主人身上磨蹭，用身體訴說想念的心。他蹲了下來，讓軍犬頭靠在他肩膀上，再將手中的項圈套上軍犬的脖子，手中的尾巴放進軍犬的屁股。軍犬不斷地吠叫。

「d t！」我從夢中驚醒。如果可以，我願意用我的一切換取見他一面。睜開眼，卻見到凰坐在床邊看著我。看得出神，看得眼眶有淚。「你哭了？」

「沒有。」話一說完，她迅雷不及掩耳地將我的雙手銬在床上。

「你！」她跨坐在我身上。手持著剪刀，剪起我身上這件去年一塊買的衣服。冰冷的剪刀發現了嗎?所有道具裡，獨缺項圈跟尾巴。」

「dt帶走了軍犬的項圈跟尾巴……」

下午的天空轉眼暗雲洶湧，軍犬仰天長鳴，猶如暗夜深山裡傳來的，似人似獸的哭嚎聲。

回家後，門沒關、鞋還穿在腳上，凰立刻衝到我面前抓著我的手臂問：「你的決定是什麼?」她神情緊張，手臂不斷顫抖著。客廳裡，小狼狗跟奴隸大衛跪在地板上，額頭貼緊地面，屁股翹高，旁邊還散落著各式拍板，他們裝著尾巴跟穿戴貞操帶的屁股超紅，看來是剛被凰狠狠揍過。

我抓著她的雙臂。「凰，你冷靜點。」

「我沒辦法冷靜，你快說!」我認真的看著她的雙眼，卻一句話也說不出來。她的眼睛紅了，眼淚再阻止不住的潰堤。她撿起地板上的拍板，直勁的往跪在地板上翹著的兩張屁股打去。沒兩三下，屁股已經紫了，上面的微血管滲著血紅，凰卻不見停手的意思。

「你不要再打他們了，他們的屁股已經紫了。」我抓著凰的手：「你要打就打我吧!」脫了褲子，光了屁股。我不敢看凰的臉，逕自跪在地上，翹起屁股。

「我們早該想到的，他的蹤影可能出現在其他國家的 BDSMer 網站上。ｄｔ應該吩咐過他的那些朋友注意這件事情。可是攝影師把夏哥身後的阿布跟ｄｔ一起拍進了照片，給了我線索。我已經開始想辦法連絡阿布，我相信很快就會有回應。ｄｔ委託我處理房子的事情是從阿布那邊轉來的，阿布說他只是代轉，但他應該隱瞞了我們ｄｔ的消息……」阿司還沒說完，阿清忍不住暴跳如雷說著：「可惡，阿布竟然完全瞞過我們。阿布騙我，還說沒有ｄｔ的消息。」

阿清正氣憤的時候，小季注意到軍犬的反應。他撫摸著軍犬的腹部到狗屁股。「你想問阿布是誰吧？」軍犬吠叫回答。「阿布是我們以前俱樂部的朋友，ｄｔ的死黨……」

阿清氣得踹倒了院子裡的塑膠椅子。「可惡的阿布！爲什麼我們什麼都不知道？爲什麼是我們被留下來？」

軍犬往阿清走去。「看什麼！小心我揍！」阿清揮起拳頭，瞪著軍犬，眼中碩大的眼淚掉落在牠腳前。「我們明明跟ｄｔ這麼親近……」

軍犬看著在場的人們，只能用吠叫表達牠的千言萬語。他們的對話，被軍犬的舉動打斷。脖子沒有項圈屁股沒有尾巴的軍犬，走向房子側邊留著的狗洞，鑽進屋內。他們透過落地玻璃，看見軍犬走向平常ｄｔ放調教道具的地方。「牠要幹嘛？」阿清和小季問。

「想念牠的項圈跟尾巴吧。」阿司回答的時候，他們看見軍犬在放道具的角落前止步。「牠

「阿清！阿忠跟我們平起平坐的權利是ｄｔ給的。」阿司說。

「你已經把ｄｔ給予你的權利交還給他了。如果你選擇的是軍犬的身分，對我們來說，你就是ｄｔ的狗。既然是狗，我認爲阿清說的一點也沒錯。」小季說。

我脫去身上的衣服，拉下褲子拉鍊。阿清嘲笑我的陰毛太長太亂。面對著主人的電腦，膝蓋著地，接著是前肢，就算缺了義肢尾巴，依然是條軍犬。小季將椅子拉向軍犬，雙手撫摸著，有如很久不見的狗朋友。

阿司打開電腦，連上網路，秀出了一個網站，點進一張照片。「這是誰？好眼熟。」阿清歪著頭邊想邊說著。「這個人好眼熟……我好像見過他！」小季喃喃自語著。「他是大Ｄ的死黨……叫什麼來的……夏……夏哥！對。那時候大家跟著大Ｄ叫他夏哥。他很早以前就離開台灣了！你給我們看這張是……」小季問著阿司。

他拉大了照片，指著夏哥後面的人。「你們知道這個人吧！」阿清湊到螢幕前：「阿布！阿布！他不是移民德國去了！」

他手指放在觸碰軌跡板上挪了照片，神祕兮兮的對著軍犬笑：「別太吃驚。」當照片映入瞳孔時，軍犬的眼睛立刻紅了，流下眼淚。前肢墊著桌子，整隻貼近螢幕。「怎麼了？」阿清湊在螢幕前：「ｄｔ？」

「看著匍匐在地上的人型犬，我發現該跪在地上等著主人調教的，是我才對。我一點也不想成爲主人；在ｄｔ的身邊才是我想要的ＳＭ，在ｄｔ腳邊當條狗才是我想要的身分。」

「對嘛，當條軍犬才是你嘛。」阿清插話。

「我想把他找回來。我想要回到他身邊。」

阿司拍著我的肩膀。「衝著你這句話，我一定會想辦法幫你找到他的。不只是你，我們也很想他。」

「你的聯絡簿名單有多少人，全球愉虐人口的Mail你有多少個？我們全部再發一次信給他們。」阿清說。

「之前做過的事再做，不一定有效果。我相信ｄｔ要求那些知道他行蹤的人對我們隱瞞。」

「我們可以利用俱樂部的會員資料，擴大搜尋條件，也許他曾經用分身上線過。」

在阿清不斷提供主意時，阿福拿出了台筆記電腦到阿司前，我認眞一看，是ｄｔ慣用的銀色蘋果。小季拍著我的肩膀：「我不覺得你有資格可以站著看主人的物品！」「做條狗就要像條狗，你應該知道就連主人的屎尿都比你高級，更何況是主人的電腦。」阿清得意的笑著：「你覺得一條狗穿著衣服能看嗎？」他拉著我的衣服，言行舉止又回到了從前那副不可一世的模樣。「我還是比較習慣看到狗模狗樣的阿忠，我實在沒辦法忍受一條狗跟我平起平坐。」

人型犬調教結束後這幾天，一直想找個機會與凰分享心得，但她總是心不在焉，顧左而言她。既然她無心、不想聽，勉強也是無用。打了電話連絡阿司，要告訴他們最近的調教狀況和我的決定。他們提起了那日在溫泉旅館的約定，要愼重其事等到小季回台灣後，約在dt家裡——那個可能是我的起點或終點的地方。凰說她要一塊去，但等那天到來，她推卻了。

「爲什麼要約在他家？有另外一位S味道的地方，我是不去的。」出門前，她背著我，獨坐在沙發上，任我怎麼叫她都不回頭，也不肯動身。「你不去，那我走囉！」才開了大門，像聽見她微微的啜泣聲。我沒有回頭，怕的是會發生什麼。

這天天空藍得清澈，萬里無雲，像是要讓人們看清楚天空的皺紋。飛機劃過天際，彷彿改變了一切平衡。我們站在院子裡頭，好久不見的小季拍著我的肩膀，與我擁抱，對於我的答案他非常的期待。院子裡張開遮陽傘，阿福正在一旁烤肉、忙著。

阿司跟阿清他們三個人看著我。頓時，我突然緊張了起來。「你們這樣盯著我看，我不曉得要怎麼開口……」

「這是很嚴肅的事情，我們可是很認眞的看待。」看著他們三人的眼神，我確定他們相當專注，等著我親口說出答案。